曼陀罗悬疑馆

给您最好看的原创悬疑小说

死亡海域

血脉之誓

老钟／著

贵州出版集团
贵州人民出版社

图书在版编目（CIP）数据

死亡海域：血脉之誓 / 老钟　著—贵阳：贵州人民出版社，2019.10

ISBN 978-7-221-15701-0

Ⅰ.①死…　Ⅱ.①老…Ⅲ.①长篇小说－中国－当代　Ⅳ.①I247.5

中国版本图书馆CIP数据核字（2019）第243418号

死亡海域：血脉之誓 SIWANGHAIYU　XUEMAIZHISHI

老钟 / 著

总 策 划　陈继光
责任编辑　陈继光
特约编辑　陈胤凡
装帧设计　陈　晨
封面设计　源画设计
出版发行　贵州人民出版社有限公司（贵阳市观山湖区会展东路SOHO办公区A座）
印　　刷　长沙鸿发印务实业有限公司（长沙市黄花工业园3号）
版　　次　2020年1月第1版
印　　次　2020年1月第1次
印　　张　21
字　　数　270千字
开　　本　710mm × 1000mm　　1/16
书　　号　ISBN 978-7-221-15701-0
定　　价　45.00元

第一章

神秘密码

2016年8月28日，上午8：08，泉州码头。

一艘崭新的捕鱼大船正朝着泉州港口驶去，荡漾起的水花在阳光照耀下，泛起一片片鱼鳞般的碎光。

我和爷爷顺着码头方向一直往前走着，我边走边注视着脚下细碎的沙子，然后极力远眺，长长的海岸线无限地延伸，不知道哪里才是尽头。

泉州这座弥漫着古老历史气息的千年城市，从西汉时期就开通海上丝绸之路的古老港口，有着很多历史未解之谜和古老传说。

爷爷这时走快了几步，我便同以往和爷爷散步时一样，缓缓地放慢脚步，注视着他健硕的背影。

爷爷尽管已经过了68岁，头发花白，但是由于长期锻炼身体，身子骨儿还是非常棒。

沿着海岸线走了不久，来到椰树下，爷爷不再走了，而是停下来坐下喘气。我来到他的身边，坐了下来，安静地注视着岸边一排排的高大椰子树。

“海仔，”自小爷爷都是这样叫我，“你听说过《海上异妖录》这本书吗？”

“听说过。泉州城早年间传闻是一本百年奇书，里面记载着深海海妖，一旦拥有，还能拥有神奇的力量。”我对于这部传说的奇书非常感兴趣，但是一直无缘相见，爷爷今天突然问起这个话题，倒是令我吃惊不小，“难道爷爷知道这部书的下落？”

“很多事情也是你应该知道的时候了，过几天吧，你到我的公寓来，我有事情和你说。”爷爷语重心长地说道。

我心里咯噔了一下：“难道《海上异妖录》真的在爷爷那里不成？”一想到这种可能，顿时觉得体内的肾上腺素飙升起来。

“海仔，你都已经 23 岁了，而且自小对于海洋生物就表现出异于常人的喜爱，”爷爷说着，扭头意味深长地看着我，“你相信深海之中隐藏着无法想象的世界吗？”

“爷爷，你的意思是说，深海之中还有另外一个世界？”我心里一顿，震惊道。我觉得爷爷今天话里有话，他似乎有秘密要告诉我。我忽然想起一件事，读中学时候，爷爷和我五叔、父亲曾经出海研究海洋生物，而且不止一次，可是后来五叔再也没有回来，我追问爷爷和父亲，他们却隐而不语。多年来，我对于五叔的消失，一直记挂着，无法释怀。

“根据我多年对于海洋生物的研究，深海之中，可能隐藏着无法想象的海洋生物，这些生物的基因可能和我们人类一样，但是某些方面不相同。”爷爷收回目光，茫然地注视着平静如镜的海面。

“好像传说中的美人鱼一样，人脸鱼身的怪物？”凭着我的知识，我只能够想象到美人鱼的传说。

“可以这么说吧。”爷爷道，“或许过几天，你和我，甚至全世界的人，都可能获知一个巨大的秘密，这个秘密可能会颠覆整个海洋生物研究的方向，甚至是人类的命运。”

对于爷爷的话，我甚是疑惑，正想继续追问下去，爷爷站了起来，拍了拍屁股上的沙子，抬步往码头方向走去。

我凝视着爷爷的背影，心想他要告诉我的到底是什么巨大的秘密，难道真的可以改变人类的命运？

2016年9月1日，上午9:30，泉州M大学。

泉州M大学海洋生物研究院此刻正在海行楼博思会堂举行2016级研究生开学典礼。

“病毒是海洋生态系统中数量最多的生物体，在调节微生物群落结构和生物地球化学循环中起着非常重要的作用。病毒通过裂解宿主细胞控制微生物的种群大小和群落结构，是造成宿主微生物死亡的主要原因。一直以来，人们认为病毒对宿主是有危害的，然而最近的一些研究表明，病毒可以参与宿主的代谢过程，可能对宿主的生存起到至关重要的作用，但对病毒与宿主微生物之间的关系目前还没有明确的结论……”

王教授今年48岁，祖籍广东，由于长期锻炼，身材结实，戴着一副眼镜，“国”字脸，双眸炯炯有神，整个人透出一股令人敬畏的气息。

坐在我旁边的男生，颇为羡慕地靠头过来，在我耳边低语：“你父亲说起话来口若悬河，专业知识丰富，太厉害了！”

我对于这个男生的话置若罔闻。

我心里一直在想着，就在十分钟之前，身为M大学海洋生物研究的博士生导师——王博，也就是我爷爷给我来电，说他要去接待一个人，并且向我透露，这个人的出现关系到我们整个家族和海洋世界的命运。因此，我非常纳闷，到底是什么样的人物如此让爷爷重视，更为诡秘的是这人和我们家族以及海洋世界有着怎样的关联？

记得三天前，我和爷爷谈论海洋生物研究时，他双目炯炯有神，眯着的眼睛浮出激动的光芒，他告诉我：“或许过几天，你和我，甚至全世界的人，都可能获知一个巨大的秘密，这个秘密可能会颠覆整个海洋生物研究的方向，甚至是人类的命运。”

“难道今天这个人物的出现，正是契机？”我暗暗嘀咕着。

说起家族研究海洋生物来，可能要追溯到我的祖父，甚至是祖父的祖父。我不知道我的家族为什么以研究海洋生物为目的，原因的确耐人寻味，总之就这样一代传一代地传承了下来。我自小耳濡目染，逐渐也爱上了这个神奇的世界，等后来再发现自己对海洋生物学有着极高的天赋后，便投身其中，现在更是考取了这个专业的研究生。

我想着爷爷的事情，再也无心听取父亲和其他教授的话。11:05，毕业典礼结束，父亲走到我面前，停下脚步，皱着眉头，目光深邃地注视着我，我才回过神来。

“今天怎么了，心事重重的样子。”父亲道。

“爷爷今天为什么没有来？”我说着站起来，有点急切地看着父亲。

“走吧，我们边走边说。”父亲说着，抬步往会堂门口走去。

此时，其他同学和教授、领导都纷纷离开，只剩下一对父子，英俊的父子。

“在毕业典礼前，你爷爷给我打过电话，说他今天要见一个神秘的客人，具体没有透露是谁，可能是研究海洋生物这块的大人物吧，也或许是他的好朋友。”父亲走出会堂，沿着楼梯往楼下走去。

“爷爷说，这个人可能会改变我们的家族，甚至人类的命运，这是真的？”我站在楼梯上，冲父亲的背影道。

父亲突然停住脚步，扭过头来，眉头皱得更深了，目光显得有些闪烁而复杂，里面似乎隐藏着什么秘密。

“或许吧，”父亲说着又扭过头去，“我们走吧，说不准明天爷爷就会告诉你所不知道的一切，能够颠覆你观念中的一切。”

我呆呆地站立在原地，注视着父亲变得陌生的背影走下楼梯。“他们父子俩到底向我隐藏了什么？”我喃喃自语着。

由于今天举办研究生开学典礼，很多同学组织去吃饭唱歌，我推托不去，待在家里看父亲给我的关于海洋生物研究的书籍，却感觉到心神不宁。这种不祥的预感使我心情紧张，便放下书籍站起来，注视着窗外霓虹灯下的泉州夜景。

“今天到底怎么了？”我深呼吸一下，平静了下思绪。

就在此时，寂静中，一阵悦耳的铃声响起。我心里一惊，似乎预感到了什么，连忙走向茶几拿起手机，见是爷爷的来电，忙按下了接听键。

“海仔，我……”电话那头传来爷爷急促的声音，突然就断线了。

“爷爷——”我大吃一惊，焦急地喊了声。我接下来忙双手颤抖地回拨爷爷的手机，那边却回复暂时无法接通。我预感到爷爷可能出事了，又或者是手机刚好没电，但我却相信是前一种情况。

我继续回拨了几次，都无法接通，便越发心慌起来。自从多年前奶奶走后，爷爷单独一人居住在大学研究所的公寓里，因此，此时任何人无法和爷爷取得联系。我瞥了眼时间，已经是接近深夜 12 点。我急忙转身往门外冲去，边跑边打电话给父亲。

父亲正在睡梦中，被我的电话突然吵醒，我不等待他说话，简单地和他说了爷爷的情况。五分钟后，出了公寓，由我驾车直奔爷爷的公寓。一路上，我从后车镜上瞥见父亲焦急的表情。他喃喃自语：“老爷子不会出事的，不会出事的！”但是，他打老爷子的电话，依然处于无法接通的状态。

大概十五分钟后，赶到学校爷爷的公寓楼下，一下车，我们拼命往楼梯跑去。两人一口气跑上三楼，见爷爷房门紧闭，里面没有开灯。父亲忙掏出钥匙，慌乱地伸进锁孔，“咔”的一声，门开了。

死一般寂静，黑漆漆的，压根儿看不见里面的情况。我知道开关在靠门的右边，忙伸手过去，“啪”的一声，灯应声而亮。

公寓一共是一房一厅，大厅里的一切能看得一清二楚。沙发旁边的地上躺着一个人，瞪着双眼如同鱼的死眼一般，正目不转睛地盯着我们。我们都震惊地瞪大了眼睛。过了几秒，才回过神来，然后一起冲了过去。

只见爷爷平躺在地面上，双手微微弯曲，双脚如同“八”字形张开，胸口衣服染满血迹，双眼突出，脸色惨白，一看样子，就知道情况不妙了。

父亲双手颤抖着，伸手在爷爷的鼻子上试探了下，原本还充满期待的眼神，顿时变得失望、无助。随即，他伸手轻轻合上老爷子的眼睛，不至于让他死不瞑目。

我突然意识到了什么，一阵悲痛从胸中排山倒海般涌出来，双眼一热，几乎要流出眼泪来。随即，我想到了另一面，霎时提高警惕起来，忙四处环顾，没有发现陌生人，然后小心翼翼地走到卧室门口，打开灯，里面空空如也。

过了一会儿，我和父亲才从惊慌、恐惧之中回过神来。根据我的推测，老爷子是被闯入者杀死的，尸体还温着，可能是在我们来的时间里被杀死的。老爷子当时打电话给我，是知道了危险而求救的，可是来不及多说就被闯入者拿刀刺进心脏。

随后，我认真地查看爷爷死亡的情况，而父亲则绝望地拿起手机，抽泣着，颤抖了一会儿才打通电话：“喂，是 110 吗？我这边是 M 大学……”

爷爷的胸口是被一把三厘米宽的利刃刺中，估计是刺穿心脏，从而流血过多引发死亡。凶手近距离刺杀，从爷爷身上并没有反抗的迹象看来，爷爷应该认识凶手。

接下来，我仔细勘察之后，发现地面上除了我和父亲的脚印之外，还有两组不同的脚印，从脚印大小来看，闯入公寓的是两个人。

我认为爷爷的死亡非同寻常，应该和今天见面的人有着紧密的联系。他们到底是谁？为什么要杀害老爷子？他们到底是从哪里来？带来了什么？真的如同老爷子所说，带来的东西能够改变命运？

勘察了一遍之后，除了发现两组不同的脚印之外，似乎并没有其他发现了，便站起来，等待着警方的到来。

我再次审视了一次爷爷，看看是否遗漏了什么。我心想，按照爷爷的机智，就算对方突然之间下手，他临死前也可能会向我和父亲传递一些凶手的信息或者他要告诉我们的秘密。

我从头看到脚，目光忽然停止在爷爷的右手上。这时，窗外的警笛声隐约地响起，估计已经来到了学校。

我见爷爷右手食指单独指向一个地方，而其他四个手指则散开着，眉头不由得一皱。我顺着他手指的方向看去，看到所指的地方是靠近房间的墙壁。墙壁上挂着一幅海洋地图。我纳闷地走过去，注视着——出自瑞典地理学家兼历史学家奥拉斯·马格努斯之手，是最早精确描绘斯堪的纳维亚半岛的地图之一。

海洋地图较多地用动线、点符表示洋流、潮流等动态现象；用等值线表示同一深度水平的连续变化，如盐度、温度等；用一组图并辅以剖面图表示垂直变化；用水深注记和等深线表示海底地形（在航海图上则以水深注记为主）；为了便于在海上使用，常采用墨卡托正圆柱投影。

我忽然想起小时候，爷爷总是给我玩海洋地球仪的玩具，然后按照他画的符号指示寻找秘密，便忙揭开地图。果然，地图背后的墙壁上画着“MLLPPL”。

不懂符号学的父亲看完之后，不解地问道：“这是……？”

“如果我猜测得不错，这是爷爷留下来的密码。”我念了一遍之后，脑海中不断地思考着这些字母的意思。

“秘密就是房间衣柜！”我快速地念完，便快步跑进爷爷的房间。

此时，我瞥见窗外已停了一辆警车，警灯不断地闪烁着。

“快！”我猜想爷爷隐藏的秘密，不想让外人知道，包括警察。

我说着，和父亲一起用力推开衣柜，发现衣柜后墙壁上同样有这个符号，我便像小时候打开秘密一样，伸手用力去推字符所在的墙砖。

被推的字符墙壁砖往里面退进去，接着从里面钻出来一个盒子。我忙拿起盒子，看到盒子上还有密码锁，和父亲心领神会地互相交换了下眼神，我便将盒子揣进怀中。

这时，门外传来了急促的脚步声。

第二章

破解密码

由于这几天忙着处理爷爷的后事和配合警方的调查，因此没有时间去理会其他的一切。这时，难得独自安静下来，注视着窗外的夜景，缓缓地吸着烟，吐出一个个烟圈来。我忽然想起爷爷交给我的密码盒，便走进房间拿出来放在茶几上。

这个密码盒子好像小孩子的铅笔盒般大小，却是古铜打的，也不知道经历了多少年，古铜色泽越发亮泽。盒子中央有条缝隙，上面用数字的密码锁着。我心想里面的东西非常重要，就算是陌生人得到，也无法破解密码锁，因为这种锁的开锁只有一次机会，一旦误解，里面的东西估计会变成碎片。

我看着六位数的密码锁，眉头皱了起来，在脑海里不断地思考着：爷爷到底用什么数字作为密码？他的生日？我的生日还是……我越想越觉得头疼起来。在安静中，我忽然回想起爷爷小时候叫我破解密码锁，一直是用同一个密码，也就是：199358，是我的生日。我想到这里，毅然地伸手过去启动密码。

当按下密码之后，盒子“咔嚓”一下，应声而开。

我的心里顿时一喜，怀着激动的心情看向盒子，只见里面有三样东西：失传百年的《海上异妖录》和家传玉佩——一块精致的古玉，雕刻着龙虎纹，栩栩如生、气势逼人，而且还有一块脚指头大小看似玉石的东西。我震惊地看着三件东西，心想暗杀爷爷的人，目的是要这些东西。“它们”到底隐藏着什么秘密，对方到底是谁？它们难道如爷爷所说，可以改变命运？

我越想越觉得这三样东西不同寻常，接着再次掏出一根烟点上，拿起《海上异妖录》，忽然发现下面还有一张纸，纸上写着：CBGSWXJS。我看完之后，想着爷爷留下的这个密码到底是什么意思。

“B大学研究古生物的曹教授！”我想了片刻之后，就破解了密码。

爷爷自小和我玩密码游戏，原来是早有预谋的。

“爷爷让我找曹教授，难道曹教授知道秘密？还是其他原因？”我越想越迷惑。

曹教授是研究古生物界的博士，非常有名，而且是爷爷多年的挚友，因此爷爷有秘密放在他那里，也是很自然的事情。

这个秘密到底是什么，为什么非要搞得这么复杂和神秘？我轻轻拍拍脑门儿，缓缓地吸着烟，抬头注视着窗外的景色，心想：秘密应该很快就揭开了！

当晚，我花费了时间看了《海上异妖录》，的确是本神奇之书，记载着深海之中另外一个无法想象的海域，生存着八大海妖家族，除此之外并没有什么传授神奇力量的文字。至于家传的一块古玉玉佩，我就不清楚有什么用途了。

第二天一大早，大概八点我就起床，叫起父亲和他说了爷爷留下来的密码锁的事情，他听后，要和我一起去见曹教授一面，他也非常期待从曹教授口中说出的秘密。

我驾驶着父亲的小车从公寓出来，上了沿江大道，然后直奔B区的B大学。从公寓出来，我并没有发现什么不对劲，因为一直想着爷爷留下来的秘密，所以不曾留心背后的情况。当上了沿江大道，我瞥到一辆汉兰达依然在后面紧紧地跟随着，不由得纳闷地皱起眉头。我觉得这辆车很早就在后面了。

“难道被跟踪了？”我超越过前面的一辆小车，用力地踩油门。

前面跳起红灯，我缓缓地将车停下来。我从后视镜瞥见那台车牌号码××888的车依然跟踪着。我忽然想起我的大学同学龙沙，精通电脑高科技的人才，他可以运用黑客高科技进入交警系统，不但可以读取个人资料，还能够看清楚整个市区情况，便给他打了个电话，让他帮忙查一下车牌。我刚过了红绿灯，沿着人民大道方向走的时候，龙沙来电，说这辆车是套牌的。一听说是套牌车，我就确定是被人跟踪了，便将情况和父亲说了。

父亲却非常冷静地点了点头，喃喃自语：“看来暴风雨即将来临了！”

我感觉父亲话中有话，张嘴想问什么，不过见汉兰达越来越逼近，便猛踩油门，如同火箭一般往前面冲去。

突然，前面的汽车一个急刹。我吓了一跳，连忙猛往左边打方向盘，从这辆车和迎面呼啸着开来的大货车中间穿插而过。一飞奔过去，接着往右边打方向盘，继续前行。刚才惊险不已，我依然感觉到心脏怦怦地跳动着。父亲轻轻抚摩了下胸口，长吁了声。

“爸爸，到底是谁追踪我们？”我禁不住疑惑道。

“说来话长，还是找到曹教授再说吧。”

“真是倒霉透顶了！”我瞥见前面忽然跳跃起红灯，面前的汽车一个急刹。我忙猛踩刹车，但是已经来不及了，“砰”的一声撞了过去。

“快溜！”父亲冲我嚷了声，我才回过神来，忙打开车门，瞥了眼后面，车上跳出两个高大的大汉，满脸胡须，如同《水浒传》中的黑旋风李逵一般吓人，凶神恶煞地冲我们跑过来，手上还拿着木棒。

我暗喊了声不好，便和父亲在前面车主骂骂咧咧声中跑向右边的人行道。过了人行道，见路上汽车不停地飞奔过去，再回头见两个大汉已经越来越逼近，心想被他们捉住会是什么样的后果呢？他们追捕我们到底是为了什么？难道是为了爷爷留下来的秘密？

“海仔，保住秘密要紧！”父亲说着，也不管前面车水马龙，便毅然冲了过去。

我再也顾不了那么多，也往前面冲去。

呼啸而过的汽车司机见了我们，忙猛踩刹车，一阵刺耳的刹车声响起，接着听到“砰砰砰”的碰撞声，然后是骂声一片。

我和父亲拼命地跑过车道，然后往前面街区跑去。但是，后面那两个大汉如同疯牛一般狂奔而来，眼看着越来越近。我不禁大吃一惊：他们的速度比起常人快得多！

“海仔，快走，爸爸来拖延他们。”父亲见无法逃走，推了我一把，大声嚷道。

“不！”我大叫了声，伸手拉住父亲的手就跑。

眼看着他们就要追到背后，就在此时，突然从前面飞快地冲过来一辆小车，就要撞上我们的时候，突然一个急刹，接着从驾驶座上伸出一个头来，冲我们嚷了声：“快，上车！”

我和父亲互相对望了眼，来不及多想，分别从后座左右两边拉开车门钻了进去。一钻进去，我们猛用力“嘭”地关上门。

驾驶员见两个大汉飞扑过来，忙用力踩油门，汽车呼啸着往后退去。后面的行人见了，惊吓得如同惊弓之鸟一般纷纷拼命地闪避。

那两个大汉凌空跳起飞扑过来，却扑了个空，重重地砸在地面上。

我和父亲面面相觑，忍不住长松了口气，然后笑了。

驾驶员突然停车，然后猛打方向盘，汽车呼啸着钻入车道，转眼间便融入了车水马龙之中。

我们见逃离两个大汉的追捕，才将目光停留在驾驶员身上。这个驾驶员身穿休闲套装，皮肤白净，从后视车镜上可以看到他五官端正，双眸竟然泛着深蓝色，俊美得无法形容。

“你到底是谁？为什么要救我们？”我忍不住疑惑道。

“我是谁？这个一时之间也难以说明白，不过可以肯定地告诉你们，我是站在你们这边的。”对方迟疑了下，带着迷人的声音道。从他的口音可以听出来，他并非地地道道的泉州人。

“多谢你，不过前面路口我们要下车了！”为了安全起见，我灵机一动。

父亲张嘴想说什么，不过最终忍住没有说。

青年一句话也没说，就缓缓地将车停靠在路口。

我和父亲下车后，对方驾驶着汽车呼啸而去，转眼之间便消失在街角尽头。我们担心追踪的大汉再次追踪过来，四处环顾，并没有看到他们的身影，才完全放下心来。

“今天的事情实在太离奇了，先是两个大汉追踪，然后是神秘青年救了我们，他们到底是谁？”我边不解地喃喃自语，边掏出手机叫了滴滴。

大概十五分钟后，我们到了 B 大学。下车后，我们在教导处看到了曹教授的授课时间表，今天上午并没有课程安排，按照教导主任的指示，便直接去曹教授的公寓。到了公寓外，我们便大步地沿着楼梯往二楼走去。这是一栋单独的公寓，位于 B 大学南边较为幽静处。一路上，我们倒是一个人也没遇见。

一路上，我有种不祥的预感，感觉到有事情要发生，而且这种预感越来越强烈。

我和父亲上了二楼，见房门紧闭，便轻轻敲了敲门，过了几秒，里面却一点动静也没有。我们以为曹教授在休息看书，接着用力地敲门，这次，里面依然没有人回应。

“难道曹教授外出了？”父亲纳闷地挠了挠头，然后掏出手机，拨打曹教授的电话，电话在房间里不断地响着，却没有人接听。

我心里“咯噔”了一下，预感到了什么，忙伸手去拧门把。门没有锁，一拧就开。我接着推开门进去。一进入大厅，瞥见一个六十岁左右的高大男人仰面躺在地上，一动也不动。

我和父亲见了，震惊地瞪大了双眼，面面相觑。

“曹教授也出事了？”父亲小声地嘀咕了句，“看来他们倒是比我们捷足先登了。”

“爸爸，现在该怎么办哪？”我一时之间手足无措地道。

“先过去看看，”父亲随手关上门，深呼吸了一下，逐渐冷静道，“如果曹教授知道你爷爷出事，可能也预感他要出事，因此，他可能会留下来什么线索给我们。”

我深思了一下，觉得父亲说得不错，也顾忌不了这么多，连忙向曹教授走去。

来到曹教授的面前，见曹教授双目圆睁，目露惊恐，脖子处有道被匕首割伤的痕迹，血迹斑驳，身体其他处却完好无损。

“看样子是被凶手割喉而死。”我捂住嘴巴，忍住没有呕吐，惊慌地道。

“真是太残忍了！”父亲气愤地握紧了拳头，咬牙切齿道。

“到底是谁杀害了曹教授？曹教授到底知道了什么秘密？”我在心中不断地猜想着。

目光锐利而聪明的父亲环顾了下四周，仔细地观察过曹教授的身体，并没有发现什么，不禁纳闷地摇了摇头：“不可能吧？”

这是凶案现场，不能够久留，如果被人发现我们在凶案现场，可能会被当作犯罪嫌疑人。因此，必须争分夺秒地寻找曹教授可能留下来的线索。

不过，我仔细地看完之后，曹教授的身体并没有所谓密码的暗示，因此，我猜想所谓的秘密应该只在曹教授的口中。

“看来还是走吧，不然可能会连累到我们。”我见毫无所获，便道。

父亲沉默地点了点头：“或许你爷爷让我们来找曹教授，是想从他口中知道更多的海洋古生物的情况和神秘的世界吧。”

“除此之外，曹教授一定还知道什么秘密，不然凶手不可能杀害他的。”我非常肯定这一点。

说话间，突然从房间内脚步轻灵地走出一个女孩来，我和父亲见了，更是吓了一跳。这个女孩大概20岁，身材呈S形，标准得无法形容，容貌更是惊人：双眸如同深海之色，闪烁着光芒，五官标致，皮肤呈现出古铜色，宛如一个模特。

“难道她就是凶手？”我几乎惊叫出声。

“王教授，别来无恙！”女孩道。女孩的声音宛如天籁般动听，令人心灵一震。

“你是……”父亲皱起眉头，纳闷地道。

“人鱼后裔莫羽。”

“呀？”父亲惊讶地张大了嘴巴，喃喃道，“原来你是莫羽姑娘！”

“莫羽？”我在心里嘀咕着这个女孩的名字，“人鱼后裔？到底是啥情况？父亲怎么会和她认识，而且不曾听父亲提起过？”一连串的疑问涌上心头。

“这个就是你的儿子王海？”莫羽上下打量着我道。

父亲默认地点了点头。

“看样子是遗传你世代的基因，英俊非凡。”

“爸爸，这到底是……”我不解地看着父亲和莫羽道。

“你的身上应该带着《海上异妖录》和家传古玉吧？”莫羽目光炯炯地看着我，温婉异常。

“你怎么知道？”我更是震惊地瞪大了双眼。

我刚说完，忽然听到一阵警笛声刺耳地响起，吓了一跳，连忙走到窗前，瞥见公寓下已停了一辆警车，不由得惊慌地看着父亲和莫羽。

“赶紧走，此地不宜久留。”莫羽说完，转过身就往门外大步走去。

父亲向我使了个赶紧溜的眼色，也快步跟随出去。

出了门，我们知道不能直接从楼梯下去，而是向三楼跑去。

此刻，我心想，一旦被警方逮住，后果难以想象。

我们急促地跑上三楼顶层，见无处可逃，不由得失望地东张西望。莫羽却不慌不忙地从身上掏出带有铁钩的绳子，对准斜对面的高大树木用力地抛过去。那铁钩如同听话的孩子般，“咔嗒”一声卡住了。莫羽接着将另一头的铁钩钩住护栏。

“走吧！”莫羽给了我们两副手套，自己则戴上一副，双手紧紧地拉住绳子，然后顺着绳子向对面树木溜过去。

莫羽眨眼间滑了过去，利索地顺着树木滑了下去。

我吃惊地微微张大嘴巴：莫羽身上怎么会有铁钩和绳子，难道是一早就预备好的？

父亲依葫芦画瓢地滑过去，接着是我。

我们滑到树下，便顺着甬道脚步匆忙地往前面跑去。

此时，警方正在曹教授的公寓勘察现场，估计不用多久，他们必然会找到我们。我们因此会成为犯罪嫌疑人。

从幽静的公寓跑到外面大道上，为了不引起学生的注意，我们便放慢了脚步。这时，我瞥见前面树下停泊着的一辆路虎揽胜的车灯闪烁了下，似乎是打开了车门。只见莫羽走过去拉开门，钻进了驾驶座。

“还愣住干啥？赶紧上车！”莫羽见我目瞪口呆，瞪了我一眼道。

我和父亲分别坐上了后排，莫羽驾驶着路虎揽胜飞快地往外面跑去，眨眼间便离开大道，往学校门外而去。

出了学校之后，父亲不等待我询问，深呼吸一下，平缓了紧张的心情，然后道：“海仔，我知道你此刻心中有很多疑问，但是此时一两句话也无法说得清楚，所以你也不要继续追问，晚点我会一一告诉你很多谜团，包括杀害你爷爷的凶手身份。”

“爸爸……”我觉得自己快要被逼疯了。原来多年来，我一直生活在他们父子俩的谜团下。到底为什么，他们一直向我隐瞒？

“海仔，现在出了这么多事，我和你在泉州恐怕待不下去了，因此，接下来我要做的决定，希望得到你的支持。”

我看着父亲，见他目光坚定注视着前方，似乎在做一个重大的决定。

“我猜测杀害你爷爷的凶手此时正在我们居住的公寓，因此，公寓我们恐怕回不去了。”

“他们到底是什么身份？难道我们连家也不敢回去，难道我们不会报警处理吗？”我一连串地追问。

想不到父亲摇了摇头：“他们并非常人，而且我们拥有的秘密不能够告诉警方。”

“真是不可思议！”

莫羽一直认真地开车，一句话也没有说。

沉默了一会儿，我才逐渐冷静下来，道：“爸爸，那接下来我们该怎么办？”

“看来，我们需要准备东西然后出海，毕竟过去这么多年了，我们家族也应该遵守承诺。”父亲语气坚定地道。

对于父亲的话，我一头雾水。什么出海？什么遵守承诺？我忽然想起爷爷和父亲、五叔多年前出海的事情来。难道他们当年也是为了诺言吗？到底是什么诺言？我们出海是需要寻找什么？这个叫莫羽的神秘女孩到底是什么身份？人鱼后裔又是什么意思？

父亲此刻所下的决定，预示着出海的危险，还有出海的时间。总之，一切是非常有风险的事情。

“非常感谢你，王教授！”莫羽头也不回地道。

“别客气！这是我家族应该做的。”

“那么，接下来我们该去准备东西了，他们那些强盗可不是吃素的，必须尽快地逃离他们的追捕。”莫羽说完，猛踩油门，路虎揽胜如同野马一般狂奔而去。

第三章

出发

接下来，莫羽根据父亲的提示，先是到了专门做出海用具的店铺购买了一切东西，包括鱼枪、潜水的氧气瓶、地图等，细算起来，令人眼花缭乱。然后到步行街购买了衣服、罐头等所需的食物。最后，还通过黑市购买了几支猎枪。

购买一切东西之后，我们便找了家饭馆吃饭。吃饭的时候，父亲给一个人打了电话，大概十五分钟后，我面前出现了一个英俊男子。见到他之后，我大吃一惊，他就是今天开车救我们的青年。

他大大方方地落座后，自我介绍，他叫李渔，和我们家族渊源很深，总之是一两句话说不清楚。

吃饭的时候，除了我之外，父亲和李渔、莫羽三人交谈甚欢，他们似乎很早之前就认识。他们彼此根据气候分析海洋天气和需要去的地方，然后决定明天下午就出发。从他们的交谈中，李渔和莫羽的语言甚是古怪离奇，描述海洋和气候的想法完全超出我的想象范围。因此，对于他们的身份，我越发感觉到神秘莫测。

当晚，我几乎一夜未眠，脑海中都在想着爷爷死后出现的一系列事情和不明身份的人追踪。

到了第二天，父亲和李渔、莫羽再次商谈出海的事情，然后到了傍晚五点便出发。

由于要出海前往不明的地方，我的心情异常复杂，既激动又感觉到不安。

大概二十分钟后，路虎揽胜到达泉州码头附近，我原以为会在码头租船出海，不料路虎揽胜沿着码头外的山道一直往南边方向行驶。

一路上，我们都在留意车后面的情况，担心不明身份的人再次跟踪。或许，此时他们并不知道我们即将踏上航海之旅，还在我家外面守株待兔吧。

此时，只见左边是一望无垠的清蓝色海面，在晚霞的映照下，如同一片片的金色碎片；右边是青山，再过去是绿色的田野。

路虎揽胜在弯弯曲曲的山道上一直往前飞奔。随着往里面走，越发的人迹罕至。

“他们到底要到哪里去？”我注视着外面的景色，越发纳闷起来。

经过几十个弯道，路虎揽胜开始顺着海岸线的路往下面走，过了片刻，来到一片海崖处停靠下来。海崖处是海边和一片连绵起伏的高山连接处。

“到了，大家下车收拾东西吧。”父亲说完，第一个开门下车。

我虽然怀着极大的疑问，还是按照父亲的意思去车后收拾东西。等我们收拾好东西之后，只见父亲顺着海崖往山脚处走去。我便好奇地跟随过去。

沿着海崖和山岭间的隐秘的小道一直往前走，刚开始道路还是通畅，不过随着深入，道路完全被丛林间探出来的灌木丛和树木遮挡，需要用匕首去砍才能够勉强通过。

一路上，四周寂静得令人感觉到不安。空气中，弥漫着树叶腐烂的特殊味道。

转过五个弯道，父亲便挥手停下来。他注视着面前一棵高大的铁树，放下背包，然后挥动着匕首砍掉面前胡乱生长的灌木丛。他砍掉一片之后，灌木丛背后的东西便一览无余。

只见一艘古老的巨大的船停靠在海崖上，宛如一条巨大的鲸鱼，气势非凡，威风凛凛。我震惊地看着眼前的船，半天也回不过神来。

这艘古老的船全身呈现出黑灰色的光泽，船身雕梁画栋，精致、完美，显然是千年楠木所做，价值不菲。我看着这艘船，感觉这船和电影《加勒比海盗》里的黑珍珠海盗船非常相似，显得神秘诡异。

“这到底是艘什么船？”我喃喃自语。

“鲛人珍珠号。”父亲应道。

“真是一艘好船！”李渔上前抚摩着船尾，惊讶道。

“这可是我们家族遗留下来的最宝贵的财富。”父亲有些自豪地道。他说完，顺着船身旁边的梯子往上爬去。

“原来我也是船长的儿子。”我自嘲地想着。

我和李渔、莫羽三人随后依次爬上去。

上了船甲板，我们将东西放好，已经气喘吁吁。

我端坐在甲板上，仔细地打量起“鲛人珍珠号”来，只见船头高高翘起，上面安装着十来盏宫灯；驾驶方向盘闪烁着灰色光泽；三条高大的桅杆，分别由十二条粗绳牵拉着；帆布低垂，甲板平整并呈现灰黑色光泽。

“大伙将东西放进船舱吧，接下来，我们开始奇幻的冒险之旅了！”父亲说着提高了音调。

这时，莫羽掏出手机，打了一个电话，从她的谈话中，知道她是通知人过来开走路虎揽胜。她打完电话，便和我们将东西开始往船舱里面搬。别看莫羽一个女孩子，力气却不小，搬起东西走起路来，比我还要轻松和快得多。

“天哪，这到底是女孩还是女神？”我端坐在船舱里气喘吁吁地看着莫羽。自从听说她是人鱼后裔，我就一直琢磨她的身份，可是父亲不说，无论我怎么想，也完全猜不出。

这时，李渔和莫羽正在帮助父亲收拾船舱里的东西。我偷懒地仔细看起船舱来。

船舱由两部分组成，前面是卧室，后面是放置东西的仓库。仓库角落放置着很多木桶，估计是油桶或者其他东西。木板的墙壁上，挂着油灯和很多画像以及地图，仔细一看，这些画像很奇怪，大多数是海洋生物，其余的则是长相唯美和长相丑陋的人物。地图不是寻常的地图，而是古老的地图，估计是用羊皮做的。

我不由得好奇地走近地图，看到地图上是各大海洋的航海线，据我了解，这些地图从来没有在教科书或者百度上出现过，因此，可以推断这是极为隐秘的古老地图。我此时浮想联翩，爷爷当年和五叔、父亲三人，甚至从祖父开始，就一直站在我现在的位置，观察着古老的地图。

“他们出海到底是为了寻找什么？并且一代代传承下来，但是却一直找不到，因此可以推断这个东西非常重要，而且位置极为隐秘。可是这一次，父亲为什么带领我们出海寻找，他到底有什么把握？”

“你这小子，又在偷懒，赶紧过来帮忙。”父亲放下手中的东西，冲我叫了声。

我回过神来，答应一声，便走了过去。

我们整理好仓库内的东西之后，便上了甲板拉起船帆，父亲则上前驾驶。据我对于这艘古船的了解，这艘船是利用机械原理，下面安装着齿轮来带动，而且利用风力和柴、油混合动力的，驾驶起来快速、平稳，相对安全。

拉起船帆之后，按照父亲的指示拉动，顺着风向，然后缓缓向前面的大海驾驶而去。

半小时后，船便出了泉州港口，顺着平静的海面缓缓向前而去。

此时，夜幕完全笼罩着整个海面。一轮皎洁的明月倒映在海面上，海水微微晃荡着，如梦似幻。

我坐在甲板上静静地看着夜色，思绪万千。

“海仔，在想什么呀？”不知道什么时候，父亲已经来到我的身边坐下，掏出一根香烟点上，缓缓地吸起来。烟雾被微风轻轻吹散开去。

我听到背后传来的脚步声，回头瞥了眼，只见李渔和莫羽也走了过来。

“爸爸，现在能够告诉我一切了吗？”我无助地道。我感觉我依然像个长不大的孩子般，用央求的语气看着父亲道。

“李渔，莫羽，你们也过来坐下吧，我们彼此多了解一下，毕竟这次出海我们是同一条船上的人，生死共进退。”父亲头也不回地道。

“好的，王教授！”李渔和莫羽几乎异口同声道。

他们走到父亲的身边，分别盘腿坐下，目光注视着暗蓝色的平静海面。

这是暴风雨来临前的节奏。

父亲缓缓吐着烟圈，目光迷离地凝视着月光碎银，开始和我说起一段神奇的故事：“海仔，事情说起来比较复杂和神奇，我就先这么说吧，你也看过《海上异妖录》这本神奇之书，不过，或许你不知道，据说远古之时，有天外流星堕入深海，引发生物变异，由此形成了各大海妖族系。海妖一共分为八个族：1. 人鱼海妖族系；2. 鲸鱼海妖族系；3. 昆仑海妖族系；4. 冰仙子海妖族系；5. 鬼蝶贝海妖族系；6. 鲨鱼海妖族系；7. 海蛇族系；8. 海龟族系。这八个族系分别居住在深海八个不同的神秘海域。当年，我和老爷子以及神秘失踪的五叔曾经为了寻找八大海妖的居住地，花费了十几年的时间，但是只找到蛛丝马迹——为什么要寻找？一是为了探寻海洋生物的奥秘，二是相信传说和家族隐秘。家族多年来隐藏着一个巨大的秘密，就是先祖当年出海曾经误入人鱼族海域遇难，不料被人鱼族公主救下，后来彼此相爱，最后还和人鱼家族有着盟约，但凡人鱼族的后裔有什么困难需要帮忙，我们家族无论如何都必须帮忙，就算死也要，因此，今天才会帮助莫羽踏上这危机重重之旅。

“今晚出海的原因，一方面是为了逃避追杀，另一方面是我决定去履行与人鱼族当年的约定。为什么我敢出海而不考虑接下来海盗在海中的追杀，因为祖辈留下的船给了我信心；为什么我确定能找到《海上异妖录》记载的地方，因为身边有李渔和莫羽，能够认路。”

父亲说完之后，不等我询问，神秘青年李渔告诉我们，他其实就是鲸鱼族后裔，当初来找我爷爷，不料被海盗跟踪，海盗杀害了爷爷，他们的目的就是要拿我身上的东西——玉石，其实是海之锁眼——外星奇物。这个外星奇物是他们家族的东西，经过净化，变异的生物可以修补基因缺陷，没变异的可以优化基因。海之锁眼成了海妖族系以及人类争夺的宝物。

据说，上古海妖在古代经过数次抢夺，最终由实力最强的八大海妖种族瓜分海之锁眼八大碎片，一些较小的碎片流落各方。但海之锁眼主体部分无法挪动，一直留在千眼海窟之中。千眼海窟，放射源所在地，只有持海之锁眼或其碎片才能进入，因此海盗才会追杀我们。

据传说，这些海盗不是常人，而是能够活数百年之久的怪物，海盗的势力虽然能够活百年之久，却要时刻忍受着变异后非人的折磨。对于他们来讲，只有两条路走——净化（也可以讲是基因修复）或者灭亡。因此，八大海妖手中的海之锁眼碎片——净化水晶成为其最渴望的东西。

我听完父亲和李渔的话，震惊得瞪大双眼，张大了嘴巴，半天也合不拢嘴。

“这到底是演的哪一出戏呀？”此话如果不是我父亲和这个神秘青年李渔所说，我还以为他们是江湖骗子。

“这东西就是外星奇物？”我从脖子上拿下挂着的玉石仔细地端详着，完全想象不到这东西如此神奇。

“不错！”李渔很坚定地道。

“既然是你的东西，那归还你吧。”我心想既然是人家的东西，也没必要藏着。我说完，将东西递给了父亲。父亲看了一会儿，便交给李渔。

“真是非常抱歉，我们的出现给你们带来了这么多的麻烦，而且还要你们冒险。”李渔道。

“这是我们应该做的。”父亲道。

这时，我忽然想起一个问题，不由得站起来，上下打量着李渔和莫羽。后两者见我的眼神，纳闷地看着我。

“你们真的是鱼妖族后裔？”半天我才嗫嚅着道。

李渔和莫羽听了，忍俊不禁。

“你信吗？”莫羽莞尔地笑道。

“难怪长得不同常人，漂亮得要命。”我在心里想着，嘴上却说，“既然你们是鱼妖族后裔，那么，你们长期生活在深海？”我觉得非常地不可思议，他们完全没有半点鱼的影子。

“那只是传说吧。”莫羽答非所问地道。

在船上待了好几天，每天除了跟随父亲学习航海学之外，便是跟随他们学习航海地图。据我父亲所说，此次前往的地方，只有眼前这张古老的地图才有所指示，完全是片难以寻觅的海域。因此，多年来，老爷子和他、五叔，包括他的祖父在内，都在寻找这张古老的地图。这张地图上所指示的航线、水域，都是未知的。故此，可见困难重重，并且危险性也是难以预测。

所谓的航海学，涉及数学、地理学、天文学、气象学、海洋学、电子学、制图学，以及无线电技术。由于驾驶木船是古老的技术，用不上无线电，根据父亲所说，古老的驾驶船技术完全是依靠经验获得，能够准确判断，也是非常不错的一门技术。

根据古老地图所指示的，距离最近的是日本近海，北太平洋海域的龙三角，也就是诅咒海域的前哨岛，然后继续前进。刚开始，父亲看着龙三角路线眉头就深锁起来，神情有些慌张，我并没有放在心上，后来我一再向父亲打听，才大吃一惊。

龙三角是著名的“魔鬼三角”之一，多年来人们将它视为太平洋的“百慕大三角”，同样有船舶和飞机突然行踪不明，消失在这片魔海里。

自20世纪40年代以来，无数船只在这片清冷的海面上神秘失踪，它们中的大多数在失踪前没有发出求救信号，也没有任何线索可以解答它们失踪后的相关命运。它是一个与大西洋的百慕大三角（Bermuda Triangle）极为相似的三角海域。被看作是“最接近死亡的魔鬼海域”和“幽深的蓝色墓穴”。

为了破解龙三角的诡异谜团，1952年9月23日，多名科学家搭乘一艘日本海防研究舰前往龙三角区域，目的是监控海底的异常活动以从这一角度来解开上述沉船之谜。船在离港后一直保持着很高的航行速度，按理说用这种速度只需一天时间就能到达研究海域。然而在接下来的三天中该船信号全无，于是水上安全厅对外宣布了这艘海防研究舰失踪的消息。当搜救船只赶到这片海域时，只找到了一些残骸和碎片，但是没有一块碎片上刻着船的名称，也没有一个生还者能够讲述他们的遭遇……

关于龙三角的谜团，五花八门的猜测便出现了，有的说是海洋怪兽兴风作浪，有的说是台风，有的说是磁偏角——是由于地球上的南北磁极与地理上的南北极不重合而造成的自然现象，有的说是弯曲时空中所见到的奇特自然现象，有的说是外星人，甚至有的说是那片海域受了诅咒，人一旦进去，就永远也出不来了，除非是破解诅咒。总之，众说纷纭，到最后谁也没有找到真正的原因。

听完父亲的讲述，我感到非常震惊。如此一来，我终于明白父亲出海驾驶这座“鲛人珍珠号”的原因，或许只有“鲛人珍珠号”这类船只才能够更安全地通过。可是，我完全想错了，接下来惊涛骇浪的过程，却宛如电影大片般上演。

第四章
诅咒海域前哨岛

“前面就是龙三角了，也就是诅咒海域。”快速行进的“鲛人珍珠号”突然缓缓地停下来，父亲透过望远镜向外望去，一脸不安地道。

我看着地图航线，指示是北纬 25°、东经 142°，正是令人谈之色变的龙三角。

此时，时针走向上午九点。只见晴空万里，水面异常平静，一点异象也没有。

“越是平静越令人感觉到不安和恐惧，往往暴风雨来临前都是这种节奏哇。”父亲忧心忡忡道。

“现在我能够做些什么？”我第一次出海，即将面对可能出现的不可思议的景象，所以必须做些什么来应付，不然葬身深海也不知道怎么回事。

“你去帮助李渔和莫羽，相信他们能够保护你的。”父亲语气和蔼地道。他说完，目光柔和地看着我，然后轻轻拍了拍我肩膀。

我第一次见父亲如此紧张的表情和超关怀的目光，心里荡漾起一层涟漪，心想：暴风雨来了，我们是否能够逃过此难？

于是，我便向李渔和莫羽走去。他们站立在船头上，目不转睛地注视着前面龙三角的方向。他们的衣服被海风吹得猎猎作响。

我见连鱼妖族后裔也紧张不安，心里更是一沉。

随着“鲛人珍珠号”缓缓进入龙三角，原本晴空万里的天气，突然暗了下来，前面忽然袅袅地荡漾起薄雾，那薄雾柔软如丝地吹来，扑入鼻孔，有着一种奇特的味道。

“大家小心，这雾气有些怪！”莫羽提高警惕道。

“雾不会有毒吧？”我心里一顿。

“龙三角诡秘异常，大家小心便是。”父亲大声叫嚷道，“李渔，点上宫灯！”

“是！”李渔高声应道，便连忙过去点灯。

“果然没有信号可以发出去。”父亲道。

随着“鲛人珍珠号”向龙三角中心靠过去，那薄雾逐渐浓郁起来，夹带着水汽不断地吹袭而来，使人感觉进入了仙境一般。

寂静中，前面忽然响起一阵刺耳而凄惨的声音，好像是人的叫声，又好像是海妖的叫声。

“大家都听到了吗？”父亲道。

我们分别点了点头。

“应该是死人灵魂发出的声音。”父亲喃喃道。

他的话刚落，我们几乎与此同时瞥见前面出现了一艘巨大的木船，那艘木船宛如海盗船一般，全身黑色，设计诡异。乍一看，就令人感觉到惊悚和恐惧。

“船上有人？”我见到船上人影幢幢，不由得惊叫出声。

刺耳而凄惨的声音从那艘船上再次传来，如同在耳边响起一般。

“魔鬼号？”父亲瞥见桅杆上的风帆是三个海盗模样的头像，震惊得脸色都变了。

“什么魔鬼号？”我见父亲如此，暗想这艘船诡异，不由得纳闷地问道。

“这是传说中的海盗船，早在 1892 年风靡整个北太平洋海域，可是不知道为什么，后来却神秘地失踪了。”父亲接着道，“想不到是进入了龙三角，再也出不去了。”

此时，“鲛人珍珠号”逐渐靠近。我们都胆战心惊。

当“鲛人珍珠号”靠近“魔鬼号”，海浪之上风势逐渐大了起来，原本平静的海面荡漾起层层叠叠的波浪。

原本看到“魔鬼号”上人影幢幢，但是一靠近，却发现船上空空荡荡的，一个人影也没有，但是那刺耳的声音却好像从船舱中发出一般，令人心胆俱裂。

“难道船舱中还有人活着不成？”我心想海盗船里说不准还有百年的亡灵生存着，他们因为被困在龙三角，完全出不去。

“这完全不合理。”父亲摇了摇头，“不过，既然来了，我们不妨过去看看。”父亲说着，便让我们抛锚，接着用粗绳捆住“魔鬼号”，然后拿着手电筒第一个走过去。

我理解父亲的行为，他毕竟是研究海洋生物的教授，他是想破解龙三角的谜团，因此必须下船舱去弄明白。

我把半个巴掌大的金属盒子的指南针打开，发现导航完全没有了方向，心里一惊，心想龙三角可能受了磁场的影响，完全没有了信号和方向。

进入“魔鬼号”的甲板，只见甲板不知道经历过多少年的风雨，早已经斑驳不堪，却非常结实。甲板上并不是空荡荡的，而是躺着不少尸骨，应该是当年的海盗。经过甲板，小心翼翼地沿着楼梯往船舱走去。下到船舱，只见船舱里挂着油灯，并且是亮着的，不由得吃了一惊。

“‘魔鬼号’都消失上百年了，怎么还亮着灯？”我嗫嚅着道。

此时，船舱深处传来凄厉的叫声，更是吓得我们直打战。那叫声好像是男人的，显得粗犷有力。

在手电筒的光亮下，我们看到船舱内凌乱不堪，很多东西都杂乱无章地散落在地面上，而且还有不少尸骨。墙壁上四处挂着古老的地图和“魔鬼号”的字迹。

“失传几百年的古老航海地图？”父亲激动地走过去，从墙壁上拿下来，爱不释手地看着。

“那是什么？”莫羽的手电筒照到角落处的一个东西，有些吃惊地后退一步。

“还说是什么鱼妖族后裔，怎么就这个胆量？”我嘟囔了句。我嘴上这么说，但是当我看到角落里躺着一个长相特别丑陋的男人时，惊诧万分。这个男人特别肥胖，脸部已经不见一边，一只眼几乎要凸出来，拖着一双腿在艰难地移动着。而在他的面前，竟然有几个巨大的东西，这东西长着鲸鱼般的尾巴，却有着人一样的头颅和脸孔，但是双眼幽蓝，一张嘴满嘴獠牙，极为吓人。更为离奇的是，这个怪物身体的下部竟然有着一双如同巨鹰一般的脚。

“妈呀，这是什么怪物？”我吓得双腿发软，差点就站立不稳。

这时，那几条怪物转身凶神恶煞、贪婪地看着我们，张嘴就叫了起来，好像人的叫声一般。

“原来这些怪物能够模仿人的声音，看样子它们是故意吸引经过龙三角的人过来，从而吃掉了，眼前这个男人估计是最近进入这里的人。”父亲分析道。

“救救我呀！”只剩下半张脸的男人，脸部血肉模糊不堪，不堪入目。他拼尽力气艰难、嘶哑地喊出声来。

“这些是海洋中的刺鱼妖，是一种专门吃肉的怪物，不但凶残，而且能够模仿人的声音。”李渔曾经听父亲说过这种刺鱼妖，是海洋生物中极为神秘的鱼类，专门潜伏在危险的海域。

“天哪，就这么几条，也没什么可怕呀！”在美女莫羽面前，我鼓起勇气，拍拍胸口道。

“看来真是男子汉，要不你先上！”李渔抽出一把匕首要递给我。我颤抖着却没有接。

就在此时，刺鱼妖舞动着身子向我们扑过来，极为神速。他们正准备战斗，突然听到背后传来人的叫声，扭头一看，船舱内竟然不知道什么时候密密麻麻地铺满了刺鱼妖。

“这回有的玩儿了。”李渔和莫羽让我和父亲先退到角落处，两人舞动着匕首就冲过去。只见两人身影晃动，脚步轻灵，手起刀落，狠狠地刺中刺鱼妖的头颅。刺鱼妖顿时凄惨地叫起来，声音更是令人胆寒。

我和父亲见刺鱼妖扑过来，彼此背靠背，忙分别掏出在黑市买来的猎枪就开火，子弹啪啪地打中它们的头颅，顿时爆开，射出脑浆。惨叫声更加惨烈地响起，令人毛骨悚然。

“再战斗下去，可不是办法呀！”父亲开枪射中扑上来的刺鱼妖，紧张地嚷了声。

“想办法溜吧！”李渔杀死其中一条，转身向我们闪来。

莫羽更是身影灵活如猴般冲向我们，眨眼间就来到我身边。

“赶紧溜！”莫羽踹掉眼前扑上来的刺鱼妖，拉着我的手就往楼梯方向走去。莫羽的手接触到我的手的那一瞬间，我感觉到心里一震，一种莫名的、前所未有的感觉袭来，整个人顿时轻飘飘起来。

李渔也赶紧上前拉着我父亲追上来。

我们杀开一条血路上了甲板，便匆忙往“鲛人珍珠号”跑去。

但是，那些刺鱼妖宛如排山倒海般地追捕过来，它们哪里肯放过即将到嘴的猎物。我扭头见到刺鱼妖张着獠牙，呀呀呀地叫着，双腿都发软。

“跳哇！”眼看着要到达“鲛人珍珠号”，莫羽紧紧捉住我的手叫了声。

我握紧莫羽的手，拼尽力气，用力一跃，在半空中晃荡了几下，然后“扑通”一声跳进了“鲛人珍珠号”，差点没摔倒。父亲和李渔随后也跳跃过来。

他们刚跳过来，追逐在前面的刺鱼妖也纷纷跳了过来。

“解绳收锚，快！”父亲站起来，急忙跑去控制驾驶方向盘。

我和李渔忙跑到船边收锚，莫羽则去解绳子。

我们在完成这些动作的瞬间，已经有十来条刺鱼妖跳跃过来。其中一条巨大的刺鱼妖见船缓缓启动，离开“魔鬼号”，忙扑向父亲。

“小心，爸！”我拿出猎枪射击了扑上来的一条，急忙嚷道。

此时，李渔和莫羽挥着匕首去解决扑上他们的刺鱼妖，没空帮助父亲。

眼看着那条刺鱼妖要扑中父亲的背部，就在千钧一发之际，父亲不紧不慢地掏出猎枪，头也不回地开了一枪，准确地击中对方的头。父亲接着往旁边一闪，那刺鱼妖“啪”的一声，重重砸在甲板上。

“真牛！”我长舒了一口气，一脚踹掉扑在我脚下的刺鱼妖。

“鲛人珍珠号”离开“魔鬼号”，那些没有追捕过来的刺鱼妖纷纷跳跃进海中，而在船上的没几回合就被我们解决了，除了我衣服被撕烂掉，其他人都安然无恙。

此时，海面上的风越来越大，海浪荡漾起的水花一层高过一层。四周灰蒙蒙的，几乎看不到十米以外。“鲛人珍珠号”在浪花中晃荡着。

一场暴风雨即将来临的节奏。

“海仔，赶紧清理干净甲板，接下来，我们可能会迎接一场惊涛骇浪。”父亲从怀中掏出指南针看了看，然后摇了摇头。

我答应一声，便和李渔一起将甲板上刺鱼妖的尸体抛进海中。这些东西散发着尸体腐烂的味道，令人作呕不已。

我们清理完刺鱼妖尸体，刚抬头喘气，忽然瞥见前面一层高过一层的浪花翻滚着，咆哮着，声势浩大，颇为吓人。

“快，赶紧将自己的身体捆绑在桅柱上！”父亲见到如此大的惊涛骇浪，顿时也慌了，惊慌地嚷道。

我不知道李渔和莫羽这两个鱼妖族后裔是否害怕水，但我却深知面对如此巨浪，不捆绑住身体，就会被吸进深海中无影无踪了。

父亲喊完，也用绳子将自己捆在驾驶方向盘旁边的柱子上，然后紧紧地瞪着面前的巨浪，开始快速地旋转，再旋转，是想逃避开去。

但是，那巨浪排山倒海一般汹涌地袭来，而且有三五米高，咆哮着，宛如一头头巨兽扑过来。

“鲛人珍珠号”虽然巨大，但在巨浪面前却如同小孩子一般，若被打翻，后果就不堪设想。

“快，将帆布放下来！”情急之中，父亲高声地叫嚷道。

我和李渔、莫羽听了，便手脚并用地收帆。

此时，巨浪还没有到达，但是带着的水汽迎面扑来，如同下了阵雨一般，几乎将我们的身体全部淋湿。

眼看着那巨浪如同巨大的野兽张嘴要将我们吞噬，驾驶船非常有经验的父亲赶紧抡着方向盘迎了上去。在巨浪面前，如果选择逃避而不是迎上去，眨眼间船就会被巨浪打翻，从而沉入深海之中，永不见天日。

“呀！”我见巨浪扑了过来，震惊地叫道。

“真没出息！”我听到李渔那边传来讥讽声。

只见父亲驾驶着“鲛人珍珠号”顺着巨浪往上面旋转，“鲛人珍珠号”如同一粒沙子在水面上跳跃着，舞动着。

那巨浪层层叠叠地翻滚着，水花不断地飞溅着，速度甚是惊人。

“鲛人珍珠号”在惊涛骇浪之中不断地旋转着，忽高忽低，眼看着就要翻倒下去，但是就在那一刹那，船又颠簸着化险为夷。直吓得我连心脏都几乎跳跃出来。我感觉这好像在坐过山车一般惊险刺激。

当“鲛人珍珠号”连续安全躲过巨浪，前面却隐隐约约出现了一座小岛，而在小岛的四周却有一条“黑巨龙”盘旋着。这条黑巨龙高耸入云，不断地吞噬着水面，嗷嗷嗷地呼啸着，几乎和天空连接在一起了，场面甚是吓人。

“水卷龙！”父亲见到这条黑巨龙，震惊得几乎连眼珠都掉下来了。

我也被眼前的场面震撼得几乎停止了呼吸。这种超科幻的景象着实震撼人心。不过，身为鱼妖族后裔的李渔和莫羽却表现出异常的平静，看来他们对于如此的情景是司空见惯，最为平常不过了。

“难道这就是弯曲时空中所见到的奇特自然现象？”我嘀咕了声。

“那就是诅咒前哨岛了，据古老传说，这是一座神秘的岛屿，上面居住着远古海盗，这些海盗被一个海盗船长下了诅咒，因此永远也出不去了。”父亲道。

其实，原本我对于传说之事，大多数是抱着不相信的态度，但是面前诡秘异常的情景，倒是使我半信半疑了。

“王教授，这水卷龙是船的杀手，我们必须小心才行啊！”李渔注视着父亲，脸上露出担忧的神情。

“不错！一旦被水卷龙卷入，就不知道会卷到哪个神秘海域了，连逃生的机会也没有。”父亲有些胆怯地道。

根据我从电影和书本上以及爷爷教授的水上安全知识，面对如此恐怖的水卷龙，唯一的办法不是逃避，而是驾驶船迎接上前，从而冲过去。但是，一旦冲不过去，就会被卷进无尽的黑洞之中。

我刚想到这些，呼啸着的水卷龙随着海风晃动着，隐约之中宛如看到一条条黑巨龙从水面上往天空之中飞翔而去。

就在水卷龙的面前，突然出现了一个巨大的漩涡，那漩涡不断地扩大着，逐渐形成了一个巨大的黑洞。海面上的水汹涌地向黑洞内奔腾着。

父亲见了，担心“鲛人珍珠号”被吞噬进去，急忙旋转方向盘，努力不让船靠过去。可是，在惊涛骇浪之中，“鲛人珍珠号”完全是身不由己，被巨浪拍打着向黑洞“呼”的一下子冲了过去。

“呀！”我大惊失色，心想这回可彻底玩完了。

父亲和李渔、莫羽也吓得不轻，连脸色也变了，但是一时之间却手足无措。

此时，“鲛人珍珠号”在如同猛兽般的巨浪推动下，摇晃着如同箭一般向黑洞射去，眨眼间，我们还没有反应过来，就被黑洞囫囵吞噬了进去。

第五章
黑洞"吞噬"

船一被黑洞吞噬进去，我们以为必死无疑。我不知道父亲和李渔、莫羽那边是什么情况，而我被吸进去之后，忙闭气，圆睁着眼睛。

黑洞内深不可测，不知道通往何处，但是我相信这是磁场的吸引力，只有脱离磁场，"鲛人珍珠号"才能够安全逃离。黑洞里黑不溜秋，巨浪翻滚，如同无数的巨蟒张牙舞爪向我们扑来。

"鲛人珍珠号"在黑洞内被龙卷风般的巨浪掀得左右摇晃，将我晃荡得头昏目眩，胸中顿时翻江倒海一般。我知道不能够张嘴，只能够强硬地将要吐出来的东西吞进去。

随着被黑洞吞噬进更深的深海，我的意识逐渐模糊起来，感觉到海水冰冷刺骨，海水的压力压得我几乎喘不过气来。

在失去意识那一刻，我的脑海中最后浮现出了老爷子和母亲的身影，隐约感觉到他们就在深海之渊等待着我。

不知道过了多久，我在迷糊之中听到一个熟悉的声音在叫喊，那声音由远而近，逐渐清晰起来。我开始有意识起来，以为是进入了深海的黑洞，缓缓地睁开眼。我看到眼前两个模糊的身影，恍恍惚惚的，但是对方的嘴巴不停地说着话，越来越清晰。

我伸手揉了揉眼睛，才看清楚眼前是李渔和莫羽，一下子愣怔住了，半晌意识才清晰过来。

“王海，你终于醒了，没事吧？”莫羽一脸关心地问道。

我侧头看了看，我是躺在甲板上，忙撑起身子，坐了起来。我将我全身上下打量了一番，伸了伸手脚，完好无损，只是感觉到头脑依然有些混混沌沌。

“原来我们还在‘鲛人珍珠号’上，看来大家都平安无事。”我说完这句话，忽然意识到缺少我父亲，急忙问道，“王教授呢？”我说完，四处环顾，并不见父亲在甲板上，心下猛地一震。

“难道父亲出事了？”我惊慌失措地喃喃自语着。

李渔和莫羽见我如此焦急的表情，顿时笑了。

“你们还是不是人哪，我父亲都……”我见他们竟然笑了，一时之间没反应过来，顿时怒火中烧，张嘴就骂。

我骂完才意识到他们是鱼妖族，只是长着人的身体，压根儿和人族拉扯不上关系。其实，我心里一直纳闷着，明明是鱼妖族，应该长得和鱼或者妖怪一样，怎么能够幻化成人形呢？难道他们是套着人皮的妖？

“臭小子，你是不是欠揍哇，我还没死，怎么就诅咒了！”忽然从船舱那边传过来声音，然后见到父亲大步走上甲板，缓缓向我走来。

我一脸惊愕地看着父亲，不解地道：“爸，明明我们是进入了黑洞深海，怎么会平安无事出现在海面上了？”我完全不记得进入深海之后发生了什么事情。

“海仔，你还记得我们之前购买了一些磁铁吗？”父亲来到我面前，上下打量着我，见我完全没事，才放下心来。

“当然。”

“依我看，我们此次大难不死，可能是磁偏角——是由于地球上的南北磁极与地理上的南北极不重合而造成的自然现象，我们的磁铁和黑洞的磁场产生了排斥，所以才被卷出来了。”父亲分析道，“我也是和你一样昏迷了片刻，不过，可能由于我出海有经验和习惯，所以很快就醒了过来。我醒过来之后，见你只是昏迷，因此才放心去船舱看看，还好之前关上船舱，不然里面早就淹满了水。”

“不会如此巧合吧？”我从父亲的目光中隐约看出他可能在说谎搪塞我。

“除此之外，我也实在说不出什么理由。”父亲无奈地摊了摊手道。

我不再说什么，转过身来四处寻找黑洞的方向，但是极目远眺，四周海面异常平静，压根儿看不到什么巨浪、浓雾、水卷龙，甚至恐怖的黑洞。

“海仔，不要想这么多了，赶紧下去换衣服吧，接下来我们休息一下就继续出发了。”父亲说着，如释重负地拍了拍我的肩膀。

“嗯。”我点了点头。

我们经历过龙三角诡异、凶险非常的海域，已经是又冷又饿，便在甲板上支起铁锅生火煮饭，去弄鱼罐头之类的食物。我一时之间兴起，便拿出渔具钓起鱼来。我记得很小的时候，老爷子就带我到海边去玩儿，而且教授我钓鱼的技巧，每次我见老爷子注视着蓝色的海面入神的样子，都觉得他心事重重。原来，他一切都是有计划的。

此时，已经是傍晚时分。我极目远眺，只见晚霞余晖下，蓝色的海面洒满了金色的光芒，如同鱼鳞般闪烁。有几只帆船在远处散落着，估计是捕鱼船。

难得如此安静地钓鱼和欣赏美景，而且身边有莫羽这个美女相伴，我身心说不出的舒畅。

“莫羽，你能够说说你家族的故事吗？”我见一直没有鱼上钩，就凝视着坐在旁边的莫羽。

“这个……”莫羽目不转睛地注视着辽阔的海面，白皙的肌肤镀上了一层金色的光芒，“人鱼家族，据说远古之时，曾是人类传说之中的美人鱼，美人鱼居住在一片神秘的海域，那时美人鱼并没有传说中的那样唯美，而是靠吃鱼类生存的生物，长着鱼尾、人脸和人身，不知道远古什么时候，突然有天外流星堕入深海，从而引发生物变异。这生物变异，除了人鱼族之外，还有其他七个鱼族。由于生物变异，我们都非常神奇地变成了人类的样子，不但能够在深海游泳，而且能够在陆地行走，似乎成了老不死的生物。”

“真是太神奇了。”我惊叹道，“要不是亲身经历，打死我也不相信。”

“可是，这生物变异一直困扰着我们，如果无法打开封印，几百年后，我们的命运不知道会如何。”

“封印？”我皱起眉头，不解地问道。

“这个现在和你说你也不会明白，主要是找到我们需要的东西，到时候你自然会明白。”

“我可以问你一个女孩子最讨厌的问题吗？”我见莫羽有所隐瞒，便转换话题。

“什么？”莫羽忽然蛾眉轻锁，用深蓝色的目光看着我道。

“你究竟有多少岁了？”我见莫羽的双眸间闪烁着如同萤火虫的光芒，不由得爱慕地张大了嘴巴。

“你猜？”莫羽莞尔一笑。

她的笑容在我心里荡漾起一片涟漪。

“哎，有鱼上钩了！”莫羽轻声叫道。

我连忙拉扯鱼竿，收线。但是，这次鱼线很沉，显然是条大鱼。我接下来花费了九牛二虎之力，才将鱼钓了上来，一看，竟然是条十来斤重的海仓。

我们在甲板上狼吞虎咽地吃完晚餐之后，便点上宫灯。父亲在怀中掏出一张地图来，让我们都过来看。我看到这张地图正是从“魔鬼号”上拿过来的，当时没有具体细看。

这是幅古老的地图，色泽暗淡，也不知道是用什么材料做的，特别有韧性。地图大概长有80厘米、宽40厘米，上面用笔画着航海线路，每个线路都注明地址。地址都是一些奇怪的名字，完全没有听说过，而且线路也看不太懂。

“王教授，这幅地图比较古老，不知道上面画着什么路线？”李渔挠着头问。

“如果我猜测得不错，这幅地图是瞪羚皮做的，传说是三百年前一个进入深海的探险家所画，名叫‘圆图’，但是不知道怎么会在‘魔鬼号’出现。”父亲说完，用手指指着地图左上角两个奇特的文字道。

难道是‘魔鬼号’上的海盗偶然遇到这幅画，还是他们得知这幅画有什么，所以才盗窃？”我觉得后一种可能性比较大。

“地图上有山、有岛屿、有海岸线，但是无从知道是什么地方。”莫羽只是在深海天涯的一角居住，当然看不懂这幅古老的地图。

父亲皱着眉头，仔细地打量着地图上每个线路和名字，尽可能翻译出来。他看到地图最右边皱褶着，不由得伸手过去抚平。当他看到边角处不平整的线条，顿时愣怔住了。

“原来如此，原来如此！”他突然站起来，激动得全身发抖，然后拔腿就往船舱跑去。

过了一会儿，父亲拿出船舱内的古老地图和圆图拼接在一起。

“果然吻合！”父亲激动得双目发光，“难怪我和老爷子多年追寻的秘密一直无法破解，原来我们拥有的地图是残缺不全的。”

我仔细地看起地图来，圆图和这块地图拼接在一起真的是一幅完整的地图。根据地图所示，是一幅古代泉州航海之路图，而我们的目的地就是北太平洋。看到这个信息后，父亲拿出古老的海上航海图来，经查找之后，父亲的手指最终定位在一个地方，就是太平洋北赤道洋流遇大陆后的向北分支，起源于菲律宾群岛的吕宋岛以东海区，流经我国台湾一带，东到日本以东与北太平洋西风漂流相接。

“根据地图的指引，我们需要寻找的千眼海窟就在这片海域。据传说，那片海域有着一座消失几千年的神秘古城。”父亲很肯定地道，“这个地方我们没有去过，不过据我和老爷子调研的海洋生物学资料，这一片海域不但诡异，而且潜伏着无数的危险生物，因此，这次要弄到千眼佛窟，风险可能还大过龙三角。”

“千眼海窟，到底是什么样的？”我小声问道。

“传闻是一个古盒，到底是什么样子，我也没见过。”父亲说完，收起地图，目光深邃地凝视着安静的海面，脸上露出淡淡的担忧。

“古盒？”我心想这个东西可能非常神奇，不然不会被隐藏在深海之中。

“据我所知，日本暖流跟千岛寒流交界的地方有北海道渔场，千岛寒流在这里会有下沉流；这部分下沉流会在海底向南移动，最远到北纬 10° 左右；北海道这里有个日本的原住民民族，被日本屠杀得很惨，特有神秘气息，这个民族叫阿依努族，就在北海道附近。这个民族藏着进入神秘海域的秘密，就是古代先利用海潮向北到达北海道这里的黑潮，再在寒暖流交汇处利用千岛寒流的下沉流，从海底往南进入神秘海域，最后顺着下沉流直接进入龙三角范围内的一片珊瑚岛或者火山群岛范围内。”

“北海道的阿依努族？”我自小跟随老爷子学习海洋生物知识的同时，老爷子也向我讲述海洋的岛屿和岛屿上的居住民以及教授我语言。因此，对于这个阿依努族，我还是了解的。据我所知，北海道以前被称为虾夷地，住着阿伊努族人，它地处日本本州的北端，面积约占日本国土 1/5(83451 平方公里），居住着约 570 万人，是日本最北方的岛屿。阿伊努人是日本列岛最早的居民和主人。最早的历史可追溯至日本禅文化时期，也就是旧石器时期或新石器时代。由于被歧视、欺压，1980 年阿伊努人人口竟减少到 2.4 万人。而古代阿伊努人曾是一个渔猎民族，驾着独木舟在海上游弋，持弓箭在林中逐鹿奔跑，过着自由自在的生活。有自己的语言、文化，属蒙古人种和尼格罗——澳大利亚人种的混合类型。他们不高的身材、淡褐色的皮肤及波状翻卷的黑发，都显示出其与大和民族不同的特点。他们信仰万物有灵和多神，每年都举行隆重的“熊祭”和“鲑祭”仪式。广袤的北海道森林和原野、蔚蓝的大海是他们赖以生存的故乡。

“如果是要通过下沉流进入海底的神秘海域，‘鲛人珍珠号’可是办不到哇，”李渔挠了挠头道，“除非是我和莫羽进去，除此之外别无他法。”

父亲呵呵地笑了笑：“李渔，你有所不知，‘鲛人珍珠号’除了是艘古老的船，它还具备一个神奇的功能，就是潜水功能。”

“不是吧？”李渔和我惊讶地瞪大了双眼。

“不然你认为我会贸然冒险吗？”父亲得意地笑道。

“不错！‘鲛人珍珠号’是一只有神奇力量和生命力的船，鱼人族的宝贝船。”莫羽道。

当夜，我们都在商议着寻找这片神秘海域需要经过哪些航线以及可能会发生的意外。根据天气，这段时间没有狂风暴雨，但是海上的天气是老天的脸，说变就变，诡秘莫测，所以处处小心便是。

接下来的日子，“鲛人珍珠号”根据圆图指引，顺着北太平洋海域而去。一路上，几乎没有遇过什么船只，也看不到追捕我们的海盗，倒是看到不少岛屿出现。不明的生物在水域潜伏，巨大的海鸥和怪异的东西在岛屿上空盘旋，时不时地发出一声令人胆战的声音。

“前面应该就是我们要到达的海域了。”父亲站在船头上用望远镜注视着前方，脸上流露出一阵莫名的不易察觉的紧张。

“黑潮。”我也通过望远镜凝视着前面的海面。只见海水看似蓝若靛青，其实它的本色清白如常，所以叫作黑潮。由于海的深沉，水分了对折光的散射以及藻类等水生物的作用等，外观上好似披上了黛色的衣裳。

“真的非常漂亮！”莫羽双眸迷离地凝视海面，“不过，还是比不上八大海妖族系居住的地方。

“漂亮的是坟墓，就如漂亮的女人一样，越是漂亮，越是危险。”李渔道。

“真是不可救药的男人。”莫羽没好气地白了李渔一样。

我的嘴角抽搐了下，还是目不转睛地盯着眼前的黑潮。此时，由于是秋季，水温大概是 25 摄氏度，黑潮的流速约 125 ~ 170 千米。这都是表面上看到的，但是一旦进入黑潮之中，里面的情况异常复杂，可能会出现大弯曲现象（日本学者称为大蛇形）。一旦那样，情况就非常不妙了。

“李渔，莫羽，海仔，”父亲收起望远镜，瞥了眼防水手表，转身走向驾驶方向盘，“这时候倒是风平浪静，而且时间还早，我们必须尽快通过去。”

李渔和莫羽没有言语，同意地点了点头。

父亲缓缓地转动方向盘，“鲛人珍珠号”便不紧不慢地顺着路线往黑潮而去。

为了安全起见，这次我们也分别将自己绑在船上。

“鲛人珍珠号”原本在海域上驾驶，但是当进入黑潮之后，顿时被巨大流量的海水冲击着往前飞快地驶去。一进入黑潮，父亲便紧张地驾驶“鲛人珍珠号”，但是在巨大流量的海水冲击下，船逐渐失控，完全在黑潮的控制下。

“鲛人珍珠号”顺着海水在波浪中起起伏伏，不断漂浮着。在接下来的时间，大概半小时内一直持续着。

父亲担心船被海流推翻，因此异常紧张地掌握方向盘，却有些力不从心。

此时，我们耳边尽是哗啦啦的水声，其余的什么也听不到。

在震惊间，我忽然看到前面出现了一条巨大的黑蛇，那条黑蛇特别长，一颗巨大的头颅正对着“鲛人珍珠号”张着血盆大口，双眼血红，长长的芯子不断地伸缩着，甚是吓人心魄。

“妈呀，这可是妖蛇！”我惊呼了声，但是声音如入泥海。

眼看着“鲛人珍珠号”就要撞击进妖蛇的血盆大口，而父亲却无法转动方向盘，只能够眼睁睁地看着要被妖蛇吞噬。但是，在接近妖蛇的那一瞬间，我发现那其实不是蛇，而是黑潮形成的大弯曲现场，因此看起来似大蛇。

原本我紧绷的心弦顿时一松，刚张嘴喘气，不料海水吹拂过来，被泼了一脸。我当场愣怔住了。

“鲛人珍珠号”在黑潮的推动下，顺着大弯曲海域往前如箭疾般冲去。我们在晃荡的船上只能瞪大眼睛看着，完全无能为力。

“鲛人珍珠号”在大弯曲中晃荡了好几个弯道，忽然前面出现了一片岛屿，那片岛屿上树木茂盛，有土著人出没。

“难道这里就是我们需要寻找的地方？”我几乎尖叫出声。

但是，随着“鲛人珍珠号”靠近这片岛屿，岛屿竟然在眼前眨眼间消失得无影无踪了。这时，我才恍然大悟，原来这就是海市蜃楼。

突然，一阵冰冷的水汽向我们袭来，与此同时，我们瞥见前面的黑潮形成了一个巨大的洞窟，而且这个洞窟不是一直往前延伸，而是向下延伸。那洞窟中的海水不断旋转着，浪花翻滚，既美艳又吓人。

“这是黑潮形成的奇特水流现象，大家小心！”父亲叫嚷了一声。

他话音刚落，“鲛人珍珠号”呼啸着往洞窟冲进去，眨眼间便没了踪影。

第六章

与“守护神”深海巨龙搏斗

“鲛人珍珠号”进入黑潮洞窟之中，我们看到头顶隐约渗透下光亮，这些光亮如同薄雾之中的晨曦，丝丝缕缕，甚是唯美。洞窟之下，却是黑魆魆的海水，如同妖怪般跳跃，张牙舞爪，甚是吓人。不过奇怪的是，“鲛人珍珠号”顺着黑潮洞窟冲下去的过程之中，里面竟然没有半点海水渗透进来，仿佛里面是个密封的空间。

我们四人震惊地看着眼前这一切，觉得完全不可思议。这个洞窟是磁场引起的效果，还是难以理解的黑洞原理?

可是，我们还来不及高兴，洞窟下面的吸引力越来越大，并且更加冰寒，更为恐怖的是洞窟如同水库崩溃，海水瞬间从四面八方向我们汹涌而来。顿时，我们如同进入冰窟之中，全身冰冷刺骨，禁不住打起冷战，不停地哆嗦着。

冰冷的海水使我们全身发抖的同时，水压越来越大，使我们越发喘不过气来。我们心想继续这样下去，一会儿就真的完蛋了。

不过，这奇特的黑潮变幻莫测，就在我们以为必死无疑的时候，“鲛人珍珠号”被下面一阵浮力撞击，然后竟然如同箭一般向上冲去。随后我心想，推“鲛人珍珠号”上来的应该不是什么海底巨怪，而是磁场的作用。

“鲛人珍珠号”转眼之间便被浮力冲击而上，“噗”的一声浮出水面。我们猛然睁开眼睛看着眼前的一切，只见面前是一片平静的海面，哪里还有什么黑潮的魅影。我们见彼此平安无事，不由得幸灾乐祸地笑了。

“差点冷死了！”我忽然意识到全身被冰水淋湿，忙去解绳子。我解绳子的同时，不经意地看向莫羽，见她衣服完全贴着身体，露出玲珑的曲线，甚是唯美，不由得张大了嘴巴。

莫羽似乎感觉到我的目光，向我瞥过来，见我如此表情，不由得恼怒地瞪了我一眼，嗔怪道：“真是色狼一个！”

我听后，嘻嘻地傻笑了下。

“那是什么？”李渔指着西边方向道。

顺着李渔所指，我们看到远处的海面上是一片绿洲，不由得惊讶地面面相觑。

“该不会又是海市蜃楼吧？”我道。

父亲忽然想到什么，忙解开绳子，拿出望远镜看起来。他边看，嘴角边露出微笑。然后看到他拿出地图和指南针来，看过之后，怀着激动的心情道：“那片就是我们要去的阿依努族居住的岛屿了，看来真的是不幸之中的万幸。”

听父亲如此一说，证明我们误打误撞进入了这片神秘海域。

我心想，阿依努族居住在神秘岛，可能守护着千年海城的巨大秘密。

“出发！”父亲来不及换下衣服，高兴地嚷了声，然后旋转起方向盘，向神秘岛驾驶而去。

随着往神秘岛越走越近，岛屿越来越高大，有些甚至是崇山峻岭连绵起伏。黑色的怪物在山水上空穿梭，眨眼间便无踪无影。

由于在岛屿间穿行，“鲛人珍珠号”必须小心谨慎，因为水底杂木或者其他东西会多，因此可能会触礁。

此时，“鲛人珍珠号”缓缓地沿着深蓝色海面往前移动。辽阔的海面在两山之间，逐渐狭窄起来。一缕缕的阳光从山岭间透下来，射入海面和山岭间，闪烁着一缕缕的银光。四周一片寂静。不明的鸟类或者怪物在上空鸣叫，然后扑棱着翅膀盘旋着，似乎在观察着突然的闯入者。

我们都屏静气声，仔细地观赏眼前宁静而唯美的景象。但是，越是宁静，越使我们感觉到不安。似乎这片岛屿是危险的区域，只是表面上看不出来。

根据圆图指示，海底之城就在前面不远处了，只要拐过几条弯道便可以到达。不过不知道为什么，越是接近目的地，我越觉得不对劲。而且这种不祥的预感越来越强烈。

当"鲛人珍珠号"拐过眼前这条弯道，山岭之间的水道越来越狭窄，而且水面上有很多杂树，出于安全考虑，我们便决定停靠"鲛人珍珠号"，从而放下小艇。四人上了小艇之后，由李渔撑船，缓缓地沿着杂树之间的空隙往前划动。

小艇转过弯道，接着往前而去。

正行间，我忽然瞥见前面的水中有个黑色的东西射出粼粼的波光，正虎视眈眈地盯着我们，不由得小声惊道："你们看，那是什么？"

李渔停止动作，和父亲、莫羽顺着我所指的方向看去，也皱起了眉头。

"那是啥怪物？"父亲嘀咕了声。

那怪物并没有动，一直盯着我们的小艇。正在此时，小艇的四周悄无声息地浮出一个个黑色的怪物，少说也有二十来头。

我们见了，顿时大吃一惊。

只见那些怪物体形不小，全身黝黑，头巨大，一双眼如筒状一般。

"父亲，你见多识广，这到底是啥海洋生物？"我虽然对海洋生物有研究，但是哪里见过这种？

父亲拿出望远镜仔细地看完，眼睛顿时睁得越来越大，震惊道：

“如果我没看错，这是深海龙鱼，是一种凶残的捕食者。它有一个大头，有大量又长又尖的獠牙。现在我们看到它们身上的光，正是因为它有一个发光器钓饵长在下颌。它不断闪烁，前后摆动，以此来诱惑猎物。但奇怪的是，深海龙鱼生活在1524米深的海底。在那里，来自天空可见光在中层带就已经被吸收掉了，深层带形成极暗的环境。在这样的环境中，它的眼睛特化成筒状，在大型水晶体下面密布感光细胞。”

李渔和莫羽认同地点了点头。

“深海龙鱼攻击性强，特别凶猛，所以我们必须小心。”李渔道，“据我鲸鱼族的传说，这种深海龙鱼又称为鱼族的守护神。”

“不会吧？”我惊讶道，“不过，眼前它们已经将我们包围了，下一步该怎么办？”我完全没了主意。

“它们现在可能是静观其变，或者是等待它们更多的同伙过来。”莫羽道。

此时，我们四人都紧张地绷紧了神经。

“事不宜迟，还是赶紧溜吧。”父亲嘀咕了声。

李渔沉默地点了点头。他便缓缓撑船，向前面划去。

小艇往前划动了十来米，这些深海巨龙却突然之间沉下水中，眨眼间完全没了踪影。

我们顿时一惊，心想情况不妙，这些东西可能要潜伏下去，准备攻击小艇。

李渔急忙用力撑快小艇。小艇竟然如同箭一般地往前冲去。我见了，惊讶地看着李渔，心想这个鲸鱼族后裔力量真的是惊人。

小艇撑离此区域大概三十米，却依然没有见到它们的踪影。我越发觉得不妙，心想它们是凶残的捕食生物，不可能放弃即将到口的食物，难道我们当中有什么它们惧怕的东西，所以才不敢行动，还是有其他原因？

我正想着，前面突然冒出一头巨大的深海巨龙，身躯宛如牛一样巨大，正张开血盆大口，露出参差不齐的獠牙，目不转睛地盯着我们。

我们都吓得不轻。

"快！不能停！"父亲伸手抹了把脸上的冷汗，急忙喊了一声。

李渔也知道不能停留，更是发力撑小艇划过去。可是，眼看着小艇就要冲上去，从这头深海巨龙的后面接二连三地浮出十来头。

"呀！"我震惊地瞪大双眼。

此时，小艇要是冲上去，一定会被撞翻。一旦翻船，我们四人都成了它们的食物。

李渔毕竟自小在深海居住，谙熟海洋生物的特性。他没有停船的意思，而是更加用力地划过去。

这时，我听到后面一阵阵哗啦啦的水声，忍不住好奇地回过头，却见后面密密麻麻的深海巨龙打着水花气势凶猛地扑了过来。

此时，情势危急，一不小心，我们可就要葬身此处了。

"赶紧抓牢！"李渔叫嚷了声，猛一发力，然后小艇竟然翻起半边，从深海巨龙之间的空隙之中冲过去了。

我们紧紧地抓住小艇，感觉如同坐过山车一般刺激、惊险。

可是，眼看着小艇就要冲过去，突然从平静的水面下钻出一头巨大的深海巨龙，张嘴就直接扑了上来。

此时，小艇速度太快，压根儿无法闪避，眼看着就要直接撞击上去。

我暗喊了声"不好！"，小艇就"啪"的一声擦着深海巨龙的嘴角而过。小艇被突然撞击，顿时一震，便往左边侧翻下去。

我紧紧地抓住小艇，但是被突然而来的冲击力一震，霎时间便被抛了出去，"扑通"一声摔进水中。与此同时，我还听到"扑通"的落水声。

我一摔进水中，便拼命往上爬。我自小在泉州港口长大，爷爷经常带我去游泳，所以水性非常好。我钻出水，便抹了把脸，看到一个头颅在前面距离三米远的地方钻出水面来，这个头颅正是我父亲的。

在父亲的后面大概五米的地方则是小艇。小艇上的李渔和莫羽目不转睛地看着我们，眼神里充满了紧张。

我心下一顿，往四处环顾，只见身边不远处正有三条深海巨龙向我们快速地游过来。

“爸爸，小心！”我叫嚷了声，便向父亲游过去。

父亲看到深海巨龙游过来，知道情势危急，一时之间慌了。其实，父亲也是自小跟随爷爷学游泳，加上出海研究海洋生物，所以也是游泳高手。

“快，游过来！”李渔急忙叫了声，然后掉转船头向我们靠过来。

那三条深海巨龙眨眼间围拢过来，突然抬起头来，张开大嘴，露出又长又大的獠牙，就扑了过来。

我和父亲情不自禁地打了个冷战。

“海仔，战斗吧！”父亲双目坚毅，强作冷静道。他说完，掏出匕首就低头一骨碌钻入水中。

在这个关乎生死的重要关头，我深呼吸一下，使自己怦怦跳动的心脏缓解下来，然后掏出匕首，勇敢地刺向即将扑过来的深海巨龙。

在这种情况下，我和父亲完全处于被动，一不小心就会葬身于巨龙口中。

我握匕首的右手举到半空中，瞥见那獠牙咬过来，顿时吓得屁滚尿流，忙往一边闪避。

此时，我忽然听到背后传来哗啦啦的水声，显然是父亲和深海巨龙在水下搏斗，然后瞥见血涌上水面。我心顿时一凉，心想这回父亲出事了。我想到此处，急忙向父亲拼力游过去。而我后面，则传来水响。我知道是深海巨龙紧紧追了上来。

在这个生死攸关的关键时刻，我一旦拼不过深海巨龙——其实本来就拼不过——就必死无疑。就在我要游到父亲那边时，突然一条深海巨龙“呼”地一下子钻出水面，双眸不断地流着血，张着獠牙号叫着，一脸恐怖的样子。我吓了一跳。

随即，从它的背后钻出一个头颅来，正是我父亲。只见他安然无恙，不断呼哧着喘气。

"海仔，留意后面！"父亲急忙喊道。

我听到后面的水响，知道深海巨龙正在后面扑过来，忙往旁边一闪。刚闪避过去，深海巨龙就擦着我身体冲过去了。

我倒吸一口气，拿着匕首扑向对方。我清楚眼前的情况，一旦放松丝毫，我和父亲就会被吞噬。

正在此时，李渔和莫羽已经来到前面，只见他们从小艇上跳跃过来，身轻如燕，踩着深海巨龙的背脊，宛如神仙下凡。

"天哪！"我暗暗惊叹了声，瞪大了双眼。随即，我扑上前面的深海巨龙，抡起匕首就直接插入对方的头颅。

那深海巨龙突然被匕首插中，顿时涌出血来。它痛得拼命地扭曲着身体，同时张嘴猛咬，尾巴用力拍打着水面。

我担心被拍伤，忙后退闪避。

这时，父亲正在和一条深海巨龙战斗，眼看着父亲要被对方吞噬，就在千钧一发之际，李渔扑了过来，跳到对方的头颅上，一把匕首直直地插了进去。对方被突然而来一击，立刻沉入水底。

"快走！"李渔从对方头颅上跳下，拉着父亲的手拼命地往小艇游去。

我眨巴了下眼睛，惊讶之间，忽然听到四周哗啦啦的水响，吓了一跳，忙四处环顾，只见几条深海巨龙扑了过来。

"哎哟，这可不是闹着玩的。"我嘀咕了声，只见莫羽踩着深海巨龙的背脊轻如燕子般飘了过来，顿时目瞪口呆。

"还不快溜，是不是想死呀？！"莫羽来到我身边，伸手过来拉住我的手，就猛地用力将我一提。

我被莫羽一提，身体不由自主地从水里往上面飞上去。我吓得惊魂未定，身体就在即将落下水中的那一瞬间被莫羽接住，然后被她拉着踩着深海巨龙的背脊跳跃着往小艇上跳去。

几个回合之间，我们已经跳到船上。

李渔见我们回到船上，猛一用力撑船，小艇擦着水花便向前冲去。

我和父亲软绵绵地躺在小艇上喘气，半晌也说不出话来。

第七章
拼杀

李渔撑船从前面几条深海巨龙之间的空隙穿插而过，不一会儿就完全逃避开这片恐怖的水域。

我回头瞥见那些深海巨龙被远远抛在后面，紧张的神经霎时一松，长长地舒了口气。

“王教授，你没事吧？”莫羽弯腰下来，注视着父亲的右手臂。

我才愣过神来，忙上前查看，见父亲的手臂处有着大概三厘米宽、五厘米长的裂口，宛如蜈蚣般，正往外面渗血。

“看来是被深海巨龙的獠牙擦伤的，要是被咬伤，估计整条手臂都……”莫羽道。

我忽然想起出海前买的止血药——为了防止意外伤害而买的，这时倒是派上了用场，于是连忙在裤袋摸索，却不料落在“鲛人珍珠号”上，没有带过来。

不料莫羽从怀中掏出一个小瓶子，打开，对准父亲的手臂倒上去，是白色的药粉。药粉一倒进父亲的手臂，父亲顿时痛得龇牙咧嘴。

药粉一会儿就见效了，父亲的伤口不再渗出血来。我见了，心里顿时一松，用感激的目光上下打量着莫羽。只见她的侧脸看起来异常漂亮，而且特别温柔。在那一瞬间，我被她这种慈祥的温柔深深打动了。

莫羽接着掏出一条手帕，撕开，然后将伤口包扎了下，这才完全放下心来。

父亲感到伤口逐渐愈合，感激地看着莫羽，忽然见到我傻愣愣地看着莫羽，不由得愣住了。

“你们这一对父子俩真是没大没小的。”莫羽忽然看到我和父亲看着她的目光异样，不由得羞涩地嘀咕了声。

“要不是她大你很多，你可以追求她呀！”父亲靠过来，在我耳边低声道。

我摇了摇头，道：“看样子身材不错，但是她好像好厉害的样子，你儿子可不是对手哇。”

莫羽假装生气地转过身，不再理会我们。

我和父亲默契地相视而笑。

小艇此时拐了个弯，进入了更深、更狭窄的水域。水域的左边是崇山峻岭，右边则是高低起伏的山坡，再过去就是山岭。山坡上遍布密林和灌木丛，偶然有不明的声音传来。

正在这时，远处密林处惊起不少鸟儿，它们惊慌地扑棱着翅膀往四处飞去。

“里面有情况？”我道。

父亲点了点头，却不言语。

接着，他从怀中掏出地图来，用手指指着地图上的一个位置，正是密林的前方。

“难道有人比我们捷足先登？”父亲嘀咕了声，“还是里面发生了什么事情？”

李渔听了，见我父亲向他点了下头，便将小艇靠岸。

“赶紧过去，看看是什么情况。”父亲一跳上岸，就快步向密林跑进去。

我和李渔、莫羽三人也紧紧地追了上去。

密林里异常安静。树木高大茂盛，落叶稀疏，灌木丛撒野地生长着。

我们四人快速地穿梭着，宛如逃命一般。随着往里面跑去，密林越来越茂盛，树木也越来越高大，有的甚至高耸入云。出于安全考虑，担心林间有陷阱机关之类或者猛兽、毒蛇，所以父亲逐渐放慢脚步，小心地观察情况。

突然，不远处传来一声嘶鸣声。

“是鹰的叫声。”李渔道，“传闻阿依努族人喜欢养鹰，看样子是他们没错，他们可能遇到了什么意外情况，所以养的鹰才嘶鸣。”

“那赶快过去！”父亲点了下头，加快了脚步。

于是，我们四人也不顾及这么多了，快步地在林间穿梭，跑了大概十五分钟后，忽然听到前面传来打斗声和叫喊声。

“快！”李渔说着，第一个冲在前头。

我们跑到打斗声的近处，便闪在树木后观察情况。

只见前面的林间空地上有五个高大的男人，身穿同我们类似的服装，脸部黝黑，双眼巨大，正拿着匕首和三个人打斗。三人中有一个是女孩，约莫20岁，皮肤棕色，双眸宛如水潭一般幽深清澈，身穿黑色长裤和短袖上衣，头戴鸟羽（象征着勇敢），脖子处挂着贝壳饰品，手持弓箭，而另外两个男人身材不高，穿着兽皮，全身黝黑，脸上画着奇怪的颜色，留着黑黝黝的胡子，手持弧形匕首，正凶神恶煞地迎击敌人。地面上，分别躺着双方几人，正“哎哟”地叫着，明显受伤不轻，其中两人身上中箭，靠在树下大声地喘气。

此时，雄鹰在半空中嘶鸣，估计是在叫帮手。

“不死海盗？”莫羽差点惊叫出声。

“就是这些老不死的海盗，他们怎么会比我们捷足先登？”父亲握紧了拳头，轻声砸在树上。

这些强盗正是和之前在泉州追捕我们的人一模一样。

“他们怎么会突然出现在这里？他们是从哪条路线进入这里的？

他们怎么会知道秘密藏在这里？”所有的疑问一下子涌了出来，但是我却猜不透。

“看样子，这几个人应该就是阿依努族人，不死海盗怎么和他们打斗起来了？”李渔纳闷道。

“如果我猜测得不错，这些人可能和海城有着莫大的关联，海盗因此想从他们身上知道更多的信息。”父亲道。

“如果有关联，不死海盗不可能派出这几个人来吧？他们应该知道阿依努族人的厉害。”我道，说完忽然想起之前追捕我们的海盗，却不见他们的身影。

“现在该怎么办？”莫羽道。

此时，不死海盗逐渐占了上风，其中一个阿依努族人被匕首刺伤胸部，撑不住就摔倒在地上，而且五个海盗将女孩和另外一个包围起来打斗，可谓情势危急。

“如果阿依努族人知道千眼海窟的秘密，或者说他们守护这个秘密，加上不死海盗是我们的敌人，我们自然要帮助他们。”父亲道。

“赶紧上吧！”李渔说着，掏出匕首，也不等待我们回答就快步冲了上去。

我和父亲、莫羽也不甘落后，随后快步冲上去。

正在拼杀的双方忽然瞥见我们冲过来，都蒙了下，手上却没有停止。

“小女孩，我们是来帮助你的。”父亲用阿依努族语叫了声。

女孩和另外一人听了，愣怔了下，便奋力拼杀。

不死海盗似乎看出了端倪，其中三人掉过头来就抡起匕首向我们砍来。

这些海盗身形巨大，行动如同猛兽，而且气势吓人，倒是让我们吃一惊。

“哎哟，看来是找错对象了。”我心里暗暗苦笑了下。

李渔却不慌不忙，抡起匕首就迎上去。我知道自己不是这些不死海盗的对手，但是见父亲和莫羽也勇敢地加入战斗，不由得深呼吸一下，抱着拼死的心态也冲了过去。

只见其中一个海盗扑向李渔，居高临下挥起匕首就砍了过去。我暗自尖叫了声，却不料李渔弯腰侧身闪避，然后动作快捷地伸脚去绊海盗。那海盗虽然凶猛，却由于冲击力太大，一时之间急刹不住，便“扑通”一声摔倒在地面上。

另外两个海盗，其中一个扑向莫羽，后一个则扑向父亲。我担心父亲不是对手，便拼命跑过去帮忙。

这时，我瞥见海盗背后，那女孩闪避开攻击她的海盗，跳跃开几步，抡起弓箭对准对方，快速地射击。那海盗闪避不及，“扑通”一声摔倒下去，“哎哟哟”地惨叫着。海盗一边尖叫，一边伸手去拨弓箭。

我看得触目惊心。

就在我愣神的一刹那，忽然见海盗飞起一脚，将我父亲踹开，然后一把匕首向我刺过来。我大惊失色，吓得没闪避。就在这一瞬间，一支弓箭呼啸着从海盗背后射击而来，只听见“噗”的一声射中海盗背部。那海盗顿时痛楚得面目狰狞，然后，“啪”的一声摔倒在地上。

我感觉到全身冒汗，不由得倒呼出一口冷气，然后伸手抹了把冷汗。

在接下来的打斗中，李渔和莫羽分别解决一个，阿依努族人那边的也完全解决掉了。

“你没事吧。”父亲走过来，轻轻地拍了拍我肩膀，关心地道，“下次别被吓傻了，不然不是今天这个结果。”

我沉默地点了点头。我心想我乃一介书生、生物学研究生，对付单独的一个平常人还可以，可不是不死海盗的对手。

父亲见大家都平安无事，便向那个女孩走过去。

女孩和另外一个右脚受伤的阿依努族人也向父亲走了过来，但是可以看到他们的眼神依然充满警惕。

“非常感谢你们的帮助！你们到底是谁？为什么要到这里来？”

女孩道。女孩说完，深潭般清澈的双眸上下打量着我们，目光之中流露出野性和警惕。

“我们也是被这些不死海盗追杀而来的，其中的缘故一时之间也难以说得明白，”父亲深思了下，才道，“我心想，这些海盗不止他们几个，另外还有人，估计也来了。”

父亲的话刚说完，忽然听到山顶处那边传来一阵刺耳的不明声音。女孩和那个阿依努族人听了，脸色顿时变了，也不再和我们说什么，转身就往声音处迅速地跑去。他们在林间如同野鹿一般奔跑，速度甚是飞快。

“走，过去看看！”父亲说着，也快步跑过去。我和李渔、莫羽三人也不甘落后。从刚才女孩紧张的表情来看，前面一定发生了紧急的事情。

我们四人跟随着他们疾速地穿过一大片密林，一路飞奔。跑了片刻之后，眼前出现了一片用木头搭建的房屋。房屋搭建在岭脚下，错落有致。

这时，我们听到一阵阵的打斗声和惨叫声从前面传来。转过前面的房屋，看到阿依努族人和不死海盗正在殊死搏斗，二十多个高大的不死海盗和三十来个精壮的阿依努族人混战在一起，地上也躺着好几个受伤的。

女孩和那个阿依努族人一见眼前的情形，便扑了过去。女孩边跑，边拉弓瞄准目标射击。弓箭接连准确射中几个不死海盗。这些不死海盗虽然受了箭伤，但是越发勇猛。

“安卡拉！快，去帮助酋长！”其中一个粗壮的阿依努族人砍掉一个不死海盗，高声嚷道。他刚嚷完，后背就被不死海盗匕首刺中，顿时痛苦地抽搐着。

安卡拉一听，忙收起弓箭，快步向山顶跑去。

“跟随她！”父亲当机立断道。

我们四人跟随安卡拉一直往山顶跑去，大概跑到半山腰，房子逐渐稀少，只见在一块突出的位置上搭建着一座偌大的木房子，居高临下的样子。

此时，房子外站立着二十多个不死海盗和几十个精壮的阿依努族人，他们分成两边站立着，却一动也不动。

我们一见此等情况，就感觉事情不妙了，立马停止脚步。

这时，从房子里走出三个人来，其中一人是身穿兽皮、头戴鸟羽、脸上画着颜色的粗壮男人，约莫 50 岁。在他的背后紧紧贴着两个黑壮海盗，其中一人用匕首架在前者脖子处。

那两个黑壮海盗我第一眼就认出来了，正是在泉州城区追捕我们的两个。

“天哪！他们怎么会比我们还早到这里了？”我百思不得其解，“我们出发之后，后面明明没有跟踪，他们又怎么会知道我们要到这里来？他们又怎么会知道这些阿依努族人隐藏着秘密？”一切的疑问涌上心头。忽然，我心里一顿：“难道他们是从曹教授那里获得了这个秘密？爷爷当初让我们找曹教授，也是让我们从他那里获知千眼海窟在阿依努族人这里？”

“酋长！酋长！”下面的阿依努族人一见酋长被匕首架着出来，纷纷愤怒地叫嚷起来，其中几个想上前去拯救，被挡在前面的不死海盗伸手拦住。

“你们不想酋长挂的话，就全部给我后退！”用匕首架着酋长的不死海盗嘶喊了声。

下面的阿依努族人担心酋长出事，纷纷后退。

在场的海盗都得意扬扬地笑起来。

安卡拉站在我们旁边手足无措，心急如焚，却不敢行动。我从酋长看着安卡拉和安卡拉看着酋长的眼神之中，看出了无奈和慈爱，心下暗想，这两人估计是很亲近的人，可能是一对父女。

“现在该怎么办？”我冲父亲道。

“还能够怎么办，只能见机行事了。”

这时，绑架酋长的不死海盗目光越过人群，落在我们的身上，双眸之中流露出贪婪和野性，嘴角得意地抽搐了下。

“捉住他们！”用匕首架着酋长的不死海盗向我们一挥手，高声叫道。

其余的不死海盗听了，纷纷扭头看过来，接着七个海盗凶神恶煞，气冲冲地向我们跑过来。他们边跑嘴角边露出邪恶的笑意。在他们的眼中，我们只不过是宛如蝼蚁一般的弱小者。

“快跑！”父亲暗喊了声。

“快，跟随我来！”安卡拉突然掉转身，就往前面跑去。

我心想，要是在这里打斗，七个不死海盗估计不是我们的对手，但是安卡拉可不敢随意动，结果就很难说了。

安卡拉一跑，我们四人也慌忙跟随上去。

不死海盗在后面“嗷嗷”地笑叫着，疾速地扑了上来。

我们沿着空旷的林地往下面密林跑去，跑了片刻，便进入密林之中。一进入密林，我们快跑了一段距离后，实在跑不动了，便倚靠在大树背后喘气，再看那些不死海盗，也追了过来，距离大概三十米。

靠在我和父亲斜对面的安卡拉，向我们做了个手势，意思是让我们往里面隐藏。我和父亲面面相觑，点了点头。我领会到安卡拉的意思，心想她自小在岛上长大，打猎为生，自然箭法过人，在密林打游击战，不死海盗自然处于劣势。

“真是聪明的女孩！”我嘀咕了声，便和父亲向前面跑去。

李渔和莫羽此时已经隐身于密林间，影影绰绰，快速移动。

一场紧张的战斗即将开始。

我跑了一段距离，刚隐身探头出去，忽然瞥见安卡拉从树后放出一箭，射向跑在前面的不死海盗。只见弓箭如同闪电一般射去，还没等到对方收住脚步闪避，“噗”的一声射进对方的额头。那海盗还没有发出声音，就“扑通”一声仰倒在地上，双目圆睁，双手和双脚开始抽搐起来。

其余海盗大吃一惊，愣怔了一下，急忙闪避到旁边的大树后隐藏起来。

“爸爸，我们总不能干等着吧。”我深呼吸了下，冲父亲小声道。

“现在我们过去是帮倒忙，还是见机行事吧。”父亲皱着眉头道，“更何况，海盗需要的是你身上的东西，自然不能够让他们得逞。”

我默认地点了点头。我瞥见安卡拉见暴露了位置，便快速地往其他树木跑去。她接二连三地跑过几棵大树，便没了踪影。

密林之中，一片死寂，一场厮杀的暴风雨即将来临。

过了片刻，忽然听到前面传来一声沉闷的惨叫声，接着便一片死寂。

第八章

神秘海域

我和父亲只能从树后观察前面的情况，连屁也不敢随便放一个。这时，我隐约看到西南方向有一个熟悉的身影，不是别人，正是安卡拉，她宛如灵猴一般顺着一棵需要两个人合抱的大树爬上去。她爬上其中的一根树丫之后，便贴着树木观看四周的情况。我心想，进入密林厮杀，对于安卡拉来说，只不过是场刺激的游戏。而现在，游戏才刚刚开始。

安卡拉环顾四周的情况，瞥见不死海盗六人分成三队，正提高警惕，小心地往里面搜索。而其中两个不死海盗正向我和父亲的方向悄无声息地摸索过来。

此时，并没有看见李渔和莫羽的身影。

“他们到底跑哪里去了？”我纳闷地嘀咕了声。

我和父亲隐藏的密林，灌木丛很少，只有高大的树木遮挡，因此一旦被他们发现，再隐藏起来就非常难。

“怎么办？”我压低声音道。

父亲反而冷静地伸出手指在嘴上，做了个不要说话的手势。

眼看着那两个不死海盗越来越接近，大概距离我们五米的时候，突然，一支弓箭从他们背后的树上射过来，“噗”的一声射进其中一名海盗的背后。那海盗惨叫一声便握紧穿过身体的弓箭，脸上的表情痛苦不堪。

“儿子，上！”父亲坚毅地咬了咬牙，便转身冲出去，疾速地冲向另一个还没回过神来的不死海盗。

我见父亲如此英勇，自然也鼓起勇气冲过去，毕竟上阵莫过父子兵。

那位不死海盗见我们冲上来，冷笑了下，放开旁边的不死海盗，瞪圆双眼，气势汹汹就扑上来。父亲毕竟是跟随过老爷子，三脚猫功夫还是懂一些。他见不死海盗扑过来，知道面对面对打不可能是对手，所以虚晃了下，就闪避开去。

我冲过去，也不敢靠前。此时，我和父亲完全将对方合围起来。我们虽然手拿匕首，但面对如此强悍的敌人，还是心虚。

“臭小子，交东西出来就放你一条生路，要不然不要怪老子不客气。”不死海盗怒吼了声。

我吓了一跳，握着匕首的手微微颤抖了下，差点没掉下去。

我冲父亲使了个眼色，见他会意地点了点头，便不屑地吓唬他：“大笨猪，你看看你背后，一支弓箭正对准你。”

不死海盗一听说弓箭，就情不自禁地打了个冷战，急忙转过身，脸色惊慌地看向远处。我和父亲见机会来了，便一起冲上去，等待他回过神来，我的匕首已经架在他的脖子上。

“我都说你是大笨猪了，你还真的信！”我嘻嘻地笑道。

不死海盗双眼暴怒地瞪着我，倒是吓着我了。

尽管匕首架在对方脖子上，我是担心他突然反击，便冲他喝道：“废话少说，给老子放下匕首投降，不然白刀子进去、红刀子出来！”

“你敢！”不死海盗毫无胆怯地道。

“要不你试试看！”我冷冷地笑道。接着，我将匕首往他的脖子上轻轻一拉，顿时，一抹鲜血涌了出来。

不死海盗见了，才长叹一声，将匕首扔在地上。

父亲担心旁边中箭的不死海盗反击，便用绳子将他们一起捆绑起来。

“给老子老实一点！”我伸脚狠狠地踹了他们一脚。

刚踹完，前面再次传来几声惨叫声。从声音可以判断，估计是安卡拉和李渔、莫羽三人将他们搞掉了。

“哎哟，想不到一介书生还能够打倒强壮的不死海盗，真是不可思议呀！”莫羽从其中的一棵树后走出来，拍了拍手道。

“嘁！一介书生，我可是跆拳道高手。”我得意地道。

“少吹！”父亲瞪了我一眼。

这时，李渔和安卡拉分别走过来，见我们平安无事，才放松下来。

“王教授，你足智多谋，现在我们该怎么办？”莫羽注视着我父亲道。

“安卡拉，”父亲将目光看着女孩，“如果我没猜错，酋长就是你父亲吧？”

“你怎么会知道？”安卡拉惊讶地微微张了下嘴巴。

“刚才我看你和酋长对视的眼神就多少猜测出来了。”

“真是厉害！”安卡拉佩服地点了点头道，“你们到底是什么人，为什么到这里来？”

“这个……”父亲沉思了下，才缓缓和安卡拉说了我们的情况，“李渔是鲸鱼族后裔……”

安卡拉听完情况之后，皱着眉头，过了片刻才道：“如果我猜测得不错，这些不死海盗和你们一样，也是来寻找隐藏在千年海城里的千眼海窟。不过，你们可能有所不知，千眼海窟对于我们来说是个禁忌，是阿依努族人千年来守护的秘密，因此，只要我们族人在，它就不会被打扰的，但是看来这个秘密要被打开了。

“依我看来，不死海盗可能会知道这些信息，因此，他们才绑架你父亲，让他带路。”父亲道。

“要想打开千年海城，不是一件容易的事情，因为进入千年海城有守护神，至于这个守护神到底是什么，我们无从得知，传说是巨大的怪物。”安卡拉说起话来，非常干脆利落，声音也带着磁性，“就算打败怪物，也要拥有打开千年海城的钥匙，因此，不死海盗绑架父亲可能也是知道钥匙在他手上。”

“那现在我们该怎么办？”我无奈地摊了摊手。

“这些不死海盗追捕我们，如果没有回去，不死海盗估计想到后果，他们不可能再让人过来，而是让我父亲带路前往千年海城。”安卡拉分析道。

“那事不宜迟，不要让他们捷足先登了。”我摩拳擦掌道。

李渔和莫羽以及父亲认同地点了点头。

“我可以带领你们去，但是有个条件。”安卡拉道。

“你说。”父亲道。

“救下我父亲。”

“这个我们答应你。”父亲道。

“希望吧！”安卡拉道，“可是……要进入千年海城，必须要进入神秘的海底世界，那里有一条宛如巨蛇的海底通道。”

“这个你倒可以放心，我们的船能够潜水进去。”父亲道。

“你们的船？”

父亲掏出指南针看了看，然后往西南方向指去：“就停泊在外面，叫“鲛人珍珠号”。”

“那就跟随我来吧。”安卡拉说完，带头往前面跑去。

由于事情紧逼，安卡拉跑起来特别快，加上她对于密林的道路熟悉，几次差点将我们弄迷路。

我们一路快跑兜兜转转穿过密林，很快就看到水域，而且还瞥见停靠在岸边的小艇。父亲用阿依努语和安卡拉说了水中有深海巨龙的情况。安卡拉听闻之后，皱了皱眉头，告诉我们这些深海巨龙是阿依努族的守护神，一直居住在这一带，就连阿依努族也惧怕它们。她说完，顺着父亲指的方向看了一会儿，然后挥手让我们跟随她继续往前走。

在安卡拉的带领下，我们很快穿梭过密林出现在“鲛人珍珠号”前。我们分别跳跃进水中，顺着绳子爬上了船舱甲板。

一上甲板之后，安卡拉便向父亲指示方向。父亲来不及换下湿淋淋的衣服，便让我们起锚，拉上帆布，启动了“鲛人珍珠号”。

我和李渔、莫羽三人进入船舱之后，分别换了衣服。在换衣服的时候，我忍不住瞥向莫羽的方向，见到她白皙宛如“S”形的曲线后背，就禁不住喉头发紧，不断地咽口水。我不知道一个人鱼族的女孩对于爱情和性爱，是否和我们人类一样有着同样的感触。换了衣服上了甲板，由于打拼了很久，已经又累又饿，便开始弄饭吃。我们坐在船头吞着鱼罐头之类的食物，想着接下来的战斗，就沉默起来了。

父亲按照安卡拉的指示，驾驶着“鲛人珍珠号”从停泊的区域掉头出来，顺着海域往外面驾驶而去。出了这边海域，沿着南边方向驾驶。安卡拉告诉我们，穿过前面的海域，转入山谷，再顺着急流山谷下去，有个黑潮，过了黑潮便是寒暖流交汇处，利用千岛寒流的下沉流，从海底往南进入神秘海域，顺着下沉流直接进入龙三角范围内的一片珊瑚岛，就能够进入传说之中的千年海城。不过，她提醒我们，急流山谷海流很急，必须小心。我们听了不以为然，因为危险的龙三角和黑潮我们都能够避开，更别说什么小小的急流。我们所担心的是，怎么去干掉那些不死海盗。

“鲛人珍珠号”穿过前面的海域，进入两座山之间，兜兜转转了片刻，就完全进入了一条山谷。我看到这片山谷，顿时吃惊地瞪大了双眼。

只见两边的高山高耸入云，树木密布。天空阴暗。山谷好像是被大地撕开一般，露出一条缝隙来，足够让“鲛人珍珠号”通过。

此时，四周万籁俱寂。一种不祥的预感开始袭来，我心想情况不妙了，便提高了警惕。

突然，昏沉的天空轰隆隆地响起来，好像雷公在放屁。响声过后，一道闪电“噗”地撕开云层，随即“啪”的一声击中山谷上的树木，那树木应声而着火。

我们几人看了胆战心惊，连大气也不敢喘。

随着“鲛人珍珠号”往里面驾驶，只见原本平缓的海流逐渐变得湍急起来。在电闪雷鸣之间，“鲛人珍珠号”顺着急流呼啸着冲了下去。我们在船上感觉如同坐过山车一般，心脏怦怦地跳动。

“妈呀，这可不是一般的急流哇！”我感觉“鲛人珍珠号”就要飞下去了，吓得连忙抱住桅杆。

“快，放下帆布！”父亲尖叫起来。

李渔和莫羽以及我，包括安卡拉，都快速地去解绳子。

当帆布解下来，一道闪电在前面闪过，在闪电间，我们瞥见前面的山谷间出现了一棵巨大的树木，正好拦截在中间。

而闪电上空，一条巨龙在盘旋着，嗷嗷嗷地叫着。但是，随即这虚幻的景象眨眼间消失得无影无踪了。

“不好！”父亲大喊了声。

要知道，“鲛人珍珠号”一旦撞上树木，后果难以想象。但是，此时水流太急，我们完全没有办法制止即将发生的事情。

眼看着“鲛人珍珠号”就要撞上去了，我们都胆战心惊地张大了嘴巴，完全束手无策。就在那一瞬间，突然水流往下一沉，“鲛人珍珠号”的桅杆贴着树木飞速而过，险象环生。

紧接着，“鲛人珍珠号”如同穿云箭般呼啸着钻出水面，顺着急流激荡而下。

我看着眼前的情景，明显地听到自己的心脏“噗噗噗”地跳动着。

此时，我们都绷紧了神经，谁也不敢大声说话，似乎是担忧打扰了这里的“魔鬼”。

“鲛人珍珠号”在急流中飞快地穿梭着，宛如一叶扁舟，任由摆布。我们注视着翻腾的浪花，紧张的心忽高忽低，就差点没掉出心腔。

我们正惊魂未定间，突然一道闪电“轰隆”一声，如同炸裂一般劈在前面山谷上的树上，那棵巨大的树木随即被劈成两块，掉入山谷。

“大家小心！”父亲在情急之中嚷了一声，然后努力旋转方向盘。但是，在急流之中，父亲完全操控不了“鲛人珍珠号”。

只见那两块树木宛如巨人一般向“鲛人珍珠号”砸下来，眼看着就要砸到船上。忽然，急流涌起，然后“鲛人珍珠号”如同闪电一般向前冲去，只是船尾和树木擦过。

我吓得心胆俱裂，半天回不过神来。

“你爷呀，不带这么吓人的吧。”我双腿瘫软地坐在甲板上，双手颤抖地抱住桅杆。

“真是废物一个！”李渔那边传来细小的讥讽声，如同浪花的私语声。

“鲛人珍珠号”顺着山谷一直飞奔，惊险地转过几个弯道，便看到前面出现了一座如梦如幻的冰城。冰城内人影幢幢，都是穿着兽皮的土著人。

“‘鲛人珍珠号’撞上去就玩完了！”我尖叫道。

“这里不会有冰山，只有海市蜃楼。”安卡拉注视着冰城，轻轻皱着蛾眉，冷静地道。

“这梦幻般的冰城，估计就是黑潮，可能是寒暖流交汇影响，或者是磁场的效果。”父亲分析道。

此时，我听到哗啦啦的水声，接着看到“鲛人珍珠号”进入冰城之中，那里哪有什么土著人，只有黑黝黝翻滚的浪花。那些浪花或张牙舞爪，或吞云吐雾，或变幻成巨大海妖，奇形怪状，甚是吓人。

“鲛人珍珠号”在其中穿梭，眨眼间便飞出很长一段距离。但是，这黑潮浪花汹涌，不断翻滚着扑上来，眼看着“鲛人珍珠号”就要被吞噬，却化险为夷。我连续吃了好几次海水，但已经习惯了。

“鲛人珍珠号”在黑潮中荡漾着，逐渐平缓下来。

“前面就是千岛寒流，我们即将利用下沉流从海底往南进入神秘海域，所以大家快下船舱。”父亲见时机到了，便边解下捆绑身体的绳子，边叫嚷道。

我们四人听了，也纷纷解下绳子，跟随父亲一起进入船舱。进入船舱之后，将甲板和船舱的门窗锁死。

父亲下到船舱，便进入第一舱。只见他蹲下去，拉开身下的甲板，露出一个足以容纳一个人下去的洞。他随即弯腰钻了下去。我和其余人也好奇地跟随下去。

下到下面的船舱，父亲点亮了宫灯。

我仔细地打量起船舱，只见是个偌大的空间，里面安装着古老的仪表板和现代的航海仪器，除此之外，便是一些奇特的海洋生物标本。

父亲坐在古老的仪表板上，轻轻旋转着方向盘。他一边旋转，一边查看指南针，确定方向之后，便启动按钮。父亲告诉我们，这个古老的仪表板其实是人鱼海妖族系设计的，利用指南针和古老的机械技术设计、磁场感应等原理，进入神秘的海底世界，而现代的航海仪器则是他和老爷子加以设计改装的，只适用于深海潜行。

父亲说着，启动一个按键，仪表板上便显示出船外的海水，只见海水翻腾着、呼啸着，压根儿看不清外面的情况。

“这里就是千岛寒流的地方了。”父亲掏出地图来，在地图上用手一指。

“千岛寒流？”我嘀咕了声。据我所知，千岛寒流又名亲潮，在北纬40°附近，日本本州岛东北海域，与黑潮（又名日本暖流）相遇，并入东流的北太平洋暖流。亲潮主干流速在每秒1米以下，表面温度低、水色浅、透明度小。寒流密度较大，潜入暖流水层之下，在其前缘与黑潮之间形成“潮境”。

此时，李渔和莫羽沉默不语。他们端端正正地坐在椅子上，分别低头沉思，偶尔抬起头来凝视着王教授。

父亲前两天告诉我，李渔和莫羽虽然失去了灵力，但他们自小训练，一般人可不是对手。我看到他们搏斗深海巨龙和不死海盗就可以看出端倪来了。

我正想着，“鲛人珍珠号”前面突然出现了一个巨大而模糊的身影，那身影在波涛翻滚中游弋着，张大嘴巴，露出长长的獠牙。还没有等我们看清楚，就拍着尾巴消失了。

“刚才到底是什么怪兽？”我研究海洋生物毕竟是通过书本，而且没见过如此的怪物，惊讶地道。

“这可能是长期潜伏在千岛寒流的怪鱼吧。”父亲毫无把握地道。

“据说，千年海城有巨兽守护，眼前这个不明怪物可能就是吧。”安卡拉道。

“该不会攻击‘鲛人珍珠号’吧？”我担忧地道。

“这个很难说。”安卡拉道。

安卡拉的话刚说完，“鲛人珍珠号”突然被翻滚的浪花吹荡得左摇右晃，接着往下沉流沉下去。在沉下去的同时，瞥见一条深深长长的好像河沟的通道直通深海。估计这就是下沉流的通道。

“鲛人珍珠号”顺着下沉流飞快地冲下去。我们透过仪表板，看到前面只有墨色的海水，其余的什么也看不清。

第九章
神庙“守护”兽

“鲛人珍珠号”顺着河沟的通道一直往下冲。

父亲曾经说过，这艘“鲛人珍珠号”经过精心改造，不是一般的浪涛冲击得了的，因此我大可以放心。

随着“鲛人珍珠号”顺着下沉流呼啸着冲下去，拐了几个弯道，一直往南移动，就基本到目的地了。

这时，安卡拉告诉我们，上千年前，海妖去往神秘海域要从千岛寒流的潜流中过去，所以在寒暖流交汇地也就是他们的出发点修了个神庙，神庙就隐藏在海城内；钥匙放在神庙里，然后时光变迁，神庙沉入海中，后来阿依努族出现，发现了海妖们的秘密。而不死海盗在古时候就是神秘海域的原住民,他们后来物种变异才变成了不死海盗，不过传说他们活得非常痛苦，其中的原因好像和外来物种有关。不死海盗不知道从哪里获知消息，钥匙就隐藏在我们族系，因此，我们族系难逃一劫。

听完安卡拉的讲述，我暗想着我们要寻找的只是一个传说，却想不到是海妖族系修建的一个神庙，而不死海盗却是原住民。

此时，“鲛人珍珠号”在向南的移动中，逐渐平静下来。深海的世界也看得清晰起来。“鲛人珍珠号”在潜行中，不断地与大量唯美的鱼群擦肩而过。那些成群的不知名的鱼在湛蓝的水中盘旋着，不断变换着阵形，鱼鳞闪烁着银色的光芒。

随着“鲛人珍珠号”越来越潜入深海，各种各样奇怪的鱼纷纷在眼前闪过，其中一条巨大的鲸鱼擦着“鲛人珍珠号”而过。这时，四处遍布着水草和其他不知名的藻类，却没有看到其他海洋动物。海水泛着绿色，整个海底世界被烘托得十分诡异。

父亲掏出地图来，根据指南针的指示，再和安卡拉对照，确认千年古城就隐藏在这片神秘的海域里。但是，这片海域寂静得有些异常。

我们五人目不转睛地盯着外面，担心随时出现意外。在这样的深海中，有传说之中的海怪，有不死海盗，还可能隐藏着其他我们无法想象的危险。

这时，忽然瞥见海藻深处隐约有船游过去。

“是船？”安卡拉立刻提高了警惕。

“如果我猜测得不错，应该是海盗船。”李渔道。

“按照时间推测，他们也应该到了。”我道。

“如果是不死海盗，我父亲就在他们船上，接下来该怎么办呢？”安卡拉用无助的眼神看着我们。

“只能见机行事了。”父亲答应一声。

为了隐藏得更好，“鲛人珍珠号”缓缓地靠过去。在深海之下，“鲛人珍珠号”可能不是海盗船的对手。不死海盗在海上生存了这么多年，掌握的古船的技术和设计，应该超乎想象。

“鲛人珍珠号”往前行进了片刻，我们便看到一条古老的大船出现在前面。这条古船呈现出黑漆漆的光泽，船头挂着狼头，全船设计有些奇形怪状，一股逼人的气息直逼过来。

“这就是传说之中的海盗船？”我震惊地道，“比‘鲛人珍珠号’，甚至《加勒比海盗》所谓的‘黑珍珠号’还更有气派。”

父亲看完海盗船之后，也和我一样震惊。

“真的是一艘好船！”李渔也赞叹道。

“真是大惊小怪！”莫羽不屑地道，“比起我家族更加古老的船来说，这艘海盗船只是小巫见大巫罢了。”

说话间，海盗船飞快地往前航行，眨眼间便消失在我们眼皮底下。

“这哪里是海盗船，分明就是神出鬼没的‘幽灵’船！”父亲嘀咕了声。

“鲛人珍珠号”加快速度追踪上去。过了一会儿，四处弥漫的海藻逐渐消失，泛着绿色的海水变得更加幽蓝起来。眼前出现了一望无际的珊瑚礁。这些珊瑚生长得奇形怪状，五颜六色，各种各样不明的鱼群在其间游弋着，显得特别寂静、唯美。

据我研究生物学的知识，了解珊瑚是生长在温度高于20摄氏度的赤道或者热带、亚热带的，水深在100～200米。珊瑚是刺胞动物门珊瑚虫纲海生无脊椎动物，珊瑚的身体由两个胚层组成，分别是内、外胚层，都很薄，没有细胞结构的中胶层。

“鲛人珍珠号”顺着珊瑚礁继续往下沉，海水由于缺乏阳光的照射，越来越幽暗起来。

“鲛人珍珠号”沉下去不久，前面出现了一条如同巨蛇的隧道。

“顺着隧道进去，估计就是前面不远了。”安卡拉心情焦急地道。

父亲点了点头。他驾驶着“鲛人珍珠号”顺着隧道进去，里面逐渐昏暗下来。

过了片刻，在朦朦胧胧中，我们瞥见前面出现了一座巨大的物体，随着接近，我们才发现是古老的城墙。

“目的地到了，大家穿好潜水服、戴上氧气罩和氧气瓶，带上鱼枪，准备出发。”父亲站起来，有些激动地瞪大双眼注视着城墙。

我们四人听了，从船舱爬出去，到了中层船舱，便分别准备。我见安卡拉茫然地看着我们，我才想起她没有这些设备，便拿出一套给她。我们在购买的时候，为了避免意外，就多买了几套。

安卡拉似乎没有用过这些东西，因此惊讶地看着我。我一边穿潜水服，一边教授她。安卡拉感激地点了点头，然后按照我的指示穿潜水服。

父亲一边穿潜水服，一边不忘提醒我们，这次进入深海的千年海城，里面的危机不说，我们更要小心对付不死海盗，这可不是闹着玩的。

我们心里清楚，此次行动非同小可，可能是非死即伤，后果难以想象。

整理好一切东西之后，父亲便打开潜水舱，我们鱼贯而出。

从“鲛人珍珠号”潜水舱出来后，我们在安卡拉的带领下，向附近的千年海城游去。由于千年海城处于深海之中，下面看起来就显得不太清晰，隔着二十来米的距离就完全看不清楚了。

我们一边游，一边四处环顾，担心不死海盗突然出现攻击，或者不明的海底怪兽攻击。我们提心吊胆地游了一会儿，见四处没有异样，逐渐放松了警惕。

游弋到海城旁边，我伸手在城墙上摸索，隐约感觉到古老城墙千年的历史气息。

父亲和安卡拉他们搜索了一会儿，便顺着城墙往上游去。

我们游到城墙之上，只见一座古老、巨大的古城浮现在眼前。由于光线有限，所以我们目光接触到的范围有限。此时，我们只能够见到城墙内有不少房子，由于过了千年，经过海水腐蚀，早已经是残破不堪。在残垣断壁之间，生长着很多水藻之类的东西，其中也有不明的生物若隐若现。

这时，我们看到东边方向有二十来个人影往南边游去。

“悄悄跟随过去！”父亲向我们挥手示意，我们会意地伸出了个“ok”的手势。

我在心里想，按照目前的情况，不死海盗应该掌握了神庙的位置，现在正赶过去。我们跟随过去必须不被他们发现，不然我们五人可能都会葬身在这里。

顺着残垣断壁，通过水藻之类的东西隐匿着过去，正想继续往前游，带头的父亲忽然伸手指示让我们停止。

我透过隐约的光线看到三个不死海盗在前面的城墙处隐藏着，而更远处就看不太清楚了。我心下一顿，暗想这些不死海盗难道是担心我们追随而来，所以让人潜伏起来，一旦发现情况便立刻通知？我想到这里，知道情况越发复杂了，不死海盗可不是这么容易对付的，毕竟他们是活了几百年的怪物，智商比我们还要高。

“这三个不死海盗估计是门卫，其余的不死海盗应该进去寻找神庙了。”父亲向我们做动作说明。我自小跟随老爷子学习手语，父亲所做的动作完全难不倒我，倒是李渔和莫羽以及安卡拉一知半解，不过可能大概猜测到了什么意思。

接下来，父亲和我们研究分析，下一步的计划是先派一个人去引开他们，然后其他人进去，但是引开他们的这个人必须能够安全逃走，不然被绑架还会有生命危险。

我们五个人，除了我和父亲不是自小训练之外，安卡拉和李渔、莫羽都是能够一个打三个的高手，所以任务就落在他们的身上。李渔毕竟是男人，所以他第一个站出来，直接向不死海盗游过去。

我们见到他游到不死海盗附近，三个不死海盗见了，忙一起追过去。李渔假装着害怕，忙惊慌失措地往前面逃去。

父亲见机会到了，便挥手示意前进。

我们游到不死海盗刚才的位置，瞥见前面城墙之中有个大门，估计其余的不死海盗是从这里进去的，便游了过去。

进入城门之后，发现里面是个偌大的庭院，估计古时候是大户人家居住的地方。庭院内泛着暗绿色光芒，隐约透出一股诡异的气息。

我们没有见到不死海盗的身影，便继续往前面游去。庭院之中有不少石头和水草，几乎遮挡了视线。

当我们穿梭过庭院，进入里面之后，发现前面有不少不死海盗，一下子算不过来，其中包括安卡拉的父亲。安卡拉的父亲此时被一个身形高大的不死海盗捉住，正和对方比画着什么。

安卡拉一见到父亲安然无恙，就向我们比画着，应该是激动又紧张。

此时，这些不死海盗停留在一座好像庙宇的房子前，却不敢上前。

“难道这就是传说之中的神庙？”我心下暗暗嘀咕着，“他们来到这里为什么不敢进去呢？”

安卡拉注视着父亲的手势，然后向我们比画着，估计有大事情发生了。

她刚比画完，我们还没弄明白是啥情况，突然从前面伸出一条巨大的海足，快捷地宛如老鹰捉小鸡一般捉起一个不死海盗。那个不死海盗吓了一跳，想伸手去掏匕首，但是双手被海足牢牢地捉住，完全动弹不得。

其余的不死海盗，包括我们都大吃一惊。

我暗想，这到底是啥情况？难道正如安卡拉所说，有巨兽守护神庙？这巨兽到底是海底的什么生物？

其余的不死海盗顿时乱了方寸，个个面面相觑。

“我们就等着看好戏吧。”安卡拉得意地向我比画着。

被海足抓住的不死海盗在半空中拼命地挣扎着，但是完全无济于事。好像是头领的不死海盗回过神来，忙向手下挥手示意。这些不死海盗领会了领导的意思，纷纷掏出匕首，其中两个大胆的，向不明怪物游过去。就在他们要游到兄弟的面前时，突然从海足的两边伸出两条巨爪，快如闪电般地一下子就将游过去的两人抓住。其中一个不死海盗在慌乱之中抬起手来，因此巨爪只将他的身体捆绑住。他忙用匕首去砍爪子。那条爪子软绵绵的，匕首砍下去，如同砍在海绵上，顿时将爪子砍掉一角。巨爪突然一松，那不死海盗便摔倒下来。

就在不死海盗摔下来的瞬间，突然传来不明怪物的怪叫声，响彻整座海城。在场的人，包括我都禁不住打了个冷战。

“难道真的是巨兽？”我暗暗吃惊。

就在此时，被抓住的两个不死海盗被那怪物的爪子用力一勒，两个不死海盗顿时有进的气，没出的气了。那怪物接着用力一抛，向其余的不死海盗砸过去，他们纷纷闪避。被抛出去的两个不死海盗侧身躺着，半晌也没有动静，看来是挂了。

就在大家惊魂未定间，前面慢慢地钻出一个巨大的怪物来，这怪物有着多个巨大的爪子，在爪子的中间有着巨大的头颅和超级大的眼睛，宛如电灯一般诡异地闪烁着。

在场的人哪里见过此等怪物，都吓得愣怔住了。

“呀！”我震惊地将嘴巴张成了“O”形。这条怪物全身好像长着鳞片，半乌黑的样子，也不知道活了几千年了。

我的肩膀突然被人轻轻一拍，我下意识伸手过去一摸，软绵绵的，顿时吓了一跳，忙看过去。只见安卡拉向我比画着，告诉我，这就是传说之中神秘神庙的守护神——巨型章鱼。

“巨型章鱼？”我嘀咕了声。

不死海盗头领见情况不妙，但是眼看着就要找到东西了，怎么可能就此放过？因此他挥手示意手下分开来，然后完全将巨型章鱼包围起来。

他们将章鱼包围后，立刻掏出匕首，一起向章鱼攻击过去。安卡拉的父亲则被不死海盗头领拉在一边看热闹。

“这回可有好戏看了！”对于游戏迷来说，我哪里见过真人版人类和章鱼战斗的场面，顿时兴奋和激动起来。可是仔细一想，这可不是一般的人类，而是不死海盗，不死海盗和巨型章鱼的游戏估计很刺激。

巨型章鱼的眼睛好像扫描仪一样扫过这些不死海盗，然后愤怒地吐出水沫，接着抡起爪子疾速地分别拍向攻击过来的不死海盗。

这些不死海盗见章鱼拍过来爪子，纷纷闪避。其中有几个闪避不及，被巨爪拍个正着。他们一被拍中，顿时顺着水流往下冲出去。其余的不死海盗可不是吃素的，拿着匕首就去砍章鱼的巨爪。不死海盗毕竟在海底世界与深海巨兽打斗，自然吃亏。他们的匕首还没有靠近，其中几个就被拍飞，另外几个被牢牢捉住，举在半空中动弹不得，只有进的气，没有出的气了。

这些不死海盗毕竟没有鱼枪之类对付海兽的武器，几个回合下来，不是被拍伤，就是被捉住。其中几个更是被拖到巨兽的背后，或者被巨兽吃瓜子般进了嘴巴。而巨兽几个回合下来，只有几条巨爪被砍伤。可是对于巨兽来说，区区几条巨爪受伤，只是小儿科。

不死海盗们见兄弟们不是受伤就是被拍得昏迷不醒，或者被吃掉，毫不胆怯，更拼命地和巨兽拼杀。一时之间，刀光剑影。

我看着眼前的巨兽和不死海盗的大战，震惊地瞪大了双眼。按照目前的情况，估计不出一个时辰，这些不死海盗就会被巨兽搞掉。

但是，就在不死海盗越来越处于下风的时候，不死海盗首领愤怒起来，将酋长往巨兽面前推去。估计不死海盗首领认为酋长欺骗他们前来这个地方，是让巨兽对付他们。

我们一见酋长被推过去，暗喊了声不好。

眼看着酋长被推到章鱼的口中，就在这千钧一发之际，安卡拉第一个游过去，然后拉起弓箭，瞄准章鱼头颅，猛地放手。尽管是在水底下，弓箭还是快如闪电般射过去，但是顺着暗流速度还是减慢了不少。只见弓箭从不死海盗身边穿梭而过，擦着酋长的耳边射向巨兽。

巨兽被冷不防的暗箭射来，完全没有防备，顿时被射个正着。那支弓箭虽然射进章鱼的头颅，但是对方好像没事一般，更加愤怒地抡起爪子拍向面前的人。

在场的不死海盗，包括我们在内，看见巨兽被利箭所伤，正暗喊一声“好”，但还没回过神来，巨兽便更加疯狂地砸过来。

这次，是彻底激怒了巨兽。

不死海盗纷纷被拍飞，包括酋长。

我们快速地游过去，忙上前去救酋长。安卡拉搀扶起酋长，见父亲平安无事，不由得长松了一口气。

被拍飞的不死海盗，包括首领，见了我们，尽管我们全身武装，还是能够认出我们来。他们却不急于上前和我们打斗，而是纷纷往后退。

“真是老奸巨猾的家伙！”我嘀咕了声。

巨兽似乎看出弓箭是安卡拉射击的，盯着后者愤怒地看着，然后快速地游过来，不等待后者反应过来，抡起爪子就拍。

安卡拉却将父亲往我们面前推过来，而自己来不及闪避，就被巨爪拍得往水下飞了去。我暗喊了声“不好”，但是不等我们喘过气来，巨兽接着“嗷嗷嗷”地叫着，抡起多个爪子拍向了我们。

我见情况不妙，忙拉住酋长往后闪。但是，我哪里来得及闪避，眼看着巨爪就要砸中我和酋长的脑门儿，就在我以为要挂了的时候，一支鱼枪准确地刺中了巨爪。

第十章

神秘古盒

巨兽的巨爪猛一收缩，然后抡起其他爪子再次拍了过来。我和酋长便拼命往后面闪。那爪子擦着我们的身体“啪”的一声砸在海城上。

李渔便忙拉着酋长往后面游去。李渔是鲸鱼族后裔，虽然没有了灵力，但还是游得很快。

我见安卡拉已经被拍晕，正往下面沉，心里无端一紧，也不顾安危，咬了咬牙，竟然往安卡拉游去。男人的本能告诉我，我必须救这个女孩，虽然彼此非亲非故。

游了几米，我忽然感觉到背后一阵风袭来，知道巨兽的爪子正砸下来，忙往一旁闪避，但是我背后毕竟看不见，因此还是被巨爪砸了下，往下面快速地沉下去。我感觉到一阵眩晕，身体接连翻了好几个跟斗才停下来。

我猛摇晃了几下脑袋，才逐渐清醒过来。这时，我瞥见莫羽正和巨兽搏斗，而李渔已经将酋长带离，正返回来。我的父亲则闪避在一边，静观其变。安卡拉依然一动也不动。我来不及多想，再次向安卡拉游去。

由于巨兽和莫羽在搏斗，压根儿没空理会我，因此我轻易地游到安卡拉的身边。我搀扶起安卡拉，用力地摇晃她。过了一会儿，她缓缓地醒过来，目不转睛地看着我，再看向巨兽那边。我见她平安无事，缓缓松了口气。

安卡拉向我做了个多谢的手势，便向巨兽背后悄无声息地游去。

此时，李渔加入了战斗。他和莫羽抡着匕首左右闪避巨兽拍打下来的爪子，一边寻找机会刺杀。他们虽然精通水性，毕竟没有灵力，因此没过一会儿，分别被巨兽拍飞。巨兽也不等他们有反击的机会，嗷嗷嗷地叫着，抬起爪子快速地走过去。

安卡拉游到巨兽的背后，也没有急于用弓箭射击，而是往巨兽的头颅上游去。

我见了，倒吸一口气，知道安卡拉的目的，她是想射击巨兽的双目。

根据我对于巨型章鱼的了解，这种东西最大的弱点就在双眸，一旦射杀，章鱼就会看不清四周。

此时，李渔和莫羽见章鱼居高临下地攻击过来，也瞥见安卡拉游到章鱼的头上，便迎上前吸引章鱼的注意力，用匕首上前就砍。

章鱼抡起多个爪子，分别攻击过去，一瞬间就将两人拍飞开去。

安卡拉见时机成熟，对着章鱼的双眸后面接连射出几支弓箭。只见弓箭快速地穿过水波射过去，“噗噗”几声射进章鱼背后，从双眸穿出去。

巨兽突然被射穿双眸，霎时惨叫起来，怪叫声响彻海底。它知道背后的杀手，愤怒地抡起多个爪子就拍向安卡拉。

安卡拉见多个爪子砸过来，忙左右闪避，但还是被其中一条巨爪砸中，快速地往水下沉去。

我暗喊了声“不好”，忙向她游过去。

此时，巨兽完全发疯，抡起爪子四处乱拍，顿时将四周的水藻等物拍得四处翻飞，滚起一片水雾和漩涡。

我忙打亮防水手电筒，照见安卡拉的位置，便努力游过去。此时，安卡拉头朝下浮在水中，一动也不动。

“该不会被拍挂了吧？！”我嘀咕了声。

此时，接连有三支手电筒亮起，然后瞥见光亮向我这边靠过来。

我上前搀扶着安卡拉，见她依然没有醒过来，便轻轻地摇晃她。

过了一会儿，三支手电筒的光亮接近来，酋长忙上前搀扶着女儿，焦急地摇晃着。

这时，巨兽逐渐向不死海盗方向拍过去。

安卡拉忽然动了下，接着见她缓缓醒转过来。大家见她安然无恙，不由得长松了口气。她和父亲紧紧地拥抱了下，然后用手和父亲比画着，大概在讲明情况。

酋长点了点头，然后往前面的神庙游去。

我们见事不宜迟，也忙跟随上去。

游到神秘的神庙前，我仔细地端详起来，只见是间三四十平方米的屋子，外墙是古老的砖块，尽管过了千年，依然可以看出一些雕梁画栋的古老痕迹。

这座神庙表面上看起来很简单，但是庙宇的中间有着一个巨大的锁孔，这个锁孔并非寻常钥匙可以开的，估计是铜钥匙之类才可以开启。

酋长此时游在锁孔前，从身上掏出一古铜色好像月牙形的钥匙来，他将钥匙伸进锁孔，然后往左边旋转三下，再往右边旋转五下。当他转完之后，只听见“咔嗒”一声，然后神庙才缓缓开启。

神庙门一开，酋长率先带头往里游，我和父亲几人也赶紧跟随游进去。

进入神庙之后，依着手电筒的光亮，瞥见神庙大概只有三十平方米，四处的墙壁画着很多古老的壁画，只有在神庙的中间安置着一尊巨大的神像。这个神像有些奇特，有着很多的手脚，往外弯曲着，身体半像人、半像妖，脸部黝黑，头尖，有着一双铜铃般的双眼，正威风凛凛地盯着我们。

而在这座半人半妖的怪物前，有一个古铜色的盒子，正闪烁着光芒。

“这就是千年海窟？”我暗暗嘀咕了声。

此时，我们知道事不宜迟，再等待下去，不死海盗追杀过来，后果难以想象。因此父亲游过去，颤抖着双手要拿起古盒。

眼看着父亲要接触到古盒，突然从神像的背后探出一个头颅来，张着一双血红的眼睛环顾着闯入者。

我们几人见了，不由得倒呼出一口冷气。父亲快要接触到古盒的手猛地往回一缩，然后往我们这边游来。

“这又是什么怪物？”我吃惊地暗喊了声。

安卡拉忙用手向我们比画着，大概的意思是说，这可能是古盒的守护神，也不清楚是啥怪物。

那怪物缓缓挪动着身子转出来，不停地扭动着头颅和尾巴。

我见了，更是吃惊不小。这怪物很大，而且很长，看样子就是深海海蛇，比起一般的蛇要大很多。这条蛇全身泛着青绿色，头颅很尖，双眼几乎长在额头上，蛇身大概有五米长，人身般粗。

“现在该咋办？”父亲向酋长比画着。

酋长目不转睛注视着巨大海蛇，估计一时之间也拿不定主意，摇了摇头。

李渔和莫羽、安卡拉和我以及父亲，五人面面相觑，伸手比画着，彼此的意思是说，我们既然来到这里，目的是为了拿古盒，尽管是面对守护神，就算冒险也要拿下了。

说完情况之后，父亲沉默了几秒，毅然地点了点头。

因为这个古盒关系到李渔和莫羽两个海妖家族获得灵力，因此他们首先游过去。

那守护神见了，似乎意识到情况，愤怒地伸出长长的芯子，张着血红的双眼，不断地摇晃着尾巴。

李渔和莫羽也不管这守护神愤怒，直接去拿古盒。

那条海蛇可不是吃素的，见他们游过来，张着血盆大口就向他们咬过去，似乎要将他们吞进去。

李渔两人见情况不妙，纷纷闪避。但是，他们刚闪避开去，然后就用鱼枪分别向海蛇刺过去。海蛇的嘴角抽搐了下，发出冷笑，轻微地扭动着身子闪开。海蛇刚闪避开，就舞动着蛇尾巴拍向李渔，嘴巴向莫羽咬过去。

李渔见尾巴拍过来，忙往旁边闪去。只见尾巴从他的身边擦着过去，泛起一阵水波。而莫羽见蛇口咬过来，则没有闪避，而是冒险用鱼枪刺上去。眼看着蛇口被鱼枪刺中，那条海蛇猛地一扭动头颅，转了一个圈，从上面向莫羽扑下去。

我暗喊了声“不好”，却不敢上前帮忙。

莫羽见蛇口从上面扑下来，吓了一大跳，赶紧往右边闪避。可是，海蛇可是水底海妖，它灵活异常，它见对方一闪，便扭动了下头颅，再次扑过去。莫羽再次想闪，可是蛇口就近到眼前，一下子将她咬住了。

我吓了一大跳，心里无端地一紧，也不顾安危，向莫羽游过去。我和莫羽认识时间尽管不长，但是我对她却情有独钟，因此，在她生死攸关之时，我会拼命去救她。

眼看莫羽情况危急，李渔猛地用鱼枪去刺海蛇的脖子，而安卡拉则用弓箭去射击蛇的双眸。但是，海蛇却灵活地闪避开去。

莫羽被海蛇叼着，动弹不得，只能眼巴巴地看着我。

我拼尽全身力气，用力地猛游向莫羽。

海蛇见我游过去，血红的双眸似乎要喷出怒火，凶神恶煞地盯了我一眼，一边舞动着尾巴和李渔、安卡拉战斗。

我情不自禁打了个冷战，却不放慢脚步。

此时，我与莫羽近在咫尺，心里特别害怕海蛇将莫羽吞下去，因此情急之下，忙将鱼枪抛过去。鱼枪顺着水流快速地射向海蛇的头颅，眼看着鱼枪就要射中海蛇，突然，海蛇猛地一扭头颅，鱼枪被“啪”地拍打了下，便往水下射了去。

海蛇的双眸几乎贴着我，目不转睛地盯着我双眼，恨不得要将我吃掉的样子。

我吓得哆嗦了下，顿时蒙了。那一刻，我竟然忘记了逃跑。

就在此时，海蛇突然张开嘴巴，愤怒而痛苦地长嗷了声。它一张嘴，莫羽便顺着嘴巴往下掉。我暗喜了下，忙伸手去接，完全将她拥抱住。

莫羽刚才被海蛇叼着，蛇牙将她的潜水服咬住，还好没有咬出窟窿。她羞涩地轻轻推了我一下，见我拥抱得紧，便用力推开。

我得意地笑了笑，但是还没笑出声来，海蛇的尾巴已经向我拍来。莫羽见了，连忙伸手过来把我往她身上拉过去。蛇尾巴呼啸着从我背后擦身而过。

此时，我被莫羽拉在怀里，便假装全身软绵绵地贴着她。她估计是生气了，伸脚踹了我一下。

“真是剽悍的女孩！”我暗暗嘀咕了声。

这时，李渔和安卡拉正和海蛇拼斗，海蛇的身上分别被鱼枪和弓箭射伤，正愤怒地攻击他们两人。

他们拼斗间，我瞥见父亲已经游到古盒前，伸手将古盒拿在手上，端详了下，便转身向我们挥手，意思是：东西到手了，赶紧溜！

我心领神会地点了点头，然后和莫羽比画了下。她做了个“ok”的手势，便带领着我和父亲以及酋长先走。

海蛇突然扭身过来，嘶喊着直接向父亲攻击过去。

我暗喊了声“不好”，忙游向父亲。

安卡拉见了，连忙拉起弓箭，接连发了三下。只见弓箭形成三条直线射向海蛇，瞬间“噗噗噗”地分别射中海蛇的头颅和身体。

海蛇强忍着痛苦，张嘴就扑向父亲。父亲吃了一惊，忙往莫羽旁边闪避。海蛇的嘴巴从父亲的面前擦过，将他和莫羽分开。

莫羽见海蛇从身边穿过，哪里等待海蛇溜走，忙跳上海蛇的头颅，抡起鱼枪直接插了下去。

海蛇顿时痛苦地扭动起来，“嗷嗷嗷”地怪叫着，接着尾巴如同疾风一般横扫过来。

我们几人见了，急忙往外面游出去。

出了神庙，我们以为不死海盗正在外面等待着我们，但是四处环顾，近距离都没有他们的踪影，而巨型章鱼也销声匿迹。

“他们到底去哪里了？难不成被巨型章鱼赶跑了，还是出了什么意外迫不得已才离开？”我百思不得其解。

父亲他们估计也和我一样纳闷，因此四处仔细观察，确认在视线范围内没有他们的踪影，才完全放下心来。

不过，安全起见，父亲和我们比画着，叮嘱大家在回“鲛人珍珠号”古船时务必小心，提高防备。他比画完之后，便拿出防水指南针看了看，然后带头往“鲛人珍珠号”的方向游去。

在深海之中，不同于陆地寻常之路，就算是短距离，如果没有指南针指明方向，很难寻找到来路。

我们离开神庙之后，顺着千年古城的城墙往“鲛人珍珠号”游去。一路上，由于担心不死海盗的伏击，所以小心翼翼。

我们所担心的事情很快就出现了。就在我们要游出古老城墙的时候，突然从城墙两边钻出十来个不死海盗。他们分别拿着匕首对准我们，不等我们回过神来就扑了过来。

我们大吃一惊，六人连忙背靠背围成一个圆圈，准备对敌。

安卡拉不等他们靠近来，就拉起弓箭射击过去。这些不死海盗知道安卡拉公主弓箭的厉害，因此早有防备，箭一射过来，立刻提前闪避。但是，弓箭毕竟速度快，他们越是靠近，越是危险，所以接连有两个海盗中箭。

中箭的海盗英勇异常，也没有去拔箭，而是更剽悍地向我们扑过来。

安卡拉见情况不妙，接连发了几支弓箭，分别射中其中两个不死海盗的头颅和手臂，只有他们往水底沉下去。其余的依然安然无恙。

这时，安卡拉的弓箭已经用完，她只有掏出匕首来迎敌。

莫羽的鱼枪已经用来插海蛇，因此她防身的武器也是匕首。她带着的匕首不是军用匕首，也不是家用匕首，而是月牙形匕首，估计锋利无比，闪烁着令人胆寒的光芒。

不死海盗一窝蜂地向我们攻击过来，已经被安卡拉射杀和射伤几个，尽管他们剽悍、勇猛，不过没有鱼枪，便失去了更大的优势。

除了酋长和安卡拉、莫羽用匕首，我和父亲以及李渔三人用鱼枪。一时之间，杀声四起。我虽然没有多少功夫底子，但是拥有长鱼枪，所以我拼尽力气猛刺着攻击我的不死海盗。

在一片混战中，我的鱼枪接连刺伤三个不死海盗。他们却没有半点害怕，接着挥起匕首就砍过来。我便有些慌乱，拿着鱼枪的手也微微颤抖。就在我愣神的瞬间，突然一个不死海盗从我侧边冲过来，右手一转，匕首寒光一闪，就向我疾速劈下来。我吓了一大跳，害怕得竟然愣怔住了。眼看着匕首要劈中我，就在这个千钧一发之际，突然一把匕首"噗"的一声刺中海盗的头颅，接着海盗往下面沉去。

我虚惊一场，感觉到心脏怦怦怦地跳动着，全身冒冷汗。我还没反应过来，就看见莫羽向我比画了下，意思是让我小心，然后飞舞着匕首向面前的不死海盗杀过去。我注视着莫羽无与伦比的身影和杀敌的气势，感觉到那一刻完全停止了。我想就是在那一刻，我可能已经爱上她了。

爱情，往往来得不是时候。

在接下来的混战之中，不死海盗逐渐处于下风，而勇猛的李渔和莫羽、安卡拉三人配合得非常厉害，不用片刻工夫便砍好几个不死海盗，而他们也因此付出受伤的代价。而我父亲被匕首刺中左边胸部，受伤比较严重。其余的海盗只有几人，见情况不妙，再打斗下去可能只有死路一条，因此便慌乱地逃走。

一见海盗逃离，我搀扶着父亲，根据指南针指示，再次小心翼翼地游向"鲛人珍珠号"。一路上，我们除了担心不死海盗再次攻击，毕竟我们不清楚他们来了多少人，还要担心遇上危险的海底怪物，如同深海巨龙和巨型章鱼以及海蛇巨兽之类。不过，幸运的是一直到达“鲛人珍珠号”上，也没有再次遇到危险。

可是，我却揪心父亲的伤势，他似乎受伤很严重，全身几乎没有力气游泳，完全依靠我和李渔的搀扶才勉强游回到“鲛人珍珠号”。

第十一章
逃出神秘海域

我们一进入“鲛人珍珠号”，立刻将我父亲平放在甲板上。我由于一路搀扶父亲回来，早已经累成狗了，趴在甲板上盯着他看，好一会儿也喘不过气来。我见父亲的脸色特别苍白，心里的焦急难以用言语表达出来。

莫羽来不及包扎自己受伤的右臂，忙立刻割掉父亲的潜水服，注视着插在他胸部的匕首，眉头深锁起来。

我咬了咬牙根，努力撑起身子，看着正不断流血的胸部一时之间一筹莫展。据我观察，不死海盗的匕首特别长且锋利，匕首刚好是刺进父亲的左边胸部，按照匕首的长度来看，应该已经刺进心脏。人一旦被匕首刺进心脏，除非是在医疗条件特别好的地方急救及时才有生还的机会，不然就算是召唤“天神”也于事无补。我想到此处，全身一软，绝望地看着莫羽和李渔他们。

“莫羽，赶紧止血呀！”李渔撕开一块布包扎了下受伤的左脚，忙叫道。

李渔的话使我们回过神来。

我曾经学过急救学，知道一旦被匕首刺进胸部，首先不要拔出匕首，需要固定住匕首，用杯子、碗之类的物品扣住匕首，之后包扎。

如果拔出匕首，需要加压止血。

我想到此处，连忙让莫羽拿止血药——之前见过她的止血药粉，非常有效果，自己则四处瞥了下，忽然见到李渔递给我杯子，不由得感激地点了点头。接下来，莫羽倒上止血药粉，然后我用杯子扣住匕首，然后用布包扎。

包扎完之后，我拿了件衣服轻轻盖在胸口下，然后瘫坐在甲板上，紧张得全身冒汗地看着父亲的伤口和他的脸部。此时父亲由于失血很多，脸色越来越如同纸一样苍白，双眸不再是炯炯有神，而是特别疲倦，涣散乏力，似乎随时要闭上。

我担心父亲一旦闭上眼睛，我就再也无法看到他昔日注视着儿子时充满关怀的眼神，眼睛不由得一热，眼泪便盈满眼眶，差点没掉下来。

此时，我心里虽然非常清楚，匕首是完全刺进父亲的心脏，他可能必死无疑了，但我还是不愿意接受即将失去父亲的事实，相信他会好转起来，赶走魔鬼。

莫羽包扎完自己的手臂，见我楚楚可怜的样子，而且眼泪顺着脸颊流下来，心里一紧，轻轻拍了拍我的肩膀，软绵绵的手轻轻擦拭了下流出的泪水，轻声安慰道："王教授福大命大，我相信他会熬过去的。"

我不清楚莫羽是否懂得人心脏的位置，她海妖的身体结构是否和我们人类一样。我还是感激地注视着坐在我身边的女孩，张嘴想说什么，最终哽咽起来，无法说出口。

"爸爸，你千万要坚强，坚持着呀！你不能够就此抛弃儿子，让我尝到再次失去亲人的痛苦，更何况你还需要帮助人鱼族打开封印哪！"我注视着父亲越来越涣散的眼神，哽咽着道。

父亲吃力地抬起左手来，轻轻地握住我左手，目不转睛盯着我，气若游丝地道："海仔，你不要害怕，你要勇敢，毕竟你已经长大了，需要懂得独立，自强不息。"

"爸……"我吞了吞眼泪，哽咽道，"我永远是你的好儿子！"

“儿子，不要哭，”父亲抬起右手抹了下我脸颊的眼泪，“如果我离开了，你要继续帮助莫羽和李渔他们，帮助他们打开封印，知道吗？”

我抬起手紧紧地握住父亲的右手：“我不要，我不要……”

在场的人见了我和父亲的情况，都禁不住抽噎起来。

这时，我感觉到世界末日再次来临，心里有着一种撕心裂肺的痛苦，好像有把刀在剜着我的内心。

“儿子，我累了，我要休息一下，休息一下就……好了……”父亲喃喃自语着，然后轻轻地闭上眼睛，握住我的手也放松下去。

我心里一顿，眼前一黑，就差点没晕过去。我知道此时父亲正静悄悄地离开这个世界，但还是不相信这个事实。

“爸……”良久，我才从悲痛之中回过神来，注视着父亲的脸庞，发自肺腑地喊了声。

这时，酋长上前伸手按在我父亲的脉搏上探索，脸上的表情十分复杂。过了大概一分钟后，酋长脸上露出惊喜的表情：“王教授的脉搏非常平稳，估计并无大碍，可能是一时失血过多，加上疲倦，所以才睡着了。”

我听后，震惊地瞪大双眼看着酋长，然后向李渔和莫羽翻译了下酋长的话。

“不是吧？”他们都震惊地瞪着酋长，完全不敢相信他所说的话。

“我父亲不但是酋长，而且是医生，一看一个准。”安卡拉得意地道。

“不可能吧！”尽管我相信酋长的话，但是我更相信科学。人类怎么可能会改变自己生死的命运？难道父亲是妖族？

我为了明确酋长的话，伸手去试探父亲的脉搏，发现脉搏果然平稳，而且气息虽然有些微弱，但是还正常，不由得大吃一惊。此时，我心里除了惊讶就是惊喜了。

我赶紧抹了抹眼泪，再看父亲的伤口，已经完全止血，不过令我纳闷的是，匕首明明刺进心脏，怎么会没事？忽然，我想到另外一种情况，父亲的心脏可能长在右边，因此他才逃过一劫。

“怎么样了？”莫羽关切地看着我道。

“脉象平稳，而且血已经止了，估计王教授会平安无事。”我咬了咬嘴唇，坚定地道。

莫羽和李渔听完，原本紧绷的神经顿时一松，脸上霎时露出喜悦的表情。

“我就想，王教授要带领我们去打开封印，怎么可能就这么轻易抛弃我们呢？你说是吗，王海？”莫羽温柔如水的目光注视着我道。

“非常感谢你！”我感激地点了点头。

“好，我们也别说了，先让王教授休息一下吧，等他醒过来再说。”莫羽道。

我和李渔他们分别默认地点了点头，然后起来整理自己的潜水服等工具。处理完，换好衣服，便各自靠在船舱木板上休息。

我此时坐在父亲对面，注视着他的脸庞，隐约听到他均匀的呼吸声，心里无端地感觉到温暖。

我在想，如果一个人在年轻时候失去父亲会怎么样？如果一个人没有了父爱，他的生活又会变得怎么样……一切实在不敢去想象。

“王海，你醒醒，你醒醒……”我隐约听到熟悉的喊叫声，而且感觉到肩膀被人拍打了几下，便缓缓睁开眼睛。

我晃了晃神，才清醒过来，看着莫羽，忽然意识到什么，赶紧看向父亲。

此时，父亲已经清醒过来，正目不转睛地看着我，嘴角露出亲切的笑容。

我心里一动，忙上前两步，注视着父亲，满脸激动地道：“王教授，你真是让人揪心哪！”

“一个大男人哭得死去活来，真是丢人丢大了。”父亲嘻嘻地笑道。

“既然王教授醒过来了，我去拿点干粮过来。”莫羽说着就要动身。

“先等等。”父亲叫停了她，“现在是什么情况了？”

莫羽便和王教授说了下我们和不死海盗战斗后，他受伤进入船舱的情况。父亲听完后，勉强撑起身子。我连忙过去搀扶着。

父亲也不管自己的伤势，在我的搀扶下来到驾驶船舱，开启“鲛人珍珠号”古船。父亲告诉我，目前的情况，不死海盗尽管逃之夭夭，但是他们不管生死，都会想办法弄到古盒，因此，我们现在必须启动“鲛人珍珠号”离开，不然待在深海之中，后果难以想象。

此时，父亲受伤刚刚清醒，我担心他的身体便坐在他旁边，按照他的指示陪同驾驶着“鲛人珍珠号”。

大家见王教授平安无事，便放心下来，坐在船舱内吃干粮，一边谈论这次寻找古盒的惊险。李渔和莫羽受伤不轻，被不死海盗匕首几乎割到骨头，不过两人敷药包扎后，却好像没事人一般。

这时，我们才认真地看起古盒来。古盒是个正方体，古铜色光泽，四周都雕梁画栋，尽管历经沧桑，依然隐约看出是件很有价值的古董。在盒子的中间有个小孔，小孔宛如弯月，不知道是什么意思。

我们端详了片刻，才发现一个问题，这个古盒是古铜的，非常坚实，完全没有锁眼打开。

“奇怪了，这个古盒该怎么打开？”李渔挠着头不解地道。

莫羽目不转睛盯着古盒，似乎是想看透里面似的。

我见酋长和安卡拉两人眉头深锁，似乎在思考着什么，心里不由得一顿，暗想他们既然是阿依努族，知道这个古盒隐藏的地方，想必也应该知道怎么打开。

“安卡拉，酋长，想必你们知道打开这个古盒的办法吧？”我注视着他们道。

安卡拉瞥了我一眼，然后看着酋长，见酋长沉默片刻，最终点了点头，才看着我，缓缓道：“根据阿依努族的传说和指引，要打开古盒，唯一的办法是前往深海泥穴——八大海妖最外围的海妖族系所在。据说，深海泥穴里居住着上古海妖，具有特殊灵力的上古海妖可以打开这个古盒，探寻里面的奥秘。”

“深海泥穴，八大海妖最外围的海妖族系所在？”我看着莫羽漂亮的眼睛道。

莫羽双眸一亮，忙拿过地图放在古盒旁边，仔细地看起来。根据莫羽的指引，八大海妖族系居住的地方，是一片神秘海域的深海之中，地图没有指引，至于最外围的族系：估计就在这个地方。她说着，手指定在地图上的某个地方。

“堪察加半岛附近？”我喃喃道。

父亲听了，停止驾驶的动作，注视着地图，忽然想起了什么，忙让我拿出《海上异妖录》来。我不明白父亲的意思，不过他一定想到了什么，信息可能隐藏在这本书里。

我将这本书递给父亲，他打开后，仔细地翻阅起来。他大概翻到一半的时候，突然停止动作，目光锐利地盯着上面的文字，然后手指敲了敲，道：“估计就是这里了。”

我看到书中写着这样一段话：深海之中，多妖，上古之妖，神出鬼没，或有人隐见藏于某个深渊，那深渊之上是座古岛，名为堪察加半岛。

“堪察加半岛，应该不会错了。”父亲道。

据我所知，堪察加半岛位于俄罗斯远东地区。西濒鄂霍次克海，东临太平洋和白令海峡。南北长约 1200 千米（750 英里），最宽处约 480 千米（300 英里），面积约 37 万平方千米（140000 平方英里）。有两座沿半岛延伸的山脉，最高点海拔 4750 米（15584 英尺）。有 127 座火山，其中 22 座是活火山。

地质构造上属新生代阿尔卑斯褶皱带。中部山脉和沃斯托内奇山脉纵贯南北，前者沿半岛轴部延伸，后者与东海岸平行。两列山脉之间为中央堪察加低地，有堪察加河流经。地壳不稳定，火山活跃，地震频繁，多温泉和间歇泉。半岛四周为火山群（有 160 座火山，其中 29 座为活火山），中部为堪察加河与谷地，属于全球火山活动最频繁的地区。当中 19 座为世界自然遗产，其中沃斯托内奇山脉中段的克柳切夫火山海拔 4750 米，是半岛上最高的活火山。

“既然知道地理位置了，重要的是寻找到上古海妖，不过上古海妖神出鬼没，隐藏于深渊之中，寻找起来也非常难哪！”李渔理智地分析道。

“不错！更何况，就算寻找到上古海妖，还有一个问题，就是上古海妖是否会答应帮助我们打开古盒。”我接着道。

“我们也没必要担忧这么多，只要找到他，我相信他一定会帮助海妖族系的。”莫羽道。

“王教授现在身子比较弱，不方便在大海之中颠簸，我们不如先送酋长和安卡拉公主回阿依努族，就在那里休息，等待王教授的身体完全复原了再走，你们认为怎么样？”李渔道。

我和莫羽对望了一眼，点了点头。

王教授张嘴想说什么，最后没有说。他让我收拾好地图和《海上异妖录》，顺便和酋长他们说了情况。酋长和安卡拉非常高兴我们到他们那里居住，一来休息，二来可以躲避不死海盗的追捕。

我将酋长的话转达给李渔和莫羽，他们也非常高兴。

此时，“鲛人珍珠号”还没有离开珊瑚礁，眼前的景象也模糊不堪。突然，“鲛人珍珠号”颤抖了下。我们吃了一惊，连忙透过驾驶舱看向外面。只见深蓝色的海水中，隐约有光亮透下来，眼前除了一些水藻之类的植物和一些成团的小鱼，再也看不到什么。

“到底是怎么回事？”我惊道，“该不会是触礁了吧？”

我的话刚说完，忽然看到一个巨大的身影从“鲛人珍珠号”面前游过去。

“这到底是什么怪物？”我惊叫。

只见那怪物从“鲛人珍珠号”面前游过去之后再折返过来。此时，那怪物在我们的对面，所以能够看得清楚。

“欧氏尖吻蛟？”父亲几乎惊叫起来。

“啥东西？”我看着眼前的怪物，完全想不起深海之中有这样的生物。

父亲接着告诉我们，这是欧氏尖吻蛟，又名剑吻鲨，欧氏剑吻蛟是尖吻蛟科下唯一的一个物种，是一种深海鲨鱼。它们首先于日本的海域被发现，是鲨鱼中十分稀有珍贵的种类之一，出没于阳光照射不到的深海，一般在 200 米水深处。这种鲨鱼全身呈黑色，在深海之中几乎隐形。此鲨鱼攻击性非常强，而且特别凶残。

“‘鲛人珍珠号’不是食物，它不会攻击吧？”我嘀咕了声。

“这个很难说。但愿它不会吧。”父亲说着，扭转方向盘，从剑吻鲨旁边而过。

那剑吻鲨对于“鲛人珍珠号”这样的古船，似乎觉得是外来的物种，提高了警惕。它似乎有所担心，再次张嘴扑向“鲛人珍珠号”。

“鲛人珍珠号”再次颤抖了下。

“真是的，再被剑吻鲨攻击几次，‘鲛人珍珠号’可能会被刺穿，一旦刺穿古船就不能够运行，我们都无法离开这里了。”父亲指示着我驾驶“鲛人珍珠号”。他由于元气还没有恢复，非常疲倦地坐在一边休息了。

我按照父亲的指示，曲线驾驶“鲛人珍珠号”，就是一直往上运行一会儿，然后往左边转，这样顺着运行一会儿，然后往右边转，以此来摆脱剑吻鲨。但是，父亲的办法似乎不行，那条剑吻鲨突然飞快地从正面张嘴攻击过来，似乎要将古船吞下去。我看着剑吻鲨的嘴巴就要咬到我面前，吓得全身一抖，双腿发软。

“鲛人珍珠号”再次剧烈地晃动，我们几人顿时全部被推倒，顺着左边方向往下沉，纷纷撞击船舱。

“这回可完蛋了！”我暗想着。

“鲛人珍珠号”晃动了一会儿，便停止下来。我连忙搀扶起父亲，见他目光虽然疲倦，但是精神还不错，知道刀伤伤害不到性命，只要休养就行，便略微放下心来。

父亲再次指示我过去驾驶。我看着外面朦朦胧胧的海水，不远处透着光亮，心里不由得一喜。

可是，我还没有高兴过来，瞥见剑吻鲨再次从不远处疾速地游来，心里大惊，连忙手慌脚乱地驾驶“鲛人珍珠号”，心里在暗骂这条鲨鱼，骂它祖宗十八代。

“‘鲛人珍珠号’要是再被它攻击，可要彻底完蛋了！”我看着鲨鱼游得越来越近，神经绷得越来越紧，连大气也不敢喘。

“呀……”安卡拉和莫羽看着鲨鱼攻击过来，几乎要尖叫出声。

在场的人都屏声敛气，连怦怦怦的心跳声也听得一清二楚。这个紧张的时刻，一切似乎都静止了。我们在等待着鲨鱼再次的攻击，“鲛人珍珠号”再次剧烈地晃荡。这次鲨鱼正面的攻击可能会使“鲛人珍珠号”古船直接破裂。一旦破裂，古船便大量涌进海水，我们都会葬身在这里。

第十二章
骷髅号

可是，下一秒我们都傻了眼。只见鲨鱼从古船侧边擦过去，直奔背后而去。

“到底是怎么回事？”我惊呆地看着众人。

李渔和莫羽、酋长以及安卡拉四人摇了摇头。

“‘鲛人珍珠号’背后可能出现了鲨鱼的食物吧。”父亲忙道，“现在赶紧争分夺秒地溜走，不然鲨鱼转身回来，古船就挂了。”

“遵命！”我接着加速驾驶“鲛人珍珠号”往上面冲去。

“鲛人珍珠号”在父亲的指导、我的驾驶下最终钻出了水面。一钻出水面，每个人都兴奋不已，纷纷上去打开甲板的拉门，顺着木楼梯走上了甲板。

此时，父亲也在我的搀扶下上到甲板，四处张望着。只见“鲛人珍珠号”停泊的位置附近是深蓝色的海水，四周并没有船只，而远处隐约可以见到深绿色的树木。阳光照在海面上，折射出无数的金丝银缕。

父亲打开指南针，根据指示，阿依努族居住的岛屿就在深绿色的位置。于是，我们便分工拉起船帆，按照父亲的指导，由我驾驶“鲛人珍珠号”。

父亲则坐在我的旁边，凝视着波涛晃荡的海面，皱起眉头，陷入了深思。李渔和莫羽他们分别坐在船头上注视着海面，脸上都露出轻松的表情。

“鲛人珍珠号”大概行驶了两小时到达岛屿，然后根据安卡拉的指导，顺着岛屿中间的海域往前推进。“鲛人珍珠号”在弯弯曲曲的海域转了大概一小时，便进入了一片更加狭窄的海域。我瞥见眼前的情景和之前的有所不同，不由得有些纳闷地看着安卡拉。

她似乎看出我的疑问，告诉我，这是从另一片海域进入他们的居住地，比起之前我们进入的路线要安全。

我缓缓转动着方向盘，对她的话竟然深信不疑。而父亲不知道什么时候安静地睡着了。他睡着的样子宛如小孩子一般，喃喃自语。

“前面就到了。”安卡拉站起来，指着前面的弯道说。

“总算到了。”我似乎感觉到有种回家的轻松感。

接下来，按照安卡拉的指示，“鲛人珍珠号”在弯道旁边停靠下来，随后抛锚。我们收拾好东西之后，便放下小艇，一起撑着到了岸边，跟随安卡拉沿着水域旁边的小路往前划去。

岛屿的密林小路异常安静，除了不知名的鸟叫声之外，只有我们杂沓的脚步声。顺着小路走了大概五百米，穿过一片密林，再顺着斜坡路往上走了不远，便看到一大片用树木搭建的房子。我环顾了一下四周才看清楚，原来我们之前进入的是另外一个方向。

这时，房子前有不少的阿依努族人围拢在一起叽叽喳喳，似乎在商议着什么事情。

“酋长……酋长和安卡拉公主回来了！”似乎是看守的保卫突然见到我们，愣怔住了，随即兴奋地叫嚷起来。

其他的阿依努族人听了，纷纷看过来。当他们看清楚是酋长和安卡拉公主时都激动地叫起来，甚至有好几个跑过来拥抱酋长。

我看到酋长和安卡拉公主如此受族民的拥戴，内心久久不能平静。我心想，人与人之间，如果真的真诚相待、彼此爱护，就是满满的正能量了。

酋长挥手示意族人安静下来之后，便将我们介绍给他们认识，而且说我们是他和安卡拉公主的救命恩人。随后，酋长安排人带我们到他们阿依努族最好的房子休息，并且安排他们最好的医生给我父亲看伤。

房子是这样安排的，李渔和莫羽分别独自一间，我和父亲一间。房子外表上看似简陋，但是里面却布置得非常好看。四周的墙壁上画着图腾和一些图案，除了生活用品一应俱全外，还有书籍等东西。

医生是个高大的黑个子，看过我父亲的伤势之后，为我父亲伤口进行了消毒，然后告诉我们伤口并无大碍，休息几天就没事了。我们向他表示感谢之后，他便离开了。

由于一路的奔波，我很快就进入了梦乡。

我醒过来之后，父亲并没有在身边，便推门出去。

此时，已经是傍晚时分，晚霞逐渐地消退。门外空旷的广场上围拢着很多阿依努族人，正在生火烧烤东西，一阵阵的香气随风扑入鼻孔。我禁不住吞了吞口水，快步地走过去。

过去一看，见父亲和安卡拉公主、李渔和莫羽正坐在最前面的位置上。烧烤的火光映照着他们的脸孔，使肤色看起来更加柔和、漂亮。而他们的面前，架着木架，上面正烤着一只山羊。山羊被烤出不少油脂来，正往柴火滴下去，霎时响起哔哔哔的声音。

阿依努族人见了我，礼貌地让开一条路来。我直接走进去，在父亲和安卡拉公主中间坐了下去。

安卡拉公主此时换上了白色裙子，休息和洗澡过后，整个人看起来比起白天要漂亮得多。她双眸闪烁着波光看着我，脸上露出女孩子羞涩的笑容，和白天勇猛的她相比，判若两人。

我不由得有些看呆了。这个女孩白天充满着野性的美，夜晚则宛如小鸟一般温婉。

安卡拉见我目瞪口呆地看着她，羞涩得满脸通红，悄悄地低下头去。

我意识到有些失态，便掉转脸去。

当晚，我们吃了烤全羊，大碗喝酒，到兴奋处不由得跳起舞来。阿依努族的族民非常热情、好客，舞蹈也非常独特。

当晚，我酩酊大醉，连怎样回到床上都一点印象也没有。

我们四人在阿依努族居住了五天，这五天内倒是非常平静，不见不死海盗出现，而父亲的伤势也完全好转。到了第六天，我们便决定出发前往堪察加半岛寻找上古海妖。在出发前，酋长送了很多礼物给我们，表达了感谢之意。另一方面，酋长让安卡拉公主跟随我们前往，一来可以保护我们，二来阿依努族和上古海妖有着一些渊源，希望上古海妖看在渊源的情分上，能够帮忙开启古盒。我们四人商议之后，最终答应下来。

酋长亲自带领手下护送我们上了“鲛人珍珠号”古船，等“鲛人珍珠号”离开之后，他们才回去。

我们回到“鲛人珍珠号”检查了一遍，发觉之前被鲨鱼攻击破坏的地方完全被修补好。父亲告诉我，这是酋长带领手下亲自修补的。

“喂，臭小子，”父亲坐在船头驾驶着“鲛人珍珠号”，见李渔和莫羽、安卡拉公主坐在船边观看景色，压低声音道，“我觉得安卡拉公主看你的眼神有些不对劲，就好像当年你母亲看我的眼神一样。”

“老爸，你说啥呀？！”我假装糊涂地道，“人家可是公主，怎么可能看上一个没地位的男人。”

“我说你怎么还不明白，酋长怎么可能让女儿跟随我们去冒险，一定是安卡拉公主央求他父亲的，酋长没办法才答应。”

“不会吧？”

“臭小子，你不要说你不知道。”

我拼命地摇了摇头。

“感情的事情你自己处理，我可管不着。”父亲道，“不过我提醒你，一旦你喜欢人家，可不能玩弄感情。”

“遵命！”我看着父亲宛如小孩一般傻笑。在笑着的同时，忍不住瞥向莫羽的方向，见她安静如水地看着海面，眉头轻锁，似乎心事重重的样子。

“臭小子，我就知道你想脚踏两只船！”父亲瞪了我一眼，“不过你要想清楚，两个女孩都不简单，特别是莫姑娘，也不知道是活了几百年的老妖了。”

“不是吧？”我吐了吐舌头道。

“你自己的事情你要想清楚，老爸只是等着看好戏。”父亲嘻嘻笑道。

“真是狡猾的家伙！”我暗暗嘀咕了声。

“王海，王教授，你们两父子在叽叽咕咕啥呢？”安卡拉这时向我们走过来，向我调皮地笑了笑，“好久没钓鱼了，陪我钓鱼呀！”

“好呀！”我爽快地答应一声，便站起来，上前去拿钓鱼竿。

我拿上钓鱼竿，分别上了海鱼料，然后递给安卡拉，自己则向前猛地用力抛出去。安卡拉也熟练地抛出鱼线。随后，我们两人坐在船边静静地等待着鱼上钩。“鲛人珍珠号”在徐徐行驶，速度不快。船在行驶中，钓鱼纯属于兴趣，压根儿不期待鱼上钩。

“鲛人珍珠号”在一望无际的海面上肆意前进，也不知道过了多久，晚霞逐渐在海面上消退，无数的金丝银缕被海水吞噬，头顶上一轮皎洁的明月散发着银辉。

李渔和莫羽、父亲三人都进入船舱休息，只有我和安卡拉公主依然坐在船头上聊天。我将我的故事和我的学校以及我研究海洋生物的知识告诉安卡拉，她听后双眸放出羡慕的光芒，如同星星一般迷人。接着，她也告诉我她生活的情况，除了读书学习，无非就是每天打猎、钓鱼，千篇一律的生活节奏，完全体验不到城市的生活。对于我来说，安卡拉他们的落后生活却是令人羡慕的天堂，没有我们生活在大都市的烦恼和焦虑。

我们彼此生活在不同的世界，生活没有更多的代沟，她爽快和率真的性格深深打动着我，加上她野性和温柔漂亮，搅动着我平静的内心世界。

不知到了何时，只见南边海平面出现了两艘黑船，那两艘黑船在海面上随着波浪不断地起伏着，透着一股逼人的煞气。

我和安卡拉一见，立刻提高了警惕。

“这是什么船？”我惊道。

“可能是海盗船。”安卡拉有些慌乱道，“在这片海域经常有海盗出没，最为残忍和恐怖的是名叫鳄鱼的海盗。”

“不会是不死海盗吧？”我叫道。

“赶紧叫醒你父亲他们。”安卡拉忙道。

我担心是海盗袭击，赶紧跑向船舱，通知父亲他们。他们正在睡梦中，听说海盗出现，急忙穿上衣服跑上甲板。

此时，两艘黑船疾速地向“鲛人珍珠号”靠近，升起黑骷髅的船帆。安卡拉震惊地告诉我们，这是鳄鱼海盗的标志。“鲛人珍珠号”一直在相向而行，眼看着掉头已经来不及了。

“这下子该怎么办？掉头已经不行，战斗也打不过他们哪！”莫羽抹了把冷汗，焦急地叫道。

“既然逃跑无望，那就准备战斗吧。”李渔咬了咬牙，坚定地握紧匕首道。

我第一次出海遇上真正的海盗，在不清楚对方的情况下很是惊慌失措。

这时，两艘黑船快速地逼近，想完全将“鲛人珍珠号”困住。

“冲过去！”父亲一咬牙，孤注一掷，旋转方向盘直接冲了过去。

海盗船完全想不到“鲛人珍珠号”攻击过去，一时之间倒是手忙脚乱，连忙闪避，与此同时听到船上有人惊叫，乱哄哄的一片。

两条黑船刚闪避出一条狭窄的通道，“鲛人珍珠号”就从中间撞击而过。“鲛人珍珠号”晃荡了几下，只听到“咔嚓”几声，仿佛是船身撞击的声音。

背后传来一阵惊叫声和骂声，然后看到海盗船旋转过来，直接向我们追击过来。

父亲驾驶着“鲛人珍珠号”连忙加速。不过，海盗船可能经过精心改造，速度也非常快。

我瞥见两艘海盗船上分别站立着十来个海盗，每个海盗都身材魁梧、凶神恶煞，不断地嗷嗷嗷地怪叫着，声势很是吓人。在左边的海盗船的船头上，站立着一个大概两米高、身材特别魁梧的男人，双眸正如同野兽盯着猎物一般盯着“鲛人珍珠号”，脸上露出邪恶的笑容。

“这人估计就是鳄鱼海盗！”安卡拉指着这人对我道，“传闻此人功夫特别厉害，而且神出鬼没，一般的海盗或者渔民听到他的名字都胆战心惊。”

我看到对方的气势都打冷战了，听安卡拉一说，更是双腿发软。

“鲛人珍珠号”古船速度似乎并不是海盗船的对手，没逃出五公里，便被对方完全追上。眼看着海盗船步步逼近，他们就要跳过船来。我们如临大敌，全身都在冒汗，握紧匕首准备战斗。

然而，前面海面上翻滚的波涛突然发生了变化，高度越来越高，如同一堵堵巨大的黑墙朝“鲛人珍珠号”扑过来。

随着波涛靠近，我仿佛看到巨浪如同万千猛兽一般，张着獠牙，不断地喊叫着。

我们被突然而来的景象吓呆了。

“赶紧离开这片危险海域！”李渔大声地叫道。

父亲眼看着巨浪扑过来，也吓蒙了，情急之下连忙旋转方向盘，努力想逃避这片海域。

这时，我瞥见两艘海盗船见势不妙，掉头就跑。

我预感到前所未有的危险和恐怖，这可能不是一般的巨浪?

巨浪霎时冲击过来，顿时将“鲛人珍珠号”撞击得左摇右晃。海水翻涌着钻上甲板，一股脑儿地向我们泼来。

“鲛人珍珠号”在波涛汹涌的巨浪之中，如同一叶扁舟浮浮沉沉，一不小心，就会翻倒。

突然之间，巨浪之中钻出一根根雕刻着骷髅的桅杆，紧接着出现的是古老的船帆，以及一个鬼魅般的船影，最后钻出一艘暗黑色的巨大古船。

古船一钻出来，荡漾起一阵冲击力，将“鲛人珍珠号”荡开一段距离。

这艘巨大的古船全身黝黑，宛如幽灵一般，船身雕刻着各种古怪奇特的图案，船头高高翘起，上面分别挂着不少骷髅，整体气势吓人。

“这到底是什么鬼船哪？！”我震惊地大声叫道。我感觉眼前的古船在深海不知道历经几百年了，充满着沧桑感，比起《加勒比海盗》里的海盗船还要恐怖一百倍。

“这是不死海盗的‘骷髅号’！”李渔和莫羽几乎异口同声地惊叫道。

“骷髅号？”我纳闷地道。

“传闻，‘骷髅号’是不死海盗最为精致和完美的船，不但能够在海面上快速航行，而且能够在深海航行，神出鬼没，神龙见首不见尾，令所有海盗和渔民闻风丧胆。”李渔解释道，“我也是听说过，想不到今天能够见到。”

李渔的话刚落，“骷髅号”船舱打开，纷纷钻出身材魁梧的男人来。这些男人上半身全部光着，脸上和身上刻着很多奇怪的图案，双目如同铜铃一般，特别吓人。

其中一个只有半条手臂、单眼的男人，身材比起其他的海盗还要魁梧，站立在船头凶神恶煞地凝视着我们。

我们看得胆战心惊，连呼吸也感觉到吃力。

“赶紧溜哇！”李渔吓得脸色大变，冲王教授大声叫道，“这可是不死海盗的二把手‘独眼龙’。”

“独眼龙？嗜杀成性的怪盗？”莫羽抹了把脸上的海水，惊呼道。

父亲和我听他们的口气和看他们的脸色，心里也感觉到害怕。于是父亲连忙驾驶着“鲛人珍珠号”在波涛翻滚中闪避，极力想逃离开这片危险的水域，特别是逃离“骷髅号”。

但是，“骷髅号”却呼啸着冲击过来，在波涛之中如同猛兽般。“鲛人珍珠号”刚逃离开巨浪，还没有开出多远，就被“骷髅号”追击上来。

“骷髅号”上的海盗挥舞着双手，个个手持匕首，如同野兽般“哇哇哇”地怪叫着。

我们心里直犯嘀咕，看来这次是在劫难逃了。

“骷髅号”很快就靠近了“鲛人珍珠号”，不死海盗兴奋地纷纷跳跃上甲板。他们一跳跃上甲板，抡起弯月形的匕首就凶神恶煞地向我们扑过来。

第十三章
绑架

安卡拉公主见了，连忙拉起弓箭射击过去。不死海盗纷纷闪避，其中两个被射中手臂和大腿。他们却一声不吱，咬了咬牙，立刻勇敢地拔出弓箭，再次扑上来。

我震惊地瞪大了双眼。

李渔和莫羽对望了眼，也抡起匕首迎上前去。

我担心父亲的安危，忙向他跑去。其中两个海盗看出我们明显是弱小者，冷笑着扑过来。我和父亲对望了一眼，抽出匕首就迎上去。那两个海盗毕竟勇猛异常，我和父亲没几过回合就被他们打趴在地上，半天也爬不起来，只能眼巴巴地看着李渔他们和海盗打斗。

李渔和莫羽虽然身体灵活如猴，但是没有灵力，对付这些凶残的不死海盗，不过打斗了片刻就分别受伤被砸倒在甲板上。与此同时，野兽般的安卡拉公主也被逼近的海盗用刀架在脖子上，想挣扎却被其中一个海盗一脚踹倒在甲板上，再也无力反抗。

独眼龙冷笑着看着我们，目光分别扫了我们一眼之后，最后色迷迷地注视着安卡拉和莫羽。

我的心如同刀割一般，心想这家伙凶残无比，莫羽和安卡拉现在落在他的手上估计是凶多吉少了。我越想越心乱如麻。

这一瞬间，我感觉到四周黑黝黝的，连整片大海和星空都陷入了黑暗中。

突然，我被手臂上刻着古怪图案的海盗拉起来，不等我回过神来，对方用手掌在我背后狠狠一击。一阵眩晕传来，两眼一黑，双腿一软，我直接晕倒过去。

也不知道过了多久，我依然感觉到头翻天覆地地旋转，但是随着意识清醒，我吃力地睁开眼。

眼前出现一盏油灯，油灯光能够照到父亲、李渔、莫羽和安卡拉公主的脸。四周都是用生锈的铁丝围拢起来，完全是个封闭空间。头顶上露出一条缝隙，隐约投下一丝光线。在我们的身边，放置着发臭的海鱼等东西，散发着潮湿和令人作呕的味道。

“这简直就是一个囚笼？”我暗骂了句。

这时，父亲和李渔、莫羽、安卡拉公主都醒了过来，彼此见平安无事，略微松了口气。但是，我们每个人都被粗绳捆绑了双手。

“先解开绳子再说。”李渔向莫羽使了个眼色。莫羽点了点头，挪动了几下，然后伸出手指去摸索。

莫羽摸索了一会儿，竟然灵活地解开了捆绑李渔双手的绳子。接下来，李渔分别为我们解开。

“爸，现在我们被不死海盗捉住了，接下来该怎么办？”我揉了揉发麻的双手，问道。

父亲眉头深锁，忧心忡忡地道：“到目前为止，这些不死海盗并没有对我们下毒手，而且也不叫我们过去，真的有些搞不懂他们的意思。”

“难道这些不死海盗并不清楚我们的身份，而是把我们当作一般的渔民？”我依然感觉到被揍的头部隐隐作痛，我心想看到了揍我的海盗，一定要狠狠地揍他一顿来解恨。

“这应该不会。无论是我们的穿着，还是‘鲛人珍珠号’古船，都不是一般的渔民，这些明眼人一眼就可以看出来，更何况是神秘的‘骷髅号’海盗。”李渔道。

我忽然想起家传玉佩，便连忙伸手在脖子处摸，见不在了，心里一顿，估计是被他们夺走了。不过，我想起古盒和地图以及《海上异妖录》在船舱里，估计已经被不死海盗搜去了。

突然，头顶上的拉门“哗啦”一声被拉开，光线顿时射了进来。站在上面的是两个光着上半身、文着鲸鱼和鲨鱼图案的不死海盗，样子丑陋猥琐，看着莫羽和安卡拉的眼神充满着贪婪。

“这次逮住两个绝美女孩，我们可是有乐了，在船上待了半年，早已经饥渴不已。”文着鲸鱼的不死海盗色迷迷地看着莫羽，不停地吞口水。

“对！独眼龙哥这回真是艳福不浅，我们只能够眼巴巴地看他玩腻了才能玩，真是可惜呀！”另外一个不死海盗则不悦地笑着道。

“呸！”文着鲸鱼的不死海盗唾了一口痰。

“还浪费口舌？赶紧将她们弄过去吧。”另一个不死海盗踹了对方一脚。

接着，文着鲸鱼的不死海盗掏出钥匙，打开上面的锁，然后往旁边一拉。

“你们给老子滚出来！”鲨鱼图案的不死海盗瞪着双眼，冲我们嚷了声。

我们五人互相对望了一眼，然后心领神会地点了点头。

李渔和莫羽两人几乎是同一瞬间跳跃出去，他们还没有等两个不死海盗反应过来，就直接攻击对方的下裆和脖子处。两个不死海盗顿时痛得龇牙咧嘴捂住下裆。安卡拉随后跳跃出去，接着将我和王教授拉上去。

李渔和莫羽接着伸手捏住对方的脖子处，令对方不敢乱动。我将顺手带上来的绳子抛给安卡拉，随后分别将他们捆绑起来，最后推进囚笼中。

“快走！”一推他们进去，李渔低叫了声，率先往外面跑去。

我们接着连忙紧紧追上去，背后传来两个不死海盗大声的嘶叫。

一路跑过的地方是条长长的甬道，阴暗潮湿，两边的木板泛着暗色，估计历经几百年。我们一路飞跑，一路担心遇上其他不死海盗，因此别提多紧张。

顺着甬道走出去，往左边拐弯，然后看到楼梯通往船舱，便接着跑上去。跑上船舱之后发现还有一层，便继续往上跑。这时，我发现囚禁我们的地方是地下室，也就是这座船的最底部。

当跑上二层楼梯，便上到甲板上。但是，刚气喘吁吁跑上甲板，迎面突然遇上十来个不死海盗，不由得吓了一跳，立马收住脚步。

这些不死海盗惊讶地瞪大双眼看着我们，一时之间回不过神来。

就在我们都愣怔的那一瞬间，突然传来一声厉喝：“给我捉住他们，别让他们溜了！”

这宛如洪钟的声音一落，不死海盗立马散开，将我们完全包围。此时，双方都是赤手空拳，不用猜测，已经是力量悬殊。

“现在该怎么办，总不能没有一点骨气，就举手投降吧？”李渔注视着对面的不死海盗，咧嘴一笑自嘲道。

“现在拼命还有机会逃出去，一旦再次被逮住，想逃跑可就难了。”我道。我心里此时想着，要是莫羽和安卡拉被逮住后果难以想象，也不敢想象。

“你们看，我们的‘鲛人珍珠号’就在船头方向，只要我们解决船头方向的不死海盗，逃到那里再跳跃过去，说不准还有机会逃脱。”父亲压低声音道。

“赶紧上吧！”李渔说完，率先向面前的不死海盗冲过去。对面的不死海盗倒是不慌不忙，咧嘴冷笑着，似乎看到小鸡攻击老鹰一般，完全不自量力。

但是，就在下一刹那，我们四人掉转方向，一起向李渔冲击的方向冲过去。

这些不死海盗倒是大吃一惊。刚才还冷笑的不死海盗连忙闪避开去，但是已经迟了，我们如同猛兽一般的冲击，便将他完全踩在脚下。其余的不死海盗见了，纷纷扑过来。跑在前面的李渔和莫羽两人灵活地逃避着不死海盗的围攻，而我和父亲、安卡拉则被围拢起来。

“上啊！”安卡拉面对几倍于我们的不死海盗，倒是不惊慌，反倒冷静地抡起拳头，向面前的不死海盗砸过去。

对面的不死海盗身材高大，见一个小女孩扑向自己，不由得呵呵大笑，可是他的笑声刚落，裤裆就被踢了下，不由得惨叫着蹲下身子。安卡拉没等他反击，就一脚踢过去，踢在对方的肩膀上，对方立刻“啪”的一声摔倒在甲板上。

“OK！”我冲安卡拉打了个手势，笑道。

可是，我刚笑完，其中一个身材魁梧的不死海盗就伸出双手凶神恶煞地向我扑过来，宛如老鹰捉小鸡一般。

而李渔和莫羽刚要跑到船边，突然从近处跳跃出一个恐怖的男人——独眼龙。独眼龙长相极为丑陋，皮肤粗糙得如同树皮一般，而且身上遍布刀痕，可见是个身经百战的男人。

“到嘴的鸭子怎么可能就溜了呢？”独眼龙说道。他用贪婪的眼神上下打量着莫羽，伸手摸了摸下巴，然后伸出舌头在嘴角舔了舔。

我没空再看莫羽那边，连忙转身闪避开不死海盗的攻击。我一闪避开，就回身伸脚向对方的背部飞踹过去。但是，脚刚踢起，我就感觉到腰部突然一紧，一双铁夹完全将我夹住。我顿时感觉胸部的骨头全部啪啪啪地脆响，一时之间呼不出气来。捉住我的不死海盗冷笑一声，然后将我狠狠地砸在地板上。

我趴在地板上感觉全身骨头都断了，完全动弹不得，只能够眼巴巴地看着眼前的情景。只见父亲没和不死海盗过几招，就被不死海盗完全打趴捆绑起来。而安卡拉尽管灵活异常，经过专业训练懂得功夫，但是毕竟双拳难敌四手，攻击打趴两个不死海盗之后，就被不死海盗围攻打趴。要不是这些不死海盗怜香惜玉，安卡拉可能被揍得比我还要惨。

此时，李渔和莫羽一起攻击独眼龙，尽管他们使出浑身解数也伤不了对方，反而是独眼龙轻巧地闪避。其余的不死海盗见了，纷纷围拢过去，打算上前帮忙，但是独眼龙却挥手制止了他们。

“看来这回彻底完蛋了！”我吃力地呼出一口气。

“哎哟，小美女，想不到你还懂得皮毛功夫哇！”独眼龙冷笑着闪避开莫羽的拳脚攻击。突然，他一转身，以极快的速度闪到莫羽的背后，一只如同铁夹一般的手紧紧地捏住莫羽的脖子，使后者完全没法反击。

在一边的李渔连忙停止攻击，紧张地看着独眼龙，脸色大变。

在这一瞬间，我们都紧张地停止了呼吸，担心独眼龙那只铁手只要一用力，莫羽就挂了。

不过下一刻，我们却大跌眼镜，只见莫羽反倒冷静地笑了。

独眼龙愣怔了下，冷冷地笑道：“一个女孩子家死到临头竟然还笑得出，你是不是活腻了？！”

“我一个人鱼海妖族，也活了很久，从来不知道是怎么死的。”

“人鱼海妖族？”独眼龙吃惊地道。

我从独眼龙震惊的表情看出来，他似乎有些害怕人鱼海妖族。我猜测在神秘的海域，人鱼海妖族可能对不死海盗有着震慑力，或者其他原因。

“将他们捆绑起来！”独眼龙挥手向手下示意。

其余的不死海盗听后，纷纷拿绳子过去，将他们不敢贸然动手打的李渔和莫羽，以及我们一起捆绑，然后推倒在甲板上。

这时，阳光强烈，海风很大，将风帆吹得啪啪啪地响动着。

其中一个不死海盗搬了一张椅子过来，放在我们面前。独眼龙不紧不慢地坐了下去，目光锐利地盯着我们看。

“废话我也不多说，想必你们清楚我们这次绑架你们的目的，只要你们老实交代清楚目前你们的进展情况，接下来该怎么做，我自然不会难为你们。”独眼龙言之凿凿道，“但是，你们可知道欺骗我独眼龙的下场是什么？”

“男的杀了喂鱼，女的自然陪二哥睡觉哦！”独眼龙旁边的铜铃般大眼睛的不死海盗严肃地道。

“你很坏！”独眼龙狡黠地笑了笑。

我和父亲五人见眼前情况不妙，不由得面面相觑，一时之间不知所措。我们无法猜测独眼龙的话是真还是假，不过，我相信独眼龙会说得出、做得到的。毕竟，他们是凶残的不死海盗，不需要和我们说什么道理。

在这片神秘的海域，他们就是审判长。

我此时在快速地思考着应对之策，怎样才能对付这个独眼龙？按理来说，这独眼龙也不知道是活了几百年之物，自然精明异常，想随随便便欺骗他，这是不可能的，唯一的办法可能就是说出实情。说出实情之后，独眼龙会怎么处置我们呢？

“听闻，你们已经进入千年海城的神庙找到了千年古盒，是不是这个？”独眼龙的手下将古盒放在他的手上，他仔细地端详片刻，皱着眉头问道。似乎，他也无法打开这个古盒。

“不错！”父亲终于开始说话了。我相信凭着他的聪明机智，能够让我们化险为夷。

“这个古盒到底怎么打开？”独眼龙突然目光如炬地盯着父亲。

父亲禁不住打了个冷战，他深呼吸了一下，让自己冷静下来。

“据传闻，要打开这个千年古盒，需要寻找到传说之中的上古海妖。”

“上古海妖？”独眼龙眯起独眼，皱着眉头思考，“就是传说中能够呼风唤雨的上古海妖？”

“估计是吧，我们也完全没有把握。”

“传闻，这个上古海妖性情古怪、神出鬼没，一直居住在深渊之中，”独眼龙说起上古海妖，脸色微微一变，“不过据我所知，他可能一直隐藏在八大海妖最外围的地方，你说是吗，人鱼海妖族后裔？”

莫羽点了点头。

“如此看来，你们一定找到了目的地。”

父亲估计是猜测到独眼龙知道上古海妖的居住地，但是却没有说明，因此他也不隐瞒，直接道：“估计就在堪察加半岛。”

独眼龙听后呵呵地大笑起来，然后拍了拍手掌：“看在你们没有欺骗我的分儿上，暂时留你们一条命吧。”

我们听了独眼龙的话，原本紧绷的神经微微一松。不过，我猜测独眼龙没有对我们下毒手，估计是我们还有利用价值。如果他杀了我们，他们也难以寻找到千眼海窟吧，或者还有一个重要的原因，人鱼海妖族和鲸鱼海妖族的势力不容小觑。

“传说中的《海上异妖录》记载的内容古怪离奇，的确是本神奇之书，传闻能够获得神奇的力量，难道是真的吗？”独眼龙说着，抬起头盯着父亲。

父亲摇了摇头：“传闻你也信得过？要是能够获得神奇力量，我也用不着像现在这样子了。”父亲说完，无奈地长叹了一声。

在场的海盗听了，都忍不住哈哈大笑起来。

“从现在开始，只要你们能够配合我们寻找到千眼海窟，并且修复基因，我们就放过你们。”独眼龙说着话锋突然一转，凶狠地道，“但是，你们休想再逃跑，一旦被逮住，后果你们自己想吧。”

独眼龙说完便站起来，和身边的剽悍海盗说了几句什么，那剽悍大汉点了点头，便过来让人带我们下去。

我们此时是鱼在砧板上，任由他们宰割。

我们再次被囚在臭气熏天的囚笼里，而之前看守我们的海盗因为被揍的缘故，更是对我们吆喝、拳脚相向，甚至拿着饭菜从上面直接抛下地面，嘴里嘀嘀咕咕地骂着什么。我们面对如此的环境，尽管饿得咕咕直叫，但是谁也没有胃口。

“真他妈的不是人！”我看着眼前的食物，气愤地握紧了拳头，狠狠地砸在地面上。

“独眼龙不把我们弄死，证明我们还有利用价值，但是，接下来我们怎么才能逃脱他们的魔爪呢？”父亲目光深邃地注视着地面上的饭菜，陷入了深思之中。

安卡拉和李渔、莫羽，包括我，都沉默起来。此刻，我们都在思考着同一个问题：我们怎样才能够逃出去？逃出去之后，怎样才能够拿回我们的东西？这一切实在是太难了，完全超出了我们的能力。

我们陷入了彻底的绝望之中……

第十四章
踏进危险的堪察加半岛

在囚笼里，我们五人商议着接下来的事情，按照目前的情况是无法逃走的，就算能够逃走，也难以拿回我们的东西，因此只能到了堪察加半岛再见机行事。商议妥当之后，我们便安下心来。但是囚笼里的臭气实在使我们感到前所未有的难受，吃饭是一回事，洗澡也无法解决。

我们心里都在忍受着，心想只是在囚笼里待几天，一切都会过去的。

到了第二天，文着鲸鱼的不死海盗再次吆喝我们出去。我们不明就里，只能在他们的推搡中往外面走。这次，文着鲸鱼的不死海盗带领我们去见独眼龙，独眼龙也不为难我们，反倒是让人招呼我们吃喝。等待我们吃饱之后，询问了关于此次打开封印的事情，还有寻找封印之海的位置问题。对于上古海妖封印的地方，到目前为止谁也不知道在什么地方，所以大家都在寻找着线索。经过几天的讨论寻找线索，一直没有得出明确的位置。

如此过了几天，海盗船已经接近堪察加半岛。

“兄弟们，岛屿到了，准备下船！”独眼龙威风凛凛地站在船头上，注视着越来越接近的堪察加半岛，提高嗓门喊道。

“是！是！是！”海盗纷纷答应着，然后分别放下船帆，而驾驶“鲛人珍珠号”的不死海盗也开始准备放下船帆。

经过几天的接触，不死海盗对我们逐渐放松了警惕，但还存在着戒备，以防我们逃走。我们看着越来越接近目的地，彼此内心在思考着商议好的计划，一旦上岛时机成熟，绑架独眼龙拿到东西之后，就立刻驾驶我们的“鲛人珍珠号”逃走，然后前往“死亡谷”寻找上古海妖。

经过父亲和安卡拉公主研究，我们确定上古海妖居住的地方可能就是岛中的死亡谷。不过，我们并没有将这条线索告诉独眼龙。一旦告诉他，后果将难以想象。因为据我对于死亡谷的认识，堪察加半岛死亡谷也叫魔鬼谷，被称为“动物坟墓”的山谷，位于堪察加半岛克罗诺基山区的克罗诺基火山的山脚下。该谷长 2 千米，宽只有 100 米到 300 米。这个山谷是一个充满神秘死亡气味的地方，据说只要一踏进死亡谷地界，就会离奇地迅速死去。

这里地势狭长，山峦起伏，绿树蓊蓊郁郁，风景优美，却是动物的地狱，多年以来，这里成了熊、狼等动物的天然坟场。

据说，这一带有着森林守护者，曾经目睹这样一个恐怖的场面：一只膘满肉肥的大熊看见地面上躺着很多动物的尸体，便想饱吃一顿。于是，它大摇大摆地闯进死亡谷，刚张开大嘴，还未来得及品尝眼前的佳肴，就直挺挺倒在地上断气了。同样，进入这里的人也照样会被吞噬。

据统计，到目前为止，一共有几十个人被这座吃人的死亡谷吞噬掉。

为了解开人们的死亡之谜，苏联科学家曾对这座堪察加半岛死亡谷进行了多次的探险和考察，却收效甚微。有的科学家认为，杀手可能是隐藏在谷底深坑中使人窒息的毒气——硫化氢和二氧化碳。但是，一般情况下，这两样东西都不具备这么快的杀生本领。后来，又有人提出是氢氰酸和它的衍生物。但是，令人感到奇怪的是距离一箭之遥居住的村民，却安然无恙。

因此，这个死亡谷一直是个巨大的谜团，令人望而却步。

我们都想着一个问题，死亡谷既然这么恐怖，就算上古海妖隐藏在里面，我们又怎么才能冒险进去呢？这倒是一个极大的科学考验。一旦在没有任何防范措施的情况下进入死亡谷，估计进入不远就因吸入不明的毒气而挂了。

随着“骷髅号”和“鲛人珍珠号”越来越接近岛屿沙滩，海盗便开始抛锚，然后放下小艇。首先是独眼龙上船，然后海盗在后面催促我们上船。上船之后，我仔细地观察，这片我们即将登的岛屿树木葱茏，比较荒凉，一个人影儿也没有。密林的背后是两条山脉，估计是中部山脉和沃斯托内奇山脉，两条山脉纵贯南北，后者与东海岸平行。两条山脉之间的地带是低洼地。而我们此时应该就在低洼地处。

“为什么海盗选择在这个位置上岛呢？”我心里直犯嘀咕，心想他们不可能随便上岛，一定是经过精心准备的，“难道是担心被人看到绑架了我们？”我觉得这个理由完全说得过去。

下了船，上了沙滩，不死海盗分别将小艇推上沙滩，然后只见好几个不死海盗端着突击步枪四处观察戒备，担心密林突然出现攻击性物体。在这种充满着神秘而危险的岛屿，一切必须小心翼翼，否则可能见不到明天的太阳。我心里暗暗吃惊，这些不死海盗啥时候拿了突击步枪出来，看来我们想逃跑完全无望了。

由独眼龙带头上了沙滩，然后便往沙滩外的树林走去。由于这一带气候变化无常、冬冷夏凉的原因，阳光不甚强烈，海风习习。

我们刚来到树下还没站稳脚跟，独眼龙便让手下吆喝我们过去。我们过去一看，只见独眼龙将父亲的地图平放在地面上端详着，听到脚步声，抬起头来凝视着父亲。

“我们现在是在这个位置，是吧？”独眼龙伸手指着地图上堪察加半岛南边靠近海边方向的位置，道。

“没错。”父亲蹲下去看了下，很肯定地道。

“现在是下午三点，看来今晚我们要在这一带过夜了。”独眼龙瞥了眼他手上特别古老的不知名的手表，道。

“看这片密林，特别阴森，估计有野兽也说不准呢。”父亲抬头注视着独眼龙背后的密林，忧心忡忡地道。

“没来过。不过就算有也不惧。”独眼龙呵呵笑道。他笑完，忽然目光如炬地盯着父亲，一字一顿道，“依你看，上古海妖应该隐藏在什么地方？”

父亲的脸色微微一变，随即冷静道：“根据目前掌握的线索和古老的传说，只是知道上古海妖隐藏在这个岛屿的深渊之中，具体的位置无法断定。”

“你们该不会隐瞒了我吧？”独眼龙忽然伸手抓住父亲的上衣，猛地往他的面前一拉，双眸几乎和父亲的贴着。独眼龙的双眸如同鹰的眼神一般锐利，紧紧地盯着父亲的眼眸。

此时，我心里一紧，悄悄地握紧拳头，一旦独眼龙发现父亲说谎，我就拼死扑上去，率先制敌。

“我们怎么会隐瞒你呀，找到上古海妖对于彼此都有好处哇。”父亲镇静自若地道。此时，父亲一旦露出胆怯，我们的性命就堪忧了。

独眼龙忽然松开父亲，呵呵大笑道：“王教授，只是和你开个玩笑，请见谅！”

“没事！”父亲尽管很生气，但表面上还是强作冷静。

“如果无法确定位置，我们应该怎么办？”独眼龙不停地挠着头问。

“据我所知，这一带的海域比较深，加上这个岛屿居住的人很少，因此想通过蛛丝马迹寻找到上古海妖，的确是件非常难的事情，不过依我看，上古海妖如果在这一带出没，岛上的居民想必会遇见过，不妨找他们问问再做打算。”父亲道。

独眼龙听了，顿时恍然大悟似的，猛一拍大腿，道：“有道理。”

接着，父亲和独眼龙根据地图分析，过了两条山脉之后，便有村庄。

按照时间和路程推算，我们今晚是无法走过山脉，只能前往山脉脚下安顿下来，明天再出发。商议妥当之后，便开始前进。

堪察加半岛人烟稀少，大部分地区没有开发，植被繁多，野兽出没。我们在这样未知的地方行走，自然要多加小心。

走在前面开路的不死海盗，抡起弯月形匕首狂砍遮挡去路的灌木丛和枝丫。我们踩着茂盛的青草和不知名的植被小心翼翼往前走着。静寂的密林上空，阳光透过树木缝隙，射进一缕缕如梦似幻的光线，使整个密林看起来既幽深又浪漫。不远处，不知名的鸟在嘎嘎嘎地叫着，嘈杂声此起彼伏，闹哄哄的。

随着往里面踏进去，发现灌木丛和树木之间隐藏着毒蛇和色彩斑斓的不知名的动物，它们或虎视眈眈地盯着我们，或隐藏在阴暗处等待着我们靠近。

不死海盗砍了树枝作为武器，在前面不停地扫着，即使是隐藏的毒蛇也逃之夭夭了。

尽管一路走去，还算是比较安全的，但是一头巨大的野猪突然出现在前方的小径上。它距离我们不远，正用怪异的眼神盯着我们，丝毫不畏惧的样子。野猪尽管视力很差，却有着惊人的嗅觉。它抬起鼻孔“呜呜呜”地嚎叫几声，便沿着小径飞快地狂奔过来。它奔跑的速度毫不逊色于一个百米冲刺的冠军。

不死海盗端起突击步枪，子弹“砰砰砰”地射击过去。独眼龙轻蔑地看着野猪，嘴上发出“扑哧”的笑声。而子弹对于几百磅的野猪完全没有效，它直接冲撞过来，将在前面射击的两个不死海盗直接撞飞出去。其余的不死海盗，包括我们五人，惊吓得纷纷闪避开去。

野猪冲撞过去之后，再次转身用深邃的目光盯着我们，似乎将我们看成它今天唯一的猎物，但是它又似乎有些害怕突击步枪，不停地闪烁着眼神。

“快闪开！”独眼龙不再轻蔑地微笑，看到被撞的两个不死海盗被搀扶起来，压低声音道。

野猪却没有再冲撞过来，而是飞快地跑进灌木丛中，眨眼间便消失得无影无踪了。

我见了，顿时有一种不祥的预感袭来，似乎有什么东西将出现，连野猪也害怕得落荒而逃。

独眼龙注视着野猪消失的方向，眉头紧紧地皱了下。他似乎也预感到危险了。相对于我们来说，这些不死海盗更加具备敏锐的洞察力。

“赶紧走吧，这里好像有些不太对劲！”独眼龙收目光回来，挥挥手道。

“是！”在前面带路的不死海盗继续往前走去。而我们五人则夹在中间缓缓跟随着。

此时，独眼龙还不想我们冒险，务必让我们带领他们到达目的地。如果我们出事了，他们修补基因的愿望也因此落空。

我们沿着野猪走过的小径继续往前走去。由于担心再有比野猪更凶残的野兽出没，所以这次更加小心。

紧接着，我们穿过一带灌木丛和密林。一路上，我隐约听到背后传来极为细微的声音，这声音和我们的脚步声几乎同步，如果没有特别敏锐的听觉，完全听不出来。我将听到声音的事情告诉父亲，父亲却不动声色，继续往前走去。我不明白父亲的意思，纳闷地挠着头。

我心想，父亲可能也听到了这细微的声音，他也和我一样猜测这东西如此轻灵，可能就是吓跑野猪的怪物。因为我们目前在不死海盗的保护中，所以不必担心这怪物攻击。

这时，我们远离茂盛的灌木丛，面前出现更为浓密的树木。这一带的树木比起之前的要高大很多，有些可能是千年老树，需要几个人手牵手才能够合抱过来。无数宛如手臂粗的藤蔓从上到下缠绕着。地面上，散落着很多枝丫和落叶，踩在上面沙沙沙地响着。

转过这片高大的密林，眼前出现一片更为空阔的地带。这片地带是丘陵，上面长着无数五颜六色的花草，令人眼花缭乱。如血的斜阳一缕缕地洒落在上面，感觉眼前如梦似幻一般美妙。

我一直心不在焉地走着，隔出一段距离偷偷地扭过头去，却没有看到什么东西，心里更是纳闷不堪。

“这东西究竟是什么，速度竟然如此快？！”我暗暗嘀咕。

研究海洋生物的父亲看着眼前很多前所未见的植物，无比震惊地瞪大了双眼。他告诉我，这些植物很多是失传百年，甚至千年的灵药，有些却是奇毒无比。由于植物知识深奥，不是精通植物学的人自然不敢随便乱动。

穿过这些植被期间，父亲忍不住去小便了一次。他回来之后，独眼龙就催赶路，因为天很快黑了，需要找地方落脚。

接下来，穿过这片高低起伏的丘陵地带，无限延伸的山脉便展现在眼前。山脉下，是连绵起伏的密林。

此时，天空逐渐暗沉下来。密林弥漫起雾霭，四周寂静无比。

独眼龙见天色已暗，便吩咐停止前进，找地方落脚安排扎营。其他的不死海盗，包括我们五人在内，听说能够休息，都分别在附近找棵大树倚着树根一边休息，一边喝水。休息了一会儿，独眼龙安排三五个手下到附近去，打一些猎物回来烧烤。手下听了，便沿着西北方向往前悄无声息地摸去，逐渐消失于雾霭之中。

另一方面，独眼龙几个手下按照吩咐，分别爬上附近高大的树木观察四周的情况。我见独眼龙的领导能力和防守能力非常强，心想暗夜偷回我们的东西逃跑，实在是件非常难的事情。

“爸，按照原计划估计行不通啊！”我喝了口水，瞥了眼四周的不死海盗，在父亲耳边压低声音道。

“我自有打算，到时候你机灵点，见机行事就行。”父亲目光炯炯有神，非常有信心道。

我不清楚父亲的葫芦里卖的什么药，也不方便继续问。

就在此时，密林深处突然传出来一声刺耳的惨叫声。在场的人听得清清楚楚，不由得震惊地面面相觑。

“快，可能出事了！”独眼龙侧耳倾听了下，连忙站起来，掏出弯月匕首，就带头往密林疾速地跑去。

其余的不死海盗也纷纷追上前去。

“过去看看。”父亲不等我们说话，就站起来快步追上前去。我们四人也紧紧地跟随上去。

由于密林的雾气越来越浓，我们跟随不死海盗跑了片刻，那些不死海盗逐渐消失在眼前。而此时，我们只能够隐约听到前面传来脚步声，还有手电筒的光亮。由于我们被不死海盗夺取了自由权，所以没有手电筒，只能够依着光亮跟随过去。

我们跑到光亮处，发现不死海盗围拢在一起，个个震惊地看着围拢在中间的东西。我挤进去，发现中间的地面上躺着一个不死海盗，这个不死海盗的身上不知被什么抓伤，双眸惊恐无比地突出，心脏完全被吃掉了，形状极为恐怖。

“到底是怎么回事？”独眼龙似乎有些害怕地看着之前陪同过来狩猎的不死海盗，纳闷地道。

“我们只是看到一道白色或者是灰色的影子，那影子长相极为恐怖，一双血红的眼睛和一张大嘴，有着长长的獠牙，也不知道是什么东西，拖着他就跑了。”那个不死海盗依然惧怕地瞪着眼睛，惊恐不已地道。

我的内心此时也是震惊不已，心想着，可能就是一直追踪过来的那个东西，当时因为是白天，没有动手，现在刚入夜就已经迫不及待地行动了。

“到底是什么怪物？”父亲嘀咕了声，上前仔细地观察起来。

父亲精通生物学，所以他可能看出是什么东西攻击的。而我看完之后，发现死亡的不死海盗的身体是被长着尖尖利爪的动物所杀，再根据看到怪物影子的不死海盗的描述，隐约判断出攻击的是狼。

堪察加半岛的荒凉区域，一直传说着有种可怕的狼，这种狼长着白毛，行动速度极快，专门吃人心。据传说，这种白毛狼可能是生物变异的品种，要不然也不可能活了很多年。

第十五章
夜战

“不会是变异的白毛狼所干的吧？”我的目光从死亡的不死海盗的身上收回来，看着父亲低声道。

“极有可能。但是，也不排除是其他野兽所为，并且这荒凉地带较少有人踏足，有专门吃人的怪物也说不准。”父亲拍了拍我肩膀，提醒道，“看来，今晚我们遇到大麻烦了，必须时刻提高警惕。”

“知道了。”我答应了一声。

“龙哥，这里黑不溜秋的，不知道那怪物是一个还是成群的，依我看，我们还是赶紧回营地做好防范吧。”站在独眼龙旁边的不死海盗环顾着四处，胆怯地道。

独眼龙点了点头，便吩咐手下赶紧处理了死者的尸体，然后一起回营地，做好夜晚防范工作。

回到营地之后，独眼龙便开始安排夜晚防守工作。一方面，安排人手分别在东、南、西、北四个方位的四棵树上；另一方面，在我们的外围安装了捕猎的工具，一旦有野兽进入，捕猎工具就会射出弓弩和巨网。

我坐在火堆前吃着干粮，喝着水，看到不死海盗在独眼龙独特的军事才能的指挥下特别利索，不由得暗暗吃惊独眼龙的军事天赋。

独眼龙安排好之后，便倚靠着树根吃干粮，锐利的眼神时不时地瞥着黑暗的四周，侧耳倾听动静。我见独眼龙如此敏锐，心想靠近他偷窃回我们的东西，着实是件非常危险的事情，除非突然发生什么意想不到的情况吧。

由于之前不死海盗出现了意外，因此，在场的人全无睡意，都神经紧张地盯着四周，担心不明怪兽越过防线攻击进来。

父亲和我们四人悄悄商议之后，决定暂时不要去惊动独眼龙，因为就算能够拿回我们的东西，也走不出这一带密林，更别说越过山脉。随后，我们决定轮流看守，避免休息不足而影响明天的行程和随时发生的意外。上半夜是李渔看守，下半夜则由我看守。

虽说上半夜由李渔看守，而我还是不安心睡觉，我心里非常清楚，如果攻击不死海盗的是变异的白毛狼，眼前这些陷阱防线估计作用不大。

随着时间推移，夜越来越深，我见四处显得异常安静，并没有什么异常，逐渐放松了警惕，禁不住困意，迷迷糊糊睡着了。

也不知过了多久，突然听到一阵骚动和尖叫声。我吓了一跳，连忙睁开眼。当我看清楚眼前的情况，吓得立刻惊跳起来。

只见五六头长相恐怖、丑陋，巨眼，张着大嘴，露出长长獠牙的白毛狼正在努力撕咬捕猎的陷阱和网。它们“嗷嗷嗷”的叫声响彻林间。

“这些狼成精了！”独眼龙惊叫了声，连忙嚷道，“赶紧开枪！”

他一声令下，手持突击步枪的不死海盗纷纷射击过去。

成精的白毛狼也是变异的动物，皮糙肉厚，突击步枪射击过去，它们竟然懂得闪避，其中一个闪避不及的，子弹打在它的身上，竟然丝毫没有使它停止撕开陷阱。

这一阵枪声，使所有人，包括我父亲他们都惊醒过来。

“王教授，现在该怎么办？”安卡拉公主有些紧张地看着这些白毛狼猛烈的攻击，惊道。

“静观其变！”父亲强作冷静道。

“爸，你看陷阱外面那棵高大的树木下。”我忽然瞥见有头巨狼正虎视眈眈地看着我们，心里不由得发毛。

父亲和李渔他们连忙顺着我手指的方向看过去，当他们看清楚之后，几乎同时倒呼出一口冷气。

那头巨狼看起来比较老，从它冷静看着我们的情况来看，这可能是头狼，估计是成精了，比起我们人类还要聪明。

“那估计是头领，正在指挥。而我们现在手头上没有武器，一旦白毛狼发动攻击，只有等死的份儿了。”我注视着那头巨狼，颤抖地抹了把冷汗，嗫嚅着道。

其中一头白毛狼撕咬掉捕猎的陷阱之后，穿过了第一道防线。当它穿过防线，突击步枪的子弹更加猛烈地射击过去，“噗噗噗”地打在它的身上。白毛狼受了伤，嗷嗷嗷地叫着，然后愤怒地张大嘴巴，睁着一双血红的双眼盯着我们，突然猛往在树上看守的不死海盗扑过去。白毛狼从地面上扑到树上，只需要三个简单的动作，几秒的时间就完全扑到不死海盗身上。那个不死海盗惊吓得还没回过神来，就被白毛狼张着獠牙撕开，来不及叫一声。

我看得头皮发麻，胆战心惊。我心想，这变异的白毛狼攻击性太强大了，如果继续下去，第二道防线一破，我们就危险了，必须想办法对付或者开溜才行。

我正想着，刚才撕咬不死海盗的巨狼再次扑向另外一棵树上的不死海盗，那个不死海盗惊吓得直接从树上摔下去。当他刚掉落在地上，那巨狼“呼”地一下从树上跳跃下去，张嘴就咬向不死海盗。不死海盗惊吓得瞪大双眼，刚惊叫出声，就被巨狼撕开了。

这时，另外两棵树上的不死海盗见了，赶紧从树上溜下来，想往我们这边跑。但是，他们没跑出几步，就被这头巨狼接连一个跳跃就扑过去撕咬开了。这头巨狼也在子弹的射击下深受重伤，再也无法攻击过来。一时之间，惨叫声不绝于耳。

海盗布置的第二道防线，此时也被撕开，不过，有一头巨狼却掉进了陷阱，被猛烈的子弹射击，打得皮开肉绽，双目被爆，只能够在里面用双爪不断地刨着泥土。

另外几头白毛狼，包括头领，却更加勇猛地冲进来。它们冲击防线，张嘴就撕咬。守护的不死海盗的阵线完全乱了，有的惊吓得摔倒在地面上，双腿发软，有的抽出弯月形匕首，有的边射击边倒退。

我们五人见情况不妙，连忙往后面逃。

在混战之中，不少不死海盗被撕咬，而独眼龙也受了伤，其中三头白毛狼也受了重伤，但是那头巨狼却只是受了皮毛伤，依然勇猛地左扑右扑，张嘴就撕咬，场面吓人。其中两个胆怯的海盗想逃跑，不料被独眼龙开枪射击。

“杀呀，再逃我们就全部完蛋了！”独眼龙此时满脸血迹，双眼暴红，呐喊着。

独眼龙的喊声使在场的我们都为之一震，那些溃不成军的不死海盗也被激起斗志，彼此面面相觑，抛掉没有子弹的枪，抡起匕首就扑过去。

我和父亲五人连忙捡起地上的匕首，等待时机。

“你们也给我上！”独眼龙忽然瞥见我们，愤怒地喊道。

我和父亲他们对望了一眼，然后点了点头。此时，我们并没有退路，只有解决了白毛狼才是上上策。

“王教授，你和王海待在这里，白毛狼就交给我们吧。”李渔咬咬牙，不等我们回话，就抡起匕首快速地冲过去。

莫羽和安卡拉公主随后也快步冲过去。

他们还没冲到白毛狼那边，两个不死海盗被白毛狼撞击直接飞向他们。他们忙闪避开去。不死海盗被狠狠地砸在地面上，满身血迹，身上也被撕咬了几处，忍住痛爬起来。

只见莫羽和安卡拉、李渔三人奔向狼头领，见攻击的不死海盗被拍飞，便握住匕首刺过去。

此时，狼头领完全发飙，它愤怒地嚎叫着，张嘴就扑向攻击的人。李渔和莫羽、安卡拉公主三人比较灵活，加上不死海盗的攻击，几个回合下来，狼头领只是被刺伤，而他们分别被狼划伤。

我和父亲、独眼龙三人目瞪口呆地看着他们战斗，大气也不敢喘一口。

其余几头白毛狼疯狂地撕咬着不死海盗，不死海盗受伤不少，还死了好几个。不过，白毛狼也受伤不轻。双方的战斗处于白热化，总体来说，白毛狼明显占优势。

李渔刚闪避开狼头领的攻击，莫羽则灵活地闪到白毛狼的侧边，抡起匕首就刺进后者的身上。刚刺进去，白毛狼突然转过身来，张嘴就扑向莫羽。莫羽尽管灵活，但是白毛狼的动作太快了，张嘴就咬着她的衣服，一仰嘴，莫羽就被抬起来。

“不好！”我大惊道。我此时不知道哪里来的勇气，拿着匕首就冲了过去。那白毛狼一抬起莫羽，接着将莫羽往上一抛，仰着嘴巴就等待猎物掉下来。就在这千钧一发之际，李渔灵活地一跳跃，就跳上狼头领的身上，接着他猛跑几步，飞身就扑向莫羽。眼看着莫羽掉进白毛狼的嘴巴的那一瞬间，李渔的身影刚好扑过去，然后两人“啪”的一声摔倒在地面上。

我见了，不由得倒呼出一口凉气。可是，由于我跑得太猛，来不及刹住脚步，就直接撞到白毛狼身上了。

那只白毛狼见到嘴的猎物跑了，又突然被撞，猛转过身来，瞪着血红的双眼看着我，嘴巴由于咬过人，满嘴血迹。

我见了，双腿一软，差点就摔倒下去。此时，我感觉到全身发抖，却挪不动脚步。

“海仔，溜哇！”背后传来父亲焦急的叫声。

我吓得一哆嗦，才缓过神来。但是，那只白毛狼却凶狠地扑过来了。眼看着就要扑到我身上了，我的身子突然被撞击，摔倒在地面上。我忙扭过头去，见白毛狼正扑向躺在我旁边的安卡拉公主。眼看着就扑中安卡拉公主，后者就地一骨碌，刚闪开，白毛狼的嘴巴就扑中地面。

白毛狼一见没有扑中，抬起嘴巴来，更加疾速地再次扑向安卡拉公主。后者大惊失色，忙接连翻身闪避。白毛狼却越发愤怒，接连攻击。我见情况不妙，连忙翻身起来，抡起匕首就刺过去。与此同时，李渔和莫羽也抡起匕首刺过去。

白毛狼突然被刺，猛地转过身来，愤怒地张嘴扑咬我们三人。李渔却灵活地闪避开，一个跳跃，跳到了白毛狼的身上。

"李渔，刺它的双目！"父亲高声喊道。

李渔没有回话，顺着白毛狼的背部一直跑向头颅。白毛狼见撕咬我和莫羽不成，拼命扭动身体想将李渔抛下来。李渔一时之间站立不稳，直接摔倒下来。白毛狼见了，张嘴就扑过去。眼看着白毛狼的嘴就要咬上李渔，突然一道身影扑了过去，不是别人，正是安卡拉公主。

此时，莫羽向我瞥来一眼，偷偷跑过去跳上狼背，然后再一个跳跃，飞身过去。只见那一瞬间，她的身影如同一道闪电。

只听见"噗"的一声，弯月形匕首准确地刺进了白毛狼的右眼。而莫羽摔倒在地面上，打了几个滚，接着站起来。

白毛狼突然受伤，痛得它张开獠牙，"嗷嗷嗷"地怪叫着，双目狰狞，特别恐怖。

我们听到它的声音，惊吓得汗毛自立，连心跳也加速不已。

白毛狼嘶喊完，突然凶猛地扑向李渔。我知道这些狼的报复心极强，因此李渔极为危险。他也似乎明白这个道理，急忙闪避。

莫羽和安卡拉见了，知道事不宜迟，飞快地跑过去，抡起匕首就扑杀。

这时，其余的不死海盗也砍掉了其中一头独眼的白毛狼，但是他们也有两个人被撕咬，躺在地面上惨叫着。

我见莫羽和安卡拉公主、李渔三人围拢攻击独眼的狼头领，担心他们的安危，也颤抖着冲了过去。

可是，我刚冲过去，白毛狼被莫羽的匕首割伤，血飞溅过来，我闪避不及，溅得满脸都是血。我吃了一惊，忙伸手一抹。正在这时，白毛狼扭身突然咬着莫羽的衣服，猛然一撕开，顿时露出白皙而修长的大腿，令人咋舌。

莫羽吃了一惊，待回过神来，白毛狼却张嘴再次攻击过来。我见它的嘴巴距离莫羽只差几厘米，忙飞身扑过去，将莫羽扑倒下去。

我狠狠地砸在莫羽的身上，只感觉到一片柔软和她上身的弹性，而我嘴巴竟然巧合地撞上她的嘴巴。我愣怔了下，还没反应过来，就被莫羽狠狠扇了一巴掌，然后被一脚踹开。

我仰脸躺倒在地上，来不及张嘴骂莫羽，白毛狼的嘴巴对着莫羽的衣服撕咬，然后转到我身上。我看着它满是血迹的嘴巴、獠牙和一只不断流血的眼睛，感觉到全身一阵战栗，已经吓得全身瘫软。白毛狼的嘴角抽搐了下，露出邪恶的笑意，估计是心想：你娘的，该你了！它突然张嘴就向我咬下来，眼看着嘴巴就要咬到我身上，就在这千钧一发之际，我瞥见一道身影向白毛狼扑过来，一把匕首准确地刺进了它左眼。它立刻痛苦地扬起头来，“嗷嗷嗷”地惨叫着，接着它发疯一般地四处乱窜。安卡拉过来伸手将我拉起来，拍了拍我肩膀，关心地问道：“没事吧？”

我感激地点了点头：“多谢了！”

安卡拉公主染了血迹的脸露出淡淡的笑意：“你曾经救过我和父亲的命，现在我救你的命，互不相欠！”

安卡拉公主的话刚落，发疯的头狼嚎叫着往外面胡乱冲出去，而其余的白毛狼见了，拖着受伤的同伴纷纷撤退，井然有序。转眼之间，这些白毛狼便消失在暗夜的密林中。

我们一见白毛狼完全撤退，紧绷的神经顿时一松，双腿一软，纷纷坐在地上大声喘气。

我休息了一会儿，回过神来，瞥见坐在身边的安卡拉有几缕头发遮挡住脸庞，便伸手过去轻轻撩开。安卡拉羞涩地笑了笑：“多谢！”

“大家都休息好了吧？”独眼龙忽然站起来，高声道，“没有受伤的兄弟现在帮忙处理受伤的兄弟的伤口，死了的，就在附近找个地方埋葬吧。”

“是，是，是。”有十来个不死海盗应声，然后纷纷站起来。

“海仔，你没事吧！”父亲不知什么时候来到我的对面，上下打量着我道。

“哎哟，这条腿好像受伤了！”我指着左腿道。

“哪里呀？”安卡拉公主有些慌乱地看着我眼睛，然后看向我左腿。我心里狡黠地笑了笑，嘴上却说：“这里。”

安卡拉顺着我手指的方向伸手过去，在小腿位置摸了摸，道：“痛吗？”

“哎哟，痛呢。”我冲父亲得意地使了个眼色。

父亲无奈地长叹一声，然后瞪了我一眼。

安卡拉似乎觉察到我和父亲的眼神，便会意地骂道：“真是流氓！”她骂完，用力地掐了我的小腿一下，然后站起来，生气地离开了。

“哎呀！”我这回真的感觉到痛了。

接下来，不死海盗在独眼龙的指挥下，很快就将受伤的兄弟抬到树下包扎、上药，挂的则拖到附近就地埋葬。由于担心白毛狼再次呼叫其他同伙或者其他野兽过来，所以这次也做了防备。

由于战斗了半夜，大家又累又渴，喝过水之后便休息了。莫羽和安卡拉则用水清洗脸部，抹掉血迹。独眼龙不知道从哪里弄来的山泉水，清澈甘甜，不过担心接下来水资源稀缺，所以大家没怎么敢浪费。

此时，密林经过激烈的战斗，异常地安静，连鸟叫声也没有。

独眼龙看过受伤的兄弟之后，再清点人数，才放心地坐下休息。

“海仔，你休息吧，爸爸看守着，”坐在我身边的父亲道，“希望今夜不会再有野兽攻击吧。”

“但愿吧！”我应道。我感觉到一阵疲劳袭来，逐渐地，不由自主地合上了双眼。在寂静中，我听到细微的风声和人的呼噜声，此起彼伏。

第十六章
神秘山脉诡影

当夜，再也没有野兽袭击我们。到了第二天早上，我清醒过来，发现父亲和独眼龙正在研究地图，我便走过去。按照地图指示，过了密林，便是山脉，在两条山脉之间，是低洼地。因为山脉延伸很长，而且也高，危险性很大，因此决定走低洼地。他们商议之后，便叫醒其余人，准备出发。

不死海盗和我们经过昨夜的战斗，此时依然心有余悸。因此，我们收拾东西之后，循着地图指示的方向走去，一路上比起之前更加小心谨慎。

在穿过密林到达山脉之间，一路上，倒是没有遇见什么可怕的野兽之类的东西，只有一些蛇、老鼠等小动物。

闯过密林到达山脉，我们顿时松了一口气。我们看着山脉之间潺潺的流水，连忙跑过去。经过昨夜的战斗，几乎每个人的脸上都染上了白毛狼的鲜血，加上衣服又脏又臭、血迹斑斑，因此有的干脆开始洗澡。安卡拉公主和莫羽见了，连忙转过身去，用双手遮掩眼睛。

洗澡之后，我们便顺着山脉间狭窄的河道往上走去。河水清澈见底，一路上蜿蜒向前，只有大大小小的石头，并没有其他生物。两边的山脉起起伏伏，一直向上延伸，宛如一个睡美人似的。山脉间，多种品种的植物杂生其间，呈现出五颜六色、美不胜收的景色。

沿着河道一直走去，大概走了一个小时，进入了一片低矮的土坡。土坡上长着各种不知名的树木和其他植物，有些植物甚至长成人形，上面开着喇叭花。在土坡的旁边，是一带泥沼。

穿过土坡之后，却是一片辽阔的泥沼。泥沼间，生长着稀稀疏疏的树木，大多数是光秃秃的，没有半点叶子。面对泥沼，我们为了安全起见，纷纷砍了树枝当作试探泥沼的工具。泥沼是非常可怕的，一旦不小心掉进去，就可能被完全吞噬。

为了安全起见，独眼龙首先让手下在前面开路，见泥沼不深，大概只到膝盖处，才放心继续前进。但是在前进的过程中，我们还是遇到几个深的泥沼，其中两个不死海盗差点被吞噬。

穿过泥沼之后，是一片密林，密林连接一片湖泊。

在湖畔旁边发现了两间木房子，便好奇地走过去。房子完全荒废，里面空空如也，看来是多年前有人在这里居住，但是不知什么原因，主人搬迁了。

我们已经又累又饿，独眼龙便叫停下休息。这时，已经接近中午。我们喝过水和吃过干粮之后，由于昨夜的激战带来的疲倦，很多人很快就进入了梦乡。

不知道什么时候，突然传来一声惨叫。我从梦中惊醒过来，忙睁开眼一看，只见其他的不死海盗和父亲他们几人也惊醒过来，个个面面相觑。

“到底发生了什么事情？”独眼龙四处环顾之后，一脸不安地喊道。

他的话音刚落，突然从湖中跳出一头巨大的动物，张开大嘴就将在湖畔旁边的不死海盗拉了下去。那个不死海盗在水面挣扎了一会儿，荡起一阵水花，接下来，便完全没有动静了。

我们都看得胆战心惊，目瞪口呆。

“水中有怪物，快往上面来！”独眼龙回过神来，急忙喊道。

躺在河边的不死海盗，惊吓得纷纷向独眼龙跑过来。

“哪到底是啥怪物？”我刚才一时没看清，便看着父亲道。

“好像是巨鳄。”父亲不太确定地道。

“鳄鱼？”我暗暗吃惊。在这偏僻地方，有鳄鱼生长，也不为怪。这也可能是房子主人搬迁的原因，或者是被吃掉了。

不死海盗刚跑到独眼龙旁边，突然从河中钻出十来条巨鳄，那些鳄鱼体形巨大，全长大概十米，估计有几吨重，睁着一双诡异的眼打量着我们，微微张着嘴巴。我们见了，都吓了一跳。

据我所知，鳄鱼是一种冷血动物，性情凶猛，分布在亚热带的河川、湖泊、海岸等地。

那些鳄鱼看着即将到嘴的猎物，纷纷张嘴爬行着向猎物扑过去。

我们吓了一跳，纷纷往后面闪避，其中几个不死海盗拿着枪就“啪啪啪”地射击。但是，这些鳄鱼皮糙肉厚，压根儿射不穿它们的皮肉。

“子弹对它们完全没有用，只有遮住它们的眼，然后捆绑起来。”父亲情急之中，急忙喊道。

“对，对！”独眼龙大声叫道。

他叫完，脱掉上衣，吩咐其他的不死海盗脱掉上衣，拿着绳子便带头冲向扑上来的鳄鱼。李渔和我，以及父亲，也忙脱掉上衣，三人合力向扑上来的鳄鱼跳去。李渔跳跃到鳄鱼的背部，灵活地用衣服遮挡着对方的双眼。那条鳄鱼被遮挡眼睛，一时之间看不清方向，一边拼命地张嘴乱咬，一边焦急地乱转。我和父亲忙上前想将鳄鱼的嘴巴捆绑起来，但是，不料另外一条鳄鱼向我们攻击过来。

“小心！”安卡拉公主和莫羽忽然叫嚷了声，然后见她们飞快地冲过来。

我和父亲听到背后的动静，连忙闪避。我一时焦急，竟然不小心摔倒下去。我刚翻身过来，准备开溜，不料那条鳄鱼的速度特别快，张嘴就向我扑来。我吓了一大跳，心想这回可玩完了。

但就在这千钧一发之际，莫羽跳跃过来，将一根树枝伸进鳄鱼的嘴巴。那鳄鱼的嘴巴突然被树枝卡住，想咬碎，但是树枝很尖，顿时伤了上下颌，流出血来。

我几乎吓傻了，颤抖着爬起来。

我刚站起来，瞥见李渔他们已经合力将那条巨鳄捆绑住，再看向独眼龙他们，有两个不死海盗被咬伤，其余的鳄鱼都被捆绑起来了。

“刚才多谢了！”我冲莫羽投去感激的一瞥，道。我说完，伸脚狠狠地踹了一脚面前的鳄鱼。

莫羽微微笑了笑。

捆绑完鳄鱼之后，大家都见鳄鱼肉不错，便宰了其中一头，然后生火烧烤，吃完之后，打包便继续出发。

根据地图指引，经过这一带湖泊之后，便进入火山的范围。火山再过去，便是神秘村落。神秘村落再过去，则是传说之中的死亡谷。我心想：难道独眼龙一早就知道上古海妖隐藏在死亡谷的深渊下？他们是能够活几百年的怪物，知道上古海妖隐藏在那里也不足为奇。

而据传说，这一带的湖泊常有黑熊出没，因此我们沿着湖泊一路走去，都非常小心。

一路走去，湖泊逐渐辽阔起来，清澈的水面上停留着很多白色的鸟儿，其中有几个扑棱棱停在水面上。湖泊再过去，是火山岭。我边走边注视着远处的火山，担心这座火山一旦爆发，后果将难以想象。据我所知，火山遍布全境，达 160 余座，其中活火山 28 座。堪察加火山群是世界上最著名的火山区之一，它拥有高密度的活火山，而且类型和特征各不相同。五座具有不同特征的火山构成了堪察加半岛的奇异景观。

顺着湖泊旁边的山路一直蜿蜒走去，并没有遇见什么黑熊，倒是平安无事。我们默默地加快脚步，好在天黑前经过了火山，进入了神秘村落。据我父亲所说，这个神秘村落只有在古老地图上才能够找到，至于神秘村落的传说诡秘异常，因此进入之后务必小心。

到达火山脚下，已经是傍晚，斜阳余晖逐渐消失于火山的背后。我注视着火山的前方，却是蜿蜒的山岭，心想要穿过面前的山岭进入神秘村落，估计是半夜了。但是，为了安全起见，不能够在火山范围内停留。

越过火山，到达前方的山岭，天完全暗了下来，而且时不时电闪雷鸣，天空好像要炸裂开的样子，一副暴风雨将要来临的节奏。

“王教授，眼看着就要下雨了，看情况今晚无法越过这一带山岭进入神秘村落了。”走在父亲旁边的李渔冲父亲道。他说完，担忧地注视着天空，眉头慢慢地紧锁起来。

“我也是这么想的。”父亲抬起头来凝视着天空，缓缓叹气，“希望雨慢点下来吧。”

他们边说着话，边跟随着不死海盗顺着山岭继续往前走。

大概走到半山腰的时候，突然，一道闪电从天而降，“噼啪”一声炸在前面不远处的树木上，那树木顿时着火了。

我们都吓了一大跳，纷纷停止脚步，不敢再往前走了。

也就在此时，大雨突然哗啦啦地倾盆而下。

“大家赶紧躲雨呀，不过千万要小心。”独眼龙忽然高声嚷道。

独眼龙的话音一落，不死海盗和我们便就近找地方避雨。我和父亲、李渔、莫羽、安卡拉公主跑到一棵树下，彼此面面相觑。

暴雨噼噼啪啪地砸在头顶的树木上，外面的电闪雷鸣一阵紧过一阵，听得我们胆战心惊。要知道，这种天气躲在树下是非常危险的，下一秒随时会被雷炸裂。

“赶紧想办法找地方才行，这个地方不能继续待下去。”父亲焦急地叫道。

“对！对！对！”我们纷纷应道。我们正准备开溜，看能否找到什么地方可以避雨，突然，一道闪电在面前闪过，“噼啪”一声就在面前不死海盗躲雨的地方炸裂，顿时将躲在树下的不死海盗和树木烧焦。

我们吓得魂儿都掉了，顿时愣怔住了。

“赶紧找地方躲！”嘈杂声中，好像是独眼龙嚷了声。

我们和不死海盗才从惊慌中回过神来，顿时如鸟兽散般纷纷从树下跑出去，慌不择路地找地方。

跑了一会儿，从西边方向传来叫嚷声：“大家快来这里，快来这里，这里有个山洞！”

我和父亲五人听到声音，也想不了这么多，急忙地跑去。

我们跑过去一看，原来是山岭之中有个洞口，愣怔了下，便跟随其他的不死海盗纷纷往里面钻。那些不死海盗进入山洞后，打开了手电筒，仔细地看着里面的情况。我们发现山洞里面很幽深，而且前面似乎有着更大的空间。

“王教授，我们进去看看，说不准有什么发现。”独眼龙用手电筒向父亲晃了晃，道。

父亲沉默着点了点头。

挡在面前的不死海盗纷纷让开一条道。我们四人跟随着父亲向独眼龙走过去。独眼龙便让旁边的不死海盗递给我们两支手电筒，然后在前面开路继续往里面走去。

我边走，边仔细地观察情况，从山洞的形状和情况来看，山洞明显是人工开凿的，也不知道经过多少年了。古代的人为什么开凿这个山洞呢？是为了采矿，还是出于别的什么原因？

“难道是为了躲避火山？”我忽然想到这个最大的可能性。

随着往里面走去，山洞逐渐开阔起来，四周倒是没有什么发现，不过地面上开始出现一些动物的尸骨，接着发现两只巨大的脚印。

父亲蹲下去仔细地看起来，然后伸手摸了下脚印上的泥土，站起来有些不安地道：“这可能是熊的脚印，刚走过去。”

“熊？”大家一听山洞有熊，纷纷震惊起来。

“大家小心一些，我们摸进去看看。”独眼龙说着提防地掏出匕首来。其余人，包括我在内，也提高了警惕。

我心想地面上的尸骨，可能就是熊吃掉的动物的尸骨。

我们顺着熊的脚印往里面谨慎地走去，大概走了五米，发现熊脚印的旁边有着拖曳的痕迹，并且痕迹上有血迹。

“这到底是什么情况？”独眼龙纳闷地挠着头看着王教授。

“继续进去看看。”王教授一脸惊慌地道，“依我看，这拖曳的痕迹和血迹，可能是人的，而且可能是刚刚发生的。”

王教授此话一出，在场的人都吓了一跳，不由得面面相觑，似乎是想寻找某个人是否就在眼皮底下失踪。要是那样，这只“熊”就不简单了。

大家寻找了一遍，并没有发现进来的人失踪，才完全放下心来。但是，令人纳闷的是，这拖曳的痕迹和血迹到底是谁的？

“快，追上那东西！”独眼龙忽然道。他说完，指挥两个手下带头，然后快步跟随进去。

当我们走出二十几米，正要拐弯的时候，忽然瞥见墙壁旁坐着一个东西，不由得吓了一跳。待手电筒完全照清楚那东西，才发现是一个人。这个人坐在地上，头和背部紧紧地靠着墙，双目瞪得很大，流露出恐惧，全身软绵绵的，被咬的脖子处依然有血流出来，将衣服全部染成红色了。

这个人不是别人，正是独眼龙的手下，当初囚禁我们的文有鲸鱼图案的不死海盗。

我们在观察死者的时候，其他的不死海盗则惊慌地用手电筒四处照着，提高了防备。可是，那东西似乎隐藏在更深处，完全没有动静。

“奇怪了，鲸鱼怪怎么会出现在这里？”独眼龙不解地环顾着大家，道。

“依我看，鲸鱼怪可能是第一个进入山洞，当他进入后，刚好那东西就在洞口，所以捉起就溜进了这里。”父亲分析道。

“他娘的！捉住它非宰了不可！”独眼龙伸手上前合上鲸鱼怪的双眼，愤怒地咬牙切齿道，“赶紧摸进去！”他说完，挥了下手，便带头继续往前面冲进去。

我们也非常好奇那东西到底是不是熊，也快步跟随进去。

黑洞似乎非常幽深，而且弯弯曲曲，跑了一会儿，并没有看到那东西的身影。我们就越来越感到恐惧，看来那东西的速度完全超出我们的想象。

我们也不敢停止下来喘气，继续快步往前冲。就在前面一个拐弯处，我们看到一道黑影闪了过去。

“快！”独眼龙嚷了声，更是加快了脚步。李渔和安卡拉以及莫羽他们倒是跑得快，我和父亲则慢慢地落后了。

当我和父亲气喘吁吁地跑到拐弯处，却看到一道黑影猛扑向走在前面的莫羽。

我大吃一惊，急忙嚷道：“莫羽，小心后面！”

正跑着的莫羽似乎也感觉到背后的攻击，连忙跳跃闪避开去。她刚闪开，那道黑影“呼”地一下子扑到她闪开的位置。紧接着，那道黑影追着莫羽不放，再次扑过去。

莫羽知道情况不妙，忙转过身，用手电筒照过去。那道黑影忽然见到手电筒的光亮，忙用爪遮挡，然后身影一闪，跳跃开去。

就在这一眨眼间，所有的手电筒都照向那道黑影。这道黑影全身黑黝黝，身材高大，一双巨爪正遮挡着光亮。

“黑熊？”在场的人都震惊地张大了嘴巴。

就在大家愣怔的瞬间，黑熊忽然扬起头来，双爪猛拍胸口，张嘴露出长长的獠牙，“嗷嗷嗷”地狂叫起来。

我们都吓了一跳，连忙闪避开去。

我见这头黑熊不比寻常的黑熊，而是好像黑猩猩般的巨兽，特别凶残。它刚喊叫完，就猛地扑向附近的其中一个不死海盗。由于黑熊的速度比较快，那个不死海盗没反应过来，就被黑熊扑中，张嘴就咬向脖子。那个不死海盗只是抽搐了几下，就完全不动了。

其余的人一见这种情况，顿时慌了，都惊恐地看着黑熊。

那只黑熊吸了几口血，突然扭过头来环顾了下在场的人，满嘴血迹的嘴巴露出邪恶的笑意，突然，“呼”地一下，好像一道闪电般扑向安卡拉公主。

“安卡拉，小心！”我心里顿时一震，焦急地喊道。

安卡拉也吓了一大跳，急忙闪避。只见黑熊的双爪从安卡拉身边擦过去，只差几毫米就扑中对方。

我见了，倒吸了口凉气。

其余的人见了，惊吓得纷纷倒退几步。

“爸，现在该怎么办？”我心急如焚地道。

“这只黑熊的速度特别快，这下子麻烦了。”父亲嘀咕了句。

父亲话音刚落，黑熊再次疾速地扑向安卡拉。安卡拉毕竟是身经百战，多年来和野兽打交道，因此倒是敏捷地闪避开攻击。但是，那只黑熊毕竟速度快，安卡拉没闪避几回，就眼看着被前者扑中。

第十七章

神秘村落

就在这个紧要关头，只见独眼龙抡起匕首飞了过去，“噗”的一声准确地刺中黑熊要捉住安卡拉的熊爪。黑熊突然被刺中，前肢略微一迟钝，安卡拉惊慌之下才闪避开去。

“给我上！”独眼龙接过另外一个不死海盗的匕首，竟然第一个冲了上去。

李渔和莫羽以及另外的不死海盗，也纷纷冲上前去。

黑熊伸出另外一只熊爪拔出匕首，狠狠地砸在地上，转过身来，张开獠牙，“嗷嗷嗷”地怪叫起来，声音响彻整个山洞。

要冲上去的这些人吓了一跳，动作便停顿了下。就在此时，完全发疯的黑熊“呼”地一下向独眼龙扑过去。独眼龙毕竟是身经百战的不死海盗，勇猛异常，就算面对恐怖的黑熊也不惧怕，因此他见黑熊扑过来，便避其锋芒，一个箭步闪开，接着抡起弯月形匕首刺过去。

黑熊疾速地抡起另外一只熊爪“呼”地一下子拍向独眼龙，独眼龙连忙闪开，但是黑熊动作更快，没闪避三回，便被对方硬生生地拍飞出去，“啪”的一声砸在墙壁上。黑熊没理会独眼龙，竟然直接扑向侧边的不死海盗。那个不死海盗已经惊吓得愣怔住了，因此黑熊一扑过来，他还没来得及闪避，便被对方捉住脖子，猛一用力，“咔嚓”

一声，不死海盗就软绵绵倒了下去。

李渔此时正在黑熊附近，见这怪物如此凶残，也惊慌得全身冒汗。但是，他却不敢迟疑，快步冲过去，然后一个跳跃，抡起匕首就向对方砍下去。

黑熊明显听到动静，忙一个侧身闪避，弯月形匕首从它侧边闪过。

我和父亲看得真切，知道黑熊的厉害，也不敢贸然上前。

“它这么厉害,到底有什么弱点呢?”父亲眉头深锁起来,喃喃自语着。

我见李渔劈不中，反而被黑熊闪身踹飞，狠狠砸在地上。而莫羽和安卡拉、不死海盗、独眼龙等十来人从不同的角度偷袭，轮番攻击，黑熊身上多处中刀，而这些人纷纷被踹，有几个甚至被咬伤。眼看着情况越来越不妙，一旦继续这样下去，我们这些人可能都会被这个怪物吃掉。

“到底怎么办呢？”我脑中不停地思考着。

就在此时，黑熊却反攻起来，先是向其中一个不死海盗扑过去，那个不死海盗吓得脸如土色，忙跳开，但是愤怒的黑熊扭身一转，向另外一个不死海盗扑去。那个不死海盗完全想不到对方突然攻击过来，来不及闪避就被黑熊“咔嚓”一声扭断了脖子。

黑熊这诡异的动作和手法完全惊呆了我们所有人。

“这哪里是熊，分明就是比人都懂得兵法的妖哇！”父亲瞪大了双眼道。

黑熊接着转过身来，张着獠牙邪恶地笑了笑，然后竟然向安卡拉公主扑去。

“小心！”我心里一顿，焦急地叫道。

安卡拉此时脸色苍白，明显也惊慌起来。她不知道对方使用的什么诡计，不过还是做好防备闪避。眼看着黑熊就要扑向安卡拉，突然，它竟然跳向附近的石壁，然后顺着石壁快速地跳跃，只见一道影子宛如闪电一般，最后听到一声惨叫。

“赶紧溜哇！”忽然听到一个声音喊道。

话音一落，便见独眼龙率先向我们冲过来，李渔和莫羽、安卡拉他们也不敢逗留，快步跟随上前者。

“真是不可思议！”我瞥见黑熊疯狂地再次扑咬逃得慢的不死海盗，然后向我们追来。黑熊的速度极快，落在后面的几个不死海盗接连被撕咬。

“走哇！”父亲见危险逼近，拍了拍我肩膀，然后往前跑去。

我微微愣怔了下，便撒腿追上父亲。

我一边跑，一边时不时扭过头去，瞥见黑熊从后面一路撕咬过来，不死海盗的惨叫声响彻整个山洞。

“救兵来了！”父亲忽然停止脚步，气喘吁吁道。

只见我们面前飞快地跑来不死海盗，声势浩大。

独眼龙和李渔、莫羽、安卡拉公主见了，也收住脚步，转过身去，见狂奔过来的黑熊突然收住脚步。

一道道明晃晃的光亮照着黑熊，黑熊忙伸爪遮挡光亮，突然，它转过身去，逃之夭夭了。

“追，不能让兄弟们白死！”独眼龙瞥见地上的不死海盗，死状极惨，咬牙切齿地道。

他说完，便带头追了上去。

“这东西害怕巨大光亮！”父亲忽然高声道。

“啊，对了！”独眼龙头也不回地道。

接着，我们跟随着独眼龙往黑熊逃走的方向飞快地追上前去。我们心里都非常清楚，就算我们不追杀黑熊，深夜睡觉也难免不被它袭击。

那只黑熊顺着黑洞一直往前快速地狂奔，眨眼间便消失在拐弯处。我们一路紧紧地追随上去，当转过几个弯道，黑熊完全消失在视野之中。

我们此时跑到山洞的尽头，见没有其他出口，不由得停下来面面相觑。

“奇怪了，那怪物跑哪里去了呢？”其中一个不死海盗道。

我环顾四周，黑洞四处并没有其他出口，只有前面一个好像不是墙壁的地方，便走了过去。我发现山洞的尽头是密密麻麻的草木，我便拨开草木，发现外面竟然是山洞外。借着手电筒的光亮，可以看到山洞外是茂密的树木，上空电闪雷鸣，雨淅淅沥沥地散落下来。隐约之中，看到一道诡秘的身影正在密林间跳跃。

“爸，你们来看看！”我急忙转身叫道。

父亲和独眼龙、李渔等其他人纷纷跑过来，用手电筒照着下面的情况。他们看完之后，独眼龙皱起眉头道：“那黑熊是跑下山去了，但是现在雷雨交加，神秘的山村也不远了，我们不妨就在山洞内休息，等天亮后再下山吧。”

“是，是。”其他的不死海盗纷纷应道。

“不过，为了安全起见，今晚必须安排人守夜！”独眼龙道。

其余的不死海盗面面相觑，纷纷点头。

当夜，独眼龙安排了手下看守，其余人，包括我们在内都倚靠在山洞墙壁处休息，可是由于担心那只黑熊偷袭，因此很多人都睡不着。

我睡意蒙眬地醒过来，天已经大亮。父亲和李渔、安卡拉公主、莫羽、独眼龙他们都醒了，都在山洞口往外观看。我于是走了过去，在父亲和李渔之间探出头去，只见雨淅淅沥沥地下着，四周一片朦朦胧胧，如同人间仙境一般。

山洞外是密林，密林之外是连绵起伏的山脉，就在山脉雾霭之间，隐藏着一座村落。村落之外，隐约可见一条断裂谷，估计就是传说之中的死亡谷。

“目的地就要到了，大家收拾一下，准备出发！”独眼龙凝视外面一会儿，头也不回地道。

“是，是！”有几个不死海盗带着疲倦的语气应道。

我和父亲几人分别点了点头。

我看着山洞外的密林，心想从现在半山腰的位置下去，虽然有些陡峭，不过还是勉强能够下去的，只要用绳子捆绑住山洞外的大树，顺着绳子溜下一段距离就可以了。如果是胆大、比较勇猛的，也敢直接下去。可是，下去之后到达死亡谷，我们现在怎么办呢？按照目前的情况，想从独眼龙那里夺取回我们的东西，是件非常难办的事情。另外一方面，就算我们夺取回来，接下来前往死亡谷，如果没有他们的帮助，我们是否能够安全到达？

我们收拾之后，在独眼龙的带领下，顺着绳子鱼贯而下。下到地面之后，我们发现这片密林比起之前的密林更加茂盛，各种各样的野生植物不少，在雾霭之中，一时之间难以分辨。

密林中寂静异常，连鸟叫的声音也没有。我们隐约觉得不对劲，便小心翼翼按照指南针指示往前走去。

我心想着，昨夜攻击我们的黑熊怪物，说不准就隐藏在这里。

一路上，除了看到一些毒蛇之类的小动物之外，并没有发现黑熊的踪影。我们觉得非常纳闷，黑熊到底是害怕我们，还是昨夜受伤了？

穿过密林，进入山脉走了不远，便看到一条蜿蜒的山路，山路此时由于雨天的缘故，泥泞不堪，上面有着巨大的脚印和拖曳的不明东西的脚印。而且，这个巨大脚印还很清晰，估计是这两天踩上去的。

“黑熊的脚印？”父亲认真看完之后，非常吃惊地道。

“黑熊？”大家一听黑熊，立刻提高警惕，惊慌地四处环顾。

“难道它进入神秘村落了？”我凝视着看不清尽头的山路，皱起了眉头。

“它是知道我们要去什么地方，还是巧合经过这里？”莫羽震惊道。

“别停留在这里胡思乱想，赶紧走吧。”独眼龙瞪了我们一眼，挥了挥手，然后往前大步走去，“兄弟们，注意两边的情况。”

“是！是！是！”其余的不死海盗纷纷应道。

我们沿着弯弯曲曲的山路往前走了不久，眼前便出现一个村庄。

村庄建在半山腰上，树林隐约其间。村庄里的房子全部是用树木搭建而成，四处散落着，却又好像一个巨大的圆圈。而在村庄面前，则立着一块巨大的石头，石头上雕刻着三个大字“死亡村”。我们看了，不由得倒呼出一口冷气。

父亲则低头观察地面，他看完之后，有些惊讶地说：“黑熊的脚印到这里就消失了，是跳跃上树木从而进入村庄，还是它惧怕进入这个死亡村？死亡村到底为什么叫‘死亡村’？”

“据我们所了解，这座村落已经有好几百年历史，因为进入这个村庄的人，不是死亡，就是活着出去，也用不了多久就挂了。”独眼龙露出黄色的牙齿，伸手在脖子处抹了下。

“这么恐怖？”我和父亲几人面面相觑。

“你们看，这一带村落似乎没有什么人吧。”独眼龙继续道。

我们点了点头。

我心中则在想，或许这里距离死亡谷不远，当初进入这个村庄的人，可能是吸入了这里的某种毒气，从而死亡的吧。

“不过是传说而已，大家也用不着如此害怕。”独眼龙说着就要往里面走。

其余的不死海盗脸露惊慌之色，面面相觑，最后还是跟随上去。

父亲闭上眼睛深呼吸了一下，并没有觉得空气的异样，因此吩咐我们跟随他，务必小心。我和莫羽他们点了点头。

“网上查到的信息不是说距离死亡谷附近的人居住得平安无事嘛，难道这里的空气和土地都变质了？还是我们还没有进入这片范围？”我跟随着父亲，嘀咕着。

进入死亡村，原以为荒凉的村落没有人居住，想不到走到半山腰的时候，发现有好几户人家炊烟袅袅，不断地飘出富有特色的野味香气，引得我们一行人嘴馋不已，不停地吞口水。

“龙哥，我们这次可是来问路的，能不能不使用暴力？”王教授忽然停止脚步，注视着前面一户人家。那户人家有人正在门外烧火，估计是在煮饭。

独眼龙没有回话，“呵呵呵”大笑几声，快步走了过去。

“爸，你说独眼龙会不会知道上古海妖就隐藏在死亡谷的深渊之下？”我见独眼龙带领不死海盗走在前面，便在父亲耳边压低声音道。

“依我看，他应该知道，不然不会带领我们来这里。”父亲很肯定地点了点头，“但是，他来这个村庄，一路上我发现他轻车熟路，估计以前走过这条线。”

我震惊地看着父亲，回想起来，独眼龙真的好像熟悉路径。我心想，如果他来过，当时会不会遇上白毛狼和黑熊？

正在门外煮饭的男人60岁，瘦小，短发，皮肤好像树皮一样皱，抬起一双眼来，眯着眼看我们，脸上流露出惊恐的神色。

独眼龙和不死海盗的样子，就算是鬼见了也惧怕三分，老者自然也胆战心惊。

独眼龙他们走到老者的面前，一脸凶悍地盯着老者看，直看得老者双腿发麻，连说话也不利索了。

“老伯，你也别害怕，我就问一件事，你老老实实回答我，我自然不会为难你，”独眼龙拍了拍手，皮笑肉不笑地道，“但是，如果你说谎话，我就砸了你这房子。”

老者对于独眼龙的话，似乎是一知半解的样子。我便心想，这一带的村民是依靠养殖羚羊、牛等动物为生的人民，由于是俄罗斯管辖范围，所以他们应该更懂得俄罗斯语言一些。

而独眼龙，几百年的活物，估计走南闯北，很多语言都懂得，所以让他和老者沟通是完全没有问题的。

老者正张嘴想说什么，忽然从外面走进来一个中年男人，约莫40岁。他突然见到我们，吓得瞪大了双眼，愣怔在原地，半晌也没回过神来。

“你们到底是谁？”那中年男人用俄罗斯语颤抖着问道。

“我们是谁你别管，知道了对你们也没好处。”独眼龙冷冷地打量着对方，不屑地道，“依我看，你和这位老者是一对父子吧？”

中年男人沉默着点了点头。

“你们居住在死亡谷附近，想必知道死亡谷的危险吧？”

“自然知道。那里面是充满死亡气息的地方，不管是我们养殖的羚羊还是牛，还是其他野兽，进入死亡谷不久就会挂了。”

“知道什么原因吗？”

“传闻那里的空气有毒。科学家之前来探索过，不过听说最终也找不出具体的原因。”

独眼龙点了点头，皱起了眉头，继续道：“传闻死亡谷里面居住着古老的神秘妖怪，是吗？”

“只是传说罢了，谁也没见过。”

“那古老而神秘的妖怪，就叫上古海妖，是吧？”独眼龙盯着中年男人，一字一顿道。

“上古海妖？”中年男人纳闷地皱起了眉头，似乎完全没听说过。

我和父亲几人听到独眼龙的话，暗暗吃惊，原来他一早就知道上古海妖隐藏在死亡谷，正如他们知道千年海底之城一样。

“臭小子，少给我装傻！”其中一个不死海盗猛地抽出匕首，“哗啦”一声，上前架在对方的脖子上。

中年男人吓得脸色大变，全身发抖，嗫嚅着道：“这位大哥，我真的不知道什么上古海妖，请你放过我们吧。”

“看你不见血就不肯老实交代。”拿刀架着中年男人的不死海盗，咬牙切齿地道。他说着，就要凶悍动手。

“给我住手！”忽然听到一声厉喝。

我们都循着声音看过去，原来刚才是老者在喊。只见他双眸怒瞪，一脸愤怒。

“哎哟哟，你这老不死的，信不信老子一刀砍死你？！”另外一个不死海盗凶神恶煞般地冲向老者，抽出匕首就要砍过去。

眼看着匕首就要砍下去，独眼龙突然吆喝了声，那个不死海盗砍到半空的匕首猛地抽了回来。我们见了，不由得为老者捏了把汗。

“先放过我儿子，我就告诉你们关于上古海妖的秘密。”老者不冷不热地道。

独眼龙听了，嘴角抽搐了下，露出得意的冷笑，便向架着对方儿子的不死海盗挥了挥手。那个不死海盗听话地抽回匕首，向对方推了下。那中年男人向前一个趔趄，差点没摔倒在地上。

“我不知道你们寻找上古海妖是为了什么，但是，我倒是劝你们最好不要去，因为进去之后的人从来没有回来过。”老者眯起眼睛，双眸流露出不安的神色，似乎陷入了回忆之中。

“为什么？”独眼龙连忙追问道。

老者微微叹了口气，摇了摇头。

“我也不管什么情况，就算进去回不来，我们也要进去，毕竟我们现在所承受的痛苦无法和你形容。”独眼龙语气坚定地道。

“既然如此，我不妨坦白告诉你，”老者略微沉吟了下，道，“死亡谷深处的确居住着一个上古海妖，这是我爷爷告诉我的故事，当年我爷爷曾经在那里见过他一面，听说是位非常老的妖物。”

“你爷爷见过他？”独眼龙一时之间搞不懂对方所说到底是真还是假。

“只是爷爷所说，我也不知道真假，”老者继续道，“不过，我相信是真实的，因为后来也有人进入死亡谷看见过，不过出来之后不是疯疯癫癫的了，就是残废了。”

“不是说进入死亡谷之后，任何动物和人都会死掉吗？”父亲不由得追问了句。

“你们来的路上，遇到过一只袭击人特别厉害的黑熊，是吗？”

老者答非所问地道。

“你怎么知道？”父亲大惊失色。在场的人也震惊得面面相觑。

“这只黑熊特别恐怖，经常在这一带出没袭击人，”老者道，“我们都叫它‘黑爷爷’，你们想寻找上古海妖，就需要去黑熊谷。”

“黑熊谷？”父亲惊讶地道。

第十八章

黄岩蜈蚣

“黑熊谷在死亡谷附近，那里是一条断裂的山谷，特别惊险。不过，传说进入黑熊谷，可以直接通往上古海妖居住的深渊。”老者道。

我在心里琢磨着，这个老者该不会是欺骗我们前往黑熊谷吧?

“老伯，黑熊谷想必任何人也不敢进去吧，你该不会故意撒谎欺骗我们，好让我们进谷有去无回吧。”独眼龙瞪了老者一眼，道。

“我已经指出一条明路给你们了，爱信不信！”

“好！既然你如此说，我姑且相信，不过，我需要你儿子带路。”独眼龙皱着眉头想了想，瞥了眼老者的儿子道。

“这个……”老者想继续说什么，最后话到嘴边硬生生吞了回去。他接着转身进入房间，一会儿拿出一些干粮递给儿子，双眸流露出关怀之情。

“时间紧迫，我们赶紧出发！”独眼龙向手下使了个眼色，刚才架着老者儿子的不死海盗便上前用刀再次架着对方的脖子。

老者儿子和父亲对望了一眼，没有说什么，转身往前面走去。随后，我们知道他叫李军。

李军带领着我们走出村庄，顺着半山腰的小路往死亡谷方向走去。一路上，我们谨慎地走着，不断留意着小路两边的山林，担心突然跳出野兽或者其他攻击性的动物。

我在心里揣摩着，李军父亲所说的黑熊谷到底是真还是假，黑熊谷真的能够通往上古海妖居住的深渊吗？

半山腰的路弯弯曲曲，加上雾气浓，因此也不敢快步走。在半山腰兜兜转转，过了几个下弯道，便看到山下一条狭长的山谷。李军告诉我们，下面这条山谷就是传说中的死亡谷，从死亡谷旁边过去，便是黑熊谷。

路上，父亲小声地和我嘀咕，地图上并没有记载黑熊谷，因此他担心有诈，所以让我多留个心眼儿，以防万一。

我向父亲使了个心领神会的眼神，点了点头。

顺着下山的弯道小路一直走下去，路上只是发现一些不知名的小鸟扑棱棱地飞过，却没有其他发现。地面上也没有看到黑熊的脚印。

我心里越发纳闷，黑熊如果回黑熊谷，应该走这条路吧，难道有捷径不成？

下山之后，跟随李军穿过死亡谷附近，只见一片静寂，四处鸦雀无声，弥漫着一股若有若无的死亡气息。在死亡谷的峡谷入口附近，隐约可见一些动物的尸骨。死亡谷对面的泥沼之中，浮现出高大的树木，上面长满了苔藓。

穿过死亡谷之后，拐了个弯道，就见面前出现了林立的奇峰，而在其中两座奇峰之间，出现了一条断裂的山谷。山谷和奇峰之间烟雾弥漫，宛如人间仙境一般。

“你们看到的这条山谷，就是隐秘的黑熊谷了。”李军忽然停止脚步，凝视着山谷，脸上流露出惊慌的神色。

“真是神奇的景色，也难怪上古海妖隐藏在如此的地方。”李渔道。

独眼龙让父亲过去，掏出地图来，仔细地端详起来。我便也靠过去，认真地看起来。根据地图的描绘，黑熊谷并没有上地图，这一带是在死亡谷地带。

“王教授，你怎么看？”独眼龙看完地图后，注视着父亲道。

父亲站起来仔细地四处环顾，隔了好一会儿才谨慎道：“依我看，上古海妖可能就隐藏在这里，因为传闻上古海妖藏于深渊之中，这深渊可能就是指深山吧。”

我心下一顿：深渊不是指深海之渊吗？

“好！你的意见和我一样。”独眼龙收起地图，凝视着黑熊谷，目光锐利而坚定地道，“走，带路，我们进谷！”

李军犹豫了下，逼于无奈之下，长叹了一声：“进谷危险重重，各安天命吧。”他说完，才带头往前面走去。

我们跟随李军顺着奇峰山脚下若有若无的小路一直往断裂的山谷走去。转过奇峰异境，眼前便出现一条断裂的山谷。只见山谷上空烟雾弥漫，谷中隐约传来潺潺的流水声。朦胧中，珍禽异兽隐约其间，或低声和鸣，或叽叽喳喳，热闹非常。

独眼龙凝视着山谷，脸色微微一变，他让我们休息片刻，吃饱干粮再出发。我们便按照他的吩咐停止脚步休息。

休息了片刻，大家略微恢复了精神，便在李军的带领下，开始踏进神秘的黑熊谷。

这一趟，我们不知生死，但是也猜测到凶多吉少。别的不说，在浓雾之中被黑熊袭击，也难逃一劫。

当我们踏进神秘的山谷后，我四处环顾，只见我们现在的位置是在山谷的低洼处，山谷一直蜿蜒向前延伸，谷中多有五彩斑斓的石头和水草等，潺潺的流水缓缓从上面流淌而下。两边翠树茂盛，鸟声低鸣。

“真是人间仙境！”我嘀咕了声。我心想，在此居住的人即使不成仙，也能够长命百岁。

走在我旁边的父亲，他环顾四周之后，深呼吸了几下，似乎在试探山谷的气息是否有毒气。他试探了几次之后，便放心地继续前进。

我边走边想，在这种危险的山谷中行进，除了可能面对未知的生物袭击，也要面对很多危险的植物，甚至可能被什么东西咬了而感染。在没有医疗条件的环境下，生命无法确保安全。

在场的人，除了我和父亲学习过生物知识之外，其余人可能对于未知的生物也是一知半解，可想而知这次进入山谷存在着多大的风险。

李军告诉我们，他只是知道进入山谷的路，至于接下来怎么走、怎样才能够寻找到上古海妖，他倒是一无所知。他说完之后，可怜兮兮地看着独眼龙，他似乎有话要说，但最后还是忍住吞了回去。我猜测他可能是想回去，不过就算说出来，独眼龙也不可能放他回去。

由于黑熊谷并没有在地图上，上古海妖也不知道隐藏在哪个位置，因此，只能够依照地形一直往深谷之中走去。

我们顺着山谷的水流一直往前走，刚开始，只是听到鸟声，大概走了一小时，逐渐看见山谷越来越宽敞，而且水中多有小鱼和毒蛇。两边的奇峰树上，开始出现不知名的鸟类，正虎视眈眈地观察着闯入者。

不死海盗瞥见石头间的鱼和游弋的毒蛇，便抽出弯月形匕首上前去猛刺，片刻之后，便捉了不少鱼和几条毒蛇。我和父亲几人见了这些食物，也忍不住吞口水，实在是嘴馋不已。

由于山谷一直被雾霭袅绕着，加上天色阴沉，没过五点山谷更是浓雾四起，四周一片迷迷蒙蒙，完全看不清楚了。

独眼龙抬头看了下天色，便让我们在山谷旁边的山下休息，明天再出发。我们来到山脚下，独眼龙便派人上山砍了一些木柴下来烧火准备晚餐，另外一些人则去附近看看，是否有什么危险的野兽之类。最后，他还安排今晚值夜班的人员，他提醒手下，那个受伤的神秘黑熊可能就隐藏在这里面，一旦我们出现在这里，它必然会出现。

一想起昨夜黑熊和独眼龙他们打斗的情景，我就心有余悸。忽然，我想到一个问题，这个黑熊谷可能不止一头熊，也许还有其他熊，而李军只不过是想借熊的力量来干掉我们。

我想到此处，便偷偷地和父亲说了。父亲思考了片刻之后，深邃的目光凝视着李军，似乎想看透对方的心思似的，他告诉我，李军带领我们进入黑熊谷是有很多疑点，不过依他看来，李军没有过多的心思，只是被逼而已。

当夜，不死海盗用火烧烤了鱼和毒蛇，还拿出之前的鳄鱼肉来，我们便狼吞虎咽起来。吃饱之后，不死海盗便按照独眼龙的吩咐，在西、南、北三个方向轮番守夜，而东边则是水道。我和父亲，安卡拉，李渔，莫羽五人商议了一番，也轮番守夜，一来需要提防李军，二来提防黑熊或者其他野兽的袭击。

当夜，我守下半夜，只感觉夜凉如水，除了雾气和远处的狼嚎或者不明野兽的叫声，什么也没有。我原以为当夜会平安无事，但是即将天亮的时候，有不死海盗叫嚷起来，说黑熊出现在前面的树下。当场，所有人都惊醒过来，纷纷拿起火把跑过去。按照不死海盗所说，我们寻找到黑熊出现的地方，果然那里有黑熊的脚印，但是却看不到它的身影。

“这只黑熊真狡猾呀！”独眼龙四处环顾，但是雾霭袅绕，哪里能够看到黑熊的身影。

“我们可能进入山谷它就跟随来了，一旦入夜之后便在附近隐藏起来，紧紧地盯着我们，一旦找到合适的机会就会动手，想想真是恐怖。”父亲道。

“看来这一路上就不能够睡安稳觉了。”我打了个哈欠，长叹了声。我忽然瞥见李军深邃的目光瞪着前面的浓雾，嘴角不易察觉地露出冷笑，心里不由得一顿。

独眼龙担心我们分散开会被黑熊攻击，因此让我们回到原来的位置，等待天完全大亮之后赶紧出发，想办法逃脱黑熊的追踪。

我们于是按照独眼龙的吩咐回到各自的位置，分别商议对付黑熊的办法来，不知不觉中天已经大亮。大家见平安无事，吃过昨夜的烤肉之后，便继续赶路。这次赶路，我们加快了脚步，另一方面让人在后面观察黑熊是否跟踪过来。

走了大半天路程，都是沿着山谷旁边的荒地走去。随着我们进入山谷，山谷越发狭长起来，两边的参天大树完全遮挡住峡谷。峡谷内的落叶几乎有半米高，风一吹呼啦啦响，宛如琴声一般。

独眼龙见已经是午后，便让大家休息，吃饱干粮之后继续出发。休息了片刻，我们接着出发。一路上，除了提防前面突然出现的野兽，还要担心黑熊的袭击。因此，每个人都提着十二分精神。毕竟，在这种地方，生命随时受到威胁。

顺着峡谷走了大概两小时，转过弯之后，峡谷突然一变，没有之前的茂盛树木，而是光秃秃的岩石。那岩石呈现出黑黄色，形状千奇百怪，或如猴子，或如狮子，宛如艺术家雕刻的一般，特别漂亮。但是，在寂静中，不祥的预感袭来。

父亲低声告诉我，这是一种特殊的岩石，会产生磁场效果，进入之后，无论手机还是指南针等，都可能失去效果，而且进入之后非常危险，可能会迷失方向。

我非常清楚，人一旦迷失方向，可能永远也走不出来。

这时，我想起关于黑竹沟石门关的险恶，那里就有好像面前的岩石，就算是科学家也不敢贸然进去，只能够依靠无人机去探险。

岩石中间只有一条深长的路可以通往，大概只有两米宽。一进入岩石的缝隙之中，光线顿时暗了下来。

独眼龙便吩咐手下打开手电筒。在手电筒的光亮下，我们小心翼翼地往前走。随着进入岩石缝隙内，我发现两边的岩石千疮百孔，大大小小的孔如同蜂巢一般。由于担心蜂巢内有东西突然钻出来袭击，所以每个人每走一步都提心吊胆。

我不知道这个峡谷缝隙有多长，我每走一步都几乎感到窒息。我感觉到一种前所未有的危机感。

大概走了五十米，峡谷开始出现弯道。刚开始，我以为是单纯的一个弯道，可是想不到转过弯道之后，又出现弯道，如此接二连三地出现很多个弯道，宛如“Z”字形，并且每个弯道大概二十米长。弯道两边的岩石五颜六色，甚是奇特。

“怎么像个迷宫一样？！”我觉得这些岩石弯道有些古怪，便对父亲道。

父亲点了点头：“我也感觉到不对劲，不过目前看不出来有什么问题，所以必须小心为上。”

“嗯。”

正行走间，前面的岩石内突然钻出一些东西来，不由得吓了一跳，大家立刻停止脚步，屏气敛声。待看清楚后，原来是宛如半个巴掌大的多足蜈蚣。这些蜈蚣全身泛黄，正张牙舞爪地向我们快速爬来。

我们见只不过是一些蜈蚣，倒是不屑，不过接下来，我们听到飒飒如同踩着树叶的声音从前面传来。接下来的场面完全将我们震撼住了。只见密密麻麻的蜈蚣，整体看起来如同一片片的黄叶，正向我们爬过来。

“妈呀，这是啥情况？”不知道哪个不死海盗叫道。

“爸，这是什么蜈蚣？”我见到如此震撼的场面，也一时蒙了。

“黄岩蜈蚣，生长在深山岩石之中，性残，嗜血，是极为稀有的品种。”父亲注视着蜈蚣，脸色顿时变得苍白起来，“大家小心，这些蜈蚣有毒，一旦被咬，后果难以想象！”

这些人一听说这些蜈蚣有毒，顿时慌乱了，纷纷往后倒退。

“现在该怎么办，龙哥！”有个不死海盗叫道。

由于经过之前的打斗，不死海盗的子弹已经不充裕，一旦使用完，估计没有见到上古海妖就可能被恐怖的动物干掉，眼前这些蜈蚣就是其中之一。

“上膛！”独眼龙见蜈蚣阵势吓人，一时之间想不出对付办法，便叫道，“子弹节省点用！”

“是，是！”其中几个不死海盗拿着突击步枪就走上前几步，对准爬得越来越近的黄岩蜈蚣就开射。

子弹“砰砰砰”地射击过去，将冲在前面的蜈蚣打得血肉飞溅，惨不忍睹。但是，这些蜈蚣压根儿不怕死，依然排山倒海般扑过来。

“赶紧溜哇！”独眼龙见情况不妙，急忙叫嚷道。

独眼龙话音一落，我们便撒腿往来路上跑去。这些蜈蚣一见我们开溜，更加迅速地追捕过来。

我边跑边想，这种地方出现如此恐怖的蜈蚣，任何人都无法进入深海之渊见到上古海妖。

“呀！”背后忽然听到一声惨叫。

我忍不住扭过头去看，只见那些蜈蚣咬着一个不死海盗，正不断地爬向他身体，眨眼间便将不死海盗遮盖住了。那个不死海盗被咬得痛不欲生，惨叫声响彻整个山谷。

“赶紧走！”我的肩膀忽然被人拍了下。我忙扭头去看，见是莫羽，不由得点了点头。

在面对恐怖生死的时刻，我们铆足了劲儿跑起来，因为一旦落后，刚才那个不死海盗便是例子。

由于大家一时之间慌乱而焦急，没跑出多远，便人撞人，好几个被撞倒在地上，还没来得及爬起来就被后面的踩着过去。而我父亲一不小心，就“扑通”一声摔倒在地上。

“爸！”跑在我面前的父亲眼看着就要被背后的不死海盗踩上去，我情急之下高声叫嚷道。

就在这个时候，突然一双手将父亲拉了起来，然后闪避在岩边。我见了，紧绷的神经顿时一松。

那拉起我父亲的人见闪避开了，接着拉着父亲往前飞快地跑去。那道魁梧的身影正是独眼龙。

我心想，刚才如果那些不死海盗踩中父亲，父亲非死即伤，不过独眼龙不救父亲，他也无法寻找到上古海妖，因此，我们双方是互相利用罢了。

“王教授，有什么办法对付这些蜈蚣吗？”独眼龙边跑，边叫道。

“我们现在没有专门对付蜈蚣的药物，不过，火攻应该行。”

“火攻？”

“没错！”

“现在可是无法弄到火把，那只能够先退出谷再做打算。”

第十九章
岩石迷宫

我们顺着“Z”字形的弯道兜兜转转跑了片刻，实在跑不动了，便停下来靠着岩石休息。我大声地喘着气，惊魂未定地注视着后面。后面隐约传来“簌簌簌”好像风吹落叶的声音。

眼看着黄岩蜈蚣就要追上来了。

“咦！奇怪了，他们到哪里去了呢？”不知道是谁说道。

我纳闷地看向说话者，竟然是李渔。我看着李渔和他旁边的独眼龙、王教授、莫羽等人，却没有见安卡拉和好几个不死海盗，心下不由得一顿。

“到底怎么回事呀？”我张开嘴差点惊叫出声。

“他们不会被蜈蚣吃掉了吧？”独眼龙有些吃惊道。

“可是，安卡拉刚才还和我们走在一起的，难道在混乱中她摔倒掉队了？”我暗暗嘀咕了声。我一想到安卡拉公主被蜈蚣吃掉的场面，顿时感觉到内心一阵刺痛。

这时，背后的“簌簌簌”的声音越来越响，而且可以见到爬得飞快的蜈蚣正张牙舞爪扑过来。

一阵揪心的痛再次袭来，我预感到安卡拉公主可能被这些怪物吃掉了。我恨得咬牙切齿，真想扑过去将它们碎尸万段，可是我却无能为力。

“赶紧走哇！”不知道是谁叫了声。

我狠狠地踹了下旁边的岩石，便跟随着父亲他们铆足了劲儿地逃命。

我们跑了一会儿，跑在前面的人突然停止脚步，用手电筒不停地晃动着。我一个急刹，差点没撞上莫羽。

“怎么了？”我边嘀咕，边顺着手电筒的光亮看去。

“奇怪了，怎么没出路了？”

“难道跑错方向了？”

“真是倒霉透顶了。”

其他人纷纷道。

我忽然想起了什么，连忙走到父亲身边，道：“这好像小时候爷爷和玩我捉迷藏的游戏，这诡异的情况就叫‘迷失迷宫’，非常难破解。”

“迷宫？”父亲喃喃说完，顿时恍然大悟，激动地道，“不错，不错！”

“如果这个深谷是迷宫，那么，安卡拉应该已经迷失了。”我有些高兴也有些不安地道。高兴的是安卡拉可能还活着，不安的是不知道她能否安全走出迷宫来。

“既然是迷宫，那么，我们现在该怎么办？”莫羽忽然道。

“爷爷和我玩这个迷宫游戏，我一直无法破解，现在估计也很困难。”我无奈地摊了摊手。

“只能寻找其他的出口了。”父亲四处环顾，让我们上前去敲击岩石，看能否找到出口。

正在此时，背后的“簌簌簌”声越来越近。我心下一惊。顺着光亮看去，黄岩蜈蚣已经黑压压扑了过来。

“要是没找到出口，这次可要完蛋了。”独眼龙焦急地叫道，“不想死的话，赶紧呀！”独眼龙叫完，身影晃动，快速地伸脚去踹岩石。可是，这些岩石却纹丝不动。

眼看着蜈蚣越来越逼近，我们却依然没有找到出口。

一种前所未有的压迫感袭来，我的心里一紧。我心想，我们可能都会死在这个深谷之中。

“和它们拼了！”其中两个不死海盗几乎异口同声道。他们刚说完突然被扑过来的蜈蚣咬着手脚。他们惨叫了声，然后愤怒地抡着匕首胡乱砍去。

我看着差不多十来个蜈蚣扑向我，顿时吓得屁滚尿流，要知道一旦被咬住，就会挂了。我急忙往前面逃。但是，我情急之下一不小心，“啪”一声摔倒在地上。那些蜈蚣见了，不断地爬过来，眨眼间就要到身边了。我连忙爬起来，伸脚就踹，好几个被我踢飞出去。我刚爬起来，感觉到背后有东西“扑”的一声扑到我的背后，我顿时吓得脸如土色，一动也不敢动。

就在这个危急时刻，忽然一阵风从我脖子上吹过，然后见到一条蜈蚣被拍打到地面上。

“快走！”莫羽伸手过来捉住我的左手，拉着就走。

我感到心里莫名一动。

可是，我们没跑出几步，密密麻麻的蜈蚣铺天盖地地扑了过来，眼看着我们就要被完全吞噬掉。

突然，我感觉到背后的岩石缓缓转动，接着，露出一扇足够两个人通过的门。我心里一喜，忙拉着莫羽钻了进去，接着父亲和独眼龙他们也纷纷钻了进去。一钻进去，便急忙推回岩石。可是，不少蜈蚣钻了进来，我们便边拍打边往里面逃去。

我们此刻如丧家之犬，慌不择路，拼命地跑，完全顾忌不了前面的情况。我们跑了一会儿，实在跑不动了，便转过身用手电筒去照，不停地大声喘气。此时，我大汗淋漓，却感到手里一阵暖意，才想起一直紧紧捉住莫羽的手。

“捉痛人家了！”莫羽羞涩地叫了声。

“哦！”我假装恍然大悟地傻笑了下，慢慢松手。

这时，并没有见到蜈蚣再攻击过来。我心里便纳闷：难道这里面有什么令蜈蚣更加惧怕的？我一想到这种可能性，更是胆战心惊地观察起四周来。

四周黑黝黝的，除了岩石就是前面的一条通道。

“我们已经进入迷宫了，王教授，看有什么办法可以出去！”独眼龙抹了一把额头上的冷汗，依然气喘吁吁道。

父亲沉默着点了点头，又摇了摇头，道：“关于迷宫，如果是人为的还可以找到破绽，但是，这种迷宫似乎是天然形成的，只有找到这个岩石的规律，才能够破解吧。”

关于迷宫，我忽然想起小时候爷爷经常教授我，就是让我通过走迷宫的办法寻找密码，所以我对于迷宫的认识能力完全超出父亲。只是，在这种黑咕隆咚的地方，估计指南针也偏差，所以想寻找破解之法，正如父亲所说的，必须找出岩石移动的规律。

“既然一时之间难以破解，只能够边走边想办法吧。”独眼龙无奈地长叹一声，便带头往前面走去。

此时，除了独眼龙之外，还有十个不死海盗，其余的就是我和父亲、李渔、莫羽几人。

我们往前走了不久，发现这条路很长，一直往前延伸，似乎没有尽头。

一路走去，我都思考着破解之法，想办法寻找出规律来，无论是什么七星阵、八卦阵等，都毫无头绪。

“王海，你在想什么？”莫羽见我眉头紧锁，纳闷地拍了拍我的肩膀。

我忽然想起什么来，凝视着莫羽说：“你一直在深海中生活，想必深海之中的海水，或者天气，或者其他什么的，一定有着很多的自然规律吧？”

莫羽想了想，然后点了点头：“深海中的自然规律非常多，比如海水每个季节都会产生不同的水流方向，或者台风来临的时候，海水的颜色和变化也会有所不同。”

“岩石的自然规律呢？”我喃喃自语着。

父亲忽然停止脚步，回头看着我，皱着眉头，道：“岩石是自然生成的，或者这里的岩石是受磁场的干扰，所以才会产生如同迷宫一般的通道。”

“磁场干扰从而改变规律？”我挠了挠头，顿时恍然大悟。

“就算知道了磁场干扰，可是怎么出去呢？难道是排斥磁场？”父亲接着道。

“我们并没更多高科技的东西来干扰磁场，只能够看到磁场干扰之后，指南针偏差多少，从而找出偏差，说不准就可以找到出口了。”

“真是聪明！”

“当然！我是让你值得骄傲的儿子。”

“你们一对父子别在我面前叽叽喳喳了，我现在要的是找到出口。”独眼龙忽然不耐烦地道。

“是的，是的！”我嘴上应道，心里却骂他祖宗十八代。

父亲一边往前走，一边拿着指南针观察磁场干扰的情况，可是这里面黑咕隆咚的，也难以看清方向。

我忽然想起这些岩石虽然很多，千疮百孔的，说不准声音能够传出去很远，便大声叫道：“安卡拉公主——安卡拉公主——”

我连续叫了几声，却没有回应。

“别在老子面前吵，赶紧找出路。”独眼龙没好气地瞪了我一眼。

我便感到有些失望，继续往前走。

走了片刻，父亲道：“根据指南针指示，的确是受了这里的磁场干扰，偏差 30°，我们一直是往偏差方向走，如果继续走下去，也不知道会走到哪个方向。”

“那还有什么办法吗？”独眼龙道。

父亲眉头深锁，目光深邃地盯着岩石，却完全想不出办法来。

“你就是一个研究海洋生物的教授，哪里理解岩石迷宫？”独眼龙白了父亲一眼，继续往前走。

我握紧拳头，真的想揍他一顿。我心想，根据指南针指示的偏差，也是无法找到出口，不由得有些失望。

我们走了大概半小时，原本一直延伸的路，忽然变得弯曲起来，而且五彩缤纷的岩石变成了黑色。我们谁也没有说话，一边走，一边敲岩石，或者去推，看看是否还有其他的出路，可是这些岩石却纹丝不动。

“真是奇怪了，走了半天，这条路总是兜兜转转的。”李渔忽然停下来，纳闷地道。

“是呀！是呀！”其余的不死海盗纷纷应道。

李渔的话倒是提醒了我，我忙站住仔细地观察，忽然想起什么来，便看向地面，发现地面上有很多脚印，其中就有我的脚印。我见了，心下一顿，不由得惊呼出一口气。

“爸，原来我们一直在兜圈子。”我道。

“兜圈子？”父亲和其他人纷纷看着我。

我指了指地面上的脚印。他们看完之后，也顿时明白过来。

“天哪！就算我们走到死，也走不出去呀！”其中一个不死海盗生气地道。

“大家根据我的吩咐，先在岩石上画标志，然后再走，这样子就不会再兜圈子了。”独眼龙果断地道。

其他的不死海盗答应了声，便用匕首在岩石上画标志，然后往前走，走了不远，继续画标志，如此走了一小时，竟然发现又回到初次画标志的地方。

我们不由得震惊地面面相觑。

“他奶奶的，可不是这样玩的呀！”有个不死海盗咬牙切齿地骂道。他骂完，狠狠地踹了一脚岩石。

“大家都累了，先休息一下再想办法吧。”独眼龙说完便一屁股坐在地上，靠着岩石，嘴上却骂道，“想不到被那小子欺骗了，要是真的逮住他，非扒他的皮不可！”

“李军？”我和父亲几乎异口同声道。

“如果他真的欺骗我们进来，想必他之前来过，知道这里的危险，因此这个时候他可能溜出去了。”父亲分析道。

“真是的！”独眼龙握紧拳头，一拳狠狠地砸在岩石上，却没有喊痛。

“莫羽，你怎么看？”我实在想不出什么办法来，便看着坐在旁边的莫羽道。

莫羽点了点头：“看来你父亲所说的非常有道理。”

“真是狡猾的家伙！”李渔无奈地长叹了声。

“王教授，按照目前的情况，我们真的被困住了，估计安卡拉那边也是这种情况。”莫羽道。

“李军到底有什么办法逃出这个迷宫呢？”我闭上眼睛认真地思考，他应该掌握这个岩石迷宫的规律，“既然有规律，那一定有破解之法。到底怎么破解？”

我们休息了片刻，彼此商议之后，决定再次行动寻找出口。这次，我们依然在岩石上刻上标志，然后每走几步，就去敲击或者推岩石。顺着甬道一直往前走，一边重复着推岩石的动作。可是，这些岩石却宛如巨人一般，无论如何用力，都无法推动。

也不知道过了多久，我们发现再次回到了刚才出发的地方。我们张口结舌地瞪着那个好像海盗图案的标志，感觉这个标志就像会魔法一般。

独眼龙和其他的不死海盗绝望地瞪了标志一会儿，然后软绵绵地瘫在地上，半晌也喘不过气来。

“这下可玩完了！”

“想不到活了几百年，无论是上刀山、下油锅，都不曾惧怕过半分，而现在竟然困在这个诡异的岩石内，看来真是活到头了。”

“龙哥，看来我们这次无法完成老大交代的任务了。冥冥之中，那个封印注定是打不开了。身为几百年的怪物也真是折磨人呢。”

“……”

这些不死海盗你一言我一语地说着。而独眼龙的眉头却皱成一个疙瘩，深邃的双眸一直盯着面前的岩石，似乎在思考着什么。对于不死海盗的讨论，他完全无动于衷。

我和父亲、李渔、莫羽四人此时沉默着，彼此心里非常清楚，如果再找不到出口，不用几天，我们就会在这里活活饿死。

“真的没有办法了吗？”莫羽抬起头来，宛如深潭的双眸看着王教授道。

父亲沉默着，一言不发，似乎听不到莫羽的话。

第二十章
千奇百怪的洞窟

也不知道过了多久，我才清醒过来。我睁开眼，发现除了我之外，所有人都不见了，不禁大惊。我连忙站起来，四处环顾，可是四周黑黝黝的，什么也看不清楚，便惊慌地大叫起来，可是寂静中，除了自己的声音以外，再也听不到其他声音。

我陷入了极度的恐慌之中。

我看到黑色的岩石散发出幽蓝色的淡淡光芒，便好奇而惊讶地走过去，小心翼翼地伸手去触摸。突然，那块岩石的缝隙之中钻出一条巨大的毒蛇来，吐着芯子盯着我，然后猛扑了过来。我吓了一大跳，突然就惊醒过来。

“原来是在做噩梦！”我伸手抹了把额头上的冷汗，惊魂未定地嘀咕着。

这时，父亲和李渔、莫羽、独眼龙他们都醒了，在默默地吃着干粮和水。到目前为止，我们已经尝试过几十次，却无法从这个岩石之中逃出去。而水也开始缺乏，不用三天，我们可能就会挂在这里。原本还抱着希望，可是经过无数次的实践，已经证明我们进入的迷宫是死路一条。我们陷入了彻底的恐慌和绝望之中。

如此过了两天，就在我们饿得发慌、手脚乏力的时候，突然听到前面大概十米远的地方传来了“咿呀”的声音，便有些惊讶地看过去。只见那块岩石在动，好像门从外面往里面一般推开。我们见了，面面相觑，愣怔住了。

我们还没有从震惊之中回过神来，只见外面钻入一个人来，这个人不是别人，正是失踪两天的安卡拉公主。

“安卡拉公主……”过了一会儿，莫羽才惊叫出声。

“莫羽，你们没事吧？”安卡拉公主循着声音看过来，见我们都坐在地上，担忧地道。

“没事，没事！”莫羽激动地抹了下眼角，扶着岩石站起来。

“王海，王教授，你们赶紧过来吧，这里是出口。”安卡拉看着我，眼神有些复杂地道。

我们一听说有出口，顿时兴奋起来，纷纷站起来走过去。我们接着从安卡拉进入的洞口走出去，在安卡拉的带领下，顺着长长的甬道一直往前走，再转了几个弯道，竟然完全走出了这个迷宫。

一出迷宫，只见迷宫外天色光亮，面前是崇山峻岭，树木葱郁，而在对面不远处，却见一条瀑布从高山倾斜而下，如同白练一般直扑山下，“哗啦啦”作响。瀑布下，一条长长的峡谷往前延伸，除此之外并没其他的路。

“真的走出来了，真的走出来了！”独眼龙和其他的不死海盗纷纷按捺不住激动地喊道。

“安卡拉，这是怎么一回事呀？”莫羽见安卡拉安然无恙，纳闷地道。

“此事说来话长，”安卡拉伸手捉住莫羽的手，宛如姐妹一般亲切，她喉头抽动了下，“那天晚上，我们被蜈蚣追赶，在惊慌之下我和其余的不死海盗无意之中误撞进入了一条甬道，刚开始我们进入之后，担心蜈蚣追杀，因此拼命往前逃亡，不过逃了不久，却遇上了一条黑色大蛇，在搏斗之中，不死海盗被毒蛇咬死，我和李军继续往前逃去。

后来，李军竟然在岩石中熟练地逃了出去，我却无法追上他。我被困在里面之后，误打误撞地解了迷宫的规律，原来甬道是相通的，只有从甬道的外面撞击中进入口的岩石，才能够进入下一个甬道，如此循环便能够走出迷宫。我出了外面之后，找不到你们，因此推断你们还被困在迷宫之中，所以四处寻找，最后才发现了这里。”

“真的非常感谢你，安卡拉公主，不然我们都会被困死在里面。”莫羽说着呵呵地笑道。

“如此看来，那个刁民真的熟悉这迷宫，找到上古海妖回去，非扒了他皮不可！”独眼龙捏紧拳头，咬牙切齿地道。

“你们困在迷宫之中想必又累又饿，不妨休息一下吧。”安卡拉拉着莫羽在旁边的石头上坐下，然后掏出水递给对方。

莫羽连忙接过水，一张嘴，就咕咕地猛喝起来。

其余的不死海盗见前面有河流，纷纷跑过去，然后跳进水中，大口地喝起水来。我和父亲以及李渔也迫不及待地跑过去。

我们在河边喝完水，吃过干粮，休息了半天，完全恢复体力之后，研究过眼前的情况，便决定往瀑布下的峡谷走去。

一进入瀑布下的峡谷，只见峡谷很狭窄，上面只有一条缝隙，而峡谷内光滑的石头遍布。这些石头大大小小，奇形怪状，大多数都生长着苔藓。石头间，清澈的溪水哗啦啦地流淌下来。

独眼龙竟然二话不说，这次倒是带头往前面走，其余人不紧不慢地跟随着。我看着这些凶神恶煞的不死海盗的背影，仔细算了下，包括独眼龙在内，一共十一人，想想我们来的时候，是几十个不死海盗，想不到没过几天工夫，就挂了那么多，想来还真是后怕。

我边走边想，前往的路可能凶险异常，因此我们必须打断夺取东西回来的念头，等待打开古盒，时机成熟才行动。

踩着石头一直往前走去，那峡谷似乎非常狭长，走了一小时也走不出去。我们边走边留意峡谷两边的情况，担心有泥石流或者突然出现什么怪物，或者神秘的黑熊突然袭击。但是，寂静之中，除了鸟叫声和一些蛇钻入草丛中之外，并没有其他发现。

转过弯道的峡谷，发现峡谷开始陡峭起来，加上石头非常滑，因此，我们走起来更加谨慎。

突然，我脚下一滑，一不小心就摔倒进水中，呼啸着往下冲去。我感觉如同坐过山车一般，吓得心脏怦怦跳动，但是嘴巴被水呛着，完全不敢张嘴大喊。我心知肚明，一旦顺着溪流冲下去，可能会撞击下面的石头，一旦撞击中，后果可想而知。

“海仔！”我隐约听到父亲焦急的叫声。

可是，当我被飞溅的水流冲下去几米后，突然一只手紧紧地捉住我伸出水面的右手。我被一道力量猛然拉住，便缓了下来，只是继续往下冲了几米，便被拉扯到石头旁边停下来。我忙站稳脚跟，钻出水面，睁开眼来，然后看着面前的人不断地吐水。

站在我面前的正是莫羽，只见她双眸闪烁地看着我，见我没事，才缓缓长舒了口气，嘴上却骂道：“一个大男人，怎么如此粗心大意，连路也走不好？真是的！”

我和莫羽只差三十厘米距离，可以闻到她身上散发出的奇特香气，不由得心神荡漾，一时忘记回话。

“海仔，没事吧，还不赶紧走！”父亲来到我旁边，冲我瞪了一眼。

莫羽似乎感觉到我的眼神不对劲，便羞涩地笑了下，然后转身往下面走去。

“真的是不可救药了！”父亲无奈地长叹一声。

“喂，老爸，我这可是为了你着想啊！”我从水中爬上石头，跟随着父亲缓慢地往前走。

“别给老爸脚踩两只船就行。”父亲头也不回地道。

“不是脚踩两只船，是一箭双雕。”我得意地笑道。

“你们一对父子在叽叽咕咕什么？”从后面赶上来的安卡拉道。

“没事！我们在谈顺着峡谷下去，下面是什么情况。”我扭头看了眼安卡拉道。

“哦。”安卡拉应了声。

由于我突然掉进水中差点出意外，所以这次谁都小心翼翼。顺着溪流一直往下走去，发现峡谷溪流特别长，几乎走了两小时，也没有走出尽头。

当顺着峡谷转过三个弯道，便隐约看到山脚。随着前进，看到山脚下是袅绕的迷雾，迷雾下是一片河道。

下到河边，只见是一条弯弯曲曲宛如蛇的河道，两边则是高低起伏的怪石。我们观察地形之后，确定无法继续步行前进，于是在附近砍伐适合用来制作木筏的树木。由于人多，担心木筏无法承受，所以一共制作了三只木筏。独眼龙带着五个不死海盗在前面开路，我和父亲几人在中间，其余的不死海盗则在后面。

我们撑着木筏顺着河道缓缓往前推进，刚开始，河道还是平缓的，但是转过几个弯道之后，河道越来越狭窄，而且多有石头，木筏从上面俯冲下去，可谓是惊险万分。我们紧紧地抓住木筏，连大气也不敢出，因为一旦撞击上石头，我们便会直接飞出去，没摔个粉身碎骨也会摔得骨折。可是，由于水流极快，木筏难以把控，所以几次差点撞击上石头，甚至有两次擦着石头而过，木筏差点就翻倒了，不过，最后我们还是幸运地转入平缓的水面。

木筏一停泊下来，我们过了一会儿才轻松地长长舒了口气，但是，依然听到心脏怦怦地狂跳着。

我缓过气来，开始观察四周的环境。只见前面是连绵起伏的高山，而在山脚下，却有着一个巨大的洞窟。那个洞窟入口宛如狮子的血盆大口，似乎正在等待着猎物。

我心里不由得一揪，暗想着：“难道上古海妖隐藏在这个深山的洞窟中？还是这洞窟通往地下的深海世界？”

“我猜想，如果线索不错，上古海妖估计就在不远处了。”独眼龙凝视着洞窟，一脸自信地道。

其余的不死海盗一听目的地很快就到了，顿时激动起来，叽叽咕咕地说着什么。

“依我看来，越是接近目的地就越发危险，”王教授看了我们四人一眼，忧心忡忡地道，“第一，进入上古海妖居住的地方，可能有危险的东西守护着；第二，进入口想必复杂；第三，进入后，我们是否能够全身而退，还是一个谜。”

“既然来了，我们也不用担心太多，只能够听天由命了。”李渔反倒冷静地道。

李渔说完，撑着木筏跟随着前面的木筏缓缓进入洞窟。

一进入洞窟，顿时一片幽暗。在幽暗中，只见洞窟石壁五彩斑斓，闪烁着特殊的光芒。我不知道是什么，不由得惊异地瞪大了双眼。

独眼龙连忙打开手电筒照过去，只见那光芒处是一块块石头，石头上生长着奇特的苔藓和不明的植物，正是这些不明的植物闪烁着五彩斑斓的光芒。

“真是奇怪了！”我咋舌道。

“这有什么大惊小怪的，据我所知和所见，在这种长年幽暗的洞窟之中，生长着特殊的植物，不但能够发光，还能够入药，而且效果非常棒。”安卡拉平静地道。

我愣怔了下，忽然想起安卡拉公主自小在岛上居住，什么洞窟没见过呢?

“传闻上古海妖爱好阴暗，如果这里的水和海水相通，估计也隐居在前面吧。”安卡拉接着道。

“但愿吧。”我应道。

“一旦找到上古海妖，我们就见机行事，你们明白吗？”父亲忽然压低声音道。

我们分别点了点头。

不死海盗估计是见多识广，进入洞窟之后并没有大惊小怪，也不吱声。

洞窟并不太狭窄，两个木筏可以同时推进。尽管进入洞窟没有发现令人恐惧的东西，但是我隐约感觉到不安，而且这种不安的感觉越来越强烈。

洞窟内的水流刚开始还是比较平缓，但是随着往前推进，逐渐有暗流出现。我们担心被暗流吞噬，因此目不转睛地盯着水面，连屁也不敢随便放一个。

我盯了一会儿水面，并没有发现什么异常，便抬起头来四处观看，发现转过弯道之后，头顶和两边的洞窟石块不再是之前的凹凸不平，而是坑坑洼洼，还有密密麻麻的小洞。我心里觉得纳闷，这个洞窟的构造似乎并不是人工雕琢的，而是天然形成的。我隐约之中有着一种不祥的预感。

“这里面到底有什么呢？”我嘀咕了句。

我刚嘀咕完，忽然听到右边洞窟传来“吱吱吱”的叫声，吓了一跳，忙用手电筒照过去，好像看到密密麻麻的小洞内有个小东西，突然被光亮照到，连忙闪了进去。

“海仔，看到什么了？”父亲似乎也听到了声音，皱着眉头看着我道。

“好像是老鼠！”我不太肯定地道。

“这个洞窟也不知道历经几百年，甚至是千年，阴冷，潮湿，多有老鼠也不足为怪。”父亲不以为意地道。

我沉默地点了点头。

随着深入洞窟，两边逐渐出现宛如头颅般大的洞口，那些洞口参差不一，宛如一个阵形似的，甚为壮观。

我们只顾盯着这些洞口看，猜测这些洞口是怎样形成的，忽然听到前面传来一声惊叫，忙循声看去。只听见撑木筏的不死海盗告诉独眼龙，他看到水面上浮出一个东西，还没有看清，就钻入水中了。独眼龙听后，让大家提起精神，以防被不明的水怪攻击。不死海盗纷纷回应。

“真的有水怪不成？”我有些讶然地看着父亲道。

“如此偏僻荒凉的地带，而且在如此诡异的洞窟，有水怪也不足为奇。”父亲注视着前面的水面，目不转睛地道。

“水怪多诡异，不过只要不是遇上攻击性的水怪，也不用担心。”莫羽镇静自若地道。

莫羽的话音刚落，我们几乎与此同时看到一道影子倒映在水面上，那影子长相极为丑陋，龇牙咧嘴，不断地摇晃着手。

我们屏气敛声，忙用手电筒去照墙壁上的影子。那影子被光亮一照，忙往洞口钻了进去，眨眼间便没了踪影。

“那到底是什么怪物？”

“是老鼠。”

“哪有老鼠宛如腰一般粗的。”

“对，对！”

不死海盗纷纷嘀咕起来。

这些不死海盗正嘀咕着，墙壁上的洞口忽然钻出很多影子，正是和刚才消失的怪物一模一样。我见这些东西宛如腰一般粗壮，眼睛极小，嘴巴却宛如碗口般大，长相和老鼠非常像。

“这些怪物虎视眈眈地看着我们，大家小心一些。”李渔道。

“这些可能是变异的老鼠吧，要不然怎么如此恐怖？”我有些惊慌道。

我的话音刚落，突然见到一只老鼠“呼”地一下张大嘴巴往我们这边跳跃过来，速度极快。我们吓了一跳。由于木筏距离墙壁很近，因此那只老鼠能够直接跳过来。

可是，那只老鼠还没有跳到我们的身边，在半空中便被李渔抡起木杆一拍，直接拍进了水中。

“天哪，真酷！”我赞叹了声。

可是，就在这个时候，其余的老鼠纷纷向我们三条木筏上的人攻击起来，阵形浩大。

“大家小心！”不知道是谁喊了一声。

我和父亲、李渔、安卡拉以及莫羽忙背靠背，抽出匕首，对着攻击过来的老鼠就开劈。

这些老鼠数量特别多，而且攻击性特别强，几轮攻击下来，我们便有些招架不住。

“赶紧溜哇！”独眼龙那边忽然高声喊道。

接着便见木筏缓缓往前推进。李渔也忙劈掉攻击过来的老鼠，抡起木杆就插进水中，木筏便往前漂去。

老鼠哪里肯放过即将到嘴的猎物，竟然顺着墙壁往前飞跑，然后一边飞扑下来。我们虽然落荒而逃，却不敢有半点胆怯，一旦松懈，被老鼠咬了，后果将难以想象。

我心里清楚，在这深潭之中，一旦被老鼠咬了，可能会感染，后果可想而知。

我们一边逃亡，一边抡着匕首砍杀，随着木筏越撑越快，加上河道越来越宽，而且水流似乎往下，因此逐渐逃离了老鼠的攻击。

一逃离老鼠攻击的范围，大家便一屁股坐在木筏上，大声地喘着气。休息了一会儿，独眼龙便问大家是否有事，不死海盗纷纷应道没事，其中三个则是手臂被咬伤一块，正在上药。

休息之后，大家见彼此一脸血迹，便伸手进水中准备洗脸，但是，突然前面的水面上“呼”地一下钻出一条巨大的东西，顿时吓得我们一震，几乎连心脏也要跳出来了。

第二十一章

谷中谷

“这……这是啥呀？”我看着眼前的怪物，胆战心惊，嗫嚅着道。

眼前的怪物长相难以用言语来表达，长着似蛇又似鱼的下半身，上身却有着好像人一样的躯体，光秃秃，又尖又细的头颅，却有着一双巨眼，宛如牛一样的耳朵，正伸出长长的舌头，目不转睛地盯着我们。

“像美人鱼又不像，到底是啥怪物？”就算是见闻很广的独眼龙说话的语气也略微带着惊慌。

“莫羽，李渔，你们一直在深海居住，这个对于你们来说，是不是小儿科一个，应该认识吧？”我瞥了眼莫羽和李渔道。

莫羽摇了摇头又点了点头。李渔则沉默着，认真地观察那怪物，时不时摇摇头。我不由得皱起眉头，挠着头也不好意思再问。

父亲此时却一言不发。对于如此奇异的生物，他估计也是头一次见。

安卡拉忽然想起了什么，按捺不住激动道：“这个怪物估计就是上古海妖的守护神，叫鱼蛇妖。”

“鱼蛇妖？”我放下挠着头的手，不解地道。

“据传说，在上古海妖居住的深海深渊，有着一个秘密的进入口，在进入口的地方有着一种奇异的怪物，就叫鱼蛇妖。鱼蛇妖专门守护门口。”安卡拉想了想，道。

“如果传说是真的，那么，上古海妖就在前面了。”我兴奋地道。

我的话音刚落，那怪物突然“呼”地一下溜到独眼龙他们的木筏前，俯身下来，目不转睛地看着独眼龙他们。他们顿时吓得魂不附体，屁滚尿流，一下子就软倒在木筏上。

“给老子冲过去！”独眼龙抢夺过木杆，抡起就拍向怪物。

那怪物却轻灵地往旁边闪开。独眼龙不敢恋战，一见对方闪开，立马用木杆往水中一划，木筏便往前冲去。

此时，水往前涌动，因此一用力撑，木筏便越发往前冲过去。

“赶紧跟上！”父亲瞥了眼李渔，忙道。

李渔却没有回应，忙用力去撑木筏。

那怪物突然钻入水中，眨眼间便没了踪影。

“奇怪了，这怪物怎么不见了？”我纳闷地道。

“既然是守护神，不可能如此轻易放我们过去。”父亲忧心忡忡地道。

突然，那怪物从水中钻出来，对着独眼龙那个木筏上的不死海盗扑过去。由于怪物突然攻击，而且速度极快，所以那个不死海盗来不及哼一声，便被拖进水中，扑腾了几下就完全消失了。

我们看得胆战心惊，连大气也不敢喘。

“大家小心防备！”父亲让我们背靠背坐着，留意水面的动静。

此时，每个人的神经都绷得很紧，因为一旦略微放松，下一个被怪物拖进水中的就是他。

随着往前面的弯道推进，水流越来越急，而那怪物神出鬼没，眨眼间就从水中钻出来，叼着一个人立刻潜进水中。如此一来，转眼间便有三个不死海盗不见了。

我感觉到心脏怦怦怦地跳动着，全身冒着冷汗。我正紧张得要命，突然，侧边的水面“哗啦”一声，钻出那怪物来，张着血盆大口就扑向我。

我吓得全身一震，几乎心胆俱裂，早没了魂魄。眼看着那怪物的嘴巴就要叼上我，就在这千钧一发之际，一道影子向那怪物抡了过来，“啪”的一声砸在那怪物的头颅上，那怪物来不及哼一声，便摔倒在水面上。可是，那怪物长长地嚎叫了声，然后扭动着身子呼啸着钻入了水中。

“海仔，你没事吧？”父亲拍了拍我肩膀，关切地问道。

我回过神来，愣怔地看着父亲，再看着李渔，冲他投过去感激的一瞥，刚才要不是李渔反应快，用木杆拍打怪物，我这会儿可能就在水底了。

“没事了。”我伸手抹了把额头的冷汗，依然胆战心惊地道。

那怪物闪没了一会儿，前面的水流突然出现一个漩涡。那漩涡刚开始像拳头般大小，但是，没过二十来，那漩涡宛如有生命一般，逐渐变大，逐渐形成了一道宛如飓风形成的漩涡，完全遮挡了去路。

“龙哥，这回怎么办？”独眼龙那边的木筏上这时只剩下三个人，其中一个不死海盗焦急地叫嚷起来。

“还能够怎么办？冲过去呀！”独眼龙拿着木杆站立着的背影，宛如巨人一般倒映在水面上。

“大家紧紧捉住木筏，生死由命！”李渔抡着木杆飞快地撑着，语气坚定。

“海仔，一旦掉入水中，我们也不知道会被漩涡卷去哪里，因此，你记着父亲所说的话，一旦找到上古海妖……”父亲的话在嘈杂的水中断断续续，紧接着，下一秒，我看着木筏直接被漩涡卷了进去。

我紧紧地捉住木筏，担心掉下去。我感觉自己被漩涡卷着不断地快速转圈，转圈，宛如坐过山车一样，然后呼吸开始困难起来，然后不断有水灌入我肺腑，令人特别难受，几乎要窒息。

不知道什么时候，我感觉不断地被人摇晃，然后是胸口被挤压。特别难受，胸腔似乎有东西要向胸口涌出来，再也忍不住张开嘴，“哗啦”一声呕吐出来，紧接着，我缓缓睁开眼睛。

我看到两道熟悉而亲切的目光，正是父亲。父亲见我清醒过来，长长舒了口气，然后一屁股坐在地上。

“都说这小子福大命大，怎么可能会有事？”坐在旁边的李渔轻描淡写地道。

莫羽和安卡拉公主见我醒过来，露出微微的笑意。

“这到底是什么地方？”我瞥了下四周，见独眼龙和其余几个不死海盗在四处观察。

“似乎是个溶洞。”莫羽道。

这时，我看到我们面前是一片暗流，水不断地往前涌去，而四周则是黑黝黝的岩石。我回想起来，刚才我们是被漩涡吸进了这里。

“王教授，你有什么看法？”独眼龙用手电筒仔细地照看四周后，向父亲瞥过来一眼。

“依目前的位置来看，距离海上不远，加上鱼蛇妖守护神出现，上古海妖应该也就在这附近了。”父亲思考了一会儿，坚定地道。

“我也有同样的看法。”独眼龙点了点头，“这地方阴沉，可能还隐藏着其他危险的东西，我看我们还是赶快离开。”

独眼龙说完，便带头沿着暗流旁边的空地往前走去。

我和父亲几人便站起来快步跟上。

我们沿着暗流一直往前走，一边观察四周的情况。由于一路上遇到不少奇异怪物的攻击，加上在这黑暗未知的环境下，所以特别小心。

这个地下溶洞似乎特别大，而且也很长，走了片刻依然没有走到尽头，也没有看到什么怪物。我们越走越觉得不安，神经越发紧张起来。

“你们看，那是什么？”独眼龙忽然停止脚步，有些惊讶地道。

我们顺着独眼龙指着的方向看去，只见前面不远处出现一盏一盏忽明忽暗的灯火，不由得讶然地面面相觑。

“看来传说没有错，这里面估计就是上古海妖居住的地方了。”父亲有些激动地道。

一听说可能是来到了目的地，每个人的脸上都流露出兴奋的神色。独眼龙便越发加快脚步往前走去。

随着越来越接近光亮，发现溶洞的空间越来越大，起码有两个篮球场那样宽敞。

当我们接近光亮，发现墙壁上挂着的却是好像古墓的长明灯，也不知道谁弄来这些灯布置在这里。也就在这时，我们听到说话声，或者说是嘈杂声，都带着粗鲁的语气。

“这里除了上古海妖，还有这么多人？”我惊讶地道。

“这种鬼地方，怎么可能有这么多人居住，难道是幻听？”父亲也纳闷地道。

可是，父亲的话音刚落，没走几步，便看到溶洞上面有二十来个长相奇异，或者留着长长胡子，或者秃头，或者眼睛如铜铃一般，或者长相如同人鱼一样的怪物，正在吆喝着喝酒。独眼龙这些不死海盗的长相和他们相比，简直是小巫见大巫。

“此等情景宛如闹市一般，着实令人惊异。”父亲吃惊地瞪大了双眼。

“这些到底是什么人？为什么居住在这种不见天日的深谷之中，着实令人费解。”我喃喃自语着，“从这些人的长相来看，似乎是非同寻常之人，这些人到底是怎么来到这里的，难道也是为了寻找上古海妖才停留在这里，还是没有了出口，出于被迫，只能够在这里暂时居住？”

正在上面吆喝的人忽然见到我们这些闯入者，个个都惊讶地瞪大双眼。

“喂，你们是从哪里来的？”其中一个粗汉放下酒杯，冲我们嚷了声。

“海上！”独眼龙轻描淡写地应着，然后顺着斜坡走上前。

“这是神秘之地，你们怎么可能闯进来？”

“误打误撞吧。”

“你们为什么到这里来？”

“听闻这里是上古海妖居住的地方，所以我们千辛万苦前来。”

“看来你们找错地方了，这里根本没有什么上古海妖。”

他们说话间，我们已经上到他们的面前。我仔细地算了下，他们一共二十八个人，全部是男人，除了长相丑陋，看样子也是活了很久的怪物，异于常人。他们围拢的中间台面上，摆放着鱼和其他野兽的食物。我从他们的眼神看出来，他们似乎并不欢迎我们这些外人进入，似乎是我们打扰了他们的生活。

“他们不会是和不死海盗一样，也是活了几百年甚至千年的怪物吧？”我在心里嘀咕着。

独眼龙忽然哈哈哈大笑起来，令在场的人都感觉到莫名其妙。

“臭小子，你是不是活腻了，竟然敢在这种地方如此猖狂地大笑。”刚才和独眼龙说话的粗汉猛地一拍台子，愤怒地瞪着大眼盯着独眼龙，双眼几乎要喷出火来。

我从这些人的身上感觉到了非常重的杀气。我心想这些人竟然敢住在这里，自然是非同寻常之人，一旦得罪了他们，后果自然将难以想象。

“龙哥，这人的脸上有着一条蜈蚣的疤痕，皮肤粗如树皮，双眉之间有着一块黑疙瘩，好像是传闻之中的狂啸海盗。”独眼龙的手下忽然想起什么，猛地一拍脑门儿，冲独眼龙压低声音道。

“狂啸海盗？”独眼龙嘀咕了下，忽然张大了双眼，脸上露出无比震惊的表情，“是五百年前威震四海的海盗？”

“如果真的是他，那么，其他人就难说了。”

“听说过这海盗吗？”我冲身边的莫羽道。

莫羽点了点头，小声道：“狂啸海盗当年的确是威震四海的海盗，此人为人喜杀戮，拥有常人无法了解的能力，带着神出鬼没的海盗在海上抢夺，无人能及，后来被某个国家的海军追捕，就神秘地销声匿迹了，想不到竟然隐藏在这种鬼地方。”

“如果是这样，这里的每个人都可能是魔鬼，我们这次可麻烦了。”我贴着莫羽的耳朵道，“我担心这些人不可能轻易地放我们出去，毕竟我们知道了他们的行踪。”

莫羽瞪圆眼睛，认同地点了点头。

这时，现场气氛非常紧张，似乎一场战斗即将一触即发，所有人都做好了战斗的准备。

“是狂啸大爷吗？”独眼龙忽然放松紧绷的脸，露出嬉皮笑脸，“我叫独眼龙，是海上的不死海盗。”

“就是传闻能够活几百年的怪物海盗吧。”对方冷笑了下。

“你怎么会知道？”独眼龙微微吃惊道。

“而且我还知道，你们不死海盗的势力虽然能够活百年之久，但要时刻忍受着变异后非人的折磨。对于你们来讲，只有两条路可走——净化，也可以讲是基因修复，或者灭亡。因此，八大海妖手中的海之锁眼碎片——净化水晶成为你们最渴望的东西。因此，我猜想你们寻找上古海妖，目的是打开封印。”

狂啸海盗一说完，我们更加震惊地张口结舌。

“大哥，你竟然知道我们来的目的，想必你清楚上古海妖居住在哪里？”独眼龙忍不住问道。

狂啸海盗和其他人彼此对望了眼，忽然不再理会我们，只顾着端起酒杯喝酒。

“看情况，他们似乎知道上古海妖隐藏在哪里。”我道。

父亲沉默着点了点头。

“他们虽然知道，却不肯告诉我们，可是有什么办法？”李渔道。

“各位大哥，我是阿依努族安卡拉公主，我们的祖父和上古海妖有着很深的渊源，所以能否麻烦引荐一下？”安卡拉忽然走到前面，带着恳求的语气道。

“公主？”这些人都将目光盯着安卡拉，似乎她是猎物一般。

“上古海妖性情古怪，而且神出鬼没，现在也不知道在深海或者什么地方，所以我们也帮助不了你们。”其中一个高瘦、脸上有数条刀疤、小眼睛眯成一条缝的男人，正色迷迷地盯着安卡拉。

我从他们的眼神看出来，这些怪物可能很久没见女人了，加上安卡拉漂亮，接下来会发生什么事情就很难说了。

“哎哟哟，小妹妹，过来，陪哥喝酒！如果和哥喝得爽快，哥就会考虑带你们去见上古海妖。”狂啸海盗忽然站起来，嘻嘻地笑道。

“安卡拉，这些海盗不安好心，请不要！……”莫羽压低声音道。

我的目光从狂啸海盗越过去，仔细地看起来，这里溶洞虽然很大，但是似乎并没有其他的出口或者能够隐藏人的地方，心下便嘀咕起来：难道上古海妖真的不在这里？如果在这里，又隐藏在什么地方？上古海妖怎么会容忍这些人在这里吵吵闹闹？

安卡拉公主摇了摇头，竟然直接向狂啸海盗走过去。

我们这些人都吃了一惊。我心下倒是焦急，安卡拉公主一旦被他们缠上，就麻烦了。

狂啸海盗见安卡拉竟然真的走过来，倒是愣怔了下，随即呵呵呵大笑起来：“想不到一个小女孩竟然有这样的胆量，来，坐下！你陪哥喝酒，一旦能够喝醉哥，哥就答应带你找到上古海妖。”

“君子一言，驷马难追！”安卡拉爽快地在狂啸海盗的身边坐下。

“好！”狂啸海盗豪爽地道。

“哥，你想怎么玩法？”安卡拉深呼吸一下，鼓起勇气道。

我心想，安卡拉喝酒怎么可能是对方的对手呢？这不是闹着玩儿吗？而且就算能够喝醉对方，狂啸海盗说不准只是将她玩玩而已。

“爸，现在该怎么办？”我焦急地道。

“静观其变。”父亲反倒冷静地道，“安卡拉自小在部落长大，酒量上一般人可不是对手。”

“你们男人真是的，如果你们不敢动手，我自己去。”莫羽担心安卡拉，气愤地道。她说着就要冲过去。

我猛伸手捉住她的手，小声道：“先别慌。咱们见机行事。”

莫羽拉扯了下，无奈地瞪了我一眼。

“小妹妹，你说，你想怎么玩都行。”狂啸海盗似乎将安卡拉当场视为没见过世面的单纯女孩，呵呵笑着。

我听了，忍不住全身都起了鸡皮疙瘩。

安卡拉看了眼台面上的碗，皱着眉头想了想，有些不知所措地道：“依我看，我们来玩游戏，谁输谁喝，你认为怎么样？”

“游戏？”狂啸海盗倒是丈二和尚摸不着头脑，纳闷地道。

第二十二章
上古海妖

“对！猜码？”安卡拉倒是信心十足地道。

狂啸海盗忽然伸手揽着安卡拉的肩膀，不屑地道：“你当真不怕？”

我心想安卡拉心里到底是怎样打算，竟敢和对方猜码，要知道对方可是活了几百年的老怪物，什么游戏没见过，和他猜码可是小巫见大巫。

“当然！”

“好！那我就依你，不过，你要是输了，实在喝不下去，今晚就陪我睡。”狂啸海盗盯着安卡拉的双眼几乎要跳出来了。他的手不安分地在安卡拉的肩膀上抚摩着。

安卡拉犹豫了下，然后坚定地道：“一言为定！”

其余的海盗听了，纷纷哈哈大笑起来。

我心里倒是一紧，恨不得立刻上前宰了这个老色魔。

李渔和莫羽也气得咬牙切齿，但是他们心里非常清楚，贸然上前拼杀，可能是死路一条。

安卡拉不理会其他人怎样耻笑，自顾自地撸起衣服，露出手臂，开始和狂啸海盗猜码。按照游戏规则，谁输了就喝半碗酒。

我瞥见那酒是白色的，估计是米酒之类，也不知道他们从哪里弄来的。不过仔细一想，这谷中可能有其他神秘出口通往外面，只要他们向岛上的居民购买就行。

我们都紧张不安地看着他们猜码，心都跳到嗓子眼儿了。

“海仔，你别担心，你这女人可不是寻常之物，我想她一定能够赢。”父亲倒是轻描淡写地道。

“不会吧？”我颇为不解地咋了咋舌。

安卡拉和狂啸海盗刚开始猜的几次，后者倒是连续赢了三次。安卡拉倒是豪爽地端起酒杯就喝，脸不红心不跳。其余人见了，倒是乐了，纷纷拍手起哄。而我们这些人倒是越发紧张起来。如果继续下去，没几回合，安卡拉可能就喝倒了。

可是，接下来却峰回路转。狂啸海盗接连输了十几回合。不过，狂啸海盗可是好酒量，喝酒好像喝开水一般，令人觉得不可思议。

“活了几百年的怪物，喝酒能够喝醉吗？”我忽然想到这个可怕的问题。

再接下去，其余人纷纷吆喝起来，声音响彻整个幽谷。他们一来一往，也不知道喝了几十来回，倒是狂啸海盗输多赢少，喝得一塌糊涂。这个海盗也是好酒量，估计也喝了十来斤，逐渐不行了，而安卡拉似乎也开始酩酊大醉了，眼看着再也支持不下去了。

突然，狂啸海盗“啪”的一声砸在台面上，一动也不动了。

在场的人都愣怔住了。过了一会儿，其中一人才吃惊地道：“怎么可能？狂啸大哥历来可是喝不醉的，怎么可能输给一个女孩子？”

“对，对，一定是她动了手脚。”其他人纷纷起哄道。

“愿赌服输！”安卡拉忽然猛地一拍桌子，愤怒地嚷道。

在场的人更是吃惊，霎时停止说话，都被这个女孩的气势搞蒙了。

“你们都不是一般人，应该知道君子一言，驷马难追。”安卡拉目光锐利地扫过众人，厉声道。

“老子可不是君子，哪有道理可说。”其中一人呵呵大笑道。

其余人也纷纷得意忘形地笑起来。

我气得咬牙切齿，紧紧地握住拳头，真想上去揍他一顿。

就在此时，独眼龙再也忍耐不住，抡起匕首就扑上前去，他边走边嚷：“兄弟们，给我上！”

其余人再也按捺不住，纷纷扑上去。

“你们给我站住这里。”莫羽冲我瞪了一眼，然后也抽出匕首飞奔上前。

眼看着一场生死拼杀就要发生。

狂啸海盗的同伙见情况不妙，纷纷站起来，冷笑着准备开始战斗。我从这些人的表情来看，他们根本不将我们这些小儿科看在眼里，心下不由得一顿。

“你们谁敢动手，我就宰了他。”安卡拉忽然伸脚踩着台面，掏出匕首架在狂啸海盗的脖子上。

安卡拉非常聪明，她似乎看出这些人的老大就是狂啸海盗。果然，当安卡拉的匕首架在对方的脖子上，其余人顿时面面相觑，谁也没有动手的意思。而我们这些人见了这种情况，也不敢随便动手。

一时之间，双方都僵持住了。

“你敢动手，我就保证你们不可能活着离开这里。”刀疤男目光锐利地盯着安卡拉，凶神恶煞般道。

“是吗？”安卡拉倒是不急不缓地道，“要不尝试看看？”她说着，匕首轻轻地在狂啸海盗的脖子上划了一下。顿时，那脖子流出血来。

“你……”刀疤男气愤地瞪大了双眼，似乎要将对方吃掉一般。

“海仔，还是安卡拉公主聪明，她第一眼就看出狂啸海盗就是首领，正所谓擒贼先擒王。”父亲得意地笑道。

“真是厉害的女人。”我暗暗嘀咕着。

“你们到底在干什么？”不知道什么时候，忽然从前面的溶洞走出一个人来，声色俱厉地喝道。

我们都吓了一跳，纷纷看过去，那可不算是一个人，或者说是妖物，只见他长着好像人的头颅和脸孔，却有四只角，而且还有尾巴。

“啥怪物？”我暗暗吃惊。我觉得这不是寻常怪物，哪有怪物长得人非人、牛非牛的。

“上古海妖的牛门徒？”安卡拉吃惊地瞪大了双眼。

“你怎么知道？”对方淡淡的眉头皱了下，小眼睛眯成缝盯着安卡拉。

“我是阿伊努族的后人，因为祖先和上古海妖颇有渊源，所以知道你。”安卡拉微笑道。

“阿伊努族？可有证物？”

安卡拉听了，从怀中掏出一块月牙形的玉佩来，然后上前交给对方。对方仔细看完之后，估计弄明白了我们的来意，便转过身去，头也不回地道：“你们等待一下。”

他说着往前顺着蜿蜒的溶洞走上去，来到墙壁处，伸手在其中一块石头上按了下，那门缓缓地闪开，露出一个小洞来，然后他钻了进去。随即，那石门关闭上了。

在场的人只有大眼瞪小眼，尽管愤怒，却没有人敢动手。

如此过了片刻，那道神秘的石门再次打开，刚才的那个牛门徒走出来，向安卡拉挥手示意：“进来吧，上古海妖愿意见你。”

安卡拉却不着急，道：“我们有非常重要的事情找他，所以我们需要几个人进去。”

“上古海妖已经清楚你们来的目的，都进来吧。”牛门徒淡淡地道。

“多谢！”安卡拉说着向我们使了个眼色。我们心领神会地点了点头。

随后，我们跟随牛门徒走进石门。进入石门之后，沿着甬道走了片刻，然后顺着阶梯而上。上了阶梯，里面却有一个不小的空间。四周的墙壁上挂着灯。在灯火的光亮下，我们瞥见前面一块巨大的石头上端端正正坐着一个人，却又不像人，倒是像猿一般的巨大怪物。

“这个就是传说之中的上古海妖？”

那猿人听到脚步声，缓缓睁开眼睛，巨大的瞳孔炯炯有神地环视众人，目光竟然落在我身上。

我大吃一惊。他紧紧盯着我，到底是什么意思?

“上古海妖，这个就是阿伊努族后人。”牛门徒伸手指了指安卡拉公主。

上古海妖上下打量着安卡拉，过了一会儿才不紧不慢地道：“你既然是阿伊努族的后人，看在和你祖先的渊源上，有什么事情需要帮忙，尽管说吧。”

“这个……”安卡拉说着，目光却看向独眼龙。

独眼龙迟疑了下，随即从怀中掏出古盒和我的玉佩，上前递给安卡拉。后者接过之后，双手小心翼翼地捧着过去，然后放在上古海妖巨大的手中。

“上古海妖，这个古盒非常复杂，因为里面有我们需要的东西，所以麻烦您将它打开，而这个玉佩是非常有灵性的东西，却不知道怎样使用。”安卡拉语气诚恳地道。

上古海妖没有回答，反而拿起古盒仔细地打量，再瞥了眼玉佩。他的嘴角随即抽搐地笑了笑，露出满嘴巨大的黑牙齿，语气沧桑地道：“这个古盒暗藏着机关，而且一旦开启错误，里面的东西就毁于一旦。”

他说完之后，将古盒放在面前，双手离开古盒大概两厘米的地方停下来，然后闭上眼睛。

我们不清楚他到底在干什么，心里很纳闷。

如此过了大概十秒，我们见古盒竟然神奇地发出光芒，宛如无数的灯在闪烁。紧接着，古盒“咔嚓”一声，应声而开。

我们震惊地瞪大了双眼，半晌才回过神来。

“原来上古海妖拥有灵力。”不知道是谁说了一句。

上古海妖忽然睁开眼，伸手从里面拿出一个东西来，却是一颗晶莹剔透的珠宝。珠宝在灯光下闪烁着耀眼的光芒，比夜明珠还要漂亮。

“海珠？”在场的人都激动地脱口而出。

“千万不能让他们夺走海珠！”父亲压低声音道，“我们见机行事。”

“王教授，你可有计策？”李渔声音几不可闻。

“依我看来，一旦独眼龙他们获得海珠，就可能会对我们动手，所以要想办法擒住独眼龙。”

我们分别点了点头。

独眼龙双眸放出光芒，双手颤抖着，快步地向海珠走过去。

我们想不到独眼龙突然先下手为强，愣怔了下，忙一起冲过去。但是，其余的不死海盗似乎早已安排，纷纷转过身挥拳就砸过来。

“情况不妙！”父亲叫道。

我瞥见这些不死海盗不用匕首，而是拦住，看样子不想宰了我们。

我见其中一个不死海盗张大嘴巴，皮笑肉不笑地瞪着我，摩拳擦掌，似乎根本是将我当作小孩子来看。我觉得这是耻辱，连忙抡起拳头砸过去。对方更是冷笑了声。我知道压根儿不是对方的对手，因此只能够用计谋。拳头似乎要砸到对方的身上，连忙往侧边一闪，然后闪到他的背后，一拳狠狠砸在他背上。那个不死海盗始料不及，被我砸个正着。他“哎呀”地叫了声，往前一扑，差点没摔倒。

李渔则和其中一个不死海盗抡拳飞脚，双方不断来往攻击。不死海盗虽然高大，但是李渔灵巧，不死海盗几次攻击都打击不中，反而是李渔飞踢了他几脚。他气愤得“啊啊啊”地叫着，瞪圆双眼恨不得吃了李渔一般。

莫羽那边也和不死海盗打斗了几回合，完全被缠着脱不开身。

安卡拉见独眼龙过来抢夺海珠，忙握紧拳头，准备一搏。

独眼龙哪里将安卡拉放在眼里，猛地跳跃起来，握紧拳头就向安卡拉砸下去。后者知道不是对手，忙往旁边闪开，再想攻击，前者已经来到上古海妖面前，伸手就要夺取海珠。

眼看着独眼龙的手要夺取海珠，但是他的双手却无法靠近。独眼龙觉得非常奇怪，再次用力，可是却依然无法靠近。

我们和其他的不死海盗见了，纷纷停止打斗，惊讶地看着上古海妖。

“这颗海珠只有有缘人才能够获得，你也不必再费力了。”上古海妖冷笑了声。

独眼龙可能是猜测上古海妖用了灵力，便再次伸手去夺取，这次，依然是无法靠近。他便有些失望地摇了摇头。我见他握紧拳头，可能是恨不得上前去揍上古海妖，却因惧怕对方的灵力，完全不敢贸然冒险。

“你们分别过来吧，谁能够拿走海珠就归谁，不然我就收下了。”上古海妖分别瞥了我们一眼，不咸不淡地道。

我们面面相觑，然后点了点头。

独眼龙由于担心海珠被我们拿走，便让手下先过去。我和莫羽、李渔蓄势待发，不过见父亲挥手制止，便没有过去争夺。

我们紧张地看着这些不死海盗伸手去拿海珠，不过见他们每个人都无法拿走，才长长地松了口气。

我在心中想着，要说是海珠，自然是海中之物，身为八大妖族的李渔和莫羽说不准能够拿走，便让他们两人先过去。

独眼龙他们瞪大眼睛盯着我们，生怕我们夺取海珠。我心里清楚，一旦我们能够拿走海珠，他们过后就会找机会抢夺。

李渔来到海珠前，紧张地伸出手去，那颗海珠似乎微微振动了下，在场的人心下都一顿，以为李渔能够拿起海珠，想不到那颗海珠极有灵性，李渔也无法靠近。他便有些失望地长叹一声，然后闪开。

紧接着，莫羽上前。这次，莫羽也无法拿起。然后，是安卡拉和我父亲。他们尝试过之后，也是同样的结果。

“海仔，还愣着干吗？你过去尝试一下。”父亲向我投过来期待的目光。

我想，连李渔和莫羽、独眼龙他们都和海珠没有机缘，我区区一个平凡人，又怎么会有缘分呢？我犹豫了一下，还是勉强走过去。

我来到海珠前，有些忐忑不安地看着海珠。那颗海珠原本一动不动的，当我伸出手去，那颗海珠竟然微微晃动起来。紧接着，海珠竟然颤抖起来，而且越来越快。

上古海妖见了，倒是双眸放光，面露喜色地看着我。

“看来，你就是有缘人了。”他淡淡地笑道。

他刚说完，那海珠就缓缓地升起来，接着“呼”地一下向我冲过来。我吓了一跳，来不及闪避，那颗海珠突然钻入我的衣服，我感觉到身体一阵冰冷，随即什么感觉也没有了。而海珠则完全在我身上消失。我吃惊地颤抖着双手在身上摸索，哪里还有海珠的影子。

“这到底是怎么回事？”我惊讶地看着上古海妖，纳闷地挠着头道。

“这些都是你的，拿着。”上古海妖答非所问地递过来古盒。

我犹豫了下，伸手过去接过古盒。古盒里面放着刚才独眼龙交给上古海妖的东西——我家族遗传下来的古玉，另外，还有一把弯月形的纯玉钥匙。这把钥匙显得非常古老，也不知道经历了多少年。我多少猜测到，这把钥匙是打开封印大门的钥匙。

“年轻人，你既然和八大妖族，特别是人鱼族有渊源，这颗海珠归属于你，也是它找到可以依靠的主人了。”上古海妖说着“呵呵”地笑起来。

“主人？”我越发惊讶地道。

“无论是海珠，还是其他有灵气之物，都是依附于主人，一旦获取如此神奇之珠，它会帮助你的。”

“它会帮助我？”

“嗯。”上古海妖微微笑着，双眸流露出无比的善意和慈祥。

我尽管弄不懂上古海妖的意思，但是能够拿回属于我的家族之物，还有莫羽和李渔千方百计寻找的钥匙，自然也非常高兴。

“对了，年轻人，我好像在哪里见过你似的。”上古海妖微微皱起眉头，再次上下打量着我。

“你见过我？”我张大嘴巴，惊讶地伸手指着自己。

“应该有过一脸之缘。”上古海妖很肯定地点了点头。

“我自小到大都在泉州长大，这是第一次出海来到这里，我们怎么可能见过面？难道你曾经去过泉州？”

上古海妖摇了摇头。

“海仔，你还记得你曾经失踪多年的五叔吗？”父亲忽然道，“我想，当年你五叔和我出海寻找人鱼族，后来在海上失踪，说不准他是说你五叔。”

父亲的话倒是提醒了我。因为我的长相和五叔极为相似，上古海妖见过我失踪的五叔也不足为奇。

“你见过他？”我的心几乎跳出来。

第二十三章
获得神奇力量的海珠

上古海妖点了点头，然后向我挥了挥手，示意我们离开这里。我张嘴欲言，最终没有问出口。我猜测上古海妖当年只是和我的五叔有过一面之缘，应该不清楚五叔目前的情况，所以便打发我们离开。

“五叔还活着！”我按捺不住激动地转过身去看着父亲。

父亲眉头轻锁，脸上露出淡淡的笑意。

独眼龙和其余的不死海盗双目瞪圆，紧紧地盯着我。我假装轻松地笑笑，心想着，一旦离开这个地方，他们就会采取抢夺行动，而我们可不是他们的对手。我们应该怎么办？

接下来，我们在牛门徒的带领下，走出了这个溶洞内室。

一出内室，牛门徒便转身进去。

我还没从刚才神奇的事情中回过神来，独眼龙忽然一个闪身，就伸手紧紧地捏着我脖子，厉声喝道：“海珠给我拿出来！”

“海仔！”父亲焦急地叫道，意欲上前，却被李渔伸手拦住。

我感觉到脖子越来越痛，呼吸越来越困难。

就在此时，我忽然感觉到身子发热起来，身体内似乎有股无穷无尽的力量涌出来。独眼龙紧紧扭住我脖子的手微微一震，连忙松开。

“你？”独眼龙看着正在颤抖不已的双手，然后瞪大双眼，震惊无比地看着我。

“到底怎么回事？”我惊慌地注视着双手和身体，似乎身体要膨胀起来。

“臭小子，你使用了什么计谋？”独眼龙完全不顾刚才发生的情况，再次扑向我。

我往旁边一闪，竟然轻灵地闪避开。

独眼龙越发气愤，握紧拳头再次砸向我。

“小心！”父亲大叫了声。

“给我拦住他们！”独眼龙拳头砸向我的同时，叫嚷了声。

我见独眼龙拳头的速度很快，再次闪避，竟然再次灵活地闪开。我不禁有些吃惊，我的动作怎么会突然之间变快了？难道是那颗海珠的作用？

李渔和父亲那边，此时则和不死海盗搏斗起来。那些不死海盗无论是身材还是气势，完全打压了他们。所以，李渔他们压根儿不是一个档次的对手。

独眼龙见我竟然能够连续闪开，倒是越发愤怒，拳头砸向我的速度更是加快。我原本以为刚才几次闪避只是侥幸，但是在他连续的攻击之下，竟然还能够毫发无损地闪开。我觉得非常不可思议。

独眼龙此时完全是气愤到极点，再次袭击过来，拳脚全部用上。我一不小心，被他伸脚踹个正着。在情急之下，我忙伸手去遮挡。我原以为这次可能会被他踢得全身骨折，可是想不到当我双手去遮挡的时候，他的脚刚踢中，竟然被我双手的一股灵力往前遮挡，强硬地将他推出去。

我待在原地吃惊地张大了嘴巴，觉得这完全不可思议。

“哎哟，这是怎么回事？”我惊呼了声。我忽然想到，海珠在我身体中消失，可能给我增加了力量。我想到这里，不由得鼓起勇气，抬脚就走向独眼龙，抡起拳头就砸向他。

独眼龙倒是吃了一惊，忙闪避。不过，我的速度比较快，他还没闪避几回，就被我的双手拍中。当我双手拍中他胸口，他竟然被一股巨大的力量推开，直接飞出好几米摔倒在地上才停下来。

独眼龙勉强站起来，却忍不住吐出一口鲜血。他无比震惊地看着我，然后伸手抹了下嘴角，气喘吁吁地道:“你获得海珠竟然有了灵力？”

其余的不死海盗和我父亲他们见了这种情况，纷纷停止打斗。他们用如同看着外星人的目光盯着我，半晌也没回过神来。

“怎么可能，怎么可能？”独眼龙喃喃自语着。

“原来这颗海珠可以给予力量，而王海正是海珠的有缘人。”莫羽微微笑道，“据我所知，在深海之中有着神奇的海珠，这些海珠数量非常少，却有着无比的力量，想不到先人竟然获得此等海珠……”

“真是不可思议呀！”李渔和安卡拉、父亲几乎同时惊讶道。

“兄弟们，给我上，务必夺取海珠！”独眼龙此时目露凶光，咬牙切齿地叫嚷道。

这些不死海盗一听独眼龙的命令，面面相觑，然后分别抽出匕首来，吆喝着就抡起匕首劈过来。

“海仔，小心！”父亲则冷静地叫道。

我看着他们冷笑了声，心想着，就连独眼龙这样强大的对手也是小菜一碟，因此并不将这些不死海盗放在眼里。他们一扑过来，我在他们中间快速地闪避，紧接着双手飞舞，眨眼间的工夫就将他们拍飞出去。他们纷纷摔倒在地面上，半晌也站不起来。

父亲和莫羽、李渔、安卡拉四人愣怔了下，分别向我伸出了大拇指。

我轻轻地拍了拍手，得意地笑道：“小儿科！”

“真是得意忘形！”莫羽没好气地瞪了我一眼。

“此地不宜久留，我看我们还是赶紧走吧。”父亲向狂啸海盗他们那边看了一眼，有些忧心忡忡地道。

我向狂啸海盗那边看过去，见狂啸海盗还没有清醒过来，其余人见我们打斗完了，好像没事人一般，继续吆喝着喝酒。

我忽然想起什么来，便向独眼龙走过去。独眼龙目露惊恐地盯着我，喃喃道：“你想干什么？”

“放心，老子不会杀了你！”我弯腰下去，从他怀中掏出《海上异妖录》来，看了眼，便揣进怀中。

独眼龙张嘴想说什么，最终强硬地把话吞回去。

“放过你一马，不要让老子再看见你出现在面前，否则后果你自己想象。”我抛下了这句话，便走向父亲。

“王教授，这溶洞看起来非常复杂，我们该怎么样才能够离开这里？”李渔快步跟随过来，看着父亲道。

“我心想，这些海盗，包括上古海妖能够长久在这里居住，想必有另外的出入口。”父亲环顾着四周，掏出指南针看了一会儿，决定往西边方向走去。

“安卡拉公主，你清醒过来了吗？”我走到安卡拉的身边，关心地问道。

“刚才打斗出了一身汗，完全没了酒意了。”安卡拉羞涩地微笑道。

“按你的酒量，不可能是对方的对手，你是怎么做到的？”我不禁纳闷地道。

“你猜？”安卡拉向我露出狡猾的笑意。

我挠了挠头，实在想不透其中的奥秘。

我们根据父亲的指示，顺着溶洞的小路一直往西边方向走去。刚开始，还有小路可以走，但是走了大概半公里之后，前面竟然完全没了路。

“会不会走错方向了？”李渔环顾四周，不解地道。

王教授没有说话，而是仔细地看着溶洞，再瞥向前面的流水，眉头皱成了一个疙瘩。

“深海之渊，暗流涌水，地狱之门。”安卡拉喃喃自语，“到底是什么意思呢？”

“安卡拉，这些话是……”我纳闷地道。

“是上古海妖悄悄告诉我的。”安卡拉蛾眉轻锁，注视着暗流。

“深海之渊，暗流涌水，地狱之门？”我暗自嘀咕着。

“深海之渊，是指深海之渊，难道我们此时是在深海连接处，而暗流涌水，可能是指目前的暗流，有通往深海之地，至于地狱之门，也许是说通往深海的地方是非常危险的地狱，而我们眼前则是门。”王教授分析道。

“王教授分析的是，上古海妖是给我们指示明路，只要打开地狱之门，我们就能够出去。”李渔道。

“门到底在哪里？”莫羽说着，便走上前去。她尝试着用力去推溶洞的岩石，可是，那些岩石如同坚硬的铁一般，毫无所动。

“海仔，你过去看看！”父亲向我瞥来一眼。

我点了点头。接着，我走向莫羽，顺着她刚才推的岩石一路摸过去，我双手似乎感觉到溶洞岩石的力量，似乎听到外面暗流的轻微声。

我摸索了一会儿，在暗流的上方忽然停止下来。我感觉这片岩石似乎有些不对劲，便用力去推。那块黑石竟然缓缓往里面缩进去，接着，露出一个小门来。我讶然地看过去，只见里面暗流汹涌，无边无际。

“果然是这里！”父亲激动地走过来。当他用手电筒看清楚里面的情况时，不由得倒吸一口凉气。

“现在怎么办？”李渔和莫羽、安卡拉他们看完之后，一时之间没了主意。

“依我看，上古海妖既然暗示我们这里就是出口，我们不妨冒险出去。”王教授思考了一会儿，有些犹豫道。

“只能够这么办了。更何况除了此处，估计也没其他的出口。”李渔道。

“既然大家都决定了，我不妨先出去。”我心想我已经有了灵力，比起他们还要强悍，因此壮胆往外面走。

我走出地狱之门后，顺着汹涌的暗流往前走。那暗流只是在眼前宛如巨龙一般蜿蜒盘旋，在头顶上形成一个巨大的漩涡，而脚下的水流则轻轻荡漾，如同美人抚摩着脸颊。

“真是蔚为壮观了！”李渔和莫羽他们抬头注视着眼前不可思议的一幕，半晌才惊呼道。

“依我看来，这是海洋的一种奇特的现象，说不准是这一带岩石产生磁场的作用。”王教授道。

“不管怎么样，我们还是赶快离开这里吧，看着就令人惧怕。”我道。我看着这些漩涡，里面似乎潜伏着巨大的怪兽，一旦磁场失去效果，我们就会被吞噬。

我接下来，深呼吸一口气，带头顺着漩涡下来的水流一直往前走。我边走边感觉到纳闷，这水流带领我们似乎并不是一直平行线走去，而是斜线往上。

随着往上走去，那些暗流形成的漩涡，不断地变化着：一会儿形成宛如星辰的景象，令人眼花缭乱；一会儿宛如无数的海蛇扭曲着向我们扑过来；一会儿宛如无数的章鱼怪，伸着无数的黑色巨爪捉向我们……

我们一边走，一边瞪大双眼注视着眼前令人叹为观止的景象。

“真是太神奇了！”我惊叹着伸手触摸那些水流，却完全接触不到。原来，这些水流之间形成了一个奇特的通道。我感觉这是在梦幻般的海底世界。

可就在我以为这样兜兜转转一直就能够走出海面时，想不到自己大错特错了。这个世界上不可能有如此简单而完美的事情。

当我转过一个好像巨兽的暗流，发现前面有一股凉意袭来。我似乎感觉到了不对劲。因为一路走来，完全感受不到海水的气味和凉气。

“海仔，小心，前面的海水貌似是活的，因此，我猜测我们已经离开磁场感应的地带了。”父亲在后面急忙叫住了我。

我头也不回地点了点头。

“依我看，上古海妖既然向我们暗示了，那么，想必会有办法出去的。”

“王海说得非常有道理。”李渔道。

“王海获得了灵力,因此就算暗流也奈何不了他。”莫羽淡淡地道。

“对。”李渔不无羡慕地道，“当年，鲸鱼家族还有灵力的时候，可以在深海之中如鱼得水，自由翱翔，说不出的快活。”

“正如我希望的一样，王海获得了灵力，就能够帮助我们打开封印，的确是件好事，要不然如何打开封印，我还一直想不通啊 。”莫羽道。

我也懒得继续听他们叽叽咕咕，向前面的水流走去。我伸手过去，完全感觉到了水的凉意，而且那些水不断地向我袭击而来。可是，眼看着水就要冲过来，却在我的身边停下来，最后快速地闪开。

我震惊地看着眼前这神奇的一幕，觉得无论如何也解释不清楚，这到底是什么现象？难道还是磁场作用？

“我想明白了，那神奇的海珠已经和王海融合在一起了，因为这是一颗避水珠，所以海水完全没法攻击他，而我们在他的范围内，所以海水也不曾淹没我们。”莫羽高兴地道，“这种神奇的海珠据说生长在深海之渊，不知道怎么会出现在海底之城。”

“那真的是太好了！”安卡拉也忍不住激动地走过来，伸手去触摸海水。那海水温柔地在她白皙的双手上流淌着,宛如少女般羞涩动人。

要是以往，他们和我说出这种超出原理的话来，打死我也不相信，可是眼前这种情景，用磁场的确解释不清。

随着往上面走去，我们看到眼前的情景逐渐由黑暗转为光亮，烟雾弥漫的海底之中，水草和五彩斑斓的鱼类遍布整个海底世界。

“不好，有麻烦了！”我正想伸手去接触游弋而过的小鱼，忽然听到父亲不安的叫声。

“怎么了？”我们四人纷纷瞥向王教授，几乎异口同声地道。

我们瞥见王教授震惊地瞪着眼睛注视前方，便顺着他的目光看过去。忽然见到一条白色的巨大影子逐渐靠近来，不由得吓得一愣。

“深海巨鲨？！”当我们看到是一条巨型鲨鱼，立马吓得屁滚尿流。

我心想，这个地方估计不是深海，怎么会有巨鲨？难道，这条巨鲨是守护上古海妖的？

此时，深海巨鲨已经瞥见我们，顿时张大嘴巴，也不和我打招呼，就呼啸着冲击过来。我们看到它来势凶猛，知道不是对手，纷纷闪避。

那条鲨鱼攻击性极为强大，它冲击过去引起一阵震荡。我们五人被震荡得散开来。

说来也奇怪，眼前原本是个屏障，但是一被巨鲨撞击，这道屏障便完全消失，海水不断地向我们灌过来。.

“这下可麻烦了！”我猜测这个磁场屏障原本很安全，可是我们却突然遇到了鲨鱼。

我瞥见父亲鼓着嘴巴，瞪大眼睛四处搜寻，目光最后落在我身上。

那条鲨鱼第一次攻击不中，快速转身，龇牙咧嘴再次攻击过来。鲨鱼用目光在水中搜寻了一下，瞥见近处的莫羽便呼啸着冲击过去。

莫羽虽然没有了灵力，毕竟还是人鱼族后裔，所以在水中还是灵活异常。但是，鲨鱼毕竟是凶残的海洋生物，而且攻击力特别厉害，就算你水性好，也无法逃避几回。再加上我们目前的情况，水压大，呼吸困难，所以危险的情况可想而知。

不过，我觉得奇怪的是，我并没有感觉到水压或者海水钻入我的口中。我心想，这颗海珠真是厉害。

我担心莫羽出意外，忙向她游过去。当我即将靠近莫羽的时候，那条鲨鱼宛如飞箭一般射过来。鲨鱼的速度实在太快了，莫羽压根儿没法闪避。在情急之中，我顾忌不了这么多，忙上前抱住莫羽，另外一只手习惯性地伸出去遮挡。

说来也奇怪，那条鲨鱼巨大的攻击性一接触到我的手，我的手竟然发出一阵海珠的光芒，顿时，一股巨大的力量从手中涌出，硬生生地遮挡住鲨鱼的攻击。

在场的人，包括我，都惊讶地瞪大双眼。

我瞥见莫羽深邃的双眸柔情似水地看着我，脸上露出羞涩的笑容。我心里一顿。

那条鲨鱼见无法攻击我，惊吓得扑腾得波涛翻滚，一下子就往前冲过去，眨眼间便没了踪影。

莫羽从我怀中挣脱出来，伸手示意，意思是我们赶紧离开这里。我知道事不宜迟，忙上前拉着莫羽的手向父亲游过去。

第二十四章
神秘的冰岛

当我们钻出水面，父亲和莫羽、安卡拉公主、李渔四人几乎喘不过气来，而我却毫发无损，根本像没事人一般。我在心里暗想，这颗海珠的力量太神奇了。不过，同时我也想到一个问题，这颗海珠已经和我的血肉融为一体，会不会有什么不良的效果？

我们发现此时已经在海面的峡谷之间，前面不远处就是辽阔的海域。我担心父亲无法游到岸边，便游过去用双手搀扶着他往岸边游过去。

五人上岸之后，休息了片刻，才缓过气来。

父亲仔细地看着两边的高山和海水流淌的方向，然后从怀中掏出指南针和地图来。

父亲仔细看完地图和指南针指示的方向后，道："依我看，顺着峡谷往南走，然后顺着海岸线往西边走去，就可以回到我们停泊'鲛人珍珠号'古船的位置。"

我们略微点了点头，便站起来按照父亲指示的方向走去。此时，已经是清晨，阳光明媚，茂盛的密林处时不时传来阵阵的鸟鸣声。

峡谷旁边多有石头，因此我们走起路来小心翼翼。穿过石块，进入密林小路，路逐渐好走起来。我由于获得了灵气，因此我砍了一条木棒在前面开路。一路上，倒是没看到什么野兽之类的动物，只是见到不少不知名的动物在树后静悄悄地窥探我们。

我们走了半天，已经是又累又饿，便停下来休息。由于一直吃干粮，早已经没有胃口，再加上干粮被水淹过，早已经没有味道，安卡拉公主便拉着我到附近去打野生动物来解馋。不用半小时，安卡拉便和我打回野兔，我们就地钻木取火烧烤起来，狼吞虎咽之后，便继续往前出发。

沿着海岸线大概走了一天半，我们终于回到我们先前出发的海岸。此时，“鲛人珍珠号”和海盗船正紧紧地贴在一起停靠着，好像一对兄弟。船上并没有人影走动，看来独眼龙他们此时还没走出来。

我们忍不住激动地快步走向小艇，然后撑着小艇驶向“鲛人珍珠号”。由于我获得了灵力，撑起船来速度如同箭一般快。

上了“鲛人珍珠号”后，我们五人才完全放松下来，然后一屁股坐在甲板上，静静地注视着前面的岛屿。我回想着这次寻找上古海妖，几乎是九死一生，现在想起来依然心有余悸。

父亲走到船头颤抖着抚摩着方向盘，目光之中流露出难以言说的情感。我知道这艘“鲛人珍珠号”对于他来说，意味着什么。

莫羽则和安卡拉公主进入船舱，我猜想她们是换衣服去了。这一路上，也着实难为她们了。

而李渔则站立在船头，皱着眉头凝视着前面斜阳映照下的海面，满腹心事。

“爸，接下来我们该怎么办？”我走过去坐在父亲的旁边，目光却看着辽阔的海面。我不知道接下来，我们寻找之路会怎样，能否打开封印？更何况到目前为止，封印之地一点线索也没有。

“深海之眼，到底在什么地方？”父亲伸手拍了拍我的肩膀：“前途渺茫，你还愿意陪伴我们冒险前往吗？”

“当然！父亲为什么这样说？”我不解地看着父亲。

“我就你一个儿子，先前来寻找，我想不到会遇上这么多意外，可是现在我倒有些后怕你跟随来了。”父亲忧心忡忡地道。

“我不是还活着吗，而且还获得了灵力？”我微微一笑道。

“这颗深海之珠固然是稀缺的东西，不过，我担心海珠将来会反噬，一旦那样，后果也是无法预料的。”

“兵来将挡、水来土掩。爸，这可不像你勇气无畏的精神哪。”

“但愿一切都是幸运的吧。”父亲喃喃道。

“爸，我说，如果五叔还活着，他会到哪里去？”

“我也着实纳闷，如果你五叔还活着，应该想方设法回家呀！难道他知道人鱼族居住的地方，所以去寻找了不成？”

“谁也不知道哇。”

我们说话间，莫羽和安卡拉公主已经换了衣服，并且梳理了一番，人显得更加精神，看着自然令人舒服多了。

我看着她们，双眸放光。

“臭小子，别给老子丢人现眼。走，我们下去换衣服。”父亲用力拍了拍我的肩膀，道。

莫羽和安卡拉听了，羞涩地笑了笑。

“爸，不是这样的。”我无力地争辩着。

“老子的脸都给你丢尽了！”

“不会吧？”

我和父亲边走边唠着。

我们换好衣服后，便拉上锚，解开粗绳，开始起航。

我们坐在船头上看着地图，却无法寻找封印之地。

“封印之地到底在什么地方，莫姑娘和李渔，你们家族可有记载？”父亲抬起头来，看着他们道。

莫羽和李渔面面相觑，都皱起眉头，目光深邃地看着地图，半晌也没有说话。

“我好像记得家族的长老说过，封印之地可能隐藏在深海的某个地方，至于具体的地方，我却无从知道。”莫羽良久才嘀咕着。

“深海的某个地方？”父亲目光转向大海，注视着波涛翻滚的海面，“大海如此之大，到底怎么找哇？！”

“我想，上古海妖封印的时候，可能会留下一些线索，以备后人可需之用。”我觉得聪明的上古海妖一定会保存着线索，就算过了这么多年，依然有迹可循。

“对！王海说得有道理。”李渔非常赞同我的想法。

“上古海妖，人鱼海妖族，或者我们可以从他们的身上获取线索。”父亲喃喃道。

“这里距离我们八大妖族居住地不是很远，所以我想我们不妨回我人鱼族去，或者能够打听到一些线索，说不准就知道海之锁眼封印的地方了。”

“人鱼族？”我在心里想着，那到底是怎样的一个人鱼族，真的非常想去看看，说不准能够见到未来的岳父。我想到这里，嘻嘻地笑起来。

“臭小子，又在打什么坏主意？”父亲瞪了我一眼。

“没有哇。”我无辜地摊开手。

“那就这么决定，先到莫姑娘的人鱼族去。”父亲想了一会儿，最终决定道。

决定之后，莫羽便指着地图上没有标志的某处告诉父亲，他们人鱼族就居住在那一带。父亲看过之后，眉头紧皱了起来。我不明白父亲的意思，便纳闷地询问他。父亲告诉我，那一带是神秘的地方，据说是个冰岛。

“冰岛？”我疑惑地看着莫羽。

“可以这么说吧。”莫羽目光越过海面，流露出即将回家的喜悦之情。

接下来，父亲根据莫羽指示的航行方向，驾驶着“鲛人珍珠号”

缓缓向前行进。

我注视着翻滚着无数金黄色碎片的海面，扭头看着莫羽道：“你们人鱼族这么多年来一直居住在神秘的冰岛？”

莫羽稍微点了点头，然后长叹了口气：“原本，我们人鱼族居住的地方是冬暖夏凉的，是在多个岛屿之中，那里气候宜人，无数的植物生长，各种神秘的小鸟飞翔，鱼儿快乐地游泳，不过，后来当外星物坠落在八大海妖之地引起海底火山喷发从而形成火山岛之后，我们居住的地方逐渐变冷，最后成了传说之中的神秘冰岛。”

我听完莫羽的话，惊讶得张口结舌，半天也说不出话来。

“因此，我想打开海之锁眼的封印，对于我们的人鱼族来说意义非常重大，这也是八大海妖族一直追寻的梦想。”莫羽继续道，“如果我这一代无法解开封印，下一代依然会继续下去，直到打开封印为止。”

“真是坚强的女孩子。”我在心里嘀咕了句。

我皱着眉头凝视着晚霞逐渐消失于海面上，天空一下子就暗了下来，天空开始闪烁着无数的星星，一轮明月高高地挂着，皎洁的月色铺满了整个海面。

海面上，只有远处几张船帆若隐若现，再也没有其他船只。

由于大家都很累，加上没有海盗追捕，所以父亲也不急着驾驶，反而让“鲛人珍珠号”缓缓停下来休息。

我便和莫羽、安卡拉三人抛下鱼竿钓鱼。李渔则和父亲在说着话，好像是关于接下来解开封印的事情，是否还有其他更多的线索。

我静静地注视着月光下的海竿，一边偷偷地窥探着旁边的莫羽，再过去就是安卡拉公主。两人安静的表情在月光下柔美得无法形容。我心想，这一路冒险以来，我已经和她们产生了感情。莫羽的心思我无法猜透，不过，从她的表情来看，她是明显喜欢我的，但是，她似乎又在担忧什么，不知道是少女的羞涩，还是她身为人鱼族的后裔。

而安卡拉身为部落公主，甘愿陪同我冒险，每次在我生死关头她都会奋不顾身地救我，可见她对我的感情超出了一般的友谊。对于她们两人来说，我比较心动的还是莫羽，她有着一种神秘的力量深深吸引着我。我知道自己已经不可救药地爱上了她。

“她到底有多少岁了？”我嘀咕了句。

“你说什么？”莫羽低声问。

“你很漂亮！”我故作赞叹道。

“你们男人真是会耍嘴皮子。”莫羽白了我一眼。

我还想继续说下去，忽然感到鱼竿动了下，忙看向浮标，见浮标被拉动了几下，突然一下子就沉了下去。我心里一喜，忙往回收竿。

鱼似乎很大，鱼竿完全无法拉动它，我只能放松线，让鱼在水中拼命地来回挣扎。大概过了片刻，鱼似乎游累了，我便接着往回收线。当鱼成功地被拉上船之后，我才从紧张之中缓过气来。

这是一条有二十多斤重的金仓鱼。它在甲板上不停地挣扎着。

莫羽和安卡拉他们见鱼在甲板上活蹦乱跳，倒是激动。于是，接下来我们开始杀鱼，烧火，不出半个时辰，一顿烧烤鱼便完成。父亲不知道什么时候拿酒出来，他告诉我，这是安卡拉的父亲送的。

我们边喝酒边聊天，不知不觉中，月亮爬上了半空。我不知道喝了多少，乱七八糟说了什么，然后躺在甲板上睡了过去，耳边不时响起安卡拉兴奋的叫声。

我不知道什么时候清醒过来，发现躺在船舱内的床上，父亲和李渔他们都不在。我便洗漱一番，然后上了甲板。甲板上，父亲正在驾驶着方向盘，目不转睛地注视着前方，而李渔则坐在旁边，似乎和父亲在说话。莫羽和安卡拉坐在船头窃窃私语，似乎在说着女人的心事。我伸了伸懒腰，向父亲走过去。

“这种情景真是幸福哇！”我坐在父亲的旁边，凝视着辽阔的海面，感叹了声。我不清楚这样的幸福情景还能够维持多久。接下来，我们前往封印之地，可能会遇到更加危险的事情。这一次，我们还能够如此幸运吗?

接下来，根据莫羽的指示，父亲驾驶着“鲛人珍珠号”沿着神秘的航线一直往八大海妖居住的地方而去。一路上，刚开始还能够瞥见一些航船，过了一天之后，“鲛人珍珠号”便进入了无数岛屿的地方。我们查了一遍地图，这一带并没有上地图，原因是外人完全不知道这条路线。

我坐在船头注视着前面一座座若隐若现的山峰，浓雾袅绕，宛如仙境一般。莫羽告诉我，再过前面几座山峰，顺着山峰间的峡谷进入一个神秘的地方，然后通过暗流进入八大海妖居住的地方，而人鱼海妖族偏向于西北边。在八大海妖的入口处，有着“八大海妖守卫”之称。

果然，“鲛人珍珠号”一路前行，进入峡谷，然后通过峡谷进入一个神秘的地方，只见四处暗流涌动，比起龙三角的暖流毫不逊色。父亲根据莫羽的指示，逆时针驾驶“鲛人珍珠号”，然后顺着暗流往水底冲过去。“鲛人珍珠号”在暗流之间起起伏伏，如同过山车一般，时暗时明，惊险万分。

突然，“鲛人珍珠号”顺着暗流呼啸着一下子就冲出水面。船一出水面，我们见水面平静，没有漩涡或者暗流，便打开船舱上了甲板。

我走到船头，环顾着眼前的景象，震惊得无与伦比。这种震惊是心灵的震撼。只见苍茫蓝色的山水间，一座座奇峰在浓雾间若隐若现，巨大的鸟类在上空盘旋着。但是，一股寒意顺着水面吹袭过来，使我禁不住打了个冷战。

“前面就是我们人鱼族居住的地方了。”莫羽的脸上流露出激动的神色。

随着“鲛人珍珠号”往前推进，寒意越来越重，宛如从中秋进入了初冬一般。

忽然，前面传来一阵阵清脆悦耳的歌声，这种奇特的歌声好像是人唱的，是用一种特殊的语言唱的。这种歌声在寂静中宛如魔力一般深深吸引着我们。

“好美妙的歌声啊！”我听得神魂颠倒，不禁感叹道。

“不但美妙，而且还令男人流连忘返。”莫羽露出狡黠的笑意。

“莫姑娘，在这个神秘的地方，怎么会有如此的歌声？”父亲不解地问道。

“你们有所不知，这是我们美人鱼的歌声，歌声不但美妙动听，而且具有吸人魂魄的力量。”

“难道美人鱼的传说是真的？”我追问道。

“一会儿你们就知道了。”莫羽带着神秘的笑意道。

随着“鲛人珍珠号”逐渐地接近歌声，我隐约看到水雾之中浮现出好几个女孩来。她们一边歌唱，一边用迷人的眼神看着我们。

“真的是美人鱼！”我震惊得几乎惊叫出声。

莫羽沉默着点了点头，然后有些恼怒道：“你们人类中一直流传着美人鱼的传说，而且传闻美人鱼温柔的外表下藏着一颗恶毒的心，是吧？”

“据人类的书籍记载，美人鱼是人身鱼尾，长着长长的獠牙，民间传闻和你所说的也差不多。”我道。

“这都怪你们人类的凶残，”莫羽轻锁蛾眉，“原本美人鱼是温柔的，由于人类贪婪美人鱼的美色，获得之后，就将单纯的她们抛弃，所以她们对于人类一直存在着敌意。”

“真是不可救药的人类！”安卡拉气愤地道。

“莫姑娘，这些毕竟是传说，而且男人也有专一的，”父亲道，“你同样身为美人鱼后裔，为什么你们进化为人类，而她们却没有？”

“或者是生存在不同的海域，又或者基因有所不同，所以有不少美人鱼依然是人身鱼尾。”

“原来如此。”

我们说话间，“鲛人珍珠号”完全接近歌声处，可以透过薄雾看清楚海面上的美人鱼。海面上漂浮着几十条美人鱼，她们都用勾魂的眼神注视着船上的男人。她们长相超凡脱俗，难以用言语来形容她们的美丽。

“真的是尤物！”我暗暗震惊。

莫羽见到她的姐妹，便张嘴唱起歌来，歌词的意思缥缈而空灵，虽然完全听不懂，却感到歌声具有无法形容的魔力。我陶醉在歌声之中，感觉自己沉重的肉体完全被掏空，轻飘飘起来。

“臭小子，给老子清醒一点！”父亲忽然往我的脸上拍了一巴掌，小声骂了句。

我这才完全回过神来，摸着生痛的脸，羞愧地看着莫羽。此时，莫羽停止唱歌，而那些美人鱼早已经没了踪影。

“鲛人珍珠号”穿过美人鱼的海域，眼前逐渐出现冰雕玉琢般的冰岛。这些冰岛不是单一的，而是在海域上密布着，大大小小数不清楚。

第二十五章
冰岛探险

此时，冰岛的寒气袭来，我们不禁打起冷战。莫羽提醒我们，让我们穿上外套，再经过前面几座小冰山，便到达她们人鱼海妖居住的地方。

果然如同莫羽所说，“鲛人珍珠号”穿过三座冰山，眼前便出现了一座巨大的冰山。这座冰山宛如一个小镇那么大，冰岛上一些稀奇古怪的动物穿梭其间。

我们搭乘小艇上了冰岛，在莫羽的带领下往前走去。只见冰山四处浮现着大大小小的冰块，不时有大鱼跳跃出海面，眨眼间就没了踪影，头顶上飞翔着不明的怪物，嗷嗷嗷地怪叫着，似乎是提醒这里居住的人，有陌生者闯入。在冰块的中间，有一个巨大的喷泉，正不断地喷涌出闪烁着银光的海水。这个闪烁着银光的海水形成一团团不断涌动的雾气，宛如一个巨大的星球。这里奇幻的环境和喷泉让我仿佛在看外星球的风景。

“奇怪了，这里怎么会有喷泉？”我挠头纳闷地道。

“这里是当年外星物坠落引起海底火山喷发形成的火山岛。”父亲道。

“冰与火之歌。”我暗暗道。

我的话语刚落，突然从侧边的海中跳跃出两个身材高大、光着上半身、手持武器的家伙。这两个家伙长相奇特，人脸、身体半像鱼半像人，估计是没有完全进化的人鱼海妖。

他们气势汹汹地冲着我们来，吆喝了声："何方妖物，竟然敢乱闯神秘冰岛？！"

"是我！"莫羽停止脚步，上前微笑道。

"原来是莫羽公主！"两人几乎异口同声地惊叫道。

"今晚是你们值班看守哇，大家都好吧？"

"都好，都好。公主这一走，过了很长时间，可好让我们挂念哪。"其中一个海妖长叹一声道。

"公主，这些人是……"另外一个人鱼海妖上下打量着我们，提高警惕道。

"是帮助我们人鱼族打开封印的朋友。"莫羽道，"这里寒风刺骨，他们经受不起，我们还是进去吧。"

"是的，是的。"两个人鱼海妖点了点头，便分别跳跃进水中，扑闪了下，便没了踪影。

"原来是人鱼海妖族的公主，难怪长得宛如仙人一般。"我嘀咕了声。

"臭小子，人家可是公主，你就别再胡思乱想了，我看你们没这个缘分哪。"父亲冲我使了个眼色，压低声音道。

"祖先都可以和人鱼族公主相爱，我怎么不能够？"我反问道。

"可是结果呢？"

"这个……我可不管结果，爱情原本就是追求过程。"

我和父亲嘀咕间，莫羽已经带领我们进入眼前一个巨大的冰窟溶洞内。一进入溶洞，令人奇怪的是寒气顿时降低很多，不再刺骨。

我仔细地看起溶洞来，只见里面冰雕玉琢般，闪烁着水晶般的光亮，甚是漂亮。溶洞非常大，足有两个篮球场的面积。我在心里想着，这个极寒之地的冰块完全没有融化，所以雕琢这样的溶洞居住，完全不担心冰雪融化。

“真是太美了！”我边欣赏，边忍不住感叹道。

“公主！”忽然从溶洞内走出两个手持兵器、身穿普通服装的剽悍男人。他们问过莫羽之后，目光如炬地盯着我们，脸上流露出警惕的神色。

我看着对方带着警惕的神色，心想人鱼海妖族的守卫未免太过了吧。

“你们不必紧张，这几个都是我的朋友。”莫羽说着，挥手示意两人离开，然后带着我们继续往前走去。

随着往里面走，溶洞越来越大，不多时便见到二十多个人，或者不是人，因为有十个左右和莫羽这样的人鱼后裔一样，其余的则长相奇特，耳朵奇小，脸上长着鱼鳞，头颅和鱼一样，嘴巴奇大。长相是人的，看起来比较年轻，长相不像人的，看起来比较苍老，宛如几百年的老物。

我心想这些奇特的“人”，可能是完全没有进化的。

“公主！”这些人听到脚步声，纷纷看过来，几乎异口同声道。

莫羽见了他们，脸上顿时露出喜悦之前，宛如少女一般地跑过去，然后和一个长相酷似莫羽的女人紧紧地拥抱在一起。

我见这女人的年龄约莫大莫羽一些，宛如姐妹一般。这女人比起莫羽来，长得更为水灵动人，宛如精灵一般，全身散发着吸引男人的魔力。

“竟然有如此漂亮的女人！”我忍不住暗暗咋舌。

其余的人鱼海妖都目光炯炯地上下打量着我们，好像看外星物一般好奇。

莫羽和那女人拥抱了一会儿，莫羽从对方的怀中钻出来，转身宛如少女般羞涩地冲我们笑了笑，然后分别介绍起来。当莫羽分别介绍之后，我吃惊地张大了嘴巴，宛如她姐姐的女人竟然是她的母亲。

“臭小子，你也用不着如此震惊，他们毕竟是人鱼海妖族，就算活了几百年也会很年轻，因此，我猜测莫羽姑娘少说也有一百岁了。一百岁，对于我们人类来说意味着什么，想必不用我多言吧。”父亲在我耳边低声嘀咕着。

“老爸，你不用担心，爱情没有年龄的界限。”我得意地笑道。

“真是不可救药的家伙！”

这时，莫羽的母亲热情地招待我们坐。我瞥见他们刚才所坐的地方，是用鱼骨架做成的椅子，特别精致和漂亮。

大家都坐下之后，莫羽紧紧地贴着母亲，好像小孩子般地看着我们，时不时看母亲一眼，并告诉她她前往泉州寻找我们的故事，还有在海上寻找古盒的冒险故事。在场的人听后，都禁不住瞪大双眼。我猜测他们想不到莫羽一个公主或者我们人类，能够经历如此惊天动地的冒险。

莫羽母亲过了许久，才回过神来，向我们表达了感激之情，然后吩咐手下去安排晚饭。

我见莫羽向我使了个眼色，似乎有所示意。我微微愣了愣神，便从怀中掏出地图和玉佩以及钥匙出来放在台面上。

莫羽打开地图，其余的人鱼海妖纷纷伸出脖子过来看，然后再仔细端详玉佩和钥匙。

“这块玉佩其实就是我们人鱼族送给王教授祖先的礼物，也就是放射源碎片，是历来八大妖族和不死海盗争斗的宝物，至于这个从深海古盒中获得的钥匙，我猜测是打开封印用的，而这个地图并没有起到作用啊。”莫羽的父亲道。

“母亲，上古海妖打开古盒之后，王海获得了海珠的灵力，足以帮助我们人鱼族打开封印，可是封印之地到底在什么地方，我们却一无所知，因此才决定回来向你们打听。当初，祖先封印之时，是否留下什么线索？”莫羽环视了下奇特人鱼族的长辈，道。

莫羽的母亲摇了摇头。长相酷似未进化，父亲脸上长着奇特的鱼鳞，估计是活了几百年的怪物，他也摇了摇头。

“上古海妖封印之时留下的记载？”其余的人鱼海妖纷纷嘀咕起来。然后他们彼此询问，可是完全没有人鱼海妖听说过。因此，过了一会儿，他们也纷纷摇头叹气。

我和父亲、李渔以及安卡拉公主见他们个个一无所知，便有些失望地面面相觑。

“到底还有什么办法？”莫羽用求助的目光看着父亲道。

“或者，他可能会知道。”莫羽的父亲忽然想起什么，喃喃道。

“难道是说他？”其余的人鱼海妖纷纷用惊异的目光看着他。

他皱着稀少的眉毛，最终鼓起勇气，很肯定地点了点头。

“我们人鱼族古老的海妖？”莫羽从他们的语气和眼神之中看出端倪，颇为震惊道。

“他们说起这个古老海妖，脸上流露出惊慌的神色，难道是那个海妖？”我瞥了眼父亲，不解地低声道。

“的确有些古怪。”父亲几乎语不可闻。

“此事就这样决定吧，明天我们去询问，毕竟这是关系到我们人鱼海妖族命运的大事，如果他知道，想必会告诉我们的。”莫羽的父亲环顾了一下众人，道。

这时，有人鱼海妖端了食物上来，莫羽的父母亲则热情地招待我们。我见摆放上来的食物都是鱼类，整个海鲜宴。我们已经又累又饿，也顾及不了什么礼仪，开始狼吞虎咽起来。

晚餐之后，我们几人便被安排进人鱼海妖居住的地方，发现里面竟然是一个个溶洞，溶洞内银装素裹，宛如闪烁的宝石，地面上铺着厚厚的好像是野兽的皮毛做的皮袄，甚是温暖。

尽管身心疲倦，可是我和父亲压根儿睡不着，彼此谈了几句这个神秘的冰岛和人鱼海妖族的事情，父亲便拿过地图仔细地研究起来。他看了片刻之后，忽然想起什么，便要过《海上异妖录》，翻开仔细地看起来。我见父亲看得仔细，便不打扰他，站起来往溶洞外走去。

一路上，我心想着《海上异妖录》异常珍贵，也是不死海盗要抢夺的东西，加上之前寻找古盒，也需要这本书的指引，说不准里面还暗藏着封印之地的线索。

我走到溶洞外，发现空无一人，便仔细地观看四周的景象来，只隐约听见海涛声，还有好像不明海底生物的叫声，而四处薄雾袅绕、空灵，完全一幅世外桃源的景象。

“真是太美了！”我由衷地感叹道。

此时，我心事重重，回想着爷爷离奇死亡到我们一路冒险的历程，宛如梦一场。

“如果真的找到封印之地，打开封印，我敢不敢向她表白呢？她到底选择我，还是回到这个神秘的地方？”

“如果选择了莫羽，安卡拉公主呢？”

我陷入了爱情的旋涡中，无法自拔。

“或许我和她们之间，只是一场外人看来无法想象的幻想罢了。”我不由得长叹了声。

忽然，不知道从哪里传来悦耳而动听的歌声。歌声特别空灵，在薄雾的海面上袅袅荡漾着，宛如来自海底的幽灵的呻吟。

我循着歌声走过去，在冰块和海面相接的位置停止脚步，循声看向海面，只听见歌声，却看不到歌唱者。我心里清楚，这是吸引人、迷惑人的美人鱼所唱，还是忍不住寻找。

忽然，面前的海面上钻出一个头颅来，吓得我连忙倒退几步。待我看清楚是美人鱼之后，才放下心来，心里却禁不住提高防范。

这条美人鱼长得甚是标致、水灵，一双眼睛波光潋滟，一下子就将我完全吸引住了。我忍不住吞了吞口水，看向她身体，只见上半身裸着，白皙娇嫩，酥胸半露，说不出的吸引人。

“帅哥，我今天在海面上看到你，就深深被你迷惑了。”她温柔而甜美地道。她说话的声音极为细微，宛如呓语一般。

“不会吧？”我调皮地笑了笑。

“帅哥，靠近一点吧，我想认真地看看你。”她说话好像有魅力一般，使我禁不住向她走过去。

我此时几乎贴着她的脸看着她，闻到她身上散发着一种融合海水和一种奇特鱼香的味道，令人深深陶醉。

美人鱼不再说话，伸出手来，轻轻地抚摩着我的脸颊，爱不释手的样子，然后闭上眼睛陶醉起来。我见她宛如少女般羞涩迷人，嘴唇微微张开，便忍不住张嘴要吻下去。

就在这时，突然背后传来一声吆喝：“还不快给我滚开！”

那条美人鱼眼睛忽然张开，接着缩回手，惊慌失措地往后倒退，然后恋恋不舍地一下子钻入水中，眨眼间便消失得无影无踪了。

我愣了愣神，转过身去。

我还没看清楚对方，忽然一巴掌抡了过来，“啪”的一声打在我的脸上。我顿时感觉到脸上一阵火辣，伸手摸了摸，再定睛看着对方，才完全回过神来。

“真是不要命了！”莫羽公主瞪眼气愤地看着我，“刚才那条美人鱼一旦和你……她就会将你拖进水中，你想过后果吗？”

“和我什么呀？”我假装无赖般地问道。

“你……”莫羽既气愤又羞涩地指着我，完全说不出话来。

“我哪里想到美人鱼如此吸引人的魂魄，刚才要不是你，恐怕我以后再也见不到……”我见她如此，心里忍不住一笑。忽然，不知道哪里来的勇气，上前拉住她的手，话还没有说完，便被她伸手捂住了嘴巴。

“你不要说了，我知道你想说什么，可是……”莫羽松开手，目光闪烁地注视着海面，“人鱼海妖族的公主当年和你的祖先相恋，却没有结果，所以……”

我忽然鼓起勇气，不等待她继续说下去，猛地将她拉进怀中，张嘴就吻向她。莫羽挣扎了几下，便完全放松。

在那一刻，我只觉得天旋地转，完全忘记了身在何方、自己到底在干什么，这是一种前所未有的感觉。或者，这是人鱼海妖特殊的魔力。

不知道什么时候，莫羽将我推开，身体却没有动，缓缓倚靠在我的肩膀上，羞涩地喃喃自语："自从人鱼海妖族公主和你祖先相爱之后，人鱼海妖族的公主和人类的相爱就成了禁忌，所以……"我不忍心她继续说下去，伸出手指轻按在她的嘴唇上。

如此静默了一会儿，莫羽才缓缓道："不知道明天我们要去见的古老海妖，是否能够知道封印之地。"

"你们的族人怎么一听说古老海妖，就显得很惊慌的样子？"

"这个……传闻古老海妖性情古怪，不让我们后裔族人进去，一旦贸然进去，我们的妖族可能会被诅咒，所以我们的族人从来不敢进去。"

"真是奇葩的古老海妖，明明是族人还如此。"

"传闻三百年前曾经有人鱼海妖误闯他居住的地方，被封禁起来不说，神秘的冰岛突然发大水，几乎将整个冰岛淹没。这次要不是为了妖族封印之事，谁也不敢去打扰。"

"不管怎么样，我们明天尝试一下，说不准古老海妖听闻是封印之事，从而帮忙，毕竟是关系到整个人鱼海妖族命运的事情。"

"但愿吧！"

"莫公主，你自小在这座神秘的冰岛生活了一百年，如此的世外桃源，与世无争，一定生活得很幸福吧？"

"什么一百年？"莫羽说着从我怀里钻出来，生气地瞪着我，"你的意思是说我有一百岁了？是不是？"

我见露馅了，却假装说错话，轻轻地拍了拍嘴巴，抱歉地道："都怪我心直口快，什么都乱说。"

"我父母都说，我离开这里遇到人类的时候，时刻保持警惕之心，不要让男人欺骗了，果然，你们每个男人都是花心的。"莫羽说着，竟然流露出少女的情怀，眼里噙着眼泪，风轻轻一吹就要掉下来似的。

“莫公主，你千万不要胡思乱想，你我相处了一段日子，想必清楚我的为人，我怎么可能有二心？”我说着，便要伸手过去擦拭她的眼泪。

想不到她往后倒退了一步，目光闪烁地盯着我：“你不要当我是傻子，安卡拉公主明明是为了你才冒险帮助我们，你想过吗，一旦打开封印之后，她怎么办？”

“这个……我会和她说明白的，毕竟感情是不能够勉强的事情，你说对吧？”我说着上前两步，再次将她拥入怀中。

莫羽伸手抹了下眼泪，喃喃道：“希望你信守诺言。”

“我一定会的。”我注视着前方，忽然看到海面上浮现出一个影子，当我扭过头去看，那个影子却消失了。

“是我的幻觉还是……”我感觉到一种莫名的不安。

第二十六章
神秘攻击

当天晚上我和莫羽待了一会儿，担心被其他人鱼海妖看见，便分别进入溶洞。到了第二天一大早，我们吃过早餐，便在莫羽的父母亲和其他人鱼海妖的带领下搭乘小船前往古老海妖居住的地方。

早晨的神秘冰岛薄雾缭绕，不明的鸟类在头顶上成群结队地扑棱棱飞过去，阳光却完全照不进冰岛，只散发着一缕缕淡淡的光芒。冰岛海面上，海水缓缓流淌着，隐约听到海底海洋生物的鸣叫声。

顺着溶洞背后的海面一直走去，漂浮在海面上的冰块越来越多，只有空隙容纳小船穿梭而过。

随着往里进入，海中的岛屿越来越大。袅绕的薄雾形成一幅幅奇特的山水画像，令人目不暇接。

“爸，昨晚有新的发现？”我认为父亲身为教授，知识渊博，对于封印的地方，或者能够从地图和《海上异妖录》看出蛛丝马迹。

“昨晚我根据地图和《海上异妖录》的记载，仔细而认真地研究，发现了蛛丝马迹，但是没有依据，着实令人头疼。”

“那只能够依靠古老海妖了。”

“臭小子，昨晚倒是可以呀！”父亲忽然向我使了个眼色，微微笑道。

“什么可以？”我假装糊涂地挠着头。

“臭小子，该不会连父亲也欺骗吧？”父亲伸手假装打过来，“今天莫姑娘看你的眼神，秋波暗送，就好像当年你母亲看着我的眼神。”父亲说完，皱起眉头，似乎是回想初恋时候的情景，然后缓缓长叹着。

随着往古老海妖身处的冰岛而去，冰岛两边逐渐出现了奇峰异境，比起鹰还大两倍的不明飞翔怪物在奇峰上空盘旋翱翔，时不时发出奇怪的声音。

我抬头注视着眼前的奇幻景象，不知道为什么，无端地感觉到有些不安，似乎是哪里不对劲似的。

“奇怪了，今天这些龙翔鸟怎么有些焦躁不安？”莫羽的父亲仰望着头上飞翔的怪物，纳闷地道。

“是呀，的确有些奇怪。”

“该不会是这些新闯入者引起了它们的不安吧？”

“可能是吧。”

“应该不会！龙翔鸟是神秘冰岛的守卫妖，只有发现或者感应到危险接近，才会引起它们焦躁的情绪。”

其他人鱼海妖纷纷道。

他们说话间，已经逐渐进入一片更为辽阔的海域。我从莫羽他们的话语间，大概听清楚前面一座崇山峻岭下的冰岛溶洞就是古老海妖居住的地方。

但是，就在此时，这座高山薄雾之上，忽然传来一声刺耳的长啸声。这声音响彻整个神秘冰岛。

我们吓了一跳，不由得震惊地仰望上空，只见上空盘旋着一只好像纸鹞一般巨大的龙翔鸟。隐约之中，只见这只鸟全身火红，头颅巨大，长长的脖子，双眸如炬，好像要喷出火来。

莫羽他们一见这只鸟，脸上纷纷露出惊慌之色。

“王海，有些不对劲，你们小心一点。”莫羽冲我们叫了声。

我点了点头。

“到底是怎么回事？”我疑惑地道。

“依我看来，应该是有外敌进入。”李渔皱着眉头不安地道，“我们八大妖族都有守卫鸟，一旦有外敌进入，守卫鸟都会鸣叫警示。”

“外敌？”我越发不解了，“在这个如此神秘的冰岛，几乎没有人类知道，怎么会有外敌？”

“八大海妖居住的地方虽然极为隐秘，可是除了人类之外，八大妖族外围也潜伏着其他危险的海洋生物，那些恐怖的海洋生物极为凶残，因为觊觎我们居住的地方，每隔一段时间或者上百年就会偷袭。”

“原来如此。”

我们说话间，突然从东方方向飞翔过来一只巨大的怪物，那怪物长相极为丑陋、恐怖，头颅和双眼与蝙蝠一模一样，全身的颜色都是黑色。

“蝙蝠怪？”李渔一见此物，双眸顿时流露出惊慌之色。

莫羽和其他人鱼海妖见了此物，也震惊无比。

“是古老妖物蝙蝠怪，大家小心！”不知道哪个人鱼海妖惊叫了声。

“赶紧撑船过去！”莫羽冲船夫叫嚷起来。

那几个船夫听了，忙惊慌地用力划动。

此时，那只火红的龙翔鸟见了蝙蝠怪，“嗷嗷嗷”地长声叫起来，声音更加响彻整个冰岛。

那只古老妖物蝙蝠怪，听到龙翔鸟的叫声，也怪叫起来，那叫声特别奇怪，宛如哀怨声，听得人全身起鸡皮疙瘩。

蝙蝠怪叫完，扇动着翅膀向龙翔鸟飞快地扑过去。

我们目不转睛地仰望着，预感到一场战争即将发生。

“如果是侵略者，不可能是单一的。”李渔道。

我们谁也没有回答他，而是紧紧地盯着两个怪物。

眼看着蝙蝠怪接近，那只龙翔鸟嗷嗷叫着的同时，突然从口中喷出一团火来，直接喷向蝙蝠怪。后者似乎知道对方会喷火，因此见对方一张嘴，顿时从口中喷出一团黑烟来。那妖娆的黑烟和烈焰的火一接触，顿时燃烧起来，直接扑向蝙蝠怪。

蝙蝠怪突然扑闪着翅膀闪避，火焰从它的翅膀边跃了过去。龙翔鸟见了，也不等待那蝙蝠怪回过神来，扇动着翅膀盘旋了下，然后对准蝙蝠怪再次喷出火来。

此时，忽然瞥见蝙蝠怪的后面，薄雾之中，扑簌簌地飞翔过来密密麻麻的蝙蝠怪。那些蝙蝠怪飞翔的速度非常之快，宛如闪电一般，而且是排成一个队列。

“这下可麻烦了！”李渔越发惊愕道，“奇怪了，这些怪物非常少见,怎么突然出现在这座神秘的冰岛上,难道是有怪物在背后操纵？”

“难道与我们进入冰岛有关？”父亲分析道。

“极有可能。”

这时，龙翔鸟和那只蝙蝠怪在半空中拼杀，转眼之间，龙翔鸟喷出的火焰将前面的蝙蝠怪击中，顿时，后者燃烧着直接向我们掉下来，过了几十秒，扑闪着摔进水中，怪叫了几声，便没了踪影。

我们忍不住暗叫了一声“好”。可是，那些密密麻麻的蝙蝠怪逐渐接近了那只龙翔鸟，看蝙蝠怪那阵势，单独一只龙翔鸟压根儿不是对手。

就在我们的神经绷紧的时候，忽然，从古老海妖的洞窟之中不断地飞出东西来，那东西全身火红，如同枫叶一般漂亮。它们呼啸着如同箭一般向那些蝙蝠怪飞上去，铺天盖地的，也说不清数量。

“是古老海妖的守卫火焰怪。”莫羽那边船上的海妖纷纷惊喜道。

“传闻，古老海妖的守护神全体通红如同枫叶，性凶残，而且速度宛如闪电，今天一见，果然如此。”李渔道，“难道古老海妖已经预见到今天有侵略者？”

我和父亲、安卡拉没有回应他，只顾着观看这一场奇异的怪物战争。我心中在想，或许这些怪物是某个神秘“人”操纵的，目的可能与我们解开封印有关。他们或许是想夺取封印的消息，可是又有一个疑问，如果是想夺取封印钥匙，为什么不等待我们问出封印之处再动手呢？这其中的奥秘着实难以琢磨透。

密密麻麻的火焰怪一飞翔到飞翔鸟的身边，便“一”字排开，等待着蝙蝠怪飞近。蝙蝠怪突然见了火焰怪，顿时吓得屁滚尿流，一时之间急忙刹车，纷纷撞击。不少蝙蝠怪便撞上，纷纷摔下来，“噗噗噗”地摔进海中。

突然，从东南方向飞过来一个巨大的怪物，这个怪物宛如飞龙一般，长着巨大的翅膀，巨大的头颅和巨大的身躯，全身泛着金色。那怪物身上，坐着一个似人非人、似巨鲨又非巨鲨的怪物，正张嘴吹着什么。

“残蛇怪！”莫羽和其他人鱼海妖见了此物，更是吓得不轻。

“残蛇怪背上的是巨鲨怪？”

“巨鲨怪是整个海洋最为凶残的怪物，怎么会突然出现在这里？到底有什么目的？”

“难道是为了封印之事？”

“这下可麻烦了。”

“宣布神秘冰岛进入一级防备。”

“是！”其中一个人鱼海妖往水中一跳，眨眼间便没了踪影。

莫羽他们那边的人鱼海妖个个神色慌张，你一言我一语地说着。

残蛇怪眨眼间便飞到蝙蝠怪那边，前者宛如王者一般，嘎嘎嘎地怪叫着，那些乱了阵脚的蝙蝠怪立马冷静下来，再次纷纷排列好队伍，龇牙咧嘴地盯着对面的敌人。

眼看着一场怪物的战争即将开始。

我们所搭乘的小船越来越接近古老海妖的洞穴。

突然，从前面海中钻出一个巨大的海怪，单手拿着三角形的武器，上半身像人，全身鱼鳞，下半身却是巨鱼尾巴，倒是吓了我们一大跳。

“原来是公主你们！”那海怪连忙向莫羽他们打招呼。

莫羽的父亲便和对方嘀咕了几句，那怪物点了点头，仰望了一下头顶，明白过来，便潜伏进水中。我猜测是莫羽的父亲交代这个怪物通知人鱼海妖族的古老海妖，防备外敌。

这时，我瞥见蝙蝠怪扑闪着翅膀纷纷向火焰怪飞过去。那些火焰怪可不是吃素的，一张嘴，个个都喷出一串串的火焰来，顿时将攻击过来的蝙蝠怪喷成一团火焰，噼噼啪啪地燃烧着，宛如一朵朵璀璨的花朵散落下来，极为唯美。

蝙蝠怪倒是毫不畏惧，宛如无数蜿蜒的藤蔓一般，而有序地组合起来，一边喷出黑烟，一边攻击。那火焰怪似乎是极有灵性之物，似乎知道敌人利用黑烟遮掩的企图，便纷纷飞拢起来，组合成一个巨大圆球。一组成圆球，蝙蝠怪却扑了过来。于是，一场撕咬便发生了。而火焰怪也不断喷火，形成了一个巨大的火球，宛如太阳烈焰一般，甚为壮观。

那蝙蝠怪便宛如烟花一般璀璨地散落下来。一些火焰怪和蝙蝠怪互相撕咬，在半空中不断翻滚着，然后双双摔进水中。

此时，那神秘的冰岛被火焰照耀，宛如晚霞一般璀璨。潜伏在海中的人鱼海妖和海鱼感受到了危险，纷纷闪避。

那巨大的残蛇怪此时则凶神恶煞般地扑向龙翔鸟。

这时，我们的小船已经接近冰岛洞窟，于是忙纷纷踏上洞窟。

“赶紧进去，上空有火焰怪和龙翔鸟它们守护，不用太担心。”莫羽的父亲瞥了眼天空，见龙翔鸟喷出的火焰完全遮挡住了残蛇怪的攻击。而残蛇怪可不是吃素的，也能够从嘴里喷出一团火焰，竟然能够遮挡住。

“真是神奇！”我和父亲他们几人感到无比震撼。这种奇幻的情景我只在游戏里见过，想不到有一天会亲眼见到真实的场面。

在莫羽他们的带领下，我们快步地走进洞窟之中。因为突然出现怪物攻击，使这些人鱼海妖极为紧张，他们清楚一场危险的战争即将来临，必须赶在“他们”出现之前了解封印之地，然后保守秘密。

眼前这个溶洞并不像莫羽他们居住的溶洞一样光亮闪烁，而是一个好像千年老旧的溶洞，极为幽暗，只有里面透出一丝丝怪异的光亮，宛如在迷宫般的山洞行走。

随着进入弯弯曲曲的溶洞，发现里面光怪陆离，宛如现代恐怖隧道一般，着实令人胆寒。

“古老海妖怎么居住在这种如此恐怖的地方？”我忙走上前几步，悄悄拉了拉莫羽的手，低声问道。

“我也不知道。进入这里是一种禁忌，我还是第一次来。”莫羽羞涩地微笑了下，轻轻推开我的手。

“真是古怪的老妖物！”

“传闻古老海妖能够推知过去和未来，因此你不要乱说话。”

“不会吧？”我咋了咋舌。

我们说话间，已经进入溶洞深处，发现里面的道路越来越狭窄，而且不是平整的溶洞，宛如人工雕琢过一般。溶洞分成上、下两层。我们在上一层走着，瞥见下面的石块散发着诡异的光芒，宛如有无数的身影潜伏着。

我心中在想，刚才飞出去的火焰怪，估计是上古海妖的宠物，宛如我们现代人养宠物看家守院一般。

沿着蜿蜒的洞穴走了不久，发现洞窟已经到了尽头，再也没有其他去路，唯一的去路就是面前一条长长的小桥，那小桥在诡异的光亮下，宛如悬浮在半空中一般。

莫羽的父亲担心我们这些人的安危，便让其中一个人鱼海妖过去。那个人鱼海妖长相奇特，似乎并不畏惧，便壮胆顺着小桥小心谨慎地往前走去。

由于时间紧迫，我们站立在旁边，都显得焦急起来。

那个人鱼海妖见小桥虽然看着可怕，但是一路走过去，到达对岸竟然平安无事，便向我们挥了挥手。

接下来，我们便分别走过去。到达对岸之后，顺着斜坡往下走，走了不久，前面忽然出现一个巨大的好像是火球般的旋涡，那旋涡内甚是古怪，宛如巨大的双眼，正不断地吸引我们的魂魄。

“古老海妖之眼？”莫羽喃喃道。

“什么意思？”我不解地道。

“传闻，神秘冰岛形成之时，天外流星坠落之后，形成了一个巨大的眼球，就是古老海妖之眼，海妖之眼传闻能够推知过去和未来，只有拥有神奇力量的人才能够驾驭。”

“真是神奇呀！”我由衷地惊叹道，“可是，此去已经无路，古老海妖到底居住在哪里？”

“就在古老海妖之眼内。”

“不会吧？”

这时，莫羽的父亲往前走上几步，双手抱拳，恭恭敬敬地向海妖之眼道：“古老海妖，我身为人鱼海妖族的首领，今天带领人鱼海妖族的前辈和后裔前来，目的是想知道上古海妖封印之时，是否留下来什么线索。”

他说完之后，我们都不敢吱声，静静地等待古老海妖回话。可是，过了一会儿，里面竟然毫无动静。我们不由得疑惑地面面相觑。

莫羽的父亲见没有动静，便再次道：“现在外敌入侵，迫在眉睫，时间紧迫，还请古老海妖明示。”

过了一会儿，古老海妖依然没有动静。

“古老海妖，你还是不是我们人鱼海妖族的？现在都这个时候了，你竟然还不敢见我们，是不是将我们人鱼海妖族的生命当作儿戏？”

“就是，就是！”

“如果我们在这里再耽搁下去，神秘冰岛可能就会被其他海洋怪物吞噬了。”

“真是匪夷所思。”

“……”

其他人鱼海妖见没有动静，便壮胆纷纷说起来。

他们说了一会儿，突然，从海妖之眼里发出一声古怪的声音，接着，海妖之眼上跳跃出字体来：“封印之地，稀有记载，隐见龙宫，长余缝隙，宛如海沟。”

这些字体眨眼间便荡起一阵黑烟，宛如水墨一般散开。

“这到底是什么意思？”人鱼海妖他们不解地纷纷嘀咕着。

“王教授，你怎么看这二十个字？”李渔将目光看向父亲，颇为疑惑。

“‘封印之地，稀有记载，隐见龙宫，长余缝隙，宛如海沟’，意思可能是说封印之地记载稀少，记载的意思是说封印之地可见龙宫，龙宫自然是指深海，明显的特征是那龙宫有缝隙，而且非常长，好像海沟一般。”父亲皱着眉头，目光锐利地注视着海妖之眼，分析道。

“龙宫？”李渔挠着头极力回想，一时之间却想不出龙宫所在的位置。

“既然古老海妖有明示，我们赶紧离开这里吧。”莫羽的父亲挥了挥手，然后带头往来路走去。

“看来一场战斗在所难免。”李渔轻轻握了握拳头，道。

第二十七章

搏斗

我们获得古老海妖的指示，担心外面的情况，便快步地跑出去。我们气喘吁吁地跑到外面，只见外面的情景着实令人震惊。只见海面上那些蝙蝠怪和火焰怪在搏斗，黑烟和火焰乱窜，化成一团团的山水画和星星之火。双方在残酷的搏杀中长鸣着纷纷掉落进水中，形成了一幅乱世战争的画面。

在这些怪物之下，人鱼海妖族和不明身份的怪物在互相搏斗。这些怪物身形特别巨大，长相也奇特，头颅巨大不说，而且还长着宛如巨鲨般的嘴巴和牙齿，一逮住人鱼海妖，就“咔嚓”一声咬住，后者便连声惨叫着，响彻整个沸腾的神秘海岛。这些巨鲨般的怪物不但凶残，速度也快，尽管人鱼海妖族围攻宛如猛犬，却不是巨鲨怪物的对手。

“莫公主，你们注意安全，这里就交给我们了。”其中一个人鱼海妖说完，挥了挥手，便带领七八个人鱼海妖往水中一跳，眨眼间就在那些巨鲨怪物的背后出现。他们分散在巨鲨怪物的背后，一浮出水面纷纷抽出匕首，出其不意地攻击对方背部。

正将人鱼海妖打得落花流水的巨鲨怪物，想不到背后突然有对手攻击，也不知道对方有多少，一时之间倒是乱了阵脚，被打得到处乱窜。

“好！”我们见了，几乎同时高兴地叫了起来。

“依我看，我们别高兴得太早，一旦这些巨鲨怪物知道人鱼海妖族背后只是他们虚张声势，不过一眨眼工夫，就会被反击过来。”父亲皱着眉头，目光深邃地注视这场战争，冷静地分析道。

“那该怎么办哪？”我吃惊地道。

“只能够静观其变了。”父亲嘀咕了声。

“你这不是纸上谈兵吗？”我在心里想着。

“这些巨鲨怪物怎么会突然进入神秘冰岛攻击我们呢？”莫羽凝视着她的父亲和母亲，颇为不解地道。

“是呀！巨鲨怪物是深海之渊攻击性比较厉害的海洋生物，一般隐匿，极少出现，这次怎么会和蝙蝠怪以及残蛇怪、巨鲨怪王一起出现？的确令人纳闷！”莫羽的父亲目光锐利地注视着海中的人鱼海妖族后裔，忧心忡忡地道。

“难道是他们带来的危害？”其中一个人鱼海妖指着我们道。

“你的意思是说他们带回来解开封印的钥匙，还是……”另外一个人鱼海妖目光炯炯地盯着我们道。

“极有可能。”莫羽的父亲想了想，道，“我们冰岛平平静静地过了上千年，从来没有战争，所以他们这次进来，是带回来了解决封印的东西，想不到这东西危害如此大，如果是这样的后果，早知道不去寻找打开封印的办法了。”

“你们冷静一些，别胡思乱想，我想这些怪物一起出现，不可能这么简单。”莫羽却表现出异常的冷静，指着这些人鱼海妖责备道。

他们说话间，忽然听到上空传来一阵阵刺耳的怪叫声。我们急忙仰望上去，只见薄雾之中，越来越多的不明黑色怪物从东边好像一个深洞之中纷纷飞翔过来。这些怪物体形巨大，宛如飞龙一般恐怖吓人，时不时喷出一团火焰，转眼之间映红了一半天空，就连我们站在下面也感觉到了热气。

“爸，怎么如此吓人？！”我哪里见过如此奇幻的场面，吓得全身顿时起了鸡皮疙瘩，连额头也冒出了冷汗。

“看来神秘冰岛这次麻烦极大了！”李渔担忧地道，“如果没有外来力量帮助，我担心人鱼海妖族会被消灭掉。”

“对了，莫羽，你们不是还有其他七个海妖族吗，怎么不去请求他们的帮助？”我被李渔的话提醒，忙注视着莫羽道。

“是啊，我怎么想不到这点了。”莫羽有些焦急不安地道，“不过，眼前的情景，水深火热，就算请到其他七个海妖族帮助，怕是也来不及了。”

李渔和其他的人鱼海妖纷纷无可奈何地摇了摇头。

“不管情况如何，还是要尝试的。”莫羽望着父亲道。

她父亲沉默地点了点头，便吩咐身边的人鱼海妖去其他海妖族去。可是，其中一个人鱼海妖却不同意，因为他们一旦离开，并没有人鱼海妖守护我们。因此，莫羽的父亲便只能够派出两个人鱼海妖到最近的海妖族去。他们领命之后，便跳跃进水中。

此时，那些喷火的怪物越来越接近，仔细一看，却是宛如山海经之中的怪物一般有些像龙，巨眼，头颅巨大，一张巨嘴，全身火焰一般，皮糙肉厚，长着一对黑翅膀，动作极快。

“这是传说之中的红怪，居住在深海之巅的奇峰之上，从来不曾出现过，今天怎么突然出现了？”李渔仰望着这些怪物，脸露震惊地道。

“我心想，这些怪物突然出现，非同寻常，所以我们还是尽快离开这里，不然后果难以想象。”莫羽道。

莫羽的话音刚落，她的父亲张嘴想说什么，神秘冰岛的守护神龙翔鸟忽然嗷嗷叫着扑向这些红怪，而龙翔鸟的后面，不断地涌现出奇特龙翔鸟。

我们见了，心里顿时一喜。

可就在此时，从西南方向飞出之前出现过的残蛇怪物，它身上的巨鲨怪王正挥动着双手。红怪一见巨鲨怪王发出指令，后面的红怪便飞向它。

这时，在海中和人鱼海妖族搏杀的巨鲨怪物将人鱼海妖族打得步步倒退，不少人鱼海妖族人被巨鲨怪咬伤或者杀死。

忽然，其中一个巨鲨怪嚎叫了一声，便见十来个巨鲨怪向我们这边扑过来。与此同时，只见上面的巨鲨怪物和红怪纷纷向我们冲击下来。

“不好了！”我惊叫了声。

“赶紧离开这里。”父亲有些焦急地道。

“我们赶紧走吧！”莫羽注视着父亲和母亲，脸上流露出前所未有的担忧。

莫羽的父亲点了点头。

我们正打算离开，忽然瞥见龙翔鸟扑向残蛇怪和红怪，它们纷纷喷出火焰，一来二往，上面顿时燃烧起一团团火球，将神秘冰岛映成了火海。

在水中的巨鲨怪物，忽然被愤怒着扑过去的人鱼海妖族拦住，双方陷入了缠斗之中。可是，人鱼海妖族无法遮挡它们的猛烈攻击，没几个回合便被打败。这些巨鲨怪物更是凶残地怪叫着，瞪着我们的方向，快速地游过来。

“莫羽，你赶紧带领你的朋友从海底神秘隧道离开这里，这里就交给我们了。”莫羽的父亲被火焰映照的脸表现出异常的冷静。

“我不可能抛弃我的族人离开的。”莫羽说着，眼眶里便噙满了眼泪。

“这里的怪物可能都是为了解开封印的东西而来的，你们一旦离开，我想它们就会追击你们，所以你们还是赶紧走吧。”莫羽的父亲轻轻推了莫羽一把，忽然向旁边的人鱼海妖下命令，“赶紧带公主离开！”

“这个……”那个人鱼海妖却不为所动。此时，正是危急关头，他们是进退两难。

“不！我身为人鱼海妖族公主，怎么可能在危急时刻抛弃我的族人、抛弃我的父母亲呢？就算是死，也要和这些外敌拼杀到底！”莫羽咬着牙，一脸坚毅地道。

“真不愧是我们人鱼海妖族的公主！”那个人鱼海妖感动地道。

“爸，现在可不是讲英雄的时候，我们面对如此强敌，估计不是对手，该怎么办？”我见那些巨鲨怪物越来越接近，便开始慌张起来。

“眼前的情况不容乐观，我们必须自保，等待其他海妖族来。”父亲此时也是胆战心惊。

“或许我们可以退入溶洞，古老海妖估计可以帮助我们，只有他才能够让我们人鱼海妖族化解这场危险。”莫羽的母亲扭回头看着溶洞喃喃道。

其他的人鱼海妖和莫羽纷纷点了点头。他们此时只能够将希望寄托在古老海妖和其他妖族的身上。他们这时无论如何也不能够退缩，一旦他们逃避，其他海妖便失去战斗的信心和勇气，后果自然无法想象。

这时，从海中游过来的巨鲨怪物纷纷凶神恶煞般地钻出水面向我们扑过来，守卫在莫羽他们身边的人鱼海妖便鼓起勇气呐喊着冲上去。一时之间，他们纠缠在一起搏杀，可是随着巨鲨怪物越来越多，人鱼海妖守卫便被打得落花流水，纷纷摔倒在水中。而其他的人鱼海妖见了这边情况，也奋勇杀敌，其中十来个冲出来，便向我们游过来。他们心里清楚，一旦莫羽他们被捉获，整个人鱼海妖族将陷入危机之中。

莫羽忽然抽出匕首来，见其中两个巨鲨怪物龇牙咧嘴扑过来，便抡起匕首扑上前去，手起刀落，将其中一个巨鲨怪砍下水去。另外一个巨鲨怪反倒不怕死，怪叫着扑上来拼杀。莫羽毕竟灵活，那怪物尽管凶悍，毕竟笨手笨脚，没拼杀两个回合，前者便将后者砍到水里。

莫羽刚收起匕首，便有七八个巨鲨怪钻出水面，纷纷向我们扑杀过来。我和李渔、安卡拉公主见情况不妙，便冲上去。

莫羽伸脚踹倒一个，便用匕首砍杀冲向她父母亲的怪物。我见这些怪物气势汹汹，便闪身进去，抡起匕首。我自从获得海珠的力量，动作异常快速，那些怪物还没回过神来，便被我全部砍杀在地上，不断地抽搐着。

李渔和莫羽几人还没来得及拼杀，便见我完全解决了，都傻眼地看着我。

“你们也别这样，看得人家不好意思。”我冲他们傻傻地一笑。

他们忍俊不禁，见不断有怪物冲上来，便冲过去。

“海仔，小心一点！”父亲伸手指了指我背后。

我会意地点了点头，一个闪身，待那怪物扑上前去，便猛伸手将它拉住，然后抡起巴掌“啪啪啪”地拍打了它几下。它被拍蒙了，站在原地愣神。我不紧不慢地轻轻用力将它往水中一推，它竟然飞出去一般，飞出几米远才“啪”的一声摔进水中。

其他的巨鲨怪物见到了我的厉害，似乎也不惧怕，纷纷扑上来。我冷笑了一声，化作一道身影扑上前去，抡起匕首转了一圈，便完全将冲击上来的怪物扑杀了。

莫羽和其他人见了，都瞪大双眼，用如同看待妖物一般的眼光看着我。

“臭小子，真有你的！”父亲向我伸出大拇指。

“王家的血脉，自然不是吃素的。”我伸手做了个得意的手势。我做动作的时候，偷偷瞥了眼莫羽的父母亲，见他们目光闪烁，似乎非常欣赏。我心里忍不住一甜。我想我的表现吸引了他们的目光。我希望借此机会好好表现，让他们改观人鱼海妖族公主不能够和人类相爱的观念。

“少给我吹！”父亲假装生气地瞪了我一眼。

这时，人鱼海妖族那边见我这边奋勇杀敌，顿时激起斗志，纷纷团结地叫嚷起来，形成了一股杀气。那些巨鲨怪顿时有些胆怯，有个别的慌乱了阵脚，便被人鱼海妖族砍杀。

我正得意间，巨鲨怪纷纷从水中钻出来，挥动着象牙形的武器扑向我们。与此同时，上空之中的残蛇怪嚎叫一声，突然一下子向我们俯冲下来。

“强敌来临了，大家小心！”不知道是谁喊了句。

我见了如此情景，知道危险降临，不得不重新鼓起勇气，抡起匕首快、准、狠地扑过去，身影快速晃动，便将冲上来的几个巨鲨怪砍掉。李渔和莫羽、安卡拉公主也猛兽般扑上前去。那些巨鲨怪明显就是死士，扑上来的气势非常勇猛。

我见他们能够应付冲上来的巨鲨怪，便抬起头来仰望俯冲下来的残蛇怪。随着残蛇怪的接近，可以看清楚此物上面的怪物。此怪物似人非人，似巨鲨又非巨鲨，头巨大，双眼是三角形，脸上长着巨大的鳞片，非常恐怖。我见他目光锐利地盯着我，突然张嘴嚎叫一声，露出长长的獠牙。我吃了一惊，禁不住倒退几步。

“这估计是巨鲨怪的头领！”我暗道。

就在此时，那残蛇怪突然张开嘴巴，猛向我这边喷出一团火焰过来。

我吓了一跳，忙跳跃开。那团火焰如同喷火器一般射过来，从我们的旁边冲过去，涌向溶洞。

“爸，你尽快进去！”我向父亲叫嚷了声。

父亲一时之间也慌乱了，忙转身跑向溶洞。

那残蛇怪扑闪着翅膀呼啸而下，轻灵地停靠在溶洞前。此时，忽然听到上空响起一阵焦急的长鸣，然后看到那只巨大的龙翔鸟如同箭一般射下来。

残蛇怪身上的巨鲨怪王，面目狰狞地环视着我们，忽然从前者身上跳跃下来。我见他手上拿着一条长杆，长杆雕刻着许多古怪的图案，好像是一个个骷髅一般，很是吓人。他忽然舞动着长杆，张嘴“啊啊啊”地喊着什么。

在头顶上的蝙蝠怪和水中的巨鲨怪听到这个刺耳的声音，似乎是听到了命令一般，纷纷冲过来。

我见情况不妙，便一个闪身来到莫羽的身边，一脚踹掉攻击她的巨鲨怪，拉住她的手急道：“赶紧带领你的父母进入溶洞寻找古老海妖帮助，这里交给我。”

莫羽目光闪烁地看着我，我从她清澈的目光之中看到一丝感动和柔情。她沉默了几秒，点了点头，忽然扑向我，在我的脸上亲了一下，便跑向父母。

我愣怔了下，伸手摸了摸脸颊，心里在想：“天哪，都啥时候了？！”我想着转身过去，瞥见安卡拉公主用吃惊的眼神瞪着我。我心里有愧，张嘴却说不出话来。

“王海，擒贼先擒王！”李渔侧身闪过巨鲨怪，猛回身刺向对方，见对方倒地，冲我嚷了声。

我被李渔这么一喊，顿时回过神来。我猛地扭头看向巨鲨王，见他上下打量着安卡拉公主，嘴巴抽动着，不断地流出口水来。

“天哪，原来还是一个色魔呢。”我暗骂了句。

我见那怪物的注意力完全集中在安卡拉身上，便暗中运用海珠的力量，打算以最快的速度攻击对方，而且必须是一击即中。经过这段时间，我已经能够熟练地使用海珠的神奇力量。我见时机成熟，便快如闪电地向巨鲨王扑过去。

我却意想不到，那巨鲨王目光虽然紧盯着安卡拉，但是我身影一晃动，他竟然能够意识到，立马扭头目光锐利地射过来，如同一道闪电一般。我心下一顿，心中暗想，此怪物非同寻常，不是那么好对付的，毕竟人家可能是活了上千年的怪物。

就在此时，巨鲨王猛地一张嘴，手一挥动，我不知道他到底想干什么，脚步还是顿了下。突然，那残蛇怪转身过来，对准我就张嘴，“呼”地一下就喷出火来。我已经预感到残蛇怪会喷火，因此忙闪避，然后一个跳跃，直接跳过火焰，却向残蛇怪扑杀过去。

巨鲨王想不到我竟然动作如此快速，微微吃惊地张了下嘴巴。他见我扑向残蛇怪，倒是不屑地冷笑了声。我猜不透他冷笑的意思，却感觉到一股毛骨悚然。毕竟，这些古老的怪物很凶残，不是容易对付之物。

残蛇怪见我扑过去，突然抡起尾巴向我猛地拍打过来。我吓了一跳，忙在半空中一个翻身，差点就摔倒在地上。

这时，我瞥见几个巨鲨怪勇猛地扑向安卡拉，而李渔则和几个巨鲨怪在拼杀。李渔尽管灵活，但是对方勇猛异常，比起不死海盗还要可怕，便担心他们两人没几个回合就被打垮。我心里越发焦急，越发握紧匕首，猛地一个弹跳，直接刺向残蛇怪。那怪物虽然体积大，却看不到我。因此，它便慌乱地扭动身子，想寻找我的位置。我哪里等它瞥见我，已经跳上它的背部，抡起匕首直接插了下去。

第二十八章
命悬一线

我却想不到残蛇怪的背部坚硬如铁，压根儿刺不进去。就在此时，我忽然感到一股逼人的煞气从背后袭来，猛然一惊，忙闪避开去。只见巨鲨王的木杆如同一道闪电劈过来，从我身边闪过。我倒呼出一口气，忙收敛气息，抡起匕首就猛扑过去。巨鲨王的嘴角抽搐了下，双眸透露出不屑。我心里不由得来气，越发运用海珠的力量，使海珠的力量达到最大化。我知道面对如此强大的敌人，不在短时间内搞掉他，纠缠下去可不是他的对手。更何况，我还担心安卡拉和李渔的安危。

巨鲨王见我快速扑过去，倒是不慌不忙地身影一闪，然后收回木杆，劈头盖脸地向我当头打下来。我忙侧身闪开，然后匕首在半空中一划，直接刺向他。巨鲨怪倒是异常冷静地用木杆去遮挡。匕首“啪”的一声砸在木杆上。

我砍出的匕首已经用了灵力，但是巨鲨王拿着的木杆只是微微一震。他似乎有些吃惊地瞪着我。他也不发话，闪开几步，突然一个跳跃，抡着木杆直接向我劈下来。我不敢马虎对敌，忙闪避开去。巨鲨王见我能够快捷闪开，便越发舞动木杆攻击。木杆在巨鲨王的舞动下，宛如风火轮一般，逼得我只能步步闪避。

我见对方如此厉害，心想一时之间根本拿不下他，便越发焦急起来。我瞥见李渔和安卡拉公主正在和巨鲨怪拼杀，两人的脸上都被怪物的血迹染红了。他们在对方的攻击下，节节败退，估计不出半刻便被打败。其余攻击过来的巨鲨怪，则顺着溶洞往里面气势汹汹地追上去。

“安卡拉，李渔，赶紧退进溶洞！”我闪开巨鲨王的攻击，急忙嚷了声。

李渔和安卡拉也知道情势危急，便边打边往溶洞跑去。

我一见他们退进去，便闪开巨鲨王的攻击，假装再次攻击他，忙跳下去，然后快速地往溶洞跑去。一路上，我边跑边砍杀追击过来的巨鲨怪。这时，巨鲨王见我逃跑，邪恶地“哈哈哈”笑着，也追了过来。在他的带领下，越来越多的巨鲨怪追击了进来。我宛如武侠片的大侠般使用轻功，眨眼间便来到安卡拉和李渔的背后。我踹倒攻击他们的巨鲨怪，便上前拉着安卡拉的手。安卡拉看着我，双眸流露出女孩特有的柔情。我担心被她的柔情打动，便扭过头去。

这时，一场追逐的游戏刚刚开启。

我们三人由于进过一次，所以轻车熟路地跑向小桥。我们气喘吁吁地站在小桥前，回过头去，见巨鲨王带领着几十个巨鲨怪呐喊着攻击过来，越来越逼近。

“赶紧过去！”我冲李渔和安卡拉喊道。

“你小心一点。”安卡拉恋恋不舍地看着我，然后扭头和李渔顺着小桥往前走去。

这时，巨鲨王他们已经来到近处，我担心安卡拉他们的安危，咬了咬牙，便握紧匕首冲了过去。

巨鲨王目光冷冷地盯着我，不屑地冷笑一声，舞动木杆就劈了过来。我心想和他纠缠，加上他手下众多，压根儿不是对手，因此猛烈攻击几个回合，逼得他步步倒退。其余的巨鲨怪此时也冲了过来，纷纷围拢在一起，准备将我困住。我瞥见李渔和安卡拉差不多跑到对岸，忙向巨鲨王虚晃了下，然后转身踹倒一个巨鲨怪，便跳上小桥，快步冲过去。

我在拼命奔跑的时候，忽然听到背后传来一声长鸣。与此同时，听到杂沓的脚步声冲了过来。我一口气差不多跑到对岸，见距离不远，便一个翻身跳跃跳了过去。

我刚站稳脚跟，便见李渔和安卡拉用匕首去砍小桥。跑到中间的巨鲨怪见了，顿时心虚了，跑在前面的急忙停止脚步，却想不到后面冲上来的刹不住脚，顿时将前者推了下去。

此时，巨鲨王跳到残蛇怪的身上。那残蛇怪在他的指挥下向我们这边快如闪电地扑过来。我知道此物的厉害，忙上前帮忙砍小桥。

我们砍了没一会儿，小桥“吱呀”一声，便往下面掉了下去。站立在小桥上的巨鲨怪顿时吓得屁滚尿流，在“嗷嗷”的怪叫声中直接摔倒下去。

我们来不及高兴，残蛇怪已经飞到近处，一张嘴，一股火焰便喷了过来。

“你们赶快跑，想办法找到古老海妖！”我见火焰喷向安卡拉，急忙跳跃过去推了她一把，喊道。

“呀——”安卡拉被我推倒，见火焰几乎要喷在我身上，瞪大双眼惶恐地喊道。

就在此时，我忙弯腰下去，只见火焰从我身上“噗”地喷了过去。安卡拉和李渔见我平安无事，倒是长松了口气，顺着路往海妖之眼的方向跑去。此时，我们唯一的希望是神秘海妖之眼背后的古老海妖。如果这个古老海妖真的如同传说的拥有神奇的灵力，或许能够帮助人鱼海妖族解决眼前的危机。

这时，溶洞外面也纷纷冲过来人鱼海妖，他们一冲过来，就和巨兽怪缠斗在一起。这时，并没见龙翔鸟出现，估计是被蝙蝠怪纠缠住了。

残蛇怪从我身上扑棱棱地飞过去，接着掉头嚎叫了一声，再次向我喷出火焰。我连忙使用灵力，往旁边一闪。坐在残蛇怪上面的巨鲨王目光炯炯地盯着我，见我能够化险为夷，冷笑一声，便从上面跳下来，然后发出狂啸。残蛇怪嚎叫一声作为回应，然后扑向李渔和安卡拉的方向。

我心里一紧，一旦残蛇怪攻击他们，他们着实难以逃脱。至于莫羽公主他们，是否已经找到古老海妖，还是一个未知之谜。

“你也别想着能够帮助他们了，只有交出解开封印钥匙和海之碎片，才能够使人鱼海妖族幸免于难。”巨鲨王将木杆往我面前一拦，张嘴发出如同鲨鱼般残酷而粗犷的声音道。

“你们为什么要这样做？”我怒瞪着对方，追问道。此时，我心里也有着疑问，他怎么知道钥匙在我身上？难道是看出我拥有灵力，所以猜测在我身上？

“你身为人类，无权过问海妖之事。”对方冷冷地道。他没等待我继续发问，便抡起木杆劈了过来。

我之前和他交手了很多回合，知道他的厉害，所以并不敢太大意，反而使用灵力闪避，然后攻击过去。巨鲨王则轻灵地遮挡、闪避，然后攻击。我担心纠缠下去对于我们不利，故此连续使用强大的灵力攻击，逼得巨鲨王步步倒退。

这时，残蛇怪那边正在往人鱼海妖族身上喷火，闪避不及的，顿时燃烧起来，惨叫声不绝于耳。

忽然，我听到里面传来安卡拉焦急的叫声，心下一紧，忙转身往他们的方向跑去。

“千万别出事，不然……”我心里无比焦急。

巨鲨王一见我闪开了，忙从后面紧紧追上来。我听到背后的脚步声，越发使用灵力逃跑。我不知道如此使用海珠的灵力，会不会有匮缺的时候，一旦灵力不在，我再也无法帮助打开封印之地。这时，我想到一个可怕的问题，巨鲨王他们的突然出现可能是个巨大的阴谋。背后操纵他们的海妖，是想急着打开封印，还是要永远封印？急着打开封印，到底是为了什么？

我拼尽全力快速跑到海之妖眼的附近，见残蛇怪正在李渔和安卡拉头顶上盘旋着，时不时喷出火焰来，而莫羽他们却没了踪影。

“他们到底去了哪里？难道这里还有暗门的隐身处？如果是隐身处，估计就是古老海妖居住地。”我环顾了下，便冲向安卡拉。

安卡拉见我向她跑过来，就地翻滚闪避过火焰，然后向我跑过来。我见她脸上黑黑的，估计火焰从她面前喷过。

“现在该怎么办？”安卡拉一跑到我面前，突然扑进我怀中，气喘吁吁地道。

“你没事吧？”我轻轻抱着她，伸手轻抚着她的脸颊。

“没事。”安卡拉坚强地道。

“此处并没有看到入口，因此我想，莫姑娘他们是进入了海妖之眼，所以你必须寻找机会尝试进去。”我说完扭头去看，见巨鲨王已经追捕过来，便推开安卡拉，咬了咬牙，抡起匕首扑了过去。

“真是老不死的怪物！”我怒目瞪着巨鲨王，快速地跳跃而起，宛如战士一般冲过去。

“不知道死活的臭小子！”巨鲨王竟然不闪避，舞动着木杆强硬地遮挡，硬生生地将我挡了回去。我感觉到握紧匕首的双手不断地颤抖着。看来，这个家伙是要痛下杀手了。

巨鲨王狞笑了声，一个箭步上前，极为神速地攻击过来。他在半空中舞动的木杆，宛如无数朵盛开的花朵一般，令人眼花缭乱。我感觉到一时迷惑，无法判断，因此只能够快速往后倒退。

此时，李渔刚闪避开残蛇怪的攻击，忽然瞥见安卡拉竟然伸手去触摸海之妖眼。那妖眼闪烁着诡异的光芒，如同邪恶的花朵一般迷惑人的神志。

“千万不要去动妖眼！”李渔说着飞快地往妖眼跑去。

“难道李渔知道妖眼的秘密？”我心下不禁一顿，见巨鲨王快如闪电般攻击过来，忙闪身，然后一个跳跃纵到残蛇怪的背上。我心想既然不能拿下巨鲨王，起码也要干掉这个喷火焰的怪物。

可是，李渔的喊声刚落，安卡拉的手已经伸进了妖眼之中。她迷惑地看着我们，然后一下子就钻入了妖眼，顿时无影无踪了。

“李渔，到底怎么回事？”我担心安卡拉的安危，冲李渔叫了声。

“妖眼千变万化，我担心里面有着更大的风险。”李渔道。他见我跳上残蛇怪身上，瞥见巨鲨王从后面攻击，因此伸手指了指后面。我会意地点了点头。

“现在不是担心妖眼危险的时候，逃亡要紧，你赶快过去。”我喊完，一个弹跳上前，抡着匕首直接刺向残蛇怪的右眼。

巨鲨王在后面见了，知道自己来不及阻拦，因此呜呜呜地怪叫起来。那残蛇怪似乎听明白他的意思，眼看着匕首就要刺进去，它突然弯腰下去。我刺了个空，直扑向地下。

李渔知道此地不宜久留，忙向妖眼跑去。我一落到地上，觉得不宜恋战，便忙追向李渔。

残蛇怪愤怒地嗷嗷叫着，声音响彻整个溶洞。我感觉到背后有一团火焰射过来，我一个跳跃，提着李渔的肩膀就直接扑向了妖眼。

我们进去之后，只见妖眼内宛如一个巨大的星球，里面不断闪烁着诡异的光芒，并且隐约听到深处传过来奇特的声音。

“真是奇怪呀！”我放下李渔，轻轻拍了拍他的肩膀，轻声道。

“安卡拉公主刚进来，怎么没见她？”李渔环视四周，却看不到一个人影。

突然，我感觉到手臂被东西猛一拉，吓了一大跳，下意识地挥手去推对方，不料对方竟然缠着钻入怀中。我感觉到她熟悉的气味，嘴巴几乎贴着她的额头。

“王海，妖眼似乎并不寻常，也不知道莫羽他们是否进入了这里，到底哪里是出口……”安卡拉羞涩地挣脱我的怀抱，凝视着我道。

这时，我隐约听到背后传来脚步声还有扑棱棱的声音，猜测是巨鲨王和残蛇怪的，便伸出手指放在她嘴巴上，示意她不要说话。

安卡拉会意地点了点头。我向李渔挥手示意，他沉默着点了下头，便放轻脚步往前快步走去。

我们顺着“星球轨迹”一直往前跑着，过了一会儿，眼前眼花缭乱的光芒逐渐消失，展现出一个个难以尽述的溶洞。而在其中一个溶洞的入口处，隐约瞥见人鱼海妖族的守卫。他忽然见了我们，倒是不吃惊，挥手向我们示意。

此时，后面的脚步声越来越近，我们便忙往那守卫跑过去。

“莫羽公主他们呢？”我一跑上前，便向守卫问道。

“就隐藏在里面深处，据说古老海妖也在里面。”守卫说完，双眼忽然瞪得极大，流露出惊慌来。

“赶紧溜！”我知道巨鲨王已经追击过来，忙推了守卫一把。守卫回过神来，便转身急溜溜地往里面跑进去。我和李渔、安卡拉三人也急忙追了上去。

我一边跑一边扭过头去，见巨鲨王忽然跳跃到残蛇怪的背上，残蛇怪便凶神恶煞般地向我们猛扑过来。

我们顺着溶洞往前拼尽全力地跑，发现溶洞弯弯曲曲的，但是由于比较大，所以残蛇怪在里面飞翔自如。跑了一会儿，残蛇怪越来越嗷嗷叫着扑近，然后喷出火焰。我们四人急忙扑倒闪避。可是，那残蛇怪可不是吃素的，接连地在头顶上喷火，几次都差点喷中我们。

“王海！”我们刚闪避过残蛇怪火焰，扑向前面，忽然发现已经来到了溶洞的尽头，站在前面的莫羽公主见了我们，惊讶地叫道。

我看过去，只见莫羽他们目光流露出惊慌地看着背后的怪物。而他们的背后的溶洞尽头，端端正正坐着一个人鱼海妖。那个人鱼海妖头上和脸上长着一片片巨大的鱼鳞，双眸却炯炯有神，显得特别古老。

“古老海妖？”巨鲨王倒是有些吃惊地道。

“巨鲨王，你竟然敢如此放肆地攻击人鱼海妖族。”古老海妖忽然厉声地喝道。

“古老海妖，传闻你拥有上古灵力，能够呼风唤雨，我巨鲨王一直想见识一下。”巨鲨王哈哈大笑着。他冷酷的声音在溶洞回荡着，令人胆战心惊。

“呵呵呵，”古老海妖笑了几声，“人鱼海妖族历来和你无冤无仇，到底什么原因使你们攻击？”

“听说莫羽公主带着能够解开封印的放射源碎片和封印之地的钥匙回来，我们巨鲨族自然想得到这些东西，以确保我们巨鲨族能够解脱痛苦。”

“不会如此简单吧？”古老海妖目光锐利地盯着巨鲨王。我看到古老海妖尽管平静，但是双眸之中不经意闪过一些惧意。

“难道连古老海妖也害怕巨鲨王？”我暗暗嘀咕着。

“哈哈哈，果然是古老海妖，”巨鲨王邪恶地狞笑起来，“我也不和你废话，赶紧交出放射源碎片和钥匙，不然我就将这些人和人鱼海妖全部杀掉。”

“你敢！”古老海妖吆喝了声，双眸怒瞪着巨鲨王。

“哈哈哈！”巨鲨王狂笑完，忽然严肃地扫了我们一眼，“据我所知，你古老海妖在传说之中拥有不可思议的灵力，但是灵力不可能长久，此时，你拥有的灵力力量想必微乎其微吧。”

“你……”古老海妖似乎被巨鲨王看穿他的底细，气愤得说不出话来。

“灵力随着时间推移也会逐渐消失？”我在心里暗暗嘀咕。

“年轻人，你不想他们死，就交出东西，不然你知道后果的。”巨鲨王忽然目光锐利地盯着我，冷笑道。

“千万不要！年轻人，一旦巨鲨王拥有打开封印的钥匙，整个海洋世界都会颤抖。”古老海妖连忙伸手制止。

“真是不知道死活的家伙！”巨鲨王淡淡地说着，忽然，他张嘴吹起口啸，那残蛇怪便对着古老海妖他们喷出火焰。

“不好，大家小心！”不知道是谁在焦急之中叫嚷了声。

第二十九章

前往封印之地

莫羽他们见了，纷纷闪避。古老海妖则是一动也不动，似乎并没看见火焰一般。眼看着火焰就要燃烧到他身上，他忽然站起来，身影一晃动，火焰便从他身边射过去。

“你这个老不死的怪物，今天就是你的末日。”巨鲨王哈哈哈狂笑着从残蛇怪身上跳跃而下向古老海妖扑过去。

我见巨鲨王攻击古老海妖，心想古老海妖能够应付，瞥见残蛇怪在上空不断喷出火焰攻击，莫羽他们如同惊弓之鸟，纷纷闪避，便四处环顾，心生一计，忙跑向溶洞的墙壁。我跑到墙壁边踩着墙壁一个跳跃而上，然后一个跟斗翻落到残蛇怪背上。

残蛇怪忽然感觉到背上有人，便急忙盘旋起来，它一边旋转，一边嗷嗷嗷地怪叫起来，与此同时向父亲他们喷出火焰。父亲他们目不转睛地盯着它，一见它张嘴喷火，便连忙闪避。

我见残蛇怪焦躁不安，却不着急，倒是顺着它的背部快速地往前走去。这时，巨鲨王舞动着木杆攻击着古老海妖，后者却完全没有还手之力，只能够闪避。

“看来古老海妖的灵气已经失去，要不然他早就带领人鱼海妖族去寻找解开封印的办法了。”下面不知道是谁说了句。

残蛇怪见无法将我弄下去，越发焦急起来，更是疯狂地舞动身子，长长地嘶鸣着。我担心掉下去，便蹲了下来扶着。我瞥见它旋转了片刻，速度逐渐慢了下来，见时机成熟，便快步跑向它的头部。

突然，巨鲨王“啪”的一声，单掌打击中古老海妖的胸部，后者直接飞出去，“噗”的一声砸在墙壁上。古老海妖强忍着痛楚，慢慢地站立起来。

“古老海妖！”莫羽他们这些人鱼海妖族人见古老海妖受伤，都震惊地叫起来。莫羽则闪避过火焰，扑向古老海妖，上前将后者用力地搀扶着。

“想必你就是人鱼海妖族的公主吧！”巨鲨王垂涎欲滴地摸着嘴巴笑道，“真不愧是海洋传说中最为漂亮的公主。”

此时，我完全顾及不了下面，残蛇怪右眼突然被匕首插中，鲜血霎时喷涌而出，痛苦地嘶叫起来，与此同时疯狂地喷出火焰，一边用尾巴拍击着厚厚的溶洞石壁。

巨鲨王忙扭过头来，注视着疯狂、受伤的残蛇怪，再将目光盯着我，那目光宛如野兽一般，特别吓人。我知道，此时他恨不得将我碎尸万段。

父亲此时闪避在溶洞角落处，向我伸出大拇指。我嘴角抽搐了下，由于担心莫羽的安危，便跳了下去，然后冲向莫羽。

巨鲨王恨我已经恨得咬牙切齿，似乎要吃了我一般，因此他一见我冲过去，似乎是担心莫公主，便抬脚踢向莫羽。

“小心！”我见已经来不及了，便焦急地喊道。

其余人见巨鲨王眼看着就要踢中莫羽，都焦急地叫嚷起来。莫羽知道巨鲨王的厉害，不敢直接应对，而是拉着古老海妖闪避开去。他们刚闪避开，巨鲨王的脚就“啪”的一声跺在溶洞上。那溶洞尽管看似利刃一般，但还是被硬生生跺出一个脚印。

我吓了一大跳，担心巨鲨王再次攻击莫羽，更是使用灵力到了极致扑过去。但还是慢了一步，只见巨鲨王的手腕一抖，直接捏着莫羽的脖子。我连忙收回手掌，脚步一刹，差点就拍了过去。

巨鲨王不等我站稳脚跟，巨大的手掌“呼”地拍了过来，我来不及闪避，被他的手掌拍中左边的肩膀，顿时被拍得倒退十来步，差点就摔倒在地上。我吓了一跳，盯着巨鲨王。我心中暗暗震惊，要不是我拥有灵力，估计会被他打残废。

“王海，你没事吧？”安卡拉赶紧跑过来，搀扶着我，焦急地问道。

“没事。”我倒呼出一口凉气，却慌张地看着巨鲨王和莫羽。

“巨鲨王，你敢！”古老海妖冷眼看着巨鲨王，厉声道。

“哈哈哈！”巨鲨王冷笑几声，然后不屑地扫了一眼在场的人和人鱼海妖，“你说我有什么不敢的，就算杀死人鱼海妖族的公主，也是小菜一碟。”

这时，残蛇怪依然发疯般地喷出火焰，由于撞击溶洞，倒是伤痕累累。

“巨鲨王，千万不要！”莫羽的父母亲倒是惊恐地叫嚷起来。

“巨鲨王，你冷静地想一想，如果你杀死莫公主，人鱼海妖族一旦获得灵力，就算你逃到天涯海角，根据人鱼海妖族的守诺，他们怎么会放过你们整个巨鲨族系？”古老海妖忽然冷静地分析道。

此时，莫羽被巨鲨王的巨手捏得脸色发青，只有出的气，没有进的气。

巨鲨王听了古老海妖的话，倒是微微愣怔了下，随即狞笑着：“就算你们人鱼海妖族获得灵力，也奈何不了我们巨鲨族。”

“难道你真的……”古老海妖伸出手指着巨鲨王，目光如箭一般射向对方，咬牙切齿道。

“巨鲨王，只要你答应放过莫公主，解开封印的钥匙和放射源碎片都是你的。”我此时已经无计可施，只能够掏出钥匙和玉佩放在手掌上，用恳求的语气看着对方。

巨鲨王瞥见我手掌上的东西，顿时双目放光，捏着莫羽的手稍微一松。莫羽几乎喘不过气来了，一放松，连忙大声喘气。

“好！”巨鲨王爽快地答应一声。

我心里着实担心莫羽，也只能够冒险尝试了，便将东西往巨鲨王旁边抛过去。巨鲨王忙一个闪身，健步如飞地跳过去，然后稳稳地抓住钥匙和放射源碎片。

就在他闪身的时候，我担心巨鲨王出尔反尔，忙冲向莫羽，然后将她搀扶着。莫羽的身子忽然一软，摔进我的怀中。

我轻轻地拥抱着她，见她平安无事，倒是长松了一口气，然后紧紧地盯着巨鲨王。

巨鲨王认真地看完钥匙和放射源碎片，确定无误之后，邪恶地笑起来，然后吹了声口哨。那疯狂的残蛇怪听到声音，便向巨鲨王飞过来。巨鲨王见残蛇怪飞到身边，一个箭步上前，便跳跃上去。后者便扑棱着翅膀，如同利箭一般往前冲出去，眨眼间便没了踪影。

我们注视着他们消失的方向，半晌才回过神来。

“古老海妖，现在该怎么办？”莫羽的父母亲这时走上前来，目光扫了我和莫羽一眼后，最后落在古老海妖的身上。

古老海妖的目光此时依然盯着外面，过了半晌才喃喃道：“只有赶紧前往封印之地夺取钥匙和放射源碎片，解开封印，才能够拯救我们整个人鱼海妖族。”

这时，我见安卡拉他们都走过来了，不由得轻轻推开莫羽，见她脸色微微泛红，知道并无大碍了，才完全放下心来。我偷偷瞥了眼安卡拉公主，见她紧紧盯着我，双眸之中流露出一丝醋意。

“古老海妖，据你所知，当初封印之时是否遗留下一些文字记载或者其他线索？”莫羽的父亲率先问道。

我从他焦急的语气可以看出，他似乎还在担忧外面其他人鱼海妖族人的安危。

“当初封印之时，祖先只遗留下‘封印之地，稀有记载，隐见龙宫，长余缝隙，宛如海沟’这二十个字，再也没有记载。”古老海妖皱着眉头，双眸闪烁，似乎是陷入了回忆之中，“据我所知的线索，封印之地就在宛如龙宫的深海之中，至于在深海什么地方，我却无法猜测到了。”

“深海之渊，宛如龙宫，或许是个神奇的地方。”

“到底在哪个位置呢？”

“真是令人焦急呀！”

“好像龙宫的地方，可能遥不可及，就算去了，也无法进入哇。”

莫羽的父亲他们纷纷讨论起来。

我父亲似乎想到了什么，让大家安静下来，接着掏出地图和《海上异妖录》来，有些激动地指着地图上某个海洋位置，眉头皱成一个疙瘩。他忽然又摇了摇头，然后翻起《海上异妖录》，当他翻到其中一页上，停顿下来，手指微微颤抖着指着上面记载的文字，喃喃道:“这本书也有类似的记载，不过多了一幅景象。”

我心里一顿，似乎预感到线索就要找到了，忙上前一步，低头看过去。只见这本书里面记载类似的文字上面，画着一张海洋图，有一匹白色的飞马在海洋里翱翔。

“海沟，马，到底有什么关联？”我挠着头苦苦思考起来。

“海沟，像海沟的地方，你们知道是哪里吗？”父亲忽然抬起头来，用期待的目光环视了一下众人。

“像海沟的地方？”人鱼海妖族纷纷面面相觑。

“我想，我知道是哪里了。”过了半晌，父亲按捺不住激动喃喃道。

“哪里？”我们几乎异口同声追问道。

“如果我推测得不错，《海上异妖录》这本书记载的海马，是用马来暗示，而海沟，带有‘马’字的，估计只有马里亚纳海沟了。”

“马里亚纳海沟？”众人都震惊地大眼瞪小眼。

“马里亚纳海沟？”我不由得将目光看向地图，这个神秘的地方离人鱼海妖族居住的神秘冰岛不是很远，觉得那里是封印之地也很有可能。

据我所知，马里亚纳海沟位于北纬 11° 20′，东经 142° 11.5′，即位于菲律宾东北、马里亚纳群岛附近的太平洋底，亚洲大陆和澳大利亚之间，北起硫黄列岛、西南至雅浦岛附近。其北有阿留申、千岛、日本、小笠原等海沟，南有新不列颠和新赫布里底等海沟。全长 2550 千米，为弧形，平均宽 70 千米，大部分水深在 8000 米以上。最大水深在斐查兹海渊，为 11,034 米，是地球的最深点。这条海沟的形成据估计已有 6000 万年，是太平洋西部洋底一系列海沟的一部分。由于这个海沟极为神秘，吸引了很多探险科学家前往，在这个神秘的海沟发现了很多特殊的海洋品种。

“如果是这个海沟，那封印之地就可以讲得通了，”古老海妖也按捺不住兴奋道，“由于这个海沟特别神秘，有些地方外人完全不敢进去，所以上古海妖将东西封印在那里，是最为安全不过了。”

“既然我们找到封印之地了，那就赶紧出发吧。”李渔忽然提示道，“不要让他们捷足先登了，不然后果难以想象。”

“说得不错，时间紧迫。”父亲说着收起地图和《海上异妖录》来。

莫羽和父母亲低声说着什么，他们听了一会儿，最终勉强地点了点头。我猜测莫羽是说服父母亲，让她再次冒险帮助解开封印。

莫羽的父母亲和其他人鱼海妖讨论了一会儿，最终商议决定，另外派出五名勇猛的人鱼海妖保护我们。我和父亲、李渔等人相视而笑，路上有他们保护，我们自然求之不得。

“不过，进来的小桥已经砍断，我们如果等待小桥搭建起来，起码需要一些时间。”李渔忽然想起这事来。

“这个好办，我这边有神秘的隧道可以出去。”古老海妖说着站起来，走向靠近南边的溶洞墙壁，伸出手用力去推。那坚固的溶洞竟然缓缓地露出一扇门来。

“你们进去之后，可以通过隧道一直走到外面。”古老海妖道。

莫羽和父母亲拥抱了下，有些恋恋不舍地转身向我们走过来，然后一起进入溶洞。

进入溶洞隧道后，发现隧道幽深莫测，只能够容纳一个人通过。由于事情紧急，我们是快步地跑进里面。隧道弯弯曲曲，一直向上，大概走了二十分钟，我们才从隧道出来。走到外面一看，只见已经在冰岛的山上了，距离水面大概五米。

我们便顺着冰山往下滑去，来到地面上。此时，神秘的冰岛经历过战火，依然有烟在湖面上袅袅荡漾着。巨鲨怪和蝙蝠怪已经消失得无影无踪，而水面上的人鱼海妖族正在收拾伤残的同伴。

“真是可恨！”莫羽公主注视着眼前硝烟弥漫的情景，眼睛噙满了泪水，黯然神伤道。

“我们还是赶紧走吧，事不宜迟。”我伸手轻轻拍了拍她柔软的肩膀，安慰道。我还是第一次见坚强的莫羽如此脆弱。

莫羽伸手轻柔地抹了下眼泪，深呼吸一下，道：“希望我们这次能够解开封印，从此之后，人鱼海妖族就不可能经历如此的战争了。”

这时，跟随莫羽公主的五名人鱼海妖族勇士纷纷向撑船的同伴招手。那些同伴见了我们，点了点头，便将船撑了过来。

撑船过来的几个人鱼海妖，见莫羽公主平安无事，便询问她父母亲的情况，得知都安然无恙，才长松了口气。莫羽便吩咐他们将我们搭到出入口处停泊船的地方。我们分别上了两条船，便开始出发。这些人鱼海妖族水手轻车熟路，顺着我们的来路一直往前快速地撑去，大概过了一小时，我们才来到“鲛人珍珠号”旁。上了“鲛人珍珠号”之后，父亲根据莫羽的指示，进入神秘海道，然后通过它进入暖流海域，便航行到外面的海洋。

一到外面的海洋，我们顿时长松了一口气，毕竟神秘海道和暖流海域潜伏着很多的海洋风险，一旦被海底的“黑洞”吞噬，后果自然难以想象。

此时，我感觉紧绷的神经顿时一松，便坐在船头上看着父亲和莫羽、李渔的背影。他们看着地图，在研究商谈着前往马里亚纳海沟的航线。经过推敲之后，最终按照地图所指示的路线前往。根据“鲛人珍珠号”的速度，大概五天便到达目的地。

在他们商议的时候，坐在我旁边的安卡拉公主目不转睛地看着静谧的海面，只见海面上细银般的波浪轻柔地荡漾着，温煦的阳光在波浪的拥抱中，闪烁着无数的银色光芒。

“王海，要是这个世界一直如此安静就好了。”安卡拉依然眯着眼睛注视着银色的海面。

“我想，应该很快就会平静了。”我毫无把握地道。此时，我也是心事重重，我们此次前往目的地，根据目的地的风险，是否能够进入，如何解开封印，是否遇上巨鲨王这些怪物，都是一个未知数。

“王海，可以冒昧问你一个问题吗？”安卡拉咬了咬牙，才鼓起勇气道。但是，她依然没有侧过脸来看着我。

其实，我害怕看到她柔情似水的目光，心里乱糟糟的，不知道该怎么面对。

“请说吧。我们毕竟是朋友，用不着如此客套哇。”我淡淡地笑道。其实，我心里多少猜测到她到底想说什么。

“这次我们前往封印之地，危险重重，一旦解开封印，你我从此分道扬镳，不知道能否再次见面了。”安卡拉有些黯然神伤道。

“当然可以呀，你可以到泉州去呀。”

“可是……我们只是普通的朋友……”

“哪里是普通的朋友，我们是非常好的朋友哇。”

“就算是好朋友，我在泉州也待不久的，毕竟那里没有我的希望和寄托。”

我知道安卡拉对于我的感情，张嘴再想说什么，父亲头也不回地叫了我一声，我好像逃脱一般站起来转过身去。

第三十章

未知生物

根据航道和地图的指引，前往马里亚纳海沟，“鲛人珍珠号”就算全速前进，也需要几天的时间。不过，据莫羽公主所说，按照正常的航道和路线，的确需要好几天的时间，但是目前时间紧迫，必须冒险通过神秘海域然后通过暗流前往目的地，如此一来，就会节省两天的时间。大家商议之后，最后同意莫羽的想法。现在，我们必须争分夺秒，担心巨鲨王他们一旦打开封印，整个海洋的命运可能都会改变。

“鲛人珍珠号”在父亲的驾驶下，沿着航道往目的地如利箭般飞速前进。此时，只见浩瀚的宇宙下，海洋无比辽阔。深蓝色的海面上，船帆寥寥无几，“鲛人珍珠号”宛如一叶扁舟般在波涛汹涌间荡漾着。

一路上，我感觉莫羽的神情有些古怪，她似乎在担忧着，或者在惧怕着什么。我猜测她心事重重的原因，可能是惧怕巨鲨王解开封印之时，那么，她整个人鱼海妖族系都会困在深渊般的痛苦之中。可是，我完全想错了，她担忧的是这次神秘航道的事情，这是后来出意外了，她才告诉我的。

由于时间紧迫，大家都没有心情欣赏海洋的无限风光，更别说是钓鱼之类娱乐的节目。我见一直无所事事，便坐在父亲的身边，静静地看着落日余晖洒落在海面上，整个海面一片沉醉，如同无数的碎银一般，甚是漂亮。李渔和莫羽、安卡拉，还有莫羽的手下，都坐在甲板上制作弓箭或者其他武器，以防万一。

如此过了二天，我以为我们一直会如此风平浪静地到达目的地，但是想不到，随着进入地图上没有标志的神秘海域，奇异的景象发生了。

只见原本风和日丽的天空突然雷鸣不断，然后看到一道道闪电劈下来，几乎是贴在海面上。我们震惊地仰望上去，隐约地看到露出空隙的地方，宛如有万马在奔腾，然后看到无数奇形怪状的怪物从天而降，眨眼间便化作一团团黑雾。原本平静的海面顿时波涛汹涌起来，眼看着不远处有无数奔腾的黑压压的马匹冲过来。

“王教授，这个神秘海域有些怪异，是不是不对劲哪？”李渔观察着眼前突然发生的奇异景象，甚是惊慌地喊道。

“难道、难道传说是真的吗？”莫羽公主和她的人鱼海妖手下个个脸露惊恐之色，喃喃自语起来。

“莫羽公主，到底是怎么回事呀？”我也觉得纳闷，这海洋的天气就算说变就变，也没有如此变幻莫测吧，其中可能有着什么缘故。

莫羽此时惊慌失措地仰望着天空，喃喃道：“据传说，这一带神秘海域是海神的居住地，里面有一条诡秘莫测的隧道，能够直接通往马里亚纳海沟，但是这个海神喜怒异常，曾经有不少科学家前来探险，都是有进无出。虽然我知道这个地方危险，但是逼于情况危急，也只能够冒险拼一拼了。”

“依我看来，这一带之所以产生变化如此之快的海洋现象，可能与磁场有关，并不是什么诡秘莫测的海神作怪。”父亲倒是冷静地观察着四周的情景。

父亲的话音刚落，宛如豆子一样大的雨水劈头盖脸地密密麻麻砸下来，砸在甲板上清脆有力。而那巨浪宛如无数的巨大的野兽呼啸着逐渐逼了过来。

“赶紧下船舱！”父亲放开方向盘，第一个带头向船舱冲过去。随后，我们也急忙跑下去。一进入船舱，便立马关上舱门。

父亲跑下船舱，来到下面的驾驶室，打开船身的木板，只见外面海水黑黝黝的，时不时闪过一丝光亮。突然，摇曳的“鲛人珍珠号”剧烈地震荡起来，而且被海水巨浪推得旋转起来。

父亲连忙握紧方向盘，以保持船身的平稳。要知道，一旦被巨浪打翻，“鲛人珍珠号”就算不受伤，也会被撞击得沉船。

在后面的我们，都紧紧地捉住船上的木板，紧紧地盯着外面翻滚的海水。

一阵巨浪过后，船身才逐渐平稳起来，外面翻滚的海水似乎安静下来，宛如一个脾气暴躁的男人变成一个小孩子一般淘气。

“这安静只是暂时的。”莫羽见我们面面相觑，似乎要放松警惕，连忙道。

“不会吧？”我依然心有余悸地道。

此时，父亲看过指南针之后，再根据莫羽的指示，驾驶着“鲛人珍珠号”继续往前冲过去。据莫羽所知，穿过前面的海流，进入一带暖流，“鲛人珍珠号”会被暖流带进一条神秘的海底隧道，最终直接到达马里亚纳海沟。

果然如同莫羽所说，“鲛人珍珠号”前进了大概五分钟，突然再次被巨浪冲击。我们感觉到旋转摇晃起来，整个人被转得晕头转向，差点没晕倒。由于我和父亲经历过海洋风险，所以这小小的震荡并没有令我呕吐。

巨浪撞击过三次之后，“鲛人珍珠号”突然被外面逐渐形成的一个巨大的漩涡“哗啦”一声吸了进去。那形成的巨大漩涡，宛如一个巨大的黑洞般，深不可测，特别吓人。

我们看到外面忽明忽暗的情景，加上船舱剧烈地震荡，早已经惊吓得心脏几乎要跳出嗓子眼儿了。

父亲此时却表现出异常的冷静，沉默着顺着“黑洞”吞噬的方向紧紧地握住方向盘。我在那一刻，感觉到异常的安静，这种安静有着一种诡异的邪恶，似乎野兽正站立在我们身边，随时要扑过来将我们吃掉。

“鲛人珍珠号”一被“黑洞”吞噬进去，顿时宛如飞船星际穿越黑洞一般，那速度只有用光速来形容了。我们在隧道内感觉到一阵眩晕，整个人都几乎捉不住船板。那隧道里，并不是完全黑暗，而是闪烁着很多宛如暗夜下萤火虫的光芒，使得整条隧道宛如星辰一般漂亮。

“不会是幻觉吧？海底也有银河？”我被旋转得头昏目眩，就差没晕倒过去。

那巨大的隧道黑洞，逐渐裂开来，从裂缝处钻入无数的色彩斑斓的鱼类来。这些鱼形成一条长长的银河，并且闪烁着迷人的光芒，使人恍如在太空一般。

“鲛人珍珠号”逐渐慢了下来，宛如利箭向前射去，穿梭过银河一直往里延伸。

我们见晃荡不再剧烈，便搀扶着木板坐起来。这时，大家都头晕目眩，半晌才完全清醒过来。父亲长松了一口气，目不转睛地盯着前面。由于隧道水流速度快，所以父亲压根儿操控不了“鲛人珍珠号”，只能够顺着水流往前推进。

这时，谁也没有说话，都紧张地注视着外面的情况。我们心里清楚，在这种特殊的神秘隧道，随时会发生意想不到的意外。

“鲛人珍珠号”随着水流往前不断地推进，那水流原本是笔直的，但是过了一会儿，水流竟然就像笔直的绳子突然变得扭曲起来，宛如一条条水柱一般。这些水柱黑白闪烁，电闪雷鸣间，未知的生物在后面若隐若现，奇形怪状，甚是吓人。当“鲛人珍珠号”在我们的惊呼中穿过水柱之后，突然往下一沉，一阵急流将船猛地往前拉去，那急流突然变幻成巨大的怪物，张嘴就将船吞了进去。

我们眼前突然一黑。“鲛人珍珠号”突然旋转起来，似乎随时会被急流击碎一般，晃荡不已。我们被晃荡得压根儿抓不住船上的木板，顿时被推了出去，分别撞击着，其中几个人鱼海妖撞击在船身上。我瞥见父亲紧紧地抓住方向盘，脸色发青，双眸瞪得如同铜铃一般吓人。

如此旋转了片刻，“鲛人珍珠号”突然一阵剧烈地晃荡，然后平静地停止下来。我们担心再次的撞击，分别爬起来找位置抓牢，紧张不安地大声喘气。我见其他人都脸色铁青，可想而知我更是不堪。我早已经感觉到胸中一阵阵翻涌，只是强忍住没有呕吐出来。

“莫公主，这到底是啥隧道，如此诡秘异常？”我喘过气来，看着莫羽，见她有意无意地看着我，眼神闪烁，流露出柔情，忍不住问道。

“我也只是听闻过这条隧道诡秘，到底是什么情况，我也无法知道。”莫羽向我不冷不淡地道。

“依我看，这条隧道的位置有些古怪，你们还记得我们经历过龙三角吗？那里就是磁场的作用，而这里，我猜测磁场比起龙三角还要大，所以才如此。”父亲头也不回地分析道。

“如果再如此下去，我倒是担心‘鲛人珍珠号’会被撞碎。”李渔缓缓叹了口气道。

“‘鲛人珍珠号’非常牢固，急流撞击倒是不担心，我担忧的是会遇上礁石之类的，如果遇上礁石，后果可想而知。”父亲忧心忡忡地道。

“你们看，前面是什么？”一直沉默不语的安卡拉忽然指着驾驶舱外震惊地道。

“啥情况？”我见安卡拉如此惊慌的神色，心里一顿，忙靠过去观看。

驾驶舱外，海水显得幽蓝，间或闪烁着白色的光芒，只见水中浮着一望无际的东西，那些东西紧密地相连着。

“奇怪了，这些到底是什么？”连精通海洋生物学的父亲也紧张起来，轻轻挠了挠头。

“会不会是奇幻的景象？”我随意地应道。

“神秘隧道产生的景象都是匪夷所思的，什么都有可能发生。”莫羽道。

随着“鲛人珍珠号”往那些东西靠近，逐渐看清楚是一朵朵好像莲花般的海洋生长的植物。这些莲花正盛开着，花朵妖艳，一片片的叶子呈现出一种奇特的暗蓝色。在这些花海上空，是暗云涌动，不断有雷电闪烁。在暗云和莲花间的空中，有无数的藤蔓，这些藤蔓长相奇特，每个藤蔓好像骷髅一般，正张着嘴好像叫着什么。

“鲛人珍珠号”顺着水流涌进了莲花间，那些莲花一被触摸，顿时闪避开去，露出一条宛如天际般的银河来。

就在我们惊叹这些景象之时，银河的四周逐渐形成一个个小漩涡，这些漩涡宛如无数的小孔，突然往上喷涌出水柱，那些水柱宛如飞龙一般向天际的暗云飞上去。就在我们个个被眼前景象迷惑之时，那些小漩涡忽然一下子就变大起来，形成一个宛如鲨鱼嘴巴般的黑洞，那黑洞不断地吞噬着水流。

“不好！”父亲暗叫了声，连忙旋转方向盘。但是，那黑洞似乎具有巨大的磁场或者引力，一下子就将“鲛人珍珠号”吞噬了进去。

“啊！”在黑暗中，不知道是谁惊叫了声。

那黑洞不断地将“鲛人珍珠号”往里吞噬，不断地吞噬，船身不断地晃动，旋转，再晃荡，也不知道过了多久，总之是感觉船一直往深海里沉下去。

我们被晃荡得头晕目眩，甚至一度昏迷过去。当我醒转过来，发现自己全身被冷汗打湿，而“鲛人珍珠号”已经缓缓往前移动。至于其他人，个个如同从地狱惊魂回来一般，脸色发白。

“大家都没事吧？”莫羽扫了一眼众人，目光最后停留在我的脸上。我注视着她柔情似水的双眸，有气无力地调皮一笑。

她忍不住“扑哧”一笑，但是发现自己失态了，连忙转身看着船舱外的情况。

“没事。”五个人鱼海妖纷纷应道。人鱼海妖毕竟是海洋生物，经历过无数的惊涛骇浪，自然是比较轻松。

“爸，现在我们在什么位置了？”我伸手抹了把额头的冷汗，道。

“根据仪器的显示，我们现在是在深海之下，不过，似乎目的地不远了。”父亲又惊又喜道。

我们一听快要接近目的地，顿时长松了口气。

自小到大，我对于深海的世界是充满着无尽的幻想，但是这时候，却是彻底地感觉到恐惧。我站起身来到父亲的身边，见父亲眉头依然紧锁，脸上流露出担忧，心里逐渐感到不安起来。我猜测父亲是在惧怕什么，因为深海世界变幻莫测，超乎想象。

我看到船舱外的深海之水泛着暗蓝色，水中不断有成群的小鱼闪烁着五颜六色的光芒穿梭而过。等待这些鱼群游过去，便看到无数的奇异水草，各种各样的珊瑚。“鲛人珍珠号”在父亲小心翼翼的驾驶下，从珊瑚礁狭窄的缝隙中无声地穿过。

当穿过珊瑚礁，忽然看到前面出现令人眼花缭乱的鱼群，这些鱼非常奇特，身上竟然发着萤火虫般的光芒，因此看起来宛如无数的萤火虫一般。

“银河鱼？”安卡拉张大了嘴巴道。

安卡拉刚说完，这些鱼突然闪动起来，形成一个“O”字形，然后不断地旋转。萤火虫般的光芒不断飞舞着，形成了一幕唯美的场景。但是，突然从这些鱼的背后隐约游过来一个巨大的身影。那身影还没有靠近，这些鱼似乎预感到危险，“呼”地一下就有序地落荒而逃，眨眼间便钻入珊瑚礁之中。

刹那间，眼前便幽暗下来。

我们瞥见那道黑影越来越接近，似乎非常庞大，也不知道是什么海洋生物，不由得紧张地屏气敛声。

过了一会儿，我隐约看清楚这条庞大的怪物，只见那怪物身形真的非常巨大，像一条成年巨鲨，而头颅足有鲸鱼般大，双眼泛着诡谲的黄色，奇大，嘴巴张开着，露出长长的上下獠牙，全身泛着黄色，十分吓人。

这条庞大怪物静悄悄地游到“鲛人珍珠号”近处，好奇地盯着“鲛人珍珠号”，似乎在观察对方是否有敌意。

“这到底是什么怪物？”我尽管研究海洋生物，可是却从来没有在书本上见过。

父亲仔细地观察了一会儿之后，眉头深锁，然后摇了摇头：“我也从未见过如此的深海怪物，不知道莫羽他们是否见过。”

“这是深海的未知生物，极为少见。”莫羽道。

“此物看着就非常凶残，我们还是赶紧溜吧。”我倒呼出一口冷气道。

父亲沉默着点了点头，便旋转方向盘，打算从此物旁边偷偷溜过去。不料，那怪物见“鲛人珍珠号”游动，以为对方要向它攻击一般，顿时愤怒起来，双眸瞪大，张着獠牙就猛扑了过来。

“啊！”我吓了一跳，惊叫了声。

父亲也着实吓了一跳，连忙旋转方向盘闪避。可是，那怪物速度如同利箭般快，刚扭动船头，那怪物竟然直接撞击过来。“鲛人珍珠号”顿时被撞击得往后倒退，船身剧烈地颤抖，就差点没翻倒过去。

“这怪物比起鲨鱼来还要可怕，如果被它撞击几回，估计船身也散架了。”我暗暗道。

父亲紧紧地握住方向盘，也差点摔倒。此时，情况危急，父亲急忙旋转方向盘，快速地往上面游上去。父亲估计是想逃离深海，才能够完全逃脱此怪物的攻击。

但是，这怪物尽管无法认清“鲛人珍珠号”是否有敌意，依然从后面猛地撞击过来。怪物撞击的力度非常巨大，顿时将“鲛人珍珠号”撞得往前如利箭般飞去。刚才，我隐约听到船尾传来“咔嚓”声，估计船身被对方撞击出一个窟窿了。如果被它再次撞击同一个位置，船舱就可能被撞开，接着海水倒灌。

我们都吓出一身冷汗，紧张地看着王教授。此时，王教授也是大汗淋漓，他比起我们来更加紧张。在深海之中，除了我和人鱼海妖之外，其余人都惧怕水，一旦钻出“鲛人珍珠号”，我们逃生的机会会很渺茫。

“鲛人珍珠号”如飞箭射出很长一段距离，父亲便利用这道力量启动最快的航行模式，使“鲛人珍珠号”速度更加快地逃离深海。

第三十一章

到达目的地

在逃亡的过程中，我们都感觉到心脏怦怦地紧张跳动着，下一秒，不知道未知怪物是否会再次攻击过来。我们都在紧张地等待着如同世界末日来临的那一刻。

“爸，保险起见，要不我出去抵挡未知怪物，你们先走！”我想起之前在上古海妖处用灵力抵挡鲨鱼王的情景，心想就算未知怪物凶残，我使用灵力也能够安全逃脱。

“不能够冒这个风险，”父亲厉声地责备道，“要知道，这深海中不是儿戏之地，就算你有灵力抵挡未知生物，一旦再出现其他凶残的海洋生物，后果你想过吗？”

我知道父亲是担心我的安危，可是如果未知生物真的再次攻击过来，他们怎么办呢？我想到此处，张嘴再想说，被父亲挥手打断了。

“能否逃出深海到达目的地，看来只能够靠运气了。”李渔眉头紧锁地注视着外面越来越幽蓝的海水。

随着“鲛人珍珠号”往上移动，我们瞥见前面的水流似乎隔成两段，其中有段水流好像柔顺的头发般缓缓流动，不断地扭动着。这种奇怪、诡异的海洋现象，比较少见，也不知道是光亮的作用，还是幻觉。总之，“鲛人珍珠号”还是非常幸运地从深海之中沿着海流一直前推进，随着推进，不断地往海面游上去。如此过了片刻，后面并没有未知生物的攻击，似乎那东西并没有紧盯着“鲛人珍珠号”不放。

我们不由得瘫坐在甲板上长松了一口气。

我和莫羽默契地伸手击了下手掌，以示庆祝。

“真的吓死了！”我摸了摸胸口，依然感觉到心脏怦怦地跳动着。

“真是没胆的家伙！”父亲责怪了声。

“大家不要过分高兴，应该随时保持警惕，就算我们逃离未知生物，可是，这汪洋大海潜伏的危险并不像你们人类所想象的。”李渔依然保持着警惕的表情，严肃地道。

“用不着如此胆小吧？”我微笑着伸手过去拍了拍他的肩膀。

但是，我的话音刚落，突然一头巨大的东西从前面船舱外快如闪电地冲击过来，眼看着就要撞击中“鲛人珍珠号”。我不由得倒呼出一口冷气，张嘴完全说不出话来。

“他娘的，不会如此倒霉吧？”我暗暗嘀咕着。

父亲也吃了一惊，连忙旋转方向盘闪避这个海洋生物的攻击。

从船舱里看出去，这东西体形巨大，嘴巴超级大，獠牙更是尖利，看样子就知道是深海巨鲨，而且似乎是传说中早已经灭绝的凶残的巨牙鲨。

“爸，是巨牙鲨？”我终于从震惊之中回过神来，紧张地道。

据我所了解，在一万多年前的浩瀚海洋里，生活着一种体形非常大的鲨鱼，这种鲨鱼就叫巨牙鲨。巨牙鲨是史前巨大的鲨鱼，性情非常凶残，是海洋里非常残酷的杀手，其中没有什么生物能够与它为敌。如果，今天我们真的遇上巨牙鲨，那就凶多吉少了。

只见巨牙鲨呼啸着从“鲛人珍珠号”侧边擦过去，不过，强大的身体带来的水流还是将“鲛人珍珠号”冲击出去几米。

我们几乎要跳出嗓子眼儿的心脏顿时一松，彼此紧张地面面相觑。要知道，刚才那巨牙鲨一旦撞击中“鲛人珍珠号”，就算“鲛人珍珠号”

多牢固，可能也会散架，或者穿个大窟窿。

“看形状和特征，这巨鲨可能就是巨牙鲨，可是这东西传说已经灭亡了，怎么会出现在这片深海之中，难道与封印之地有关？”父亲一边不解地说道，一边连忙驾驶。

“王教授，你的意思是说，这巨牙鲨可能是封印之地的守护神之类的怪物？”李渔也脸露惊慌道。

李渔说完，将目光看向莫羽。

莫羽轻锁蛾眉想了想，然后摇了摇头：“这个倒是不清楚。”

“大家也不要胡思乱想，先冷静下来，静观其变吧。”父亲道。

我们便没有继续说话，目不转睛地看着外面的情况，见“鲛人珍珠号”向海面钻上去，海水逐渐由幽暗变成淡淡的蓝色，并且看到上面不断地有鱼群穿梭。

“鲛人珍珠号”不断地往上钻，速度比不上暗流，但是也没有蜗牛般龟速。过了片刻，淡淡的海水逐渐亮起来，可以看到湛蓝色的海水，接着是一缕缕的光亮，眼前逐渐明亮起来了。我们见几乎要到海面了，紧绷的神经顿时一松，分别长吁了一口气，然后瘫软在甲板上，半天也喘不过气来。

我心里在想，刚才真是揪心哪，一旦巨牙鲨真的从后面攻击过来，“鲛人珍珠号”就真的彻底散架了，我们都会成为它的食物。

“真是给巨牙鲨吓傻了。”其中一个人鱼海妖抚摩着胸膛，心有余悸地道。

“依我看来，刚才巨牙鲨不是攻击‘鲛人珍珠号’，而是攻击后面的海洋生物，要不然怎么可能放过？”父亲此时已经完全冷静下来，轻松地道。

“不管出于什么原因，反正大难不死就好了。”人鱼海妖纷纷微笑道。

“‘鲛人珍珠号’后面有海洋生物？该不会是未知怪物吧？如果

真的是未知怪物，巨牙鲨倒是救了我们一命。”我一想到这种可能性，心里又惊又喜。

这时，“鲛人珍珠号”越来越接近海面，深蓝的海水不断地涌动着，千丝万缕的阳光穿梭而过，闪烁着磷光的鱼儿形成了一幅唯美的画面。

随着“噗”的一声，“鲛人珍珠号”钻水而出，然后平稳地停泊在水面上。我们这时才完全放松神经，个个站起来往甲板上快步走上去。

我们打开甲板走到上面，不由得四处环顾，极目远眺。只见四处都是一望无际的深蓝色海水，海水在阵阵冷风之中荡漾着、拍打着、追逐着、呜咽着，疯狂地欢腾着，似乎是无数的海浪在唱歌、嬉戏，甚是热闹。

父亲拿出望远镜来，四处地观察起来，忽然，他目光停留着西北方向，一动也不动。

“王教授，有什么发现？”莫羽率先问道。

要知道，在这种情况下找到封印之地的方向最为关键，这样就没有必要花费更多的时间在寻找上。

“那边薄雾之中，可见山峰若隐若现，不知道是否就是我们要找的封印之地。”父亲说完，将望远镜放下，让我拿过地图来。我照办，随即将地图翻开放在甲板上。

父亲认真地对比了下地图，再掏出指南针来仔细研究过，皱着的眉头逐渐松开来，握紧拳头一拳砸在地图上，坚定地道：“马里亚纳海沟位于北纬 11° 20′，东经 142° 11.5′，看来莫羽所说没错，我们已经来到封印之地的附近了。”

大家一听，都互相高兴地拍了拍手。

“马里亚纳海沟？封印之地到底隐藏在它的什么地方？”莫羽注视着目的地喃喃自语。

接下来，父亲根据地图和指南针的指引向望远镜能够看到的山峰快速驾驶。我们分别站立在船头注视着越来越清晰的山峰，彼此各有心事。但是，我们每个人都在想着一个问题，巨鲨王他们到底是否到达封印之地，如果到达解开封印了，我们来了就完全没有意义。不过，我们心中都有着一个信念，相信冥冥之中，万物都有着各自的命运。

人鱼海妖族的命运到底是怎样的，拥有千年灵力的古老海妖也无法知道，更何况是后辈人鱼海妖，比如莫羽他们。我们渺小的人类尽管聪慧，独具慧眼，可是也无法看透命运。

随着"鲛人珍珠号"接近前面的岛屿，只见大海波涛汹涌之中，高大的山峰林立，薄雾低垂，各种各样的不明鸟类在上空盘旋翱翔，一派蓬莱仙岛的景象，令人陶醉。但是，寂静的海面上，我们却感觉到一种前所未有的危机感。

"或许，他们已经来了！"我环顾四周，喃喃道。

"如果他们来了，敌暗我明，大家必须小心！"李渔道。

其余人纷纷点了点头。

我忍不住瞥了眼安卡拉公主，只见她双眸锐利地盯着前面的岛屿，似乎要看穿岛屿上的情景。她这一路上倒是寡言少语，时不时呆呆地看着我，双眸之中流露出柔情和爱情之光。我不敢直视她的双眸，担心自己把控不住。

父亲根据地图指引，顺着岛屿驾驶，开始寻找马里亚纳海沟。

据我所知，马里亚纳海沟位于北太平洋西部马里亚纳群岛以东，为一条洋底弧形洼地，延伸 2550 公里，平均宽 69 公里。主海沟底部有较小陡壁谷地。

至于这条海沟的深度，据 1957 年苏联调查船测到的是 10990 米，后又有 11034 米的新纪录。1960 年美国海军用法国制造的"的里雅斯特号"深海潜水器，创造了潜入海沟 10916 米的纪录。一般认为海洋板块与大陆板块相互碰撞，因海洋板块岩石密度大，位置低，便俯冲插入大陆板块之下，进入地幔后逐渐熔化而消失。在发生碰撞的地方会形成海沟，在靠近大陆一侧常形成岛弧和海岸山脉。这些地方都是地质活动强烈的区域，表现为火山爆发和地震。

1899 年，人类在关岛东南首先测到内罗渊的深度为 9660 米。这一纪录一直保持了 30 年。1929 年在其附近测出了 9814 米的深度。

1951 年，英国皇家海军“挑战者二号”首度测量海沟，其最深处便以挑战者深渊为名。“挑战者二号”以回波定位方式于北纬 11° 19′，东经 142° 15′，测出 10900 米的深度。此方式是以探针通过渐层深度，反复发送声波，再以耳机捕捉回波，并将回波器的速率，以手持码表计时完成。因此正式提报新的最深距离时，按照谨慎的做法，应将所测深度减去一个尺度（20 英寻）较妥，从而得出 5940 英寻（10863 米）的数据。

1957 年，苏联科学院海洋研究所的一艘海洋考察船“斐查兹”号对马里亚纳海沟进行了详细的探测，并用超声波探测仪于 8 月 18 日在它的西南部发现了一条特别深的海渊。1960 年美国海军“的里雅斯特”号深潜器创造了潜入海沟 10916 米的世界记录。

1960 年 1 月，科学家乘坐“的里雅斯特号”深海潜水器，首次成功地下潜至马里亚纳海沟最深处进行科学考察。令人惊奇的是，在这样的海底，科学家们竟然看到有一条鱼和一只小红虾在游动！

1957 年，俄罗斯航具“维塔兹号”回报测得 11034 米（36201 英尺）深度，将该处命名为“马里亚纳深凹”，但此数据从未再测得，故不以为准确。

1962 年，机动载具“史宾塞 #8226、傅乐顿 #8226、拜尔德号”测得最深 10915 米（35810 英尺）。

1984 年，日本人将高能专业探测航具“拓洋号”送入马里亚纳海沟，以多窄波束回波定位仪搜集资料，测得最大深度为 11040.41 米（也记录为 10920±10.2 米）。国外一般则采用深 10924 米，如美国中央情报局及世界概况。

最为精确的纪录则由日本探测艇“海沟号”（Kaiko）于 1995

年3月24日测得，深度为10911米（35798英尺）。

2012年3月，美国好莱坞著名导演詹姆斯－卡梅隆独自乘坐潜艇“深海挑战者”号，下潜近11千米，探底西太平洋马里亚纳海沟。关岛当地时间26日7:52，即北京时间5:52，卡梅隆成功下潜至世界海洋的最深处——马里亚纳海沟的挑战者海渊底部，当地时间26日上午返回水面。这是人类第二次探底马里亚纳海沟，卡梅隆是单枪匹马潜至这一“地球最深处”的第一人。

活动合作方美国国家地理学会说，卡梅隆于约两小时后潜至10929米深处，探底马里亚纳海沟。海沟底部是永恒黑暗，温度只有几摄氏度，水压相当于大约1000个大气压。卡梅隆在洋底探险三小时有余，收集生物和地质样本、拍摄图片和视频。

从以上各国科学家探险的信息来看，他们都没有发现海妖封印之处，因此，可以推断出封印之地尽管是在海沟之中，但是极为隐秘，另外，就算科学家看到封印之地，也看不出什么来，所以一直没有被发现。

综合想来，封印之地如此神秘，就算巨鲨王他们率先进入，也未必能够很快找到。想到这里，我才微微放下心来。

“你们还记得古老海妖所说的话吗？”父亲边四处环顾，边道。

“当然记得。”我应道，“封印之地，稀有记载，隐见龙宫，长余缝隙，宛如海沟。”

“好记性，非常棒！”父亲伸出大拇指来，“这二十个字，指明了封印之地是马里亚纳海沟，同时也指明了封印之地是在龙宫之中。”

“真是非常聪明的教授。”莫羽和李渔他们纷纷由衷地赞叹道。

“客套话就不要说了，我们现在的问题是：第一，找到海沟之后，怎样找到宛如‘龙宫’的地方；第二，‘鲛人珍珠号’能否抵挡压力最终进入深渊的龙宫，也是一个未知数。所以，此次寻找封印之地，的确是非常难办的事情，不过也不必灰心，我相信有志者事竟成，我们不是一路这样冒险过来的吗？”

父亲此番话分析得非常有道理，也给我们提高了自信心。接着，父亲继续讲解和分析问题："据我所知道的信息，马里亚纳海沟是世界上最深的海沟，其最深处叫查林杰海渊。马里亚纳海沟位于北太平洋西部马里亚纳群岛以东。1951 年，英国"查林杰 8 号"船发现了这一海沟，当时探测出的深度为 10836 米。此后，这一数据不断被新的纪录所修正。

"1992 年，日本海洋科技中心耗资 5000 万美元研制出"海沟"号水下机器人。"海沟"号长 3 米、重 5.4 吨，它是缆控式水下机器人，装备有复杂的摄像机、声呐和一对采集海底样品的机械手。它的研制目标很明确，就是要考察查林杰海渊。

"经过数次失败，1995 年 3 月 24 日，海沟号机器人被 12000 米长的缆缓缓放向海底，母船操作室内的 17 个监视器显示出潜水器发回的图像资料。经过三个半小时的行进，海沟号到达查林杰海渊底部，这时测深表显示的水深值是 10903.3 米，修正水深为 10911.4 米。修正水深是根据水压测定的值，通过含盐量、水温资料修正后的深度。

"所以我想，封印之地会不会就在最深渊处叫查林杰海渊的地方呢？"

父亲的话倒是使我们呼出一口凉气。要知道，如果封印之地真的在龙宫的深渊之下，想打开封印，似乎比登天还难。我们不由得陷入了沉默之中。

"王教授分析得非常有道理，不过，我个人认为我们人鱼海妖族祖先不会将封印之地封印在深渊之下。"莫羽沉吟了一会儿，目光坚毅地道。

"为什么这么说？"我抢道。

"我设想了一下，当年人鱼海妖族来到这个地方，千方百计地寻找封印之地，一定是个隐秘的地方，不过这个地方不可能是深渊，因为我们人鱼海妖族当年根本无法拥有如此强大的灵力进入深渊之下，就算拥有强大的灵力，按照海妖族的本性，可能会给后人遗留下一手，以确保后裔寻找到此处。”

“莫羽公主所说不错，我们海妖族千百年来一直有着守护妖族的信念，古老海妖封印，也会留下活路给后代。”李渔道。

“如果封印之地不在深海之中，我们就好办了。”我父亲微微松了口气。

我们说话间，“鲛人珍珠号”已经接近奇峰异景。我仰望四处的山峰，每一座山峰都形状怪异，或者如同金三角，或者如同牛角，或者如同女人腰，数不胜数。山峰上树木茂盛，各种奇珍异兽隐身其间。

父亲根据地图和指南针指示，很快就来到马里亚纳海沟。这条海沟果然如同地图指示的一模一样，一条洋底弧形洼地，延伸很绵长，也很宽敞，压根儿看不到地平线。

第三十二章

深海缝隙之惊险

“你们看，那是什么？”眼尖的人鱼海妖指着海沟深处的海面有些惊讶地道。

顺着他手指的方向看过去，只见到海涛荡漾的海面不远处，停泊着一艘黑幽幽好像幽灵一般的古船。那艘古船尽管隔着一段距离，还是让人隐约感觉到古船传过来一股诡异、令人压抑的气息。

“难道是巨鲨怪他们的船？”我第一个敏感地脱口而出。

“我想，除了他们之外，还有谁有这种奇特的古船？”李渔有些不安地道。

“看来，他们已经捷足先登了。”父亲说着，驾驶着“鲛人珍珠号”加快速度向古船靠近去。

“封印之地神秘莫测，他们一时之间想必寻找不到的，除非他们有其他渠道的消息，要不然也在摸索寻找，如果是后者，那么我们还是有时间和机会的。”莫羽道。

“不管是哪种情况，无论如何，就算战死也要解开封印，使我们人鱼海妖族免去长期的无尽头的痛苦。”

“对，对！”

另外几个人鱼海妖信誓旦旦地道。

依据我们的判断，这艘古船是巨鲨王的，但是随着靠近，逐渐看清楚了古船，当看到古船上船帆的标志，我们顿时瞪大了双眼，半天也说不出话来。

竟然是海盗的这艘船，船身的设计和之前不死海盗的船大同小异，而且标志也有海盗，只是不同的是多了一个好像鲨鱼的古怪标志。船上一个人影也没有，估计全部下海了。

“奇怪了，不死海盗的首领鲨鱼眼怎么会突然出现在这里呢？他难道获知消息了？”过了一会儿，莫羽脸露惊讶地道。

我心里一顿：如果此船是不死海盗首领鲨鱼眼的，那么，他是从哪里获得的消息？他难道和巨鲨王有着什么神秘的关联？

“如果我猜测得不错，巨鲨王在深海之中生存了这么久，一定认识神秘莫测的不死海盗鲨鱼眼，两者之间可能有着不可分割的利益，所以才一起到这里来。”李渔沉吟了片刻，道。

“极有可能。”我们分别点了点头。

“对了，如果是巨鲨王来了，倒是奇怪了，他的坐骑残蛇怪呢？”一直沉默不语的安卡拉提醒道。

我们一听安卡拉的话，顿时愣怔住了。我们倒是差点忘记巨鲨王出现，那凶猛异常的残蛇怪一定会出现。

“残蛇怪不是被王海刺伤了吗，因此，我推断巨鲨王从冰岛出去之后，然后和不死海盗鲨鱼眼一起直奔这里来了。我想有一种可能性，单凭巨鲨王的能力是无法打开封印的，所以才和鲨鱼眼合作。”李渔分析道。

“不管哪种情况，我们已经来到目的地了，大家准备一下，准备下水。”父亲见“鲛人珍珠号”逐渐靠近海盗船，便停止驾驶，扫了我们一眼道。

我们默契地点了点头。

于是，我们分别进入船舱，锁上甲板门，进入船舱的底部。

父亲来到驾驶舱，便开始缓缓启动“鲛人珍珠号”。“鲛人珍珠号”宛如巨大的海鱼潜入水中，慢慢往下沉。

尽管已经知道封印之地隐藏在这里，但是海沟延伸空间很大，而且也是海洋最深处，所以寻找起来，难度相当之大。并且，我们从莫羽这些人鱼海妖的话语中，听到他们关于封印之地流传的远古传说，说有巨大的守护神从封印之时就一直守护在这里，是传说灵力非常厉害的海妖或者是其他怪异的生物，再加上打开封印钥匙和放射源碎片在巨鲨王的身上，必须要从他们身上夺回东西，因此，打开封印之事，的确是危机重重。

“鲛人珍珠号”进入海底之后，根据判断和分析，先是潜入海中，再根据海洋中的变化而决定下一步的行动。

随着“鲛人珍珠号”缓缓下沉，太阳的光线逐渐在水下消失，换来的是幽蓝的景象。一路往下沉下去，逐渐感觉到有些不对劲起来，但是一时之间无法了解是什么原因。

我们每个人都有这样的不安，不由得都屏气敛声起来，谁也没有说话，毕竟进入如此神秘莫测的海洋，一切难以预料。

“鲛人珍珠号”随着往海底沉下去，下面光线完全消失，只能够依靠船上的灯光照映。幽灵般的深海极为清静和幽暗，甚至连条海鱼也没有遇见。

我心中不禁纳闷，要是在其他深海之中，珊瑚礁和水草、海鱼、海蛇等海妖生物极为多见，但是，这里却宛如死海一般寂静。

难道这片海域存在着什么磁场，鱼儿和微生物不适合生存？或者，我想到一种可能性，巨鲨王他们的船从这里经过，将所有的海鱼都吓跑了。至于他们的船到底是怎样的，听李渔和人鱼海妖说，鲨鱼眼海盗的船好像幽灵一般，从来没有人见过，当然也没有见过真人，而见过的人类都不可能活着离开。

“鲛人珍珠号”沉到海底 3000 米之后，担心巨大水压将“鲛人珍珠号”压坏，便不继续往下沉下去，而是往前缓缓推进。如此推进了几公里范围，依然毫无所获，也不见海盗船或者其他海洋生物或者不同寻常的东西。反正，就是一种前所未有的寂静。

我们感觉到，越是如此寂静的海洋，越是危机四伏。

就在“鲛人珍珠号”继续漫无目的地寻找了十公里范围之后，才开始看到一些小鱼，另外，幽暗的深处隐约透着一些微光。

“那光亮到底是什么？”我注视着远处的好像遥远星空般星星的微小光亮，第一个惊讶地道。

“有两种可能性：第一，是海盗船发出的光亮；第二，可能是未知生物。”父亲分析道。

李渔他们都认同地点了点头，但是同时也感到紧张起来，要知道一旦被他们发现，一场打斗在所难免，而且在深海之下，巨鲨王和海盗王鲨鱼眼联手，我们压根儿不是一个档次的对手。但是无论如何，也必须冒险找到他们，然后趁机夺回东西。

于是，“鲛人珍珠号”在父亲的驾驶下，静悄悄地沿着光亮而去。

“鲛人珍珠号”逐渐往下大概推进了五十米，那光亮却越来越大起来，似乎是停泊在那里。

“难道他们找到封印之地了？”李渔嘀咕起来。

“估计不会吧。封印之地极为隐秘，哪有这么轻易寻找得到的？”莫羽道。

这时，我们发现来到一条缝隙之上，而那光亮就在缝隙之下。那光亮如同幽灵一般深深吸引着我们。

随着“鲛人珍珠号”进入缝隙，我们观察到缝隙大概十米宽，弯曲蜿蜒，看不到两边的尽头。缝隙两边坑坑洼洼，而且还生长着密密麻麻的黑色水草，这些水草形状怪异，宛如无数的人形贴在墙壁上，散发着诡异的死亡气息。

我们被眼前的缝隙景象惊吓到了，都无声地瞪大了双眼。我们隐约感觉到水草之中，隐藏着无数诡异的未知恐怖生物。

据我所知，曾经有海洋生物学家等科学家进入这片缝隙探险，但是，他们所留下来的记载寥寥无几，不知道是什么原因，或者里面什么也没有，或者里面隐藏的东西无法用言语来表达。

缝隙似乎很幽深，“鲛人珍珠号”一直沿着光亮往下沉了三十米，依然无法接触到底层，但是那光亮随着越来越近，可以看清楚不是移动的海盗船。我们顿时长松了一口气。

“这些到底是什么？”我惊讶地看着慢慢接近的光亮。那光亮被一丝水草遮掩着，一时之间无法看清楚。

我的话音刚落，从水草之下纷纷钻出发光的东西，这些东西见了“鲛人珍珠号”，如同遇到了鲨鱼般，纷纷逃跑开去。只见一盏盏的宛如灯笼的东西四散开来，顿时将漆黑的深海照亮，如同梦幻般的童话世界。

“灯笼鱼？”我们惊讶地瞪大了双眼，看着深海极少见到的景象。只见“鲛人珍珠号”的四周，珊瑚礁和水草遍布，大大小小未知的海洋生物在其间游弋着。

据我所学习的生物学，认知灯笼鱼是灯笼鱼科 (Myctophidae) 多种数量丰富的小型深海鱼的统称。日间生活于深处，夜晚可游近水面，有时为灯光所诱集。体稍长，口大，眼大，头部、腹侧及尾基部有许多发光器，发光器的排列方式是分类的主要依据。成体长约 15 厘米。灯笼鱼头大尾细，身体长而侧扁，体表披有银灰色的薄鳞。在头的前边、眼的附近、身体侧线下方和尾柄上，有排列成行或成片的圆形发光器。不同种类的灯笼鱼，它的发光器的数量及排列位置也不同。发光器发出红、蓝、紫等各种颜色，远远望去，犹如节日辉煌的彩灯。有的灯笼鱼的尾部有一个发光的追逐器，很像汽车的尾灯，有的头部还有一个特大的发光球，很像我国古代的灯笼。灯笼鱼的发光器，是由一些皮肤腺细胞特化而成为发光细胞的。这种细胞能分泌出一种含有磷的腺液，它在腺细胞内可以被血液中的氧气所氧化，而氧化后放出的一种荧光，就是灯笼鱼所发出的光。

“这些海洋生物真是神奇，如果获取这些生物回去研究或者展览，一定会震惊世界。”父亲惋惜地长叹一声。

“这里既然有未知生物居住，说不准封印之地就在附近。”其中一个人鱼海妖道。

“有道理。”另外几个人鱼海妖纷纷点头。

不会如此简单吧？我在心里暗暗嘀咕着，嘴上却说：“但愿吧！”

“四处搜寻一下，说不准封印之地真的如他们所说，就隐藏着附近。”李渔从船舱口看出去，双眸瞪得极大，他仔细地观察着船舱外的水草暗处和珊瑚礁。

其余人，包括安卡拉公主在内，也认真地观察起来。但是，“鲛人珍珠号”行进了二千多米，四处都是一模一样的景象，压根儿看不出有什么端倪和不同之处。

“奇怪了，一路过来，也没见海盗船，也没有发现异常之处，难道封印之地不在这一带？”父亲嘀咕着。

“封印之地虽然极为诡秘，但说不准他们已经获知地方，早已经进去了。”李渔道。

“要是那样的话，就麻烦了。”莫羽道。

其余的人鱼海妖面面相觑，没有说话。

我见安卡拉目光沉静地注视着船舱外，一言不发，蛾眉时不时轻轻皱着，似乎在思考着什么。我心里想着，她是爱着我的，虽然我不能够给予她爱情和归宿，但是完成任务后，务必安全送她回家。其实，关于她的民族和社会文化，我思考了很多，如果将来有机会，我想通过各种渠道让他们的民族跟上现代社会生活的步伐，不过如果那样做，民族虽然进步了，可是会不会给他们带来什么样不可预测的后果，这是难以预料的事情。

接下来，“鲛人珍珠号”顺着海沟缝隙一直往前驾驶了大概两千米，除了海底之中各种各样的未知海洋生物之外，并没有其他任何发现。

随着时间的流逝，一种不安和恐惧感开始在每个人的心中弥漫，如果到最后都没有发现，就会使人感到绝望。

就在“鲛人珍珠号”转个弯打算继续往前走的时候，突然，我们听到船舱外传来一阵奇怪的声音，那些海洋未知生物如同见鬼般纷纷逃之夭夭。

我们一见这种情况，就立刻提高了警惕，双眸瞪大地注视着船舱外。

“到底是什么？”莫羽小声道。

“来者不善。”李渔应道。

李渔的话刚落，突然，见到一条巨大的黑影从船舱外游弋过去。那黑影足有二十米长、五米宽，头颅巨大，张开的嘴巴足可以吞下一头牛，长长的獠牙和诡谲的双眼使我们倒呼出一口冷气。

“是巨齿鲨？”父亲无比震惊地喃喃道。

“不会吧？”在场的人都惊慌道。

要知道，巨齿鲨早在两万年前的深海就灭亡了，此物体形巨大、性格凶残，主要以鲸鱼为食物。

“这条海沟深处温度是在3摄氏度左右，适合巨齿鲨居住。”父亲补充了句。

父亲说完，赶紧驾驶着“鲛人珍珠号”打算落荒而逃，可是，刚开出去几米，那巨齿鲨突然从后面撞击而来，顿时将“鲛人珍珠号”撞翻，一直往深海掉下去。我们在船舱内翻转着，顿时传来撞击声和慌乱的惊叫声。

“鲛人珍珠号”翻转了几圈之后，才停止下来。我们赶紧爬起来扶着船舱，彼此面面相觑，大声地喘气。

“大家都没事吧？”父亲扫了眼众人，关切地道。

“只是撞击了下，没事！”李渔点了点头。

“没事就好。”父亲说着，担心巨齿鲨再次攻击，“鲛人珍珠号”可能完全散架了，便忙驾驶着往前冲去。

就在此时，“鲛人珍珠号”突然被巨齿鲨从后面再次撞击。“鲛人珍珠号”由于之前的撞击，再加上巨齿鲨的凶猛撞击，疲倦不堪的船身再也承受不住攻击，顿时听到一声巨响，接着便翻转起来。我们紧紧地捉牢船舱，连大气也不敢喘。

这时，我们听到驾驶舱传来“嘀嘀嘀”应急声，显而易见，船舱的马达或者螺旋桨什么的被撞坏了。

“不好了，船舱进水了！”我隐约听到背后传来哗啦啦的水声，然后看到一股水流快速地冲进船舱。

“这下麻烦可大了！”父亲喊道。

随着海水涌进船舱，船舱内的人顿时慌作一团。我们心里清楚，船被撞坏意味着什么。

“鲛人珍珠号”翻转了一会儿，然后停止下来，但是大量的海水不断涌进来，眼看着就要涌到我们的面前。

“真是该死！”父亲第一次愤怒而慌乱地拍打着方向盘。看来，发动机或者螺旋桨被撞坏，“鲛人珍珠号”可能彻底废了。

“赶紧逃出去，要不然来不及了！”慌乱中，不知道是谁喊了声。

“大家先别慌，先穿上潜水服！”情急之下，父亲还是冷静地叫嚷道。

他的话倒是提醒了我们，于是纷纷寻找潜水服穿上。

穿上潜水服，戴了氧气罩之后，便纷纷往破口处跑出去。慌乱中，我扫了所有人一眼，见莫羽向我使了个眼色，便跟随李渔跑出去。

“爸，赶紧溜！”我上前两步拉住父亲的手，跟随着安卡拉往外跑。

跑在前面的人鱼海妖刚想钻出船舱，突然，一张巨大的嘴巴伸进船舱，顿时将跑出去的第一个人鱼海妖叼住，然后猛往嘴里吞。

跑在那个人鱼海妖背后的人鱼海妖，顿时吓得几乎掉了魂，双腿一软，“扑通”一声跪倒在水中。他后面的人见了如此情况，都惊吓得脸色铁青，傻愣愣地瞪大了双眼。

“这下该怎么办，那怪物就守着船舱口。”李渔惊魂未定道。

我抹了把额头的冷汗，快速地想着办法。这时，从船舱破口处出去风险非常大，除了此处之外，上面的甲板由于水压的问题很难打开，唯一的办法就是从船舱底下的船舱口出去。

“快，赶紧回来，从船舱底下的船舱口出去。”我急忙叫了声。

这时，大家回过神来，便忙转身往回跑。

此时，船舱破裂处涌进来的水逐渐弥漫到我们的大腿处，不用几分钟，船舱内便灌满了水。

快步跑到船舱底下的出口处，我猛地使用灵力拉开，顿时，外面的水涌了进来。海妖们便纷纷钻了出去，然后是李渔和安卡拉，再到莫羽和父亲，最后是我。

一钻出“鲛人珍珠号”，“鲛人珍珠号”由于灌满水，缓缓地往深渊沉下去。我们用手电筒惊慌地照着四周，寻找那吃人的怪物。

寂静异常而幽暗的深海之中，压根儿没见着那巨齿鲨。

“奇怪了，这怪物到底哪里去了呢？”我预感到前所未有的危险袭来，感觉到心脏“噗噗噗”地剧烈跳动着。

忽然，我听到一股暗流从下面快速地涌上来，顿时预感到不对劲，连忙上前推开附近的人，自己也闪身开去。就在我闪避的那一瞬间，一张巨大的嘴巴从我身边擦了过去。

第三十三章
"龙宫"

在场的人都吓得纷纷慌不择路地逃亡。

我心里"咯噔"一下，便四处张望，只见眼前的海水翻涌着，父亲被巨齿鲨涌动的海水荡漾开在一边，也在四处惊恐地张望着。而莫羽和安卡拉他们分别散落在四周，而我则在圆圈的中间。

我正张望间，忽然见到他们纷纷向我无声地挥手指示，很焦急的样子。我听到侧边有股水流悄无声息地袭来，知道是巨齿鲨袭击而来，转过身去，只见它张着血盆大口快若闪电地扑过来。眼看着它的大嘴就要凌空而下将我吞没，我连忙使用灵力闪避。强大的灵力使我能够在一刹那闪避开它猛烈的攻击。它的血盆大口扑进水中之后，眨眼间便消失得无踪无影了。我不由得长松了一口气，但感觉到心脏依然"噗噗"地狂跳着。

其余人见我能够闪开，都伸出大拇指来。可是，下一秒，他们都惊恐起来，不断地观察四周，担心巨齿鲨下一个袭击的就是他们。要知道，一旦巨齿鲨袭击他们，他们没有灵力，来不及闪避，就会被吞进去。

生命，在这不可预测的瞬间变得沉重起来。死亡，随时在下一秒到达现场。一种前所未有的危机袭击着他们的脆弱的心灵。

突然，巨齿鲨从其中一个人鱼海妖的背后快速地冲向他。他来不及闪避，只惊恐地瞪大双眼，下一秒，鱼枪和他顿时被前者吞了进去，如同吞噬一条小鱼一般。那巨齿鲨吞噬人鱼海妖之后，便潜伏于深海之中，眨眼间没了踪影。

我们此时惊吓得神经绷得紧紧的，因为下一秒巨齿鲨随时会吞噬我们任何一个人。我此时心慌意乱，便游向父亲。这时，莫羽和安卡拉、父亲他们隔得不远。我心想着，如果巨齿鲨继续如此奸猾下去，我们恐怕很快全部被吃掉，因此必须想办法主动出击才行。我想到此处，握着鱼枪的手紧了紧。

我游到父亲的身边，和他用手语交流几句，意思是下一步该怎么办，父亲回答是先赶紧离开这片海域，寻找安全的地方，不然可能全部挂在这里。我点了点头，便向莫羽和安卡拉他们挥手示意。他们也明白我手势的意思。于是，按照父亲的指示，我们往上游去。据我所知，这片深海域是巨齿鲨生存的地方，一旦离开这片海域，可能就没有巨齿鲨的攻击了。可是，我的想法完全错误了。巨齿鲨是凶残的怪物，怎么可能放过我们任何一个人？

我们还没有游出几步，我就听到背后传来快速的暗流流水声，知道那怪物又来了，不由得惊慌地转过身去。这时，我们八人游的范围不算大，每个人间隔的距离也就是几米，所以我可以很清楚地看到巨齿鲨张着血盆大口扑向谁。这次，它竟然扑向侧边的安卡拉公主。我顿时吓了一大跳，忙使用灵力快速游过去。眼看着安卡拉公主被巨齿鲨的大嘴咬中，我飞身一扑，刚好扑中她闪避开去，不过还是被水流荡漾开。我松开安卡拉公主，不等她流露出柔情，便转身四处寻找巨齿鲨。此时，我咬紧牙关，下定决心和它决一死战。我知道，以我们的速度，还没有离开这片海域就会被当作猎物捕杀。

巨齿鲨钻入深海之后，随即旋转身过来，再次向我们扑过来。我瞥见它扑向莫羽，便快速地游过去。莫羽尽管谙熟水性，在水下灵活自如，可是比起对方的速度，还不是一个档次。她顿时慌乱了，拼命向我游过来。

巨齿鲨速度宛如利箭一般，眨眼间便射到莫羽的背后，它见猎物就在眼前，猛张开血盆大口就要将她吞下去。莫羽吓得惊慌失措，头也不敢回，更加拼命扑向我。我见莫羽危在旦夕，顿时吓出一身冷汗。情急之下，我拼尽全身的灵力，一跃而起，抡起鱼枪直接刺向巨齿鲨的眼睛。

那巨齿鲨的嘴巴差几毫米就要咬住莫羽，而我的鱼枪就在那一瞬间"噗"的一声刺进了它的眼睛。

那巨齿鲨被刺伤眼睛，嘴巴忽然合上，痛苦地猛拍四周，荡漾开的水流将我们推出几米远。而它搅动的水流不断地流淌着血红色，将幽暗的深海染成了一片令人恐惧的颜色。

我们见巨齿鲨受伤，便纷纷闪避，打算逃出去。可是，巨齿鲨尽管受伤，却更加愤怒疯狂起来，张着大嘴竟然再次狂追过来。

我便挥手示意父亲他们先溜，自己则再次向它扑过去。可是，巨齿鲨速度实在太快了，我还来不及追捕上去，它竟然疯狂地扑向父亲。我吓得大惊失色，更加拼尽灵力扑过去。但是，已经来不及了。父亲惊吓得连连倒退。眼看着巨齿鲨就要咬住父亲，后者忽然倒退进连绵的黑色水草之中，刚好闪避过前者的攻击。我见了，几乎要跳出胸膛的心顿时一松。

那巨齿鲨一见扑不中，却没有钻入水草之中，反而转身潜伏下深海之中，眨眼间便没了踪影。

一见巨齿鲨隐匿起来，每个人都面面相觑。我们知道，巨齿鲨精通灵性，下一刻不知道要从何处攻击何人，任何人的生命都受到威胁。我见父亲湮没于水草之中，担心他的危险，越发快速地游过去。我游到水草旁边，伸手去触摸，发现水草柔软如丝，里面竟然是空荡荡的，可以直接伸手进去。我心下一顿，便埋头钻了进去。

一钻入水草之中，顿时一片黑暗，四周压根儿看不清光线。由于戴着氧气罩，也不能够喊叫，只能够胡乱摸索，一边撩开水草，一边往里面游进去。那水草宛如藤蔓一般缠绕，因此需要花费很大力气才能够勉强钻进去。我大概游了片刻，眼前才出现一丝光亮。我心里一顿，心想隐藏在水草之中难道有另外一个层次的空间不成？随着钻出水草的包围圈，我才完全看清楚外面的情况。只见里面是个偌大的空间，光线比起幽暗的深海还要充足一些，可以用朦胧来形容。

我瞥见父亲正在附近惊讶地注视着眼前的空间，忽然见我进来，便向我挥了挥手。我会意地向他游过去。这时，从水草中纷纷钻出莫羽和李渔、安卡拉公主以及其余三个人鱼海妖。彼此见逃离了巨齿鲨的魔爪，都长松了一口气。

这时，我仔细地打量起这个偌大的空间，空间非常之大，空空荡荡的，两边除了黑色水草之外，里面是什么情况根本看不清楚。

“这里面到底是……”我在心中暗暗思考着。

忽然，我的脑海之中闪过古老海妖所说的话来：“封印之地，稀有记载，隐见龙宫，长余缝隙，宛如海沟。”眼前这个空间形状宛如龙宫一般，心下不由得又惊又喜。

“难道这里就是龙宫？”我震惊地想着。

父亲似乎也看出端倪，伸手向我打手势，意思是说这里面宛如龙宫，说不准就是封印之地。我赞同地点了点头。

其余人毕竟也是聪敏之人，多少也感觉到这个空间不寻常。

尽管脱离巨齿鲨的攻击，但是里面幽蓝的空间似乎更为神秘，所以大家也开始提高警惕，在我的带领下向里面游进去。

大概进入三十米，空间越来越大，并且看到前面有着黑色的帘布遮挡着，似乎没有了去路。游近一看，发现这些黑色的帘布竟然是一条条手腕粗的藤蔓。这些藤蔓密密麻麻地缠绕着，形成了巨大的屏障。

“屏障背后到底是什么？”我在心里嘀咕着。

安全起见，我伸手示意他们停止下来，我先进去看看情况。父亲伸手拍了拍我的肩膀，让我注意安全。我点了下头，便伸手拨开缠绕的藤蔓，往里面游进去。这些藤蔓也不知道在水中活了多少年，长满了黑色的苔藓，特别黏人，有些甚至长成人形。

这些藤蔓的厚度竟然有十来米，我几乎是使用着灵力才能够完全穿梭过去。进入里面之后，看见竟然也是一个巨大空间，不过这个空间和外面的有些不同，只见四周是椭圆形的，除了三面是藤蔓，另外一面隐约传来光亮，似乎是空间的尽头。我见暂时没有危险，便沿着原路退出去。

我向父亲他们伸手说明里面的情况，便带领他们进去。进来之后，便直奔光亮处。那些光亮一缕缕的，宛如太阳照射的光线，却显得诡秘异常。

我们游过去一看，发现光线是从一个巨大的洞窟射进来的。那洞窟两边全是藤蔓和水草。

"真是奇妙哇！"我仰望着洞窟，暗惊。

我们见四周再也没有去处，便沿着洞窟往上游去。却不料洞窟特别长，游了片刻才游了出去。

一钻出洞窟，每个人都震惊得面面相觑。眼前的情景使我们震撼不已。我们完全想象不到，在这个深海之中，真的有着神秘的"龙宫"。而且，这个龙宫建设独特，巧夺天工。

深海之水到达龙宫之上，竟然被完全隔离开了，里面是个半封闭的空间。我们脱掉氧气瓶和潜水服，深呼吸了一下，感觉到里面空气是流通的，不由得惊喜地面面相觑。

"爸，真是神奇呀！到底是谁建筑了这座龙宫呢？"我惊叹道。如此巧夺天工的设计，能够隔绝海水，形成一个独立的巨大空间，并非寻常之人能够做到的。

"可能是古老的海妖吧，他们当初为了封印，所以才花费心血建筑如此奇妙的龙宫吧。”父亲双目放光地环顾四周。

莫羽和李渔、安卡拉他们也纷纷惊叹地瞪大双眼。

我仔细地端详起来，只见四周完全是用古老的砖块来铺成的，上面雕梁画栋，每个廊柱之间画着神秘的、形状奇特的好像是龙的怪物，这些龙或者张牙舞爪，或者冲天翱翔，看起来宛如一座古墓龙宫。

“大家快进去看看，说不准里面就是封印之地了。”李渔按捺不住兴奋地道。

李渔说完，率先往里面跑进去。我们随后也快步追上去。随着往深处跑进去，发现前面一道墙遮挡了去路。我们便停下来，面面相觑。

“这个龙宫构架有些不寻常，大家得小心才行。”父亲目不转睛地注视着眼前的墙壁，道。

“依我看，墙壁的背后可能就是封印的空间。”安卡拉有些莫名激动道。

“对，对！”其余人纷纷赞同地应道。

我见眼前的墙壁黑白相间，不像是寻常墙壁，便伸手去触摸。不料，这道墙壁宛如一道屏障一般，完全是空的，手可以直接探进里面。

“这到底是怎么一回事？”我抽出手来，颇为不解地看着父亲道。

父亲摇了摇头，也是百思不得其解。他沉吟了片刻之后，才决定道:“王海，你尝试进去看看。”

我猜测这道墙壁设计在这里，估计有着诡异之处，不过我拥有灵力，所以也是艺高人胆大。我点了点头，便准备进去。

“小心，小心！”莫羽和安卡拉几乎异口同声地叫道。

我向她们投过去一瞥，伸手做了个没事的手势，便转身往里面走进去。这道墙非常奇怪，难以用物理知识来形容，我竟然毫不费劲地，当然也不用使用灵力，就能够穿梭过去。

进入之后，只见里面有些幽暗，不过还是可以隐约看清楚。我瞥见四周竟然从上面流淌下一条条瀑布，瀑布哗啦啦地响着，在瀑布的旁边缠绕着千年的古树藤蔓，墙壁四处也是雕梁画栋，一条条宛如巨龙的怪物栩栩如生，形成一个巨大无比的真正龙宫。在龙宫的深处，宛如星星般的光亮熠熠闪闪，不知道是什么物体发光。

我震惊无比地看着眼前的一切，感觉如同梦境一般。我看了一会儿，忽然想起外面的人，便打算钻出去，可是我的手触摸到墙壁，那堵墙壁竟然压根儿找不到出口。我心下大惊失色。

“这是怎么回事？”我挠着头快速地思考着。

“既然是上古海妖他们封印之地，一定存在着很多非同寻常之处，他们可能是使用灵力来封印‘龙宫’，目的是让无意或者有意的闯入者无法逃避出去。”我想到此处，也是胆战心惊，见连使用灵力也无法穿透墙壁，便大声地焦急叫起来：“千万不要进来，千万不要进来！”

但是，我无论怎么喊，都听不到墙壁后的回声。我心下一凉，心想这回麻烦可大了。我正想间，忽然瞥见父亲和李渔、安卡拉以及人鱼海妖相继钻了进来。他们进来后，见我一脸惶恐，再看看四周，倒是轻松而惊喜起来。

“王海，你这是怎么了？”莫羽观察入微，见我不对劲，便关心地问道。

我张嘴欲言，但是仔细一想，这时告诉他们无法出去，不是让他们担惊受怕吗，便微微一笑：“没事，没事，我是被眼前的场面震撼到了。”

“或许吧。”莫羽半信半疑地道。

“如果这里真的是龙宫，那么，就算是找到封印之地了，没有钥匙和放射源碎片，就算王海拥有灵力，也无法解开封印哪！”其中一个人鱼海妖无奈地长叹一声道。

“我想，他们已经来了。”父亲注视着龙宫深处，深锁着眉头，担忧地道。

莫羽一听父亲这样说，吃了一惊，忙向人鱼海妖挥手，自己则带头快步冲了进去。我担心莫羽的安危，连忙追了上去。

龙宫很幽深，我们大概走了一千米才逐渐接近光亮处。我们走近光亮处一看，不禁大惊失色。原来发出光亮的地方，竟然是两颗小球体，宛如小孩拳头般大小的白珠。而叼着白珠的则是两条巨大的黑白相间的海蛇。海蛇也不知道是什么东西构造的，倒是形象逼真、栩栩如生，似乎一张嘴就会向我们扑过来。在海蛇斜上方的两个地方，有两条细流缓缓地流淌着海水，其余的地方则空空荡荡的，什么也没有。

“难道这里是一个封闭空间，一旦进入，真的无法逃出去？”我在心中暗想着，却不敢将想法告诉他们。

“奇怪了，这里面到底是啥情况？啥也没有，只有两条吓人的海蛇。”李渔嘀咕着。

“蛇构造有些奇特，好像传说之中的不死海蛇。”其中一个人鱼海妖见多识广，有些惊讶道。

“海蛇口中叼住的是什么珠？”莫羽说着便靠近去仔细看起来。

“没见过，估计是你们海中之物吧。”安卡拉有些好奇地道。

在他们说话间，我没心情去理会海蛇，倒是仔细寻找其他出口，可是看了一遍之后，并没有发现。

“该怎么办？”我开始有些焦急起来。

“该不会是海珠吧？”其中一个人鱼海妖说着上前去触摸其中一条海蛇口中的白珠。那颗白珠卡在巨蛇的口中一动也不动，用手指敲击还响起奇特的声音。

当他敲击完，忽然看到了什么，“呀”的一声尖叫起来，然后急忙往后倒退。

我们都吓了一跳，忙看向他。只见他惊慌地看着眼前的巨蛇，嗫嚅道：“这海蛇是活的！”

第三十四章
海灵树

“不会吧？”我们几乎异口同声讶然道。

“刚才我看到它的眼睛眨了一下，诡秘的目光之中流露出邪恶的笑意。”人鱼海妖依然有些害怕地道。

“难道我们真的进入了封印之地？而这两条海蛇，就是传说之中的古老海妖——守护神？”莫羽道。

“守护神？”我们不由得面面相觑。

我们正说话间，似乎打扰了这两条海蛇，只听见它们轻微摆动的声音，然后看到两颗海珠被它们吞噬进去。

“海蛇吞珠？”其中一个年长一些的人鱼海妖瞪大双眼道，“这可不是一般的海蛇，是拥有灵力的海蛇，可能就是传说之中的守护神。”

我们一听说它们是拥有灵力的守护神，多少猜测到那两颗海珠不是寻常之物。我们进来的时候，可能是刚好遇到它们在休息，不曾想到打扰而惊醒它们了。

“真是不可思议呀！”父亲惊叹了声。随即，他脸上流露出又惊又喜的神色。我多少明白父亲的心思，他是想着经历过千辛万苦，九死一生之后，终于寻找到封印之地了，另一方面，这两个守护神是非常可怕的。

两条海蛇一吞进海珠，彼此对望了眼，接着虎视眈眈地看着我们，诡谲的双眸流露出凶狠的敌意，然后吐出芯子，那芯子又长又红，不断地在空中舞动着，宛如飘荡的彩带。

“爸，这下该怎么办？”我小声地道。

“海仔，依我观察，这四处并没有可疑之处，难以寻找到深海之眼，因此我猜测，这两条海蛇如果真的是守护神，它们一定知道深海之眼的位置，所以必须利用它们。”父亲狡猾地笑笑。

“利用它们？”我嘀咕着。

那两条海蛇忽然扭动着身体，缓缓地向我们靠近。我们见了，惊吓得纷纷倒退。

我边退边在心里琢磨着，只有将它们吓跑，它们才可能逃进深海之眼。我想到此处，便停止脚步。其他人则躲在我背后静观其变。

“儿子，小心！”父亲关切地叫了声。

我点了点头，握紧了鱼枪，使用上灵力，咬了咬牙关，便向它们跑去。这时，我们距离大概十米。

两条海蛇一见我突然冲过来，顿时愤怒地瞪圆双眼，张口血盆大口，嚎叫着就向我扑过来。海蛇的速度异常快，可以用利箭一般来形容。

“小心！”我听到背后传来莫羽和安卡拉焦急的喊声。

我心想海蛇拥有灵力，而且是千年守护神，自然不简单，因此不敢马虎大意。我一冲上去，便猛地使用灵力，然后一个跳跃，抡起鱼枪向左边的海蛇刺下去。

那条海蛇可不是吃素的家伙，一见我扑上去，长鸣一声，猛扭动身子闪避，与此同时巨大的尾巴呼啸着向我拍过来。我心下一顿，急忙在半空中翻身闪避，脚刚落在地面，就一个回马枪刺向海蛇。眼看着鱼枪将要刺中海蛇的眼睛，不料对方猛地一扭动，张嘴从口中吐出海珠。那海珠顿时发出一阵奇异的光芒，顿时将鱼枪强硬地遮挡住。这时，我感觉到背后传来一股风，知道另外一条海蛇闪在我背后。我大吃一惊，忙收回鱼枪，弯腰往旁边一骨碌闪过去。

“儿子，小心！这两条海蛇不是寻常之物，必须寻找它们的破绽分开攻击。”父亲叫道。

“正所谓，打蛇打七寸，因此我猜测，就算是拥有海珠灵力的海蛇也不例外。”李渔道。

“对，对，我一时焦急，倒是忘了这套。”父亲拍了拍手，激动地道。

李渔和父亲的对话倒是提醒了我。我从地上站起来之后，见两条海蛇快速地晃动过来，凶神恶煞地盯着我，形成左右夹攻的架势。

“真是成精的家伙！”我在心里暗暗吃惊。我此时倒是冷静地观察它们的动静，心中在想着打七寸位置的问题。

“王海，别发傻了，它们来了！”莫羽和安卡拉忽然焦急地叫起来。

我注视着两条海蛇越来越接近的身影，倒是冷静异常。我的嘴角抽搐了下，露出狡猾的笑意，手紧紧地握住鱼枪。

眼看着它们就要扑到身边，我忙往旁边闪避，然后快速地使用灵力抡起鱼枪打向左边那条海蛇七寸的位置。

那条海蛇猝不及防，竟然被鱼枪准确地打中了七寸。那条海蛇顿时痛苦地抽搐起来，张嘴惨叫着，蛇身不断地扭曲着。

“干得漂亮！”父亲那边传来激动的掌声。

另外一条海蛇比起这条海蛇要大一些，见我打了这条蛇的七寸，顿时愤怒起来，血红的双眼似乎要喷出火焰来，伸出长长的芯子就快如闪电般扑了过来。我见打掉一条海蛇，单独对付另外一条倒是轻松，因此更不慌乱，反而越发镇静自若。

那条海蛇见我冷静地盯着它看，毫不畏惧，更是愤怒长嚎起来。

“儿子，记住我的话！”父亲忽然叫道。

我会意地点了点头。按照父亲的意思，这条海蛇只能够打跑它，然后跟着它寻找深海之眼。

于是我抡起鱼枪，迎着海蛇刺过去。那海蛇猛地一扭动蛇头，轻巧地闪避，突然加快速度向我扑咬过来。我暗暗吃惊，心想这条海蛇的灵力更在另外一条之上，忙一个侧身闪开。那条海蛇毕竟是柔软之物，一见我闪开，蛇头随即扭动着再次扑咬过来。我便连忙后退闪避，它却越发勇猛，更是快速攻击。我在它猛烈的攻击下，只能够连连闪避。

此时，四周一片安静。

海蛇连续攻击我十来回，依然无法扑咬到我，更是恐怖地嚎叫。它忽然立起身来，从上面虎视眈眈盯着我，再次舞动着扑下来。我见时机差不多了，不能够再耽搁下去。我身影往后退出好几步，然后往前快速跑去，一个空中翻身，抡着鱼枪刺了过去。果然如同我推测的一样，海蛇忙吐出海珠。那颗海珠顿时发出耀眼的光芒，完全将鱼枪遮挡在半空中。我猛地使用最强的灵力，压制着鱼枪刺下去。那颗海珠也不知道来自海底何处，却没有我的灵力强大，被慢慢强硬顶回去了 。那条海蛇吃惊地瞪大双眼，一口气将海珠吞了进去。我不等待它回过神来，用鱼枪刺进它左边眼中，然后往外一拨。

海蛇顿时痛得惨叫着扭动着身体，在地上翻滚着。它凄厉的叫声响彻整座龙宫，令人胆寒。它在地上翻转了好几圈，来到另外一条海蛇身边，忽然叼住后者，猛地往后面退去。

我心里一喜，看来父亲的猜测不错，它们正要逃进老巢之中，可能正是要隐藏在深海之眼中。

“不能让它们溜了！”我背后忽然传来一个声音。我听得出来是其中一个人鱼海妖的声音。

“静观其变。”父亲道。

“为什么？”

“一会儿你就知道了。”

两条海蛇退到西南边的细流处，忽然顺着溪流钻了进去，眨眼间便没了踪影。

“原来那里隐藏着秘密。”我在心里暗喜。

“我们过去看看。”父亲道。他说着便向那溪流跑去。其余人也纷纷跟随上去。我使用灵力，身影闪动间已经来到溪流处。

我们目不转睛地看着溪流，透过海水闪烁的光亮和空隙，发现里面是个洞窟，洞窟内隐约透出光亮。我们心中大喜，彼此对望了眼，便往溪流里面走了进去。

一进入洞窟，顿时感觉到一股寒流袭来，我们不由得打了个冷战。

“奇怪了，深海之中的这洞窟是怎样设计的呢？”安卡拉小声道。

寂静中，只听到怦怦的心跳声和紧张的呼吸声，没有人回答她的话。

由于担心海蛇潜伏在洞窟深处，所以我们每走一步都小心翼翼。我们更为担心的是洞窟深处到底隐藏着什么，如果不是深海之眼，而是海蛇的老巢，那就麻烦大了。

洞窟深处隐约传来微光，也不知道是什么东西。我猜想可能是海蛇的双眼在发光，要不然可能是其他生物。

我们沿着洞窟走了大概二十米深，发现洞窟开始转弯，而且有楼梯直往上面延伸。此时，隐约听到上面传来哗啦啦的水声。楼梯大概三十来步，很快便走了上去。只见眼前不再是洞窟的小空间，而是一个足有几个足球场般大的空间，里面宛如水帘洞一般，各处有海水从上面流下来，好像水帘洞一般华丽。空间内略微显得幽暗，不过能够看清楚。

“奇怪了，那两条海蛇呢？”我环顾四周，并没有见到海蛇的踪影。

“这地方阴沉，水帘洞多，估计隐藏容易，难以寻找吧。”父亲道，“虽然其中一条海蛇受伤了，不过我们还是需要小心。”

其他人沉默着点了点头。

“这里该不会就是深海之眼的地方吧？”李渔仔细地看着四周，纳闷地道。

“水帘洞背后，或许有所隐藏，我们过去看看。”莫羽向人鱼海妖伸手示意，后者会意地带头往里面走去。

我一边走，一边警惕地看着四周，一方面担心海蛇的攻击，另一方面隐约觉得海蛇带领我们进来，可能是另有目的，说不定这里面有着更加可怕的东西。而至于所谓的深海之眼到底是怎样的，我们所有人，包括人鱼海妖他们都只是从传说之中获得一些蛛丝马迹，隐约觉得所谓的深海之眼，如果是一个巨大的“眼睛”，非同寻常，应该第一眼就能够看出来。不过，仔细一想，上古海妖封印之时，担心后人发现，所以一定有所隐藏。

我们穿过几个水帘洞，一直往前走，发现这些海水从上面流淌下来，顺着下面的深槽继续往下流淌。

忽然，我看到前面水帘洞的背后有双眼睛锐利地盯着我们的一举一动。我暗吃一惊，心想那到底是什么未知生物？那双眼睛见我们逐渐靠近，忽然消失了。我便快步跑了过去，一个跳跃穿过水帘洞。

水帘洞的背后空荡荡的，除了一棵巨树之外，什么也没有。

“是我眼花了，还是那个身影速度太快了？”我仔细地环顾四周，的确什么也没有发现。

“怎么回事？”我听到背后传来父亲的声音。

“刚才我好像看到一双眼睛在这里盯着我们看，我一冲进来，那身影就没了。”我如实地道。

父亲和其他人顿时吃惊不小，纷纷四处环顾，却什么也没发现。

“不会是眼花了？”李渔疑惑地道。

我心里清楚，刚才不可能是眼花，只是那东西速度实在太快，也不知道隐藏在哪里了，所以无法寻找出来。我摇了摇头，不再言语。

“这水帘洞中，怎么会有一棵巨树哇？！”安卡拉颇为好奇地伸手去触摸那树身。

我沉静地看着眼前的巨树，见巨树少说要三个人合围才能够抱住，估计也有千年以上，并且是树叶茂盛。

“按照常理来说，如此的深海‘龙宫’不可能长着巨树，难道这棵树是建筑这座龙宫的时候栽种的？到底有什么用途？”父亲倒是冷静地分析道。

莫羽和其余三个人鱼海妖以及李渔倒是面面相觑。莫羽似乎想起什么来，喃喃道：“传闻，深海之中生长着一棵灵树，这树巨大，叶子宛如巴掌大，半黄绿，树身宛如人形，据说这种灵树活了也不知道几千年，不但精通人性，而且能够变化成人形。”

“灵树？”我和父亲、安卡拉惊讶地互相对望了眼。

“我忽然想起一事，据我祖先所说，当初封印深海之眼的时候，以灵树为记，不知道是真还是假。”其中那年长的人鱼海妖挠着头道。

“也不管真假，看看四周是否有什么发现，说不准深海之眼就隐藏在这附近。”李渔道。

我此时心里倒是“咯噔”一下，心想刚才看到的那双眼睛，难道是灵树幻化成人类的眼睛吗？我想到此处，便仰望着灵树，想从它身上看出端倪来。

四处仔细看完之后，发现除了水帘洞和巨树之外，并没有其余的发现，更别说是什么深海之眼。

“倒是奇怪了，难道是我们搞错了？”父亲来回走动着，喃喃道。

“一定是哪里出差错了！”李渔道。

“难道我们从一开始进入这里就走错地方了，这里根本不是什么龙宫，当然也不是深海之眼的地方？”安卡拉瞥了我一眼，接着又把目光投向巨树。

“一定是哪里出错了。”我皱着眉头深思起来，“当时，巨齿鲨攻击我们，我们才误打误撞进入这里所谓的龙宫，或者龙宫根本不在这里，这里只是一个假的龙宫。”

我想着这些问题的时候，莫羽和其余的人鱼海妖则分别上前去摸巨树，或者搜索附近的水帘洞以及黑漆漆的宛如水草的墙壁。

突然，我们听到“咔嚓”一声，接着听到好像齿轮转动的声音，然后看到那棵巨树缓缓打开一扇门来。我们都十分惊讶地看着巨树的门，再瞥了眼其中年长的人鱼海妖。我心想，刚才可能是他不小心触动了所谓墙壁的机关，所以巨树小门才打开了。

“巨树里面到底是什么？”安卡拉颇为惊讶地道。

“难道……”我忽然想到一个问题，深海之眼或者隐藏在灵树身上。我想到这里，目不转睛地盯着巨树的空洞的门。

李渔第一个忍不住好奇便走了过去，往树洞瞧进去。那棵灵树好像被偷窥了一般，忽然摇晃了下，接着树洞裂开一条缝隙，隐约瞥见里面有着一个黑影。李渔吓了一跳，连忙往后倒退几步。

我们在惊讶之中，那个裂缝逐渐张开，接着从里面钻出一个好像比我们高大两倍的树人来。树人长相丑陋，除了有嘴巴和巨洞般的眼睛之外，其余部分完全是黑漆漆的树干。

“看来传说是真的。”年长的人鱼海妖瞪大眼睛，喃喃道，“据说，获得这千年灵树，能够长生不老。”

他的话音刚落，灵树背后的古树好像失去了灵魂一般，霎时间便倒塌下来。我们大吃一惊，纷纷闪避。

随着灵树倒塌，灵树根部的地方突然露出一个大洞来，那水帘洞的海水汹涌着奔流而下，眨眼间便形成了一个巨大的漩涡。那漩涡倒是神奇，竟然越来越大，不一会儿，宛如一个巨眼一般，似乎要吞噬所有的一切。

“深海之眼？”我们几乎异口同声地惊叫道。

我们的惊叫刚落，那个树人抿嘴邪恶地笑着，突然张开巨嘴，伸出巨大的手掌就向我们扫过来。我们顿时如同惊弓之鸟，纷纷闪避。

树人尽管高大，速度却灵敏，见我们闪避开，便再次大步上前，抡起巴掌就拍向其中一个人鱼海妖。那个人鱼海妖毕竟是人鱼海妖族的勇士，也不是吃素的家伙。他竟然弯腰闪避开，然后一个侧身往树人脚跟溜去。树人身影巨大，却找不到他的身影，便继续攻击李渔和安卡拉。此时，莫羽和我父亲正在我身边，冷静地观察着。

“这个树人看着就像晚年古木，依我看，灵树毕竟是怕火之物。”父亲冷静地分析道。

“火？”我和莫羽默契地对望了眼。

“可是，我们的火种都在船上，哪里能够找到火哇。”莫羽有些失望地摇了摇头。

这时，李渔和安卡拉被树人左右手夹攻，危在旦夕，我心下一顿，也不多想，急忙使用灵力往前冲去。其余的人鱼海妖则纷纷抡出匕首砍着树人的背部和树脚，但是树人对于他们的攻击，根本不当一回事。

“安卡拉公主，小心！”我瞥见树人的大手从她背后呼啸着拍下来，顿时大声惊叫。

安卡拉似乎也感觉到危险，但是来不及闪避了。我心中一震，急忙拼尽灵力跳跃过去。就在这千钧一发之际，我拥抱着安卡拉从树人手上闪了过去，然后直接跳跃到树人手臂上。

“多谢了！”安卡拉紧紧地拥抱着我，脸部几乎贴着我脸部，呼吸紧张而羞涩地道。

第三十五章
活化石蜈蚣

我霎时愣怔住了，我看着她清澈如水的眼神，刹那间有着莫名的心动。面对粗狂而温柔的安卡拉公主，我竟然有些动心了，难道我爱恋着她？在那一刻，我感觉到时空似乎定格了，脑海中忽然想起大学时期一个梦中情人，有一天我在学校门口遇到她，刚好是阴雨绵绵的天气，她突然一袭白色连衣裙出现，带着淡淡的茉莉花香，在那一刻我感觉到前所未有的心悸，正如此刻对安卡拉的心动一样。

“海仔，小心哪！”父亲的叫嚷声使我回过神来。我看着树人的巨掌即将拍到面前，吓了一得，连忙抱着安卡拉闪避。树人的巨掌“呼”地一下从身边拍了过去。我忙抱着安卡拉从树人的肩膀上跳了下去，接着松开她，低声道：“小心！”然后向树人扑了过去。树人则愤怒地抡着手掌拍打我。我在他手掌攻击下连番跳跃，几个闪躲便钻到它的脚下，紧接着用匕首在树人的大腿处钻孔。我快速地转动着匕首，不一会儿，钻木取火的效果出现了，亮起了星星之火。那星星之火在我灵力的吹动下，片刻便顺着树人大腿开始燃烧起来。

树人感觉到灼热燃烧的痛苦，忙转身向巨眼走去，然后“噗”的一声消失在巨眼之中。

我们站立在原地，盯着那巨眼漩涡，沉默着。

“爸，看来我们只有进入巨眼之中，才能够找到封印，除此之外别无选择。”我的目光收敛回来，看着父亲道。

父亲点了点头，道：“深海之眼看起来特别危险，而且不知道这漩涡前往何处，所以必须小心。”

“不管巨眼之处是什么，我们已经别无选择了。”莫羽急切想着寻找到深海之眼打开封印，所以不等待我行动，自己带头往前面走去。

其余三个人鱼海妖见公主打算冒险进去，便急忙追上去。

海妖拦住公主之后，便分别跳跃进漩涡之中，眨眼间便没了踪影。莫羽随后也毫不犹豫跳了进去。我和父亲、李渔、安卡拉自然毫不例外跟随跳了进去。

一进入漩涡之眼，我们顿时被漩涡搅动着旋转起来，里面好像有着巨大的吸力一直将我们吞噬进去。我们被旋转得头晕目眩，好像衣服被洗衣机搅拌一般，完全分不清东南西北。

我由于吞噬海珠拥有灵力，所以尽管被海水吞噬，却完全吸不进海水。如此过了一会儿，我们纷纷被漩涡抛了出去，“啪啪啪”地摔倒在地上。我连忙一骨碌爬起来，寻找父亲和莫羽的身影，见他们正躺在近处，不断地往外吐水，大声地喘气。而安卡拉和李渔也是如此，倒是其余三个人鱼海妖略微好些。

“爸，没事吧？”我走过去搀扶起父亲，拍了拍他后背。

父亲吐完海水，才完全长松一口气，气喘吁吁道：“没事，没事！”

这时，莫羽和李渔、安卡拉他们吃力地站起来，环顾起四周来，个个都震惊地瞪大了双眼。

我扶着父亲仔细地看起四周来，只见眼前是个偌大的洞窟，洞窟内竟然是奇峰异境，几条瀑布从山上流淌而下，在山脚下响起一阵阵哗啦啦的水响。山峰之间薄雾袅绕，隐约传来鸟鸣声。

“这到底是啥情况？”我惊讶地道。

“真是奇怪了，这深海之中竟然还有如此奇怪的隐秘之处。”李渔说着，缓缓向前走上去。

“对了，刚才消失的树人呢？”安卡拉环顾四周，脸上露出警惕道。

“依我看，估计是隐藏于前面的山峰之间了。”莫羽看似漫不经心道。

“这里面难道是深海之眼的深处？”父亲边说边往前走去，“依我看，下面可能是火山活跃带，当年就因为火山爆发，所以形成了这样的地方。”

我目光沉静地注视着四周，并没有发现什么异常，不由得将目光看向奇峰异境的深处，那里烟雾弥漫，压根儿看不清是什么。

“我们四处看看，说不准有什么发现。”李渔道。

其余人沉默着点了点头，便提高警惕往前面走去。我一边走一边琢磨着，这里面所谓的龙宫层层叠叠，令人眼花缭乱，所谓的深海之眼诡秘隐藏，着实令人琢磨不透。

忽然，我隐约见到薄雾之处出现一个身影，那个身影在雾中飘荡着、翱翔着。除了我之外，其他人也眼睛锐利，自然都看清楚了。

“到底是什么？”我压低声音道。

“深海之中如此奇幻之景，本来就是异常，因此，这宛如谷底的异常之中，非同寻常之物自然会有。”父亲道。

“爸，你的意思是说，还有危险的未知生物在这里生存？”

“极有可能。”父亲很肯定地道。

“那就大开眼界了。”

我刚说完，忽然隐约听到头顶上的奇峰处传来窸窸窣窣的声音，好像好多人在走碎步似的，不由得连忙抬头仰望上去。

“这到底是啥呀？”我见到那巨大的红色物体快如闪电地从山峰间跳跃下来，眨眼间便来到我们面前不远处的山脚下。

与此同时，从右边的山峰间也出现一个黑白相间的巨大怪物，也快若闪电地跳跃下来，刹那间便来到面前。

我们哪里见过这两种怪物，都吓得脸色大变，连连后退。

“这到底是啥怪物？”我见两个怪物身形庞大，足有一头小牛那样大，多足，锋利的爪子，外壳坚硬，睁着红色的细小眼睛，宛如蜈蚣。

父亲满脸惊骇之色，皱着眉头紧紧地盯着，嗫嚅着道：“我猜测，这两个怪物可能是当年火山爆发，从而形成的变异活化石蜈蚣。”

“活化石蜈蚣？”所有人都惊恐地瞪大眼睛。

“难道传说守护封印之地的怪物就是这两个？”莫羽喃喃道。

“这两个怪物看着就吓人，从它们的凶狠来看，我们是否闯入了它们守护的禁地？”李渔道。

安卡拉和其余三个人鱼海妖则沉默地注视着两个怪物，纷纷抽出匕首，紧张地握住，准备开战。

那两个怪物目光锐利地盯了我们一会儿，突然舞动着爪子，凶神恶煞般地向我们冲击过来。

“大家小心！”我忙握紧匕首向红色的蜈蚣刺过去。而李渔和安卡拉他们也纷纷拿着匕首刺向黑白相间的蜈蚣。

红色蜈蚣宛如古代安装机关的巨型战车快速地攻击过来，气势如虹，我见对方锋芒不可争锋，便连跑几步，跳跃起来，伸出匕首直插对方头部。在这一瞬间，我瞥见那黑白相间的蜈蚣舞动着锋利的爪子分别劈向李渔他们。他们身影晃动，在锋利的爪子之间闪避。这一瞬间，我有着宛如打怪游戏般的错觉。

我眼看着匕首就要刺中蜈蚣，不料对方舞动起几个锋利的爪子从三个方向分别劈了下来。

“海仔，小心！”父亲急声嚷道。

我心中有数，急忙一个翻身，闪避开几个锋利爪子的攻击，然后跳跃到对方的背上。我不等待它反应过来，抡起匕首就插向它的背部。匕首接触到它的背部，却宛如刺中坚硬的铁木一般。我心下一顿，连忙使用灵力刺进去，那坚硬如铁的外壳才“咔嚓”一声裂开一条缝隙。

我再想继续刺进去，忽然听到四面八方传来急速的风声，知道锋利的爪子劈过来，一旦继续刺下去，自己就会被劈中，因此急忙拔出匕首，瞥见爪子劈来，忙翻身快速在刀锋间闪避。那舞动的爪子宛如闪电般，压根儿不给我喘息的机会。我一边闪避，一边舞动匕首劈开，有几个锋利的爪子被我使用灵力的匕首砍得“咔嚓咔嚓”响，甚至有一个条被劈断了。

红色蜈蚣受了伤，更是怪叫着使用所有的爪子劈向我。我见爪子舞动起来，形成了一个巨大的包围圈，顿时脸色大变，忙身影闪动，寻找缝隙，向外面跳了出去。我前脚刚落地，那条蜈蚣哪里肯放过我，霎时也愤怒着冲了过来。

我无奈地长喘一口气，握紧匕首准备攻击。这时，忽然传来安卡拉的惨叫声，不由得吓了一跳，忙看过去，只见黑白蜈蚣劈伤她背部，露出白皙的肌肤，肌肤上一道血红的痕迹正往外流血。我暗喊不好，一个跳跃，然后向她冲了过去。

此时，李渔和莫羽以及其余三个人鱼海妖左躲右闪。他们和巨型蜈蚣拼杀，根本不是一个档次的对手，所以他们只能够伤对方的皮毛，却无法破开坚硬的外壳。眼看着巨型蜈蚣抡起爪子攻击安卡拉，后者由于受伤，强忍住痛楚小心闪避，几次差点被劈中。

突然，安卡拉一不小心，“啪”的一声摔倒在地面上。她还没有来得及爬起来闪避，那条蜈蚣锋利的爪子从半空中劈了下来。其余人都吓得惊慌地尖叫起来。

就在这千钧一发之际，我飞身扑了过去，用匕首去格挡刀锋般的爪子。那爪子顿时被砍伤，抽搐了下，连忙闪开。但是，接着便有另外几个爪子劈了过来。情急之下，我忙单手拥抱着安卡拉迎着爪子闪避。只见那爪子眼看着就要劈中我们，我却拥抱着安卡拉轻灵地闪避开了。我担心继续下去被对方劈伤，因此快速地从爪子的缝隙之中穿梭过去，眨眼间便钻了出来，来到父亲的面前。

“你没事吧，安卡拉公主？”父亲瞥了眼安卡拉的背部，随即闪开眼睛，关切地道。

“没事，没事！”安卡拉满脸冷汗，大声地喘息着，“这点皮外伤算不了什么。”她说完，忽然意识到背部外露，便羞涩地拉扯了下衣服。

我担心莫羽他们的安危，所以对他们说了句“赶紧找隐秘的地方隐藏起来”，便向莫羽冲了过去。

此时，莫羽和李渔他们纷纷闪避，但是由于那蜈蚣速度太快，他们几乎都受了伤。另外，那红色的蜈蚣见我向它同伴跑去，顿时喷出一股火焰般的怒气，然后快速地爬向我。我这时瞥见莫羽在爪子之间艰难地闪避，便心急如焚，故此抡起匕首跳起来，假装劈向它，但它闪避开便直接冲向莫羽。

这时，莫羽刚闪避开两个锋利的爪子，还来不及继续逃走，从她背后突然悄悄伸出一个爪子当头劈了下来。我心下一顿，要是被这把刀锋劈中，莫羽可能当场就挂了，情急之下，一个闪身跳跃上对方的头颅，抡起匕首就插进它的左眼。顿时，蜈蚣痛苦地怪叫起来，忙收回爪子，强忍住痛苦舞动爪子一起向我劈过来。我却冷静地一笑，在刀锋即将劈中我的时候，我一个翻身闪开，然后直扑红色的蜈蚣。

那受伤的黑白蜈蚣由于伤了眼睛，顿时失去理智，只知道攻击敌人，却完全收不回刀锋，只听见“咔嚓”几声，它的坚硬外壳霎时被劈开，甚至有两把插入身体之中。

红色蜈蚣见我竟然飞扑向它，刀锋不停在半空中舞动着，滴水不漏。我此时要是撞上去，一定会被劈成十块八块的。故此，我猛地收住脚步，闪避到它的背后，然后跳跃上它的背部。它似乎猜透我的意图，抡起尾巴的最锋利刀锋直接劈了下来。我忙往它头颅跑去，见刀锋闪电间劈到身上，一个轻灵侧身闪开。对方担心劈伤自己背部，也连忙收回，接着侧边的刀锋左右夹攻。我在缝隙之间接连闪开，见机会来了，一个闪身扑上前去，回手就是一刀插入它的右眼。我顺着速度飞身跳跃下去，站立在莫羽的面前，轻轻地搀扶着她。

“你没事吧？”我上下打量莫羽，见她的手臂被刀锋割伤，伤口不是很深，不过正往外渗出血来。

“只是皮肉伤，没事！”莫羽强忍住痛，宛如没事人一般平淡。不过，我见她脸色惨白，气喘吁吁，看来是受惊不小。

两条蜈蚣眼睛受了伤，越发愤怒起来，怪叫着舞动着刀锋，凶神恶煞般地盯着我们，似乎就要攻击过来。

“大家快闪！”我连忙叫了声，放开莫羽，握紧匕首打算冲击上去。

就在此时，洞窟深处突然传来一阵刺耳的声音，那声音非常奇特，宛如外星生物传递的信号波段，又宛如汽车鸣笛的声音。

两条蜈蚣听了，对望了一眼，显得有些紧张，忙转过身去，快速地往洞窟深处跑去，眨眼间便没了踪影。

“到底是怎么回事？”我绷紧的神经顿时一松，长松了口气。

其余人也长松了口气，不停地抹着冷汗。刚才蜈蚣要是疯狂再次攻击，后果的确难以预料。

“这种声音好像是呼唤，也好像是因为有人突然闯入禁地发出的紧急声音。”父亲注视着蜈蚣消失的方向，紧锁着眉头嘀咕着。

“难道前面就是封印之地，因为有人突然闯入，所以‘那东西’才发出这种声音？”李渔依然心有余悸地道。

“说不准是巨鲨王他们，”父亲看着大家道，“我们赶紧过去，不要让他们捷足先登了。”

“对，对！”其余人纷纷附和道。

“要真的是他们，估计是从另外一处进入深海之眼的，但是里面危机重重，加上有两条蜈蚣，一时之间他们估计也无法打开封印之眼吧。”我嘴上这样说着，却开始往洞窟深处走去。其他人也赶紧快步跟随上来。

我们沿着凹凸不平的道路快速冲去，接连拐了几个弯道，瞥见里面越发幽深，除了奇峰异境逐渐消失，眼前出现一片片的海水暖流。这些暖流甚是奇怪，只见水流在流动着，形成一朵朵灿烂的花朵，宛如孩子调皮般跳跃着。

大概跑了一段距离之后，转过暖流，眼前出现了一幅奇幻的景象，这个景象完全震撼到我们了。

只见面前空荡荡的，甚是辽阔，巨鲨王和十几个不死海盗正在和两条蜈蚣拼杀，而他们的头顶形成了一个巨大的苍穹，苍穹之上，幽蓝色的海水不停地流动着、旋转着，逐渐向穹顶涌去，形成了一个巨大的漩涡，漩涡不断地旋转着，宛如一只巨大的眼睛。那只眼睛虎视眈眈地窥探着下面的人，似乎在邪恶地微笑一般。

“深海之眼？”我们几乎惊叫出声。

“原来，深海之眼就是海洋的眼睛。”父亲轻声惊叹道。

“海洋的眼睛？”我想着这句话的含义。

“深海之眼在宛如苍穹之上的海水中，要怎样才能够打开封印呢？”莫羽锁着蛾眉，焦急地道。

“看来，要打开封印只有依靠王海了，因为只有他拥有灵力。”李渔用期待的目光看着我。

其余三个人鱼海妖也看着我，眼神之中流露出满满的期望。

“我长得虽然英俊，也用不着瞪着人家看吧，这样多不好意思呀！”我挠了挠头，有些不好意思地调皮地笑道。

莫羽和安卡拉忍不住扑哧地笑出声来。

“臭小子，别臭美了，还是赶紧想办法弄到钥匙和放射源碎片吧。”父亲伸手拍了拍我肩膀，注视着巨鲨王忧心忡忡道。

我收起调皮的笑容，冷静地观察着巨鲨王他们和蜈蚣拼杀的情况。巨鲨王毕竟拥有超强的灵力，加上他的手下个个都是凶狠强悍的，因此，面对凶狠而受伤的蜈蚣，他们拼杀起来，比起我们之前拼杀得要轻松一些。但是，这两条蜈蚣似乎是担心他们打开深海之眼，所以显得更为疯狂。只见红色蜈蚣将其中一个不死海盗劈倒，接着劈向巨鲨王。巨鲨王邪恶地笑了笑，抡起手上的木杆武器拍打过去，由于灵力超强，竟然将红色蜈蚣锋利的爪子打断了。红色蜈蚣吃了一惊，却更为快速地攻击过去。后者冷笑一声，往前跑了几步，飞身跳上红色蜈蚣背部，抡起木杆就砸向后者头颅。后者急忙抡起爪子遮挡，同时使用尾巴拍向前者的背部。

另外一条黑白蜈蚣则疯狂地舞动着爪子劈向其他的不死海盗，那些不死海盗见对方来势汹汹，纷纷闪避，其中几个闪避不及，顿时被劈伤，在地上来不及站起来，就被黑白蜈蚣劈死或者叼住，往外面抛去。

巨鲨王的木杆被红色蜈蚣的爪子挡住，无法劈中头颅，似乎感到背后的危险，急忙翻身闪避，在翻身的同时抡着木杆拍向红色蜈蚣的身体，一股力量顿时将后者拍得倒退几步。

第三十六章
封印守护神

我们被他们打斗的场面完全震撼到了。我心中暗暗嘀咕着，要是我们和巨鲨王他们拼杀，可能是小巫见大巫，现在倒好，有蜈蚣帮忙。依他们战斗的情况来看，蜈蚣由于受伤，逐渐处于下风。

“儿子，一旦巨鲨王他们受伤，我们就过去夺回钥匙和放射源碎片。”父亲沉静地道。

我点了点头，忽然想起一事，道：“对了，巨鲨王既然来了，那么，哪个才是不死海盗首领鲨鱼眼？”我说完，仔细地观察十几个不死海盗，见他们每个人都勇猛异常，个个装束都一模一样，压根儿看不出什么来。

“我在想，神秘的巨鲨王可能就是传说中的不死海盗——鲨鱼眼。”莫羽沉思良久，喃喃道。

莫羽的话顿时使我们茅塞顿开，如果巨鲨王就是鲨鱼眼，那么，一切的谜团就都可以解得开了。当初，鲨鱼眼获知我们进入人鱼海妖族的神秘冰岛，所以才带领队伍前来抢夺，这也是他获知我们的身份的原因。

“原来传说之中的巨鲨王和鲨鱼眼就是同一个人，这怪物也不知道活了多少年，也不知道从哪里获得了灵力，所以在海上才如此猖狂。”莫羽估计是想起族人被他所杀，倒是咬牙切齿起来。

其余三个人鱼海妖盯着巨鲨王，也是愤怒无比。

我们说话间，巨鲨王已经砍掉了红色蜈蚣的尾巴，但是他因此也被后者劈伤手臂，后者顿时痛苦地嗷嗷叫着，声音响彻整个深海。我一听到此物的惨叫声，禁不住打了个冷战，我心想刚才刺耳的声音呼唤它们过来守护，而那声音到底来自何物？我想到此处，更是环顾四周，可是这里面除了苍穹之外，就是流动的海水，海水内若隐若现的海洋生物，除此之外什么也没有。

“那到底是什么？难道这个深海之眼会感应到危险，所以才呼唤守护神？”我挠着头注视着深海之眼，百思不得其解地暗想着。

“这深海之眼在苍穹之上，要打开封印，的确难度很大。”安卡拉不知道什么时候来到我身边，小声道。

“从目前的情况来看，想打开封印的确是件困难的事情，不过，我们还是随机应变吧。”我瞥了眼安卡拉，见她脸色没有那么苍白了，似乎舒服了不少，知道没有大碍，便完全放下心来。

这时，黑白相间的蜈蚣见同伴受伤，飞快地舞动刀锋劈开一条路来，直接来到后者的身边，双眼血红地盯着巨鲨王。巨鲨王似乎被两条蜈蚣的眼神吓得微微愣怔了一下，但是随即狡黠地笑起来。他们这时也看到我们，不过为了应付两条蜈蚣，哪里还有闲工夫理会我们？

其余的不死海盗见老大被蜈蚣围拢在中间，纷纷飞扑过去。

那两条蜈蚣几乎是与此同时抡起刀锋劈过去。巨鲨王倒是身经百战之人，毫不畏惧，冷静异常地左右闪避，一边抡着木杆反击。前者劈了几次攻击不下，更是疯狂起来，刀锋宛如刀花一般挥动起来，快如闪电。只见巨鲨王的身影在刀花间跳跃穿梭，然后见到他跳上红色蜈蚣的背部，竟然掏出匕首强硬地刺穿后者的外壳，直插进头颅之中，然后拔出白花花的脑浆。后者一被拔出脑浆，霎时宛如大山倒塌一般，“咔嚓”一声摔倒在地上，不停地抽搐着。另外一条蜈蚣见了，惨叫着扑向同伴。

其余的不死海盗这时已经将对方围拢起来，纷纷拿着匕首劈中蜈蚣的爪子。蜈蚣此时已经悲伤绝望，没一会儿，就被这些不死海盗劈伤摔倒在同伴旁边，只有出的气，没有进的气了。

巨鲨王站立在蜈蚣的背上，摸着脸上的血迹，向我们看过来，脸上露出邪恶而凶残的笑意，使我们情不自禁地打起寒战来。

“莫羽公主，趁他们现在来不及喘气，我们杀过去？”年长的人鱼海妖看着巨鲨王，脸上流露出胆怯之色。

“他们现在尽管刚战斗完，可是我们就算冲过去，也完全没有胜算。”莫羽此时倒是冷静。

“那我们该怎么办，总不能眼睁睁地看着他们打开封印吧？”

“当然不会！”莫羽仰望着深海之眼，“依我看，想上去打开封印，不是谁都可以的。”

“爸，你有什么建议吗？”我注视着巨鲨王冷酷的目光，咬紧牙关，握紧了拳头，准备过去和巨鲨王一拼。

“依我看，一会儿巨鲨王会想办法上苍穹打开封印，到时候你想办法制止他，夺回东西，其余八个位不死海盗，我们这些人相信可以对付片刻。”

“那还等待什么？”我开始有些按捺不住道。

“我在想，刚才召唤蜈蚣的到底是什么？”父亲凝视着深海之眼，“我猜测要上去，可不是这么简单，毕竟这个深海之眼非常神奇，其中可能暗藏着什么诡秘的东西，说不准是磁场的效应。”

“磁场的效应？”我颇为不解地挠着头问道。

“这苍穹的形成不能够用常理来解答。一，可能是当年发生过活火山或者什么产生这样的效果；二、可能是古老海妖他们封印之时，利用灵力制作的，以防后人误入打开封印。”

“不管是怎样形成的，现在可不是胡乱猜测的时候了，该行动了。”李渔开始显得迫不及待起来。

安卡拉和其余的人鱼海妖也纷纷做好战斗的准备。

父亲瞥了眼大家，见大家士气十足，便不再说什么，挥了挥手。

于是，我们便向那些不死海盗冲过去。

巨鲨王瞥见我们冲过去，和手下叽叽咕咕说了什么，那八个不死海盗便抡着匕首向我们凶神恶煞般地冲过来，一边冲，一边杀气腾腾地嗷嗷叫着。

“杀！”李渔忽然底气十足地叫嚷了声。

“杀！”其余人也鼓起十足的勇气迎接上去。

巨鲨王忽然转过身，然后向苍穹之下的海水跑去。

“海仔，赶紧制止巨鲨王！”父亲急忙道。

“是！”我应了一声，便身影闪动，迎接一个不死海盗扑过去，眨眼间来到他身边，虚晃了一下，便冲向巨鲨王。那个不死海盗转身急忙追过来。我完全不理会他，继续快步冲向巨鲨王。

巨鲨王来到苍穹之下，一个跳跃便跳到海水之上。那海水如同一匹布般顺着方向快速流动，巨鲨王使用灵力顺着水流往前冲去。

我来到苍穹之下，也学着巨鲨王那样，使用灵力跳跃到海水之上，那海水却甚是奇怪，竟然有着浮力，不至于使人沉下去。于是我顺着水流踩踏着水面往上冲。追击在我后面的不死海盗，舞动着匕首嗷嗷叫着，却完全跳不上来。我顺着水流追击巨鲨王的同时，扭头瞥见不死海盗已经和莫羽他们混战在一起。而我父亲则站立在后面，紧张地看着。

苍穹之水宛如暖流，流动性奇妙而潜伏着巨大的吸引力，估计是磁场的效应。我顺着水流往前跑去的时候，那海水原本是顺着水流方向流动，但是跑出一段距离，往上跑去的时候，水流中突然出现漩涡，那漩涡是一个个小眼，竟然宛如无数的星星在闪烁着光芒。

“儿子，小心这些漩涡！”父亲忽然不安地喊道。

我看着眼前的漩涡，猜测可能是磁场引力的问题形成的，一旦被吸进去，很有可能顺着漩涡被吸引到另外一个神秘莫测的地方，或者是深海的另一个世界。于是，我边跑着，边尽力避开漩涡。巨鲨王也是如此。

可是，那小小的漩涡逐渐形成一个巨大的漩涡，不断地将海水吞噬进去。巨鲨王明显吓了一跳，几乎是拼尽全力顺着海水往上跳跃，竟然直接跳过漩涡，然后往深海之眼快速跑去。我见漩涡宛如巨大的眼球，刹那间千变万化，当然不敢马虎，眼看着来到漩涡面前，也急忙顺着海水全力往上跳跃。说来也奇怪，那漩涡竟然快速移动着，弯弯曲曲，当我跳跃过去，漩涡就钻到我背后。我吓了一跳，头也不敢回，拼力向上跑去。

这时，我听到海水的怒吼声和波涛汹涌的呐喊声不知道从哪里过来，一声高过一声。

“难道海水也有生命力，不，是海水具有人的灵性。”我暗暗惊叹。

此时，巨鲨王越来越接近深海之眼，那双再平常不过的海之眼睛忽然暗流汹涌，不断有海水飞溅出来，似乎有东西要从里面钻出来一般。

我见巨鲨王即将接近深海之眼，知道已经来不及制止他了，不由得感到一阵绝望。看来，我和父亲他们一路来寻找打开封印的努力都白费了。不过，出于责任，更多的是帮助恋人，我几乎是拼尽了全身的灵力快步扑了过去，希望尽自己最大的努力赶上去，说不准还有一丝机会，尽管很渺茫了。

眼看着巨鲨王要来到深海之眼，他忽然扭头冲我露出得意而不屑的笑容的瞬间，突然，深海之眼似乎感应到邪恶来临一般，不断地旋转着，接着从里面探出一个巨大的头颅来。当巨鲨王回头见到那头颅，顿时惊吓得差点直接从苍穹之上摔倒下去。

我见了，也惊吓得连忙收住脚步。

那头颅钻出来之后，接着便看到头颅后面的身体扭动着缓缓地钻出来。

巨鲨王急忙使用灵力闪避开去，几乎和我并排在一起，距离大概五米。我们不再理会彼此，只是紧张地盯着眼前的怪物。

此时，在下面拼杀的不死海盗和李渔他们也停止打斗，都仰望上来，不知道谁惊呼起来。

这时，出现在我们面前的怪物身形非常巨大，头颅足有一座小山般，身体特别巨大而长，全身长满了厚厚的鳞，双眼宛如灯笼一般，闪烁着橘色的光芒，微微张开的嘴巴露出密密麻麻的獠牙，身体的上半身长着一双宛如大鹏的翅膀，一双巨爪粗狂而锋利。

我震惊地看着这条似龙非龙、似蛇非蛇的怪物，半晌也说不出话来。

“王海，这是传说之中的守护神，也就是‘海神’，性凶残，特别有灵性，你注意一下。”我听到下面传来莫羽的叫嚷声。我便看下去，见她目光惊异而关切地看着我。我冲她柔情地笑了笑，点了点头。

海神从深海之眼钻出来之后，扇动着翅膀，瞪着眼睛凝视着巨鲨王，然后再看着我。我从它的目光之中看出一道威严，一道无法靠近的恐怖力量，情不自禁地打了个冷战，后退了几步。

巨鲨王虽然是身经百战，估计在深海之中见过无数的怪物，但是他似乎也被海神惊吓到了，全身的神经绷紧，害怕地后退着。

突然，海神张开嘴巴长长嘶鸣一声，响彻整个苍穹，然后见到它双眸燃烧起愤怒之火，便扇动着翅膀呼啸一声向巨鲨王扑过去。

巨鲨王顿时惊吓得立即转身落荒而逃，顺着蜿蜒水流一直向下奔跑。我担心海神追捕不到巨鲨王，也急忙转身向下逃亡。

海神长长嘶鸣着从苍穹之上扑下来，速度特别快。尽管巨鲨王使用灵力奔跑，但是他还没有逃到半途，海神已经快如闪电般来到他的背后，张开大嘴就要将他吞噬进去。

“大哥，小心背后！”下面的不死海盗急得如同热锅上的蚂蚁，几乎一起焦急地叫嚷起来。

巨鲨王似乎也感觉到海神来到背后，急忙一个闪身，后者的嘴巴便擦着他身体而过。我不知道为什么，倒是为之一颤。海神见一次攻击不成，越发恼怒起来，嚎叫一声，舞动着身体，再次向巨鲨王扑过去。后者担心海蛇的攻击，这回往下没命逃亡的时候，弯曲着路线走下去，不过眨眼巴的工夫，他便跳跃下去了。而海神依然紧紧地追着他，头颅一低，弯腰便盘旋着扑下去。

这时，我也跳跃下去，便忙向莫羽那边跑去，气喘吁吁来到他们身边。这时，莫羽他们已经和不死海盗停止打斗，彼此分开在两边。

“王海，这海神可不是一般的动物，这下我们的麻烦可大了。”莫羽注视着我，双眸流露出揪心的神色。

“看来，要打开封印，的确比起想象之中还要难哪。”我注视着海神扑向巨鲨王，喃喃道。

“王海，依我们的能力，根本对付不了这个凶残的海神，应该怎么办？”安卡拉目不转睛地注视着海神道。

“先静观其变。”父亲不知道什么时候来到我身边，道。

父亲的话音刚落，海神已经追击到巨鲨王他们的背后，巨鲨王急忙一个侧身闪避，对方便从他身上扑棱棱飞过去。那些不死海盗见了，也惊吓得四散逃窜。

“奇怪了，怎么海神只是攻击他们哪？”我有些纳闷地道。

“鬼叫他们长得邪恶，或许是海神看着他们就不顺眼吧。”李渔双手环抱，冷静地道。

“不会吧？”我咋了咋舌，笑道。

海神呼啸着从不死海盗身边飞过，然后冲向苍穹，在上面盘旋一下，虎视眈眈地盯着不死海盗们，然后环视了我们一下，再次向海盗他们扑过去。

我担心海神扑杀不死海盗之后，便攻击我们，所以我绷紧神经盯着海神。

那些不死海盗见海神再次扑过来，霎时慌了。巨鲨王凝视着它俯冲而下，冷峻的脸逐渐变得刚毅起来，不再似先前的惊慌。他眉头深锁，似乎在想着什么对策对付。

此时，我心乱如麻，想着海神一旦攻击完了不死海盗，我们就完全处于危险境地，所以保存他们的实力对于我们来讲很有必要。可是，就算我们帮助不死海盗一起对付海神，也不是它的对手，就算打败海神，巨鲨王依然会打开封印。

“到底怎么办？”我挠着头，嘀咕着。

“兄弟们，我们逃避可不是办法，唯一的办法就是干掉它，要不然我们自乱阵脚，反而被它趁机捕杀。”巨鲨王见海神扑下来，咬了咬牙，挥手叫嚷道。

“大哥，可是我们和海神相比，可不是一个档次的，毕竟它在空中，我们在下面。”其中一个不死海盗没命地逃避之后，冲巨鲨王大声道。

这时，其中一个不死海盗一不小心摔倒，海神飞到他的身边停下来，巨大的双脚往前一步便将对方钩起来。那个不死海盗在巨爪之中，宛如小孩一般，在拼命挣扎、哭泣，却挣扎不开。其余的不死海盗拿着匕首，胆怯地站在海神背后，却没有一个人敢贸然冲上去。

巨鲨王见了，知道一旦再次打退堂鼓，后果将不堪设想，因此握紧匕首，便向海神冲过去。其余的不死海盗见大哥都冲了，便面面相觑，最终咬紧牙关呐喊着冲上前去。

“大哥，救命啊！”被海神捉住的不死海盗声嘶力竭地叫喊道。

海神忽然张开翅膀，扑棱棱地往苍穹飞上去，飞到苍穹之上，忽然松开爪子。那个不死海盗便惊叫着从上面掉落下来。巨鲨王和其余的不死海盗见了，纷纷跑过去。可是，就在此时，海神再次俯冲向他们。他们见了，霎时急忙闪避。那个不死海盗眨眼间“噗”的一声摔在地面上，伤痕累累，只有进的气，没有出的气了。

海神飞到他们的头顶上，忽然伸出爪子扑向其中一个不死海盗。那个不死海盗始料不及，根本来不及闪避，便被海神的爪子捉住，然后往上面抛去。在那一瞬间，时间忽然静止了，只见不死海盗飞跃过海神的头顶，然后直直地摔下去，即将接近海神的嘴巴的时候，海神忽然张开嘴巴，一口就将不死海盗吞噬了进去。

第三十七章
巨鲨王战死

我们看得胆战心惊，几乎连心肝儿也跳了出来。

“兄弟们，我们和它拼了，不然我们全部都会葬身在它的腹中啊。”巨鲨王环瞪双眼，几乎连眼珠也跳出来，杀气腾腾地挥动着木杆喊道。

其余的不死海盗原来乱了阵脚，听了首领的话，个个鼓起士气，咬牙切齿地一起叫嚷起来：“杀了它，杀了它，杀了它！”

他们的喊叫声响彻整个苍穹，颇有视死如归的勇士的气势。

我被他们的斗志完全震撼到了，我心中在想，这些不死海盗尽管面对危机，依然不气馁，要是放在职场上，这样如虎似狼的团队一定能干出一番事业来。

海神却不管他们在鬼哭狼嚎，反而邪恶地狞笑着在空中盘旋几圈，接着见到它长长嘶鸣一声，再次扑下来。此时，除了巨鲨王，还有六个不死海盗，他们尽管拼死一搏，但是海神张开獠牙扑过来时，也惊吓得屁滚尿流，纷纷闪避。巨鲨王闪避开去，却突然抓着海神的翅膀往它身上跳跃。

海神冲击过不死海盗，竟然一路呼啸着向我们冲过来，张嘴就咬向旁边的李渔他们。

“快闪！”我急得直跺脚喊道，同时拉着父亲急忙闪开。

李渔他们见海神扑到，也火急火燎地跳跃闪开。海神呼啸着从我们中间穿梭过去，然后往上面飞跃。

我抬起头来，见海神在半空中盘旋翱翔，而巨鲨王则蹲下身子，抽出匕首狠狠地往海神身上插了下去。海神皮糙肉厚，比起蜈蚣坚硬的外壳还要坚硬，估计如同千年的老铁树一般，不是一般的匕首能够刺穿的。虽然巨鲨王拥有强大的动力，但是插在海神的外壳上，却好像插在钢铁上一般，只是撬开一丝，完全插不进去。

巨鲨王连忙使用更为强大的力量想插进去，海神忽然抡起巨大而粗犷的尾巴向巨鲨王抛过来。

“大哥，小心后面！”下面的不死海盗齐声喊道。

巨鲨王似乎也感觉到后面的袭击，连忙一个翻身，只见海神尾巴呼啸着从他身下拍了过去，险象环生。但是，海神不等巨鲨王继续跳跃在它身上，扇动着翅膀向上飞去，接着身体灵活地扭动，一扭头，张开獠牙就扑向巨鲨王。

此时，整个画面似乎停止下来了，这个画面好像一个大鸟张嘴吃小鸟一般，场面十分震撼。

我们都震惊地仰望着，眼看着海神的嘴巴即将要吞噬巨鲨王，就在这千钧一发之际，巨鲨王忽然使用木杆刺向前者的眼睛，同时看到他按动木杆，顿时飞出一物，寒光一闪，射向海神的左眼。后者倒是大吃一惊，可是已经来不及闪避，只能够闭上眼睛冲过去。那道寒光“噗”的一声射在海神的眼皮上。而巨鲨王则利用木杆顶住对方的额头，被对方强大的冲击力一直往后面冲去。

海神猛然睁开眼睛，似乎感觉到痛苦，顿时越发愤怒起来，嚎叫一声，忽然扇动翅膀躲开木杆，然后往上面盘旋飞翔。而巨鲨王则由于没有东西支撑，一直往下面摔去。海神盘旋一圈，顿时扭身向巨鲨王俯冲下去，与此同时张开血盆大口。

就在这一刹那，父亲忽然拍了拍我肩膀，催促道：“赶紧上，不然等待海神干掉巨鲨王，下一个目标就是我们了。”

我微微愣怔了下，顿时恍悟过来：钥匙和放射源碎片都在巨鲨王那里，一旦海神将他吞噬进去，我们就无法打开封印。我想到这里，急忙向巨鲨王飞快地跑去。

海神宛如闪电一般即将要扑到巨鲨王的头颅上，巨鲨王还差两米便到达地面，就在这个瞬间，我拼尽全力飞扑过去。

时间在那一刻几乎静止了。

我刚将巨鲨王扑倒摔飞出去，海神就在这一瞬间擦着我的头皮而过。我和巨鲨王“啪”的两声摔倒在地面上。

那海神扇动着翅膀停止在地面上，扭头向我们快步走过来几步，就来到我们面前。巨鲨王瞥了我一眼，想站起来，可是海神已经张开獠牙停顿在他头顶上，目光凶残地盯着他，然后看着我，嘴巴呼出一阵如冰的寒气。

“现在该怎么办？”我悄悄地伸出双手，不经意碰到了匕首，便慢慢握紧。

“想活命就自己想办法。”巨鲨王冷冷地邪恶地狞笑着。

我见他如此狂妄，心想他可能有办法逃命，便心下一紧。

“大哥，小心哪！”

“王海，赶紧溜哇！”

海神的背后传来不死海盗和李渔他们焦急的叫声。

海神呼出几口寒气，突然一张嘴就咬向巨鲨王，后者忽然伸出木杆，竟然插在对方口中，顶住了上下颌。海神怪叫一声，一咬口，意想不到木杆特别坚硬，竟然将自己咬出血来。就趁这个机会，我们急忙爬起来，一个翻身跳到海神的身上。巨鲨王也不等对方反应过来，抡起匕首跳跃上对方的头颅，快如闪电地向对方的眼睛插下去。就在这一瞬间，海神突然脑袋一摇晃，巨鲨王便扑了个空。

我握紧匕首正愣怔着，忽然感到背后一阵风扑来，猛地一个翻身闪避。只见海神的尾巴向巨鲨王拍过去。后者似乎也感到飓风来袭，一个闪身，那尾巴“呼”的一声从他背后拍过去。也就在此时，海神的身体猛一抖动，便扇动翅膀，往苍穹之上飞翔上去。

我和巨鲨王连忙伸手捉住巨翅，一动也不敢动。海神飞翔上半空之中，猛地一大张嘴，木杆便从它口中掉落下去，然后听到它长长地嚎叫一声，响彻整个苍穹。我猜想这时巨鲨王完全激怒海神了。接下来，海神是更加疯狂和凶残了。我刚想到这里，突然它翱翔着飞到苍穹之上，便盘旋着开始往下面俯冲下去。我连忙紧紧地捉牢翅膀，感觉如同坐在堕落的飞机上一般，心脏“噗噗噗”地狂跳起来。

正在下面仰望的不死海盗和父亲他们，震惊地瞪着双眼，忽然见到海神发疯一般冲向他们，顿时吓得愣怔住。忽然，不知道是谁喊了一声，他们才回过神来，急忙跳闪开去。

“先干掉海神再说咱们的事情，要不然我们都会死在这里。”巨鲨王瞪了我一眼，粗声粗气地道。

我点了点头：“你有什么办法？”

“海神外壳坚硬如铁，就是使用灵力插进它的身体，对于它来说也是皮外伤，因此只有刺中它的双眸，使它失去光明，我们才有救。”

我非常赞同地点了点头。

可是，疯狂的海神如同利箭一般射向我们的同伴，我们根本无法站起来，更别说偷袭。海神呼啸着从这些人身上穿梭过去，然后猛地扭头发疯一般攻击逃在旁边的年长的人鱼海妖。那个人鱼海妖刚扑闪身后站立起来，突然，海神一伸头，从他背后张嘴就将他叼起来，接着“咔嚓”一声，便将他吞噬进去，如同小鸟吃虫子一般。其他人见海神完全疯了，吓得胆战心惊，哪里还敢攻击，只能够各自逃亡。

我从上面看下去，目光快速地寻找父亲和莫羽、安卡拉他们的身影，瞥见莫羽搀扶着父亲飞快地往侧边逃命，而李渔和其余两个人鱼海妖也逃开在另外一边，却唯独不见安卡拉的身影，心下顿时一紧。

“安卡拉公主，你到底在哪里？”我紧张地想着。当我扭过头去，瞥见她顺着海神的尾巴飞快地跑出去，紧绷的心顿时一松。在这个紧张时刻，我竟然非常记挂安卡拉公主的安危，难道她在我的心目中才是最主要的人？还是出于正义和关心？

海神吞噬年长的人鱼海妖之后，便接着往空中飞翔上去，它知道我们踩踏在它身上，也看出我们对它构成威胁，因此疯狂地扭动着身子，想将我们抛下去。我和巨鲨王看出海神的真正意图，更是牢牢地捉住。我感觉自己宛如在坐过山车一般惊险、刺激，顿时晕头转向，几乎要呕吐起来。

海神发疯地旋转了一会儿，见实在无法抛下我们，突然再次向下俯冲。我强忍着头晕，眯着眼睛看下去，呼啸的风带着海水的味道猛扑过来，溅在脸上，感到一阵冰寒。

忽然，我看到海神竟然直扑向我的父亲和莫羽，顿时吓了一跳，张嘴猛喊道：“爸，小心哪！”我的喊声刚落，莫羽和父亲见海神攻击下来，连忙往旁边飞快地跑去。

我紧张地看着海神呼啸着从他们的身边擦过去，荡漾起的风顿时将他们吹得摇晃起来，然后父亲“扑通”一下摔倒了。海神张嘴扑向前面的不死海盗，胡乱地咬着，见不死海盗撒腿逃命，忽然扭过头来瞥见父亲和莫羽，便狞笑着张嘴咬过去。

我暗暗一惊，见莫羽惊慌失措地仰望着我，想搀扶着父亲逃亡，但是恐怕来不及了，眼神里流露出惊慌的神色。就在这一瞬间，我急忙松开手跳跃下去，将父亲和莫羽扑飞出去。海神的嘴唇擦着我的背部而过，顿时撕开衣服。我一摔倒在地上，知道耽搁一秒就有可能被海神吃掉，因此连忙跳跃起来，上前分别搀扶起莫羽和父亲，看向海神。

只见海神从李渔和安卡拉身边翱翔而过，再次攻击其余的不死海盗。巨鲨王此时缓缓站起来，握紧匕首向海神的头部跑去，他跑出几步，见对方扭动得厉害，便一个飞身跳跃，身子在半空中宛如一道闪电一般，眨眼间他的匕首准确地刺进了对方的左眼。

海神的眼睛顿时冒出血来，与此同时，它痛苦地咆哮一声，声音显得极度愤怒、悲怆、响亮，几乎令苍穹为之一振。

我瞥见巨鲨王飞身刺中海神之后，跳跃下去，他前脚刚着地，海神咆哮着张嘴，血淋淋的獠牙扑向他。他倒是冷静地使用灵力左右闪避，但是几次都差丝毫便被咬住。我见情势危急，便让莫羽带着父亲躲避。他们让我小心一点，我点了点头，便快步跑过去。

此时，其余的不死海盗见大哥被追杀，危在旦夕，便壮胆过去帮忙，但是被海神的尾巴一扫，分别拍飞出去，倒在地上半天也爬不起来。

巨鲨王尽管勇猛异常，可是在海神的疯狂攻击之下，还是被对方的利爪和獠牙刺伤，速度便慢了下来。而海神却更是疯狂勇猛，嚎叫不断，吓得人心胆俱裂。

我飞扑过去，心想着只有再刺伤海神的右眼，它就算能够上天下地，没有眼睛的指引也奈何不了我们。我想到此处，便飞身跳跃上它的背部，毫不畏惧地冲向它的头部。

海神在疯狂的攻击下突然感觉到背上有人，突然猛回头，张嘴就扑咬过来。我吓了一跳，连忙收住脚步，一个翻身跳跃跳过头部，回手飞出匕首刺向它的眼睛。可是，海神似乎猜想到我的攻击，头颅一低，匕首却刺进了它的头额。我随即跳跃下去，瞥了眼巨鲨王，昔日凶残的不死海盗此时全身伤痕累累。他目光异常锐利地盯着我，昔日狂妄的目光却流露出一丝异常的柔情。

我心中在想，如此厉害的敌人或者可能成为朋友。我产生这个幻想的时候，海神忽然转过身来，虎视眈眈地盯着我们。

“兄弟，赶紧上！”巨鲨王叫嚷一声，抡起匕首开始跑向海神的背部。

我心领神会地朝着另外一个方向跑去。

我心里清楚情况，如果正面和海神搏斗根本不是它的对手，因此只能兜转到它的背后或者侧边，闪避开它的视线，从而对它进行攻击。这就是兵法之中的攻其不备和攻其弱点。

海神见我们突然飞快跑向它两边，顿时扭动尾巴狂扫向我，我急忙跳跃过去，而它的头颅却转向巨鲨王，张嘴就扑咬。我趁机抓着它的身体往上跳跃。

巨鲨王见海神疯狂地攻击自己，便急忙往前跑去。后者连忙扇动起翅膀，直扑过去。我站立在它身上摇晃不已，差点就摔下去。我心想着，巨鲨王故意吸引海神追击，是让我找机会干掉它。于是我便站稳脚跟，再次快步往它头颅跑去。海神似乎紧盯着巨鲨王不放，完全忘记我了。

我正要跑到它头颅的时候，海神突然一张嘴，竟然叼住了巨鲨王，我吓得大惊失色，急忙一个飞身跳跃出去，回身就是一匕首刺向它的右眼。想不到海神一扭动，头颅猛地撞击向我，霎时将我撞飞出去，飞出好几米我才“啪”的一声摔在地上。

“王海——”海神背后的不远处传来安卡拉和莫羽焦急的喊叫声。

“大哥，小心哪！”其余几名不死海盗见大哥被海神叼住，吓得屁滚尿流，纷纷冲过去。

“你们赶紧逃命！”巨鲨王身体被海神獠牙卡住，几乎动弹不得。

我见巨鲨王危在旦夕，吓得大惊失色，急忙跑过去，然后一个跳跃再次跳到海神的身上。

海神忽然扇动着翅膀，往苍穹之上飞翔上去。我连忙蹲下身子，紧紧地捉住它的翅膀。海神飞到半空之中，突然一松口，巨鲨王便往下摔去。几乎与此同时，海神俯身往巨鲨王冲下去，张开血盆大口就要将他吞噬进去。

“臭小子，给我接住！”巨鲨王似乎是拼尽全身力气，嚷了声，然后见到他伸手进入怀中掏出东西，猛用力向上抛来。

我看到打开封印的钥匙和放射源碎片闪着光芒射过来，连忙站起来，往前跳跃，同时伸手去接。

在那一瞬间，时间似乎再次静止，只见巨鲨王被海神一口吞噬进腹中，而我从半空之中跳了下去。

当我捏住钥匙和放射源碎片站稳在地面上的那一瞬间，我才回过神来。

此时，海神发狂地在空中盘旋着，嚎叫不断，一声响过一声，似乎在告诉我们，和它打斗只有死路一条。

“它在唱胜利的歌曲！”不知道什么时候，莫羽和父亲跑到我身边，莫羽脸色惨白地仰望着海神嗫嚅着道。

这时，安卡拉和李渔、人鱼海妖也跑了过来，都惊慌地仰望着海神。

“就连凶残的第一海盗巨鲨王也无法杀死它，打开封印之事……”李渔无奈地长叹一声。

“办法总会给尝试机会的人的，哪一次英雄不是在危机之中产生的？”我冷静地调皮笑道。

“亏你在这种时候还笑得出来！”莫羽伸出手轻轻拍打了下我肩膀。

我扭头注视着她，见她目光流露出柔情和坚强，心中更是鼓起勇气，务必为了她而打开封印，就算被海神杀掉。

这时，其余几个不死海盗见大哥被吞噬，便失去希望和寄托，纷纷往我们进入的对面一个宛如山洞口的地方跑去，转眼间便没了踪影。

“原来他们是从那个方向进来的。”我之前一直关注蜈蚣和他们的打斗，倒是不曾观察到这个山洞口。

“爸，现在我们该怎么办？”我瞥见海神盘旋着嚎叫了一会儿，忽然居高临下地盯着我们，道。

“我们必须团结一起将海神引开，海仔，你就上苍穹，看能否偷偷打开封印。”父亲见海神俯冲下来，急道，“我们快闪！”

第三十八章
最后的秘密

父亲话音刚落，他们便分别散开。我见到莫羽紧紧地跟随着父亲，略微放下心来。

此时，海神翱翔着张牙舞爪扑过来，我连忙闪开，然后快速往苍穹跑去。跑到苍穹之下，便好像之前一样，顺着涌动的水流往上飞跃而上。我一边跑，一边扭头看向下面，见海神在他们之间疯狂地虐杀，他们四处逃散，几乎差一秒就被海神吞噬，不过还是有人受伤。

我知道更加不能够耽搁，越发拼命往上跑去。当我跑到半空中，忽然感觉到海水开始急速地涌动，接着一股奇特的寒冷袭来，使人宛如在冰河世纪一般。更为神奇的是，那巨大的漩涡妖眼，也就是深海之眼，竟然涌动起来，似乎有东西要从里面钻出来一般。

“难道、难道深海之眼里面还有一条？”我内心暗叫。

就在此时，海神咆哮一声，我便见到它扭转头扇动着翅膀向深海之眼翱翔而来。我此时越来越接近目标，便掏出钥匙和放射源碎片，在那一瞬间，我却想不到破解之法，心想：难道是钻入深海之眼，通过放射源碎片和钥匙打开？

我想，除此之外别无他法。

深海之眼深处，一定有着无法预测的空间，要不然海神这么大怎么能够钻出来？我想到此处，见目标将近，便一个飞身跳跃，想直接冲进去。

“小心哪！”我听到下面传来叫嚷声。

与此同时，我瞥见海神呼啸着猛扑过来，张开血盆大口，要将我吞噬进去。它距离我大概一米的距离。在这个瞬间，如果我无法跳跃进去，就会被它吞噬。

时间再次静止了。

在那一刻，我发现我跳跃的速度根本没有海神那样快，眼看着我就要冲进去，但是它的嘴巴已经来到身边，下一秒就要将我吞进去了。

就在这一刹那，忽然，一股奇寒袭来，整个苍穹冰寒异常，接着一阵奇特的带着海水味道的香气袭来，一股奇特的力量形成一个色彩斑斓的球体，宛如巨大的气球一般，顿时将海神遮挡着，完全冲击不过来。

就在这瞬间，我回头瞥见一个宛如仙女般的美少女飘浮在半空中。这名少女可以用全身纯白来形容，面容娇嫩，肌肤白皙，五官精致得如同精雕细琢一般，双眸灵动如水。她的身后和脚下浮动着细流般的海水。

“冰仙子美女！”下面的人都惊呼起来。

我刚听到这句话，已经冲进了深海之眼。一进入深海之眼，只见里面旋转的暗流宛如柔顺的长发般缓缓流动，一直向一个宛如黑洞般的洞窟涌去。我四处环顾着，却没有找到可以用钥匙打开的封印之处，便纳闷地皱起眉头，最后将目光投向洞窟。

“难道打开洞窟就可以看到封印？”我暗暗想着。我想了片刻，忽然回想起莫羽曾经和我说过的话，“封印之地，诡秘异常，眼前所见，或为虚幻”。

“眼前所见，或为虚幻？”我琢磨起这句话来。

我琢磨了一会儿，着实猜不透这句话真正的含义，要是眼前所见，怎么可能是幻觉？要不是幻觉，封印之眼隐藏在哪里？

我一边想着，一边掏出钥匙和放射源碎片，然后走向洞窟。我还没有靠近洞窟，忽然，放射源碎片发出白色的光芒，这个光芒宛如夜明珠一般，十分鲜明，光彩四耀。随着光芒越来越大，几乎将深海之眼内照得如同白昼一般。紧接下来，奇妙的事情发生了，放射源碎片闪烁着光芒缓缓地飘浮起来，然后向洞窟飘过去。当它进入洞窟之后，眼前流动的水流和洞窟竟然一下子就消失得无影无踪了。当水流消失之后，洞窟之处露出一个巨大的好像门一样的东西，而门之上竟然有一个锁孔。

我震惊无比地瞪大双眼，看着这不可思议的一切。

“所谓的虚幻，原来如此啊。”我暗暗嘀咕了句。

我嘀咕完，便颤抖着拿着钥匙往前走上几步，目光停留在锁孔上。正在此时，门上忽然出现一幅奇特的景象，只见里面出现八个人，不，是长相奇特的海妖，估计正是八大海妖族的首领或者古老海妖，他们正使用灵力在这个苍穹之中封印深海之眼。

这幅奇特的景象过了一会儿便自动消失了。在下一瞬间，我便将钥匙伸进锁孔之中，钥匙和锁孔完全吻合。当钥匙完全插进去后，门竟然旋转起来，接着露出一个洞来，洞窟内一个巨大的眼球正在闪烁着奇异的光芒。

我担心外面的情况，想起莫羽的交代，打开深海之眼后，需要利用灵力修复基因。我想到这里，便伸出双手对准眼球，开始使用灵力。我感觉到那个眼球产生了一股巨大的吸引力，缓缓地将我的灵力吸进去。

我感觉到身体内的海珠开始翻滚起来，一股强大的灵力顿时汹涌而出，接着，那颗海珠竟然从体内钻了出来，慢慢地飘浮在我面前，散发着白色的光芒，然后形成一股光芒射向巨大的眼球。我顿时感觉到体内汹涌的灵力完全消失了。我惊呆地看着眼前的一切，内心想着难道这颗海珠的灵力就是修复基因的，我只不过是它借用的躯壳而已，我就是它的一个工具、一个循环的通道罢了。

“原来，人类也只不过是一个工具呀！”我感觉到如释重负一般，无奈地长叹了一口气。

海珠射出的光芒在巨大的眼球上不断地闪烁着，那个眼球似乎忍受不了巨大的灵力，开始不断地旋转起来，然后竟然变成了一颗夜明珠大小的海珠。当眼球变成海珠，竟然向另外一颗海珠飘去，接着两颗海珠融合在一起了。

我惊呆地张大嘴巴，不等我反应过来，那颗海珠突然旋转起来，“呼”地一下冲向我。我暗自惊叫一声，还来不及闪避，海珠已经融合进我的身体，眼前的光芒顿时消失，再次恢复了刚才的洞窟和暗流。

“到底是怎么回事？”我纳闷地伸手摸着海珠消失的地方，喃喃自语道。

“喂，兄弟，不带这么玩的！”我拍了拍腹部，无奈地苦笑着。

我的话音刚落，隐约听到外面的焦急的叫嚷声，忽然想起父亲他们还在外面，便急忙转身走出去。我出到漩涡之处往外一看，哪里还有那个什么冰仙子美女和海神的身影，只有父亲他们在下面焦急地喊着。

我见他们平安无事，心里顿时一松，便钻出深海之眼，顺着水流向下走去。我一边走，一边尝试使用灵力，竟然比起之前的还要强大，心里暗暗高兴。

他们见我安然无恙地下来，每个人的脸上都难得地露出轻松的笑容。不等我脚跟站稳，莫羽微笑着向我跑过来，一头扎入我的怀抱。我摊开双手，怦然跳动的心感觉到一阵颤动，无奈地看着父亲他们苦笑，见到安卡拉的笑容中，眼眶下开始涌起泪花。我一时之间不知所措，不过，眼前让我心动的莫羽公主自动投入怀抱，自然紧紧地抱着她，轻声问道：“怎么了，这么高兴？”

莫羽松开我的双手，柔情似水地看着我，清澈如水的双眸中闪烁着高兴而激动的泪花，忽然破涕为笑，娇声道：“王海，一切都结束了。”

“难道修复基因后，你们恢复了灵力？”我伸手轻轻抚摩着她可以滴出水来的脸蛋。

莫羽羞涩地点了点头。

“对了，刚才那个什么冰仙子美女和海神呢？”我纳闷地再次四处环顾，却完全看不到他们的身影，自然也感觉不到那如同冰河世纪的寒冷。

“你进入深海之眼后，那冰仙子使用灵力将海神封印，接着便进入深海之中了。”

“就这么简单。”

“是的，就这么简单！”

“这个冰仙子到底是……”我说着，双眸流露出无比羡慕的神色。

“你们臭男人真是的，一见美女就啥都忘了。”莫羽握紧拳头，狠狠地砸了我两拳，嗔怒道，“冰仙子是深海之中最为灵异的海妖，神出鬼没，我只是从古老海妖那里听说过，据说冰仙子生活在一片湛蓝的深海之中，那里是个世外桃源，却从来无人能够进入，并且她们拥有神奇的灵异之力，可以上天下海，无所不能。”

“世外桃源？”我注视着前方，眼前逐渐浮现出一幅山水画来，那幅画面渐渐不再虚幻，变得真实起来。山水画中的海水湛蓝得可以看见海底之中的鱼群，自由地游动，一叶扁舟浮在海面上轻轻荡漾，四处奇峰异景，半空中飞翔着白色的鸟儿，喃咕着，“一个可以放下仇恨和放弃一切的地方，真希望从此过上那样的生活。”

我喃咕完，顿时感觉到前所未有的放松，这么久时间以来紧绷的神经才得以放松。

“莫羽公主，你说得对，一切都结束了。”

“你们也不用在我们面前打情骂俏，咿咿呀呀的，像什么样子。”父亲有些气愤地骂道。

被父亲一骂，我们才完全回过神来。莫羽向父亲瞥过去一眼，满脸羞涩。

“可是，冰仙子却告诉我们一个更深的秘密，一旦修复基因，贪婪的鲨鱼海妖族系即将攻击其他族系，独霸整个海洋世界，要想阻止鲨鱼族系，唯一的办法是进入鲨鱼族系，寻找到鲨鱼族系最有灵力的神秘之物……”莫羽忽然想起什么，脸上流露出担忧的神色，压低声音道。

“鲨鱼海妖？神秘之物？”我颇为不解地道。

莫羽一脸认真地点了点头：“我相信冰仙子，她既然救了我们，想必也不会说谎，毕竟这是关系到整个海洋世界命运的事情，当然，也包括你们人类在内。”

“那你说，我们应该怎么办？”

“想办法找到鲨鱼族系。”

“冰仙子所说的灵力神秘之物，到底是什么？”

“她没有明说。”

“你们不要再叽叽咕咕了，还是赶紧离开这里吧，因为‘鲛人珍珠号’已经破坏，必须在不死海盗出去之前回到海面，不然我们就算修复了基因，也无法离开这里。”父亲的话倒是提醒了我们。

“王教授说得不错，看来，我们必须以最快的速度离开这里，不然可能一辈子被困在深海之中了。”李渔道。

“可是，我们的‘鲛人珍珠号’被鲨鱼破坏，怎么样才能够出去呀？”我道。

“王海，你不是拥有异常的灵力吗，海水自然自动避开你，再加上我和莫羽公主的灵力，出去应该没有问题。”李渔信心十足地拍了拍胸口道。

我瞥了眼安卡拉，见她悄悄抹了抹眼泪，随即冷静异常。我心中暗想，她尽管外表表现出很坚强的样子，可是她此刻的内心是异常的痛苦。或许，在爱情上，我真的对不起她了。或许，对于她的心动，只是一份真情罢了。

“那就赶快走哇！”父亲叫了声，便转身向我们进入的地方迫不及待地走去。

其余人也便快步跟随上去。莫羽轻轻拉了拉我的手，微笑着冲我露出调皮的一笑，便拉着我往前走去。

我们匆匆忙忙地沿着来路走去，兜兜转转走到我们之前进入水草的地方，却没有见到不死海盗的身影，估计他们早就溜了。此时，我想到一个问题，不死海盗为什么不从他们进入的地方出去，难道他们的船只触礁，或者好像“鲛人珍珠号”一样被鲨鱼击沉了吗？

除了我和莫羽、李渔之外，其余人都穿戴上潜水服。我们准备好后，便撩开水草，进入海水之中。进入之后，面前的海水竟然真的在我和莫羽以及李渔的面前闪开，完全涌不过来。

我们由于担心鲨鱼的攻击，四处环顾，见没有鲨鱼的影子，才完全放心往上游去。大概过了半小时，我们才钻出水面。钻出水面后，父亲和安卡拉以及人鱼海妖分别松开潜水服，四处环顾着波涛汹涌的海面。

“海盗船就在前面！”李渔忽然伸出手指指着不远处的海面，按捺不住地激动道。

我们顺着他手指的方向看过去，果然看到海盗船正在不远处晃荡着，在落日余晖的照耀下，显得异常地醒目。

于是，我们激动地快速游过去。

我看着海盗船染着橘红色的光芒，不知道为什么，那艘船的船帆上忽然浮现出巨鲨王最后时刻的身影来，他眼神坚定，残酷之中带着一丝罕见的柔情。

或许，他尽管死了，灵魂可能还在；或许，他根本没有死，只是潜伏于海神的腹中，说不准哪一天，他能够破腹而出。

“莫羽公主，拥有灵力的人一旦死了，将会怎么样？”我喃喃道。

“据我所知，拥有灵力的人可以活上千年。”

“啊？”我震惊地张大了嘴巴，“那我们不是成了老妖怪，孩子也成了老妖物？”

“什么孩子，谁和你生孩子？！”莫羽公主转过身来，满脸通红，羞涩地伸手向我泼过来海水，淋了我一脸。

“是莫羽公主哇！”我伸手抹了把脸，大喊了一声，向她游了过去。

我们上了海盗船之后，发现这艘海盗船比起我们想象的还要大、还要古老，而且构造精密、设计细致，完全是融合古代和现代人的智慧，并且气势非凡，比起“鲛人珍珠号”来更加结实、灵活，更适合在海洋航行。不死海盗的确可以凭着这样一艘船在海洋之中独霸一方，令人畏惧。

父亲看完船之后，惊叹不已。他表面上虽然惊叹这艘船很好，但是我心里知道，他还是非常惋惜“鲛人珍珠号”，毕竟那艘船是人鱼海妖族送的礼物，而且带领我们出生入死，所向披靡。

随后，父亲缓缓地启动着“巨鲨”海盗船向前出发。

我们分别坐在甲板上注视着晚霞余晖，只见无数的金银在海面上散落着，不远处的大鸟在晚霞中安静地飞翔。我们每个人都沉默着，全身放松，难得如此安静地欣赏着海景。

此时，我们心中都想着同一个问题，就是冰仙子的话，如果鲨鱼海妖族真的要独霸整个海洋，必定会掀起一场巨大的腥风血雨，造成前所未有的海洋灾难。尽管，此事听起来宛如童话般，但是我感觉到无比的真实。出于拥有灵力的责任，我应该是继续帮助，还是逃离这个不安静的海洋世界，回到泉州继续过着平静的生活，日复一日，直至老去？

我目不转睛地注视着海面上闪烁的碎金，陷入了沉思之中。